LE PETIT JUGE

JEAN MICHEL LAMBERT

Le Petit Juge

Albin Michel

ISBN 2-226-02982-6

« La plupart de nos vacations sont farcesques. »

MONTAIGNE

« La Justice n'est que le rêve imbécile de quelques hommes. L'injustice est la volonté même de Dieu. »

Anatole FRANCE

Avant-propos

PENDANT près de cinq années de vie professionnelle, j'avais vécu sur de tranquilles certitudes.

Depuis le 1er février 1980, jour de mon installation dans les fonctions de juge d'instruction à Epinal, les occasions n'avaient pourtant pas manqué d'observer le profond décalage existant entre les textes organisant la répression des atteintes à l'ordre public, économique et social — d'une perfection rare — et les drames humains nés d'une application trop stricte de la loi, ou les accommodements indispensables pour contourner l'extrême sévérité du législateur. Quand il ne s'agissait pas des toussotements, des grippages d'une machine pourtant admirablement huilée, de ces accidents dont les malheureux justiciables étaient régulièrement les victimes, happés et parfois broyés, par l'engrenage de la machine infernale.

Mais avec cette pointe de cynisme qui sied aux gens qui occupent une position privilégiée dans la hiérarchie sociale, pas très éloignée des allées du Pouvoir, je mettais ces errements sur le compte du fonctionnement normal des institutions.

Et chaque soir, je m'endormais avec une tranquillité d'esprit, qui au fil du temps m'avait attiré dans un certain confort intellectuel.

J'accumulais l'expérience, sans qu'elle éveille jamais le moindre sentiment de révolte, ou de simple remise en cause.

Puis, soudain, ce qu'il me plaît d'appeler la volonté du Destin me projeta en face du miroir que me tendait Celui qui m'avait donné la vocation de magistrat, et face à l'image qu'il me renvoyait, je compris que l'heure du bilan avait sonné.

Au détour d'une phrase ou d'un paragraphe, le lecteur trouvera quelques-unes de mes interrogations, qui font peut-être écho à celles qu'il se pose lui-même sur le fonctionnement de la Justice, à la suite des deux affaires criminelles du 16 octobre 1984, et du 29 mars 1985 auxquelles je fus mêlé, dont l'une au moins est à jamais inscrite dans la mémoire de notre pays, après avoir connu un retentissement qu'il n'est pas exagéré de qualifier d'international.

Puisse mon témoignage aider à mieux comprendre la personnalité et les fonctions du juge d'instruction, ce magistrat souvent décrit — à tort — comme l'un des hommes les plus puissants de France, mais qui reste l'un des plus vilipendés et des moins connus de l'institution judiciaire.

1

« *Un département tranquille* »

« Si vous aimez la randonnée pédestre, vous vous plairez dans les Vosges. Et puis vous verrez : sur le plan du travail, vous serez bien. C'est un département tranquille, où il ne se passe rien. »

Sur ces propos rassurants, M. le premier président de la cour d'appel de Nancy avait mis un terme à l'entretien accordé le 31 janvier 1980, en fin de matinée, dans le cadre de son vaste bureau, au somptueux mobilier Empire, à son jeune interlocuteur âgé de vingt-sept ans et huit mois.

Pour obéir à un usage resté tacite, mais dont le non-respect n'eût pas manqué de mal augurer de la suite de ma carrière, j'étais allé me présenter au magistrat le plus élevé dans la hiérarchie du ressort de la Cour. Il lui appartiendrait, parmi ses multiples fonctions, de procéder à ma notation.

Ses dernières paroles m'avaient permis d'aborder d'un cœur léger la cérémonie de l'installation dans les fonctions de juge d'instruction, le lendemain, 1er février 1980, à onze heures du matin, dans la salle de la cour d'assises du palais de justice d'Epinal.

L'endroit n'avait rien de solennel : une pièce aux dimensions plutôt modestes quand on considérait son usage, aux murs blancs et lisses, avec deux rangées d'une dizaine de bancs pour le « public ». Un décor d'église moderne, sans rapport avec les salles majestueuses et imposantes des palais construits au siècle dernier. Mais c'est dans cette salle au caractère « intime », dans cet espace limité où les gens étaient physiquement très proches, que j'entendrai prononcer un verdict de condamnation à la réclusion criminelle à perpétuité, et un autre de seize années de la même peine.

Avec deux collègues, frais émoulus comme moi de l'Ecole nationale de la magistrature, j'étais assis sur une chaise inconfortable, face aux magistrats du Siège, installés en hauteur. A notre gauche, une quinzaine d'avocats du Barreau d'Epinal et de Remiremont essayaient de percer la personnalité des trois arrivants, avec lesquels ils se trouveraient obligatoirement en opposition à un moment ou à un autre.

A notre droite, sur deux rangées, les greffiers occupaient les places réservées trois ou quatre fois par an aux jurés d'assises.

A la même hauteur que les magistrats du Siège, sur notre gauche, le procureur de la République et son unique substitut de l'époque étaient assis derrière le pupitre sur lequel l'un ou l'autre de ces membres du ministère public, chargés de défendre les intérêts de la société, posaient les documents servant de base à leurs redoutables réquisitions à l'encontre des criminels coincés entre deux gendarmes ou deux policiers dans le box, et qui écoutaient la tête généralement baissée l'assènement des démonstrations de leur culpabilité ou de l'absence de circonstances atténuantes.

Le procureur de la République présentait ce profil aquilin à la limite de la caricature, tant il se retrouvait chez les gens de robe chargés d'exercer les poursuites contre les criminels et les délinquants, et qu'avait si bien croqués Daumier dès le siècle dernier. Ce juriste de premier ordre deviendra six mois plus tard avocat général à la cour d'appel de Nancy. A partir du 17 octobre 1984, c'est lui qui suivra « l'Affaire » pour le compte du parquet général.

A notre droite, le greffier en chef, un homme d'une cinquantaine d'années, d'humeur placide et de tempérament débonnaire, que je devrai solliciter à chaque fois que je souhaiterai obtenir un stylo-bille ou un crayon-feutre. Le brave homme n'émettra jamais de réserves pour m'approvisionner en petit matériel. Mais, faute d'avoir su manœuvrer ou entrer dans ses bonnes grâces, je condamnerai mon greffier à se battre jusqu'au bout avec la même machine à écrire à structure métallique, datant des années cinquante. Et en janvier 1986, la livraison miraculeuse de trois machines électroniques ne sera portée à ma connaissance qu'après leur répartition dans d'autres services...

La cérémonie de l'installation n'avait pas duré plus de cinq minutes. Mais avant de pénétrer dans la salle des Assises, réfugiés dans la petite pièce servant aux délibérés, nous avions vécu les affres de l'habillement. Enfiler la robe et la fermer n'était rien — encore que pour certains, des boutons manquants obligeaient à recourir à des attaches parisiennes soigneusement dissimulées derrière la bavette, quand le caractère « fatigué » de l'habit — traduisant des décennies de fonction — ne contraignait pas à un échange de dernière minute avec la robe d'un jeune collègue.

Pour tout le monde, les difficultés commençaient après, au moment où il fallait s'entourer de la ceinture bleu pâle, avec une rosace du plus bel effet en son milieu. Passer l'étoffe dans les plis de la robe et entre les poches exigeait une attention de chaque seconde et requérait une habileté que des années de fonction n'avaient su transformer en simples gestes habituels. L'entraide s'avérait indispensable.

Quand chacun avait enfin réussi à se parer de ses atours, en gardant à la main la toque et les gants blancs, le greffier en chef était venu prévenir le président du tribunal que toutes les personnalités étaient arrivées. « Le préfet est là ? » avait demandé le « patron » du tribunal... « Non, son chef de cabinet le représente. De même, le maire s'est excusé, et a délégué son secrétaire général.

— C'est aussi bien comme ça », avait répondu le président. La cérémonie prenait ainsi un caractère plus familial.

Les dix magistrats alors en fonctions avaient fait leur entrée par la petite porte séparant la salle d'Assises de la pièce des délibérés, pendant que mes deux collègues et moi attendions que deux magistrats désignés par le président viennent nous chercher, et nous introduire par une porte située sur le côté de la salle des Assises. Protocole et décorum imposent...

Pendant que nous attendions dans le couloir, le président du tribunal — qui vivait ses derniers mois de fonctions, et qui était surnommé « le père du régiment » tant sa gentillesse envers ses collègues ne souffrait aucun démenti — avait donné la parole au procureur de la République. Celui-ci, en usant de la formule traditionnelle, avait requis « qu'il plaise à M. le greffier en chef donner lecture du décret de M. le président de la République en date du 23 janvier 1980, et à M. le président du tribunal de grande instance, déclarés installés dans leurs fonctions monsieur..., juge, monsieur... substitut du procureur de la République, et M. Jean Michel Lambert, juge d'instruction. » Le greffier en chef s'était levé, et d'une voix empreinte d'un solide accent vosgien, avait lu l'extrait du décret publié au *Journal officiel*, et nous concernant : « Par décret de M. le président de la République en date du 23 janvier 1980, sont nommés... »

Le président du tribunal avait ensuite pris la parole, nous avait invités à prendre place sur les chaises qui nous étaient réservées au milieu de nos désormais collègues, sans omettre les traditionnelles paroles de bienvenue.

Pendant la cérémonie, les photographes des deux journaux locaux : *L'Est républicain* et *La Liberté de l'Est* nous avaient mitraillés, chaque arrivée de magistrat étant claironnée auprès des populations du département.

A peine étions-nous assis que le président avait annoncé : « L'audience est levée. Nous invitons les personnalités présentes à venir nous rejoindre dans la salle des délibérés d'Assises. »

Les magistrats s'étaient alors engouffrés par la petite porte, pour regagner la pièce d'où ils étaient sortis quelques minutes plus tôt. Dans ce va-et-vient, seuls mes deux collègues et moi n'avions pas perdu notre temps.

Nous nous étions alignés le long du mur, la toque et les gants blancs sous le bras gauche, pour subir l'affligeant cérémonial des présentations et salutations accompagnées des poignées de main.

Les avocats avaient défilé les premiers — donnant l'occasion des premières bévues : à qui fallait-il dire : « Monsieur le Bâtonnier », sans risquer de froisser certaines susceptibilités ? — suivis du cortège des personnalités : représentants du préfet, du maire, les présidents des chambres syndicales des notaires et des huissiers, les capitaines de gendarmerie et commissaires de police du département, les directeurs départementaux des administrations travaillant parfois avec les services de Justice : Agriculture, Equipement, Domaines, etc.

Un défilé de visages qui ne laissait aucun souvenir, avec la même phrase d'une banalité couleur de grisaille assortie aux costumes des notabilités : « Très heureux de vous connaître », ou : « Je vous remercie », pour faire suite à trois mots de bienvenue.

L'ennuyeuse — mais incontournable — cérémonie achevée avec un discret soupir général de soulagement accompagné du dégrafage de la robe et de la ceinture ridicule, nous avions dû accorder tous les trois quelques minutes aux journalistes des deux quotidiens précédemment cités, pour leur fournir quelques indications biographiques qui légenderaient la photo de l'installation dès la première édition du lendemain. J'apprendrai rapidement à mieux connaître l'un d'eux, qui avait fini par devenir une figure du tribunal, tant son assiduité aux audiences — fussent-elles insignifiantes — ne souffrait aucune défaillance, sauf maladie grave le clouant au lit avec quarante degrés de fièvre. Dans ses articles, il se montrait toujours extrêmement respectueux à l'égard des magistrats, mais ne manquait jamais de poursuivre de sa vindicte la canaille qui comparaissait à la barre, en des termes qui donnaient aux intéressés le regret d'être venus au monde.

Mes deux collègues et moi n'avions pas eu droit au pourtant rituel « vin d'honneur » qui suivait généralement les cérémonies de ce genre dans le cadre de la bibliothèque du Palais. L'absence des « autorités » et la maigreur des crédits accordés par le Conseil général pour les frais de représentation avaient incité le président du tribunal à réserver pour une meilleure cause l'achat des six bouteilles de champagne et des trois paquets de biscuits à apéritif, avec lesquels le tribunal régalait généreusement ses invités.

Et en début d'après-midi, après le déjeuner en compagnie de quelques-uns de mes nouveaux collègues dans une pizzeria du centre ville, j'avais attaqué la lecture de la bonne soixantaine de dossiers laissés par mon prédécesseur, parti sous d'autres cieux cinq mois plus tôt.

Je n'allais pas tarder à penser que les paroles optimistes de M. le premier président de la cour d'appel de Nancy dataient de temps révolus...

□

Je m'enfermai dans ce bureau que j'avais découvert deux semaines plus tôt, un jeudi en fin de journée.

Mon collègue à l'instruction était venu m'attendre à la gare. Nous avions sensiblement le même âge, avions réussi le concours la même année. Mais ayant « bénéficié » d'une réforme au Service national, il appartenait à la promotion précédente. Cette année d'ancienneté lui vaudra de porter le titre et d'assurer les fonctions de « doyen des juges d'instruction » jusqu'à son départ en septembre 1984.

Je n'avais rien vu de la ville, la nuit étant tombée depuis plus d'une heure. Mon collègue m'avait conduit directement au Palais, un bâtiment qui dans sa partie moderne — la plus importante — ressemblait plus à un immeuble d'une administration quelconque qu'à l'un de ces imposants palais construits au siècle dernier. Les cabinets des juges d'instruction se trouvaient au premier étage.

J'avais fait connaissance de « mon » greffier, et de la pièce qui allait servir de décor à mes activités pendant près de sept années.

Mon greffier était un homme de quarante-six ans, retraité de l'Armée (les Transmissions) avec le grade d'adjudant. Jusqu'à ce triste jour du 16 juin 1986, où il me quittera pour aller exercer les mêmes fonctions au tribunal de Nancy, lui et moi formerons un « couple » exemplaire. Notre entente sera pratiquement sans faille, sans un seul de ces orages qui assombrissent la vie conjugale, juste un petit nuage gris de temps en temps. Dévoué, compétent, pas contrariant pour deux sous, très discret, toutes ces qualités feront que sa mutation me laissera une note de regret. Un garçon de trente-deux ans, très sérieux, saura prendre la relève avec intelligence.

Quant à mon cabinet, il était petit, sombre — les rares rayons de soleil ne l'éclairaient que le matin, par la fenêtre donnant sur le parking municipal — mais meublé avec un certain « chic » : un grand bureau de bois, deux très beaux fauteuils Empire — arrivés là on ne sait trop par quel miracle — avec au milieu « la chaise des inculpés » au dossier raide. Contre un mur, une grande armoire de bois renfermant les dossiers.

Je ne modifierai jamais ce décor, ne chercherai pas à le personnaliser par des touches chaleureuses, tableaux ou plantes vertes, à l'encontre de certains collègues.

Le seul élément que j'introduirai sera un cadre accroché en juillet 1984, contenant le portrait de « Papy » : un imposant magistrat revêtu de ses plus beaux atours, médaillé à l'extrême, dont le physique n'était pas sans rappeler celui de Clemenceau.

Cette photo intriguera les différents personnages de « l'Affaire ». Certains me demanderont si cet homme important était un parent. Je me réfugiais toujours dans un énigmatique refus de répondre.

En fait, « Papy » avait présidé le tribunal de commerce d'Epinal dans les années vingt.

Une porte en verre donnait accès au cabinet. La sécurité était nulle : n'importe qui pouvait entrer, et me réserver un triste sort. Je ferai d'ailleurs ce cauchemar une nuit de novembre 1985.

Au mois de septembre 1984, j'aurais pu occuper le bureau du collègue, beaucoup plus grand, mieux éclairé. Mais j'avais préféré conserver mon cadre intimiste, lourd de souvenirs. Déjà.

□

« Vous vous appelez Jean-Philippe L., vous êtes né le ... à ..., fils de ... et de ... Je vous inculpe de vols, dégradations de véhicules, ivresse publique et manifeste, faits prévus et réprimés par les articles 379, 401 du Code pénal et L65 du " Code des débits de boissons et des mesures contre l'alcoolisme. " La loi vous laisse le choix entre deux possibilités : soit vous acceptez de vous expliquer immédiatement, ou vous pouvez ne vous expliquer qu'ultérieurement, en présence d'un avocat. »

Telles étaient les premières paroles que j'avais prononcées le 2 février 1980, lendemain de mon entrée en fonctions, en faisant connaissance de « mon » premier inculpé, dans le premier dossier ouvert à mon cabinet, dans le cadre de la permanence que j'assurais pour une semaine depuis la veille à midi.

Mais j'ai dû recourir au registre sur lequel sont répertoriées toutes les procédures ouvertes au cabinet pour reconstituer ce monologue, en forme de préambule à l'interrogatoire sur le fond. Quant à ses victimes, leur naïveté avait, elle aussi, de quoi surprendre.

Je ne garde aucun souvenir des faits, ni du garçon qui s'était assis sur la chaise de bois au siège en cuir vert, au dossier raide et inconfortable, sur laquelle près d'un millier de personnes prendront place aux cours des six années et onze mois qui allaient suivre.

Je ne devais jamais revoir « mon » premier inculpé. Un de

ces voyageurs sans bagages qu'une entorse au Code pénal condamne à une incursion dans le monde judiciaire, avec parfois une « extension » à l'univers carcéral, mais qui préfèrent, « une fois leur dette payée à la société », reprendre ces chemins bien droits qui conduisent à l'usine, la ferme ou, hélas, l'ANPE.

En revanche, je me souviens de manière extrêmement précise de celui pour lequel j'avais signé mon premier mandat de dépôt, le 4 février 1980.

Ce même jour, je lui avais notifié une kyrielle d'inculpations : usurpation de titres, vols, faux et usage de faux documents administratifs, établissement de fausses attestations, utilisation de fausses plaques d'immatriculation, faits prévus et réprimés par les articles 258, 259, 379, 401, 153, 161 du Code pénal, et L9 du Code de la route.

Mais ces inculpations, pour certaines très graves, cachaient des faits relevant parfois de la tragi-comédie, voire d'une vieille tradition burlesque. Quant à leur auteur, il n'avait rien d'un dangereux malfrat, et présentait plutôt la silhouette — enveloppée — d'un amoureux de Peynet égaré dans la délinquance. Il n'appartiendra pas davantage que mon premier inculpé à ma « clientèle » régulière.

Ce garçon de vingt et un ans et six mois, au physique tout en rondeur, trahissait par les traits de son visage une mollesse d'esprit et une grande candeur. Et candide il l'avait été dans ses procédés pour duper son monde.

Ce jeune homme était tombé amoureux de la nièce du propriétaire d'une auberge située au cœur du massif vosgien, un endroit hautement touristique, où les sentiers par dimanches ensoleillés prennent des allures de Champs-Elysées, tant les promeneurs se pressent par grappes familiales ou amicales. Il ne manque même pas les marchands ambulants de tartes aux myrtilles, pain et munster fermiers, ainsi que les traditionnels souvenirs kitsch, au départ et à l'arrivée de ces chemins empierrés.

Après avoir sympathisé avec le tavernier-aubergiste, il venait régulièrement passer chaque fin de semaine dans l'établissement. Et il profitait de l'absence pour quelques instants du propriétaire pour ouvrir le tiroir-caisse, et y prélever quelques billets de cent francs. En quelque dix semaines d' « activités », il aurait ainsi dérobé, suivant ses dires, une somme totale de mille sept cents francs. Couvé de ce regard bienveillant réservé aux prétendants sérieux, il était souvent invité chez la grand-mère de la dulcinée. Mais il ne se laissait pas distraire par la tasse de thé ou la tartelette amandine : il avait observé que la vieille dame posait toujours son sac à main sur une chaise près de la table. Et dès que « grand-maman » avait le dos tourné, il ouvrait le sac et prenait quelques billets. Mais jamais la totalité : le forfait eût été très rapidement découvert. Les aveux du garçon-qui-savait-tromper-son-monde permettait d'évaluer le montant des prélèvements à mille deux cents francs.

A l'époque de ces faits, Christian avait rejoint la cohorte des chômeurs. Auparavant, il travaillait comme manœuvre dans un garage en Alsace, et déjà, « de temps en temps », il subtilisait des billets dans la caisse, mais jamais plus de deux cents francs par semaine. Il évaluait le montant de ses exactions à six mille ou sept mille francs. Son employeur ne s'était jamais rendu compte de quoi que ce fût, et c'est tout à fait spontanément, alors que les gendarmes ne lui demandaient rien — et pour cause ! — que Christian avait avoué ce premier forfait, remontant à près d'une année ! Cela n'empêchera pas le garagiste de porter plainte pour vol, après avoir été contacté par les enquêteurs, et de fixer son préjudice à la somme de quarante mille francs ! Les victimes ont parfois tendance à « gonfler » les chiffres, ce qui autorise le doute quant au sérieux de la comptabilité de certaines petites entreprises. Le tribunal correctionnel condamnera Christian à lui payer sept mille francs en réparation du préjudice subi, et deux mille francs de dommages-intérêts.

Mais quand j'interrogeai pour la première fois Christian L. qui s'exprimait sans la moindre réticence en des termes plutôt choisis — alors que ses lettres seront truffées de fautes d'orthographe —, il me restait encore à découvrir l'aspect cocasse du dossier, qui se nichait derrière les autres inculpations.

Leur point de départ est lui-même saugrenu : Christian voulait tout simplement faire croire à l'oncle de sa dulcinée qu'il était lieutenant de gendarmerie !

Tout avait commencé par une plaisanterie : Christian L. avait raconté à un ami qu'il aimerait bien devenir lieutenant de gendarmerie. Et à son insu, l'ami avait téléphoné à l'auberge, et avait demandé à l'oncle de lui passer « le lieutenant de gendarmerie Christian L. ». Son interlocuteur avait « mordu ». Christian avait alors décidé de jouer le jeu, d'autant que l'oncle lui demandait de temps en temps des explications ou des précisions sur son travail.

Le « loup introduit dans la bergerie » avait alors entrepris de se confectionner une carte tricolore ! Pour ce faire, il avait utilisé une publicité pour une marque de skis, rayée en travers de l'encart des trois couleurs nationales. Au dos de cette « carte » — doublée de papier cartonné blanc, collé pour donner de l'épaisseur au document — il avait inscrit son nom et sa « qualité » au stylo-bille — sans prendre la précaution de taper à la machine ! — et il avait agrafé sa photo.

Il se disait en permission, ce qui justifiait l'absence d'uniforme.

Pour parfaire la mise en scène, il avait installé sur son véhicule Renault 18 une plaque d'immatriculation d'inspiration administrative (un numéro à quatre chiffres, suivi des lettres DE), achetée dans un supermarché. Quelques centaines de mètres avant d'arriver à l'auberge, il accrochait cette plaque à l'avant du véhicule, et prenait bien soin de venir ensuite se garer face à la porte d'entrée ! Soucieux du détail, il avait acheté dans le même magasin un gyrophare qu'il installait sur le toit de sa voiture après avoir fixé la fausse plaque d'immatriculation ! Comme cela, l'illusion était parfaite, du moins pour des gens peu regardants quant aux raisons de la différence de numéros entre les plaques avant et arrière du véhicule, et surtout de la couleur rouge vif d'une automobile appartenant à la Gendarmerie nationale !

Christian aimait se pavaner dans la salle de l'auberge en montrant à tous son « arme de service » — en réalité, un pistolet d'alarme 6 mm — et en faisant cliqueter au bout de son bras une paire de menottes.

Les méfaits de mon « futur premier détenu » tournaient au gag avec son invention suivante. Alors qu'il vivait les affres du chômeur, et comme il était très difficile de trouver un stationnement gratuit sur la commune de Colmar, il s'était rédigé une attestation (sur le document, il avait écrit : « Assignation » !), tapée à la machine, et qu'il exhibait à tout agent verbalisateur rôdant autour de son véhicule mal stationné.

Et devant mon étonnement et mon scepticisme, il m'avait assuré que le procédé s'était avéré « payant ».

Je ne puis faire autrement que de livrer maintenant le texte très précis de l' « assignation », ce qui contribuera à élargir le champ de la naïveté humaine :

« ASSIGNATION

Monsieur le Préfet du Haut-Rhin, Monsieur JEAN-CLAUDE M..., avec le plein pouvoir qui lui sont conférés; ordonne Monsieur... CHRISTIAN, lieutenant civil du BRDM de la Gendarmerie de Colmar.

AU NON[!] DE LA RÉPUBLIQUE FRANÇAISE ordonne Monsieur ... CHRISTIAN. 102, rue... 68... »

« CHEF DU SERVICE DE LA SÉCURITÉ CIVIL DE LA VALLÉE DE LA WEISS, comprenant les communes de Kaysersberg — Orbey — Lapoutoie — Freland — Labaroche — Le Bonhomme;

Par la présente je vous souhaite bonne réception de votre nouvelle nomination applicable imédiatement à la réception;

recevez cher ami mes meilleurs salutations

LE PRÉFET »

Un homme politique de premier plan en a fait — dit-on — sa devise : « Plus la ficelle est grosse, mieux la machine fonctionne. »

Christian L. bénéficiera devant le tribunal correctionnel le 23 avril 1980 de circonstances atténuantes et sera condamné à un an d'emprisonnement, dont quatre mois de sursis assortis d'une mise à l'épreuve pendant trois ans.

Mais je doute que ses activités délictuelles l'aient servi en quelque mesure dans son entreprise de séduction. La correspondance que les deux tourtereaux s'échangeront pendant l'incarcération du malfaiteur fleurera la guimauve, la romance à cent sous.

L'élue de son cœur, que j'entendrai en qualité de témoin, me confortera dans mon opinion : une grande fille « solidement charpentée », de très longs cheveux blonds, les joues roses. Rien de ces hétaïres pour lesquelles se ruinent des amoureux transis et fortunés, et qu'elles conduisent au suicide.

Mais cette « fleur de province » saura à son tour tromper son monde, et reviendra quelques mois plus tard dans mon cabinet, en qualité d'inculpée cette fois : elle avait subtilisé plusieurs chèques dans le carnet de sa grand-mère, les avait falsifiés et émis pour son seul profit. Elle me dira avoir rompu avec son amoureux. Vrai ou faux, manœuvre pour le protéger (il était sorti de prison) ? La justice ne saura jamais.

Et deux années plus tard, c'est l'oncle, la malheureuse victime des vols de numéraires, le naïf, qui s'assiéra sur la chaise des inculpés. Une quarantaine d'années, mince, le crâne dégarni, célibataire, une grâce toute féminine émanait de sa personne par les gestes et les intonations. Le délit qu'il avait commis relevait du chapitre des mœurs, mais n'était pas celui auquel on aurait pu s'attendre : il avait séduit une jeune fille de seize ans, et l'avait enlevée à sa famille pour l'installer sous son toit. Les parents avaient déposé plainte pour détournement de mineure. Je menacerai « l'oncle » d'un mandat de dépôt s'il ne revenait pas dans le moule des aventures amoureuses permises par la loi, en renonçant — provisoirement — à des amours dangereuses pour sa liberté et la bonne santé de son commerce.

Il se rendra volontiers à des « arguments » qui ne souffraient pas la contradiction. Je le laisserai retourner vaquer à ses occupations, et peut-être échanger ses impressions sur le monde judiciaire avec sa nièce, que j'avais également laissée en liberté à l'issue de son interrogatoire.

Un juge d'instruction qui exerce ses fonctions plusieurs années dans la même ville de province (mais peut-être en va-t-il de même à Paris) se crée ainsi une galerie de portraits que les circonstances éclairent sous un jour différent : le témoin d'un accident de la circulation accompagné d'un délit de fuite commis par un petit voyou après le vol du véhicule sera quelques semaines plus tard inculpé d'incendie volontaire (et en 1980, il s'agissait encore d'un crime, puni par l'article 434 du Code pénal), un homme inculpé de vols et placé alors sous mandat de dépôt sera retrouvé une vingtaine de mois plus tard au fond d'un puits, le crâne fracassé à coups de hache, un éleveur de veaux inculpé « d'administration de substances œstrogènes » sur ses animaux deviendra un excellent copain, après avoir bénéficié dans un premier temps d'un non-lieu, le Service de la répression des fraudes ayant reconnu valables les explications fournies.

La prédiction de M. le premier président de la cour d'appel

de Nancy s'avérait en un sens exacte : ma vie professionnelle s'annonçait sous d'excellents auspices, ponctuée dans les premières semaines de ces petites affaires qui trouvent leur aboutissement devant le tribunal correctionnel, qui ne soulèvent aucune difficulté de procédure, et qui permettent de se constituer une solide réserve d'anecdotes, comme on aime en raconter dans les dîners entre collègues, à l'instar de certains médecins qui — sans citer de noms — narrent volontiers leur premier cas de SIDA.

Mais les quatre années et demie qui allaient suivre devaient — sans que j'en sois alors conscient — me contraindre à ne pas limiter mon champ d'horizon à ces observations plaisantes et superficielles. Alors que je pensais avoir fait le tour des exactions humainement possibles — dont certaines dépassaient déjà l'entendement —, un nouveau dossier m'en apprenait de nouvelles sur les turpitudes imaginées par mes semblables.

Et la réponse de la Justice me laissait parfois songeur, tant la sanction qui était infligée en bout de parcours semblait inadaptée — démesurée dans sa sévérité, ou dans son extrême clémence — à l'individu que j'avais vu en face de moi, avec lequel j'avais parlé, dont j'avais écouté les explications en m'élevant avec une véhémence réelle ou feinte contre des déclarations mensongères, et qui avait partagé avec moi des regards qui en disaient long, voire des sourires.

A travers quelque 538 dossiers ouverts à mon cabinet entre le 1er février 1980 et le 1er janvier 1984, une vision nouvelle de l'espèce humaine s'imposait à mon esprit, nourri comme tout un chacun de philosophie cartésienne.

Et dans ces conditions, il est évident que mes relations avec Thémis devait pâtir de l'allumage de ces mille et un petits clignotants qui modifiaient insensiblement mes conceptions de celle à qui j'avais lié mon sort.

Pourtant, s'il faut chercher des responsabilités, je crois qu'au départ, je faisais un « heureux élu » tout à fait convenable.

Jeune homme de « bonne famille », dont les proches origines étaient encore modestes, mais qui avait su acquérir une situation sociale et matérielle confortable grâce au travail acharné de mon père et au dévouement dans l'ombre de ma mère, j'avais reçu une excellente éducation fondée sur quelques principes très simples, qui ne m'étaient jamais assenés de façon brutale et péremptoire —

ce qui m'eût amené tôt ou tard à les rejeter —, mais inculqués de manière intelligente et subtile sous la forme de paroles frappées au coin du bon sens. Ainsi, sur les vertus du travail, j'entendais souvent mon père nous dire — mon jeune frère, Bruno, de six ans mon cadet étant tacitement invité à se sentir également concerné — que « les alouettes ne tombent jamais toutes cuites dans le bec ».

Un climat familial sans heurts ni hurlements, ni sournoises querelles intestines, m'avait ôté à tout jamais l'envie de reprendre à mon compte le « Familles, je vous hais ! »

J'étais enfin imprégné d'une dernière et profonde vérité : les vertus de l'honnêteté. Outre cette réflexion souvent répétée par mes parents : « L'essentiel est de pouvoir s'endormir chaque soir la conscience tranquille », j'étais obligé de constater que mes plans enfantins pour sortir du droit chemin avaient toujours lamentablement échoué.

Enfin, jamais je n'avais senti en moi la vocation d'un ayatollah toujours prompt à exhorter ses fidèles et les envoyer pourfendre les hérétiques, jamais je n'avais été guidé par la conviction profonde et inébranlable que le Bien doit triompher du Mal, le Bon Dieu du diable, la vertu du vice, sous peine de voir notre civilisation sombrer à brève échéance dans la décadence. Les quelques principes inculqués par mes parents, plus celui du respect, voire de l'admiration, que méritaient les « gens bien » — se distinguant par la finesse de leurs traits et l'élégance de leurs habits —, m'avaient aidé à fabriquer mon propre système de valeurs sociales, et à aller bien au-delà de la pensée des autorités parentales. Je me plaisais à imaginer que les actions basses, viles et illégales ne pouvaient être le fait que des seuls descendants des « gueux et des miséreux », ces va-nu-pieds, ces « misérables » des « couches inférieures » de la société.

En résumé, je présentais, je pense, un excellent profil pour nourrir l'ambition d'user, un jour, du glaive et de la balance.

Mais confronté à la dure réalité quotidienne de la vie judiciaire, et au travers des plus classiques — pour n'importe quel juge d'instruction de province — affaires d'assassinats, meurtres, vols, escroqueries, abus de confiance et autres délits, mon bel échafaudage allait subir plus de quatre années durant de rudes attaques, et n'attendait plus que le choc de l'assaut final pour s'écrouler.

Le jeune homme protégé que j'avais été jusqu'à ma vingt-septième année — sans aucun souci matériel, et avec des peines de cœur qui restaient dans les limites du raisonnable —, sans jamais nourrir d'idées de suicide, ou de raconter en deux cents pages les souffrances d'un Werther juriste, allait découvrir la face cachée du monde, un univers de mensonge, de noirceur, de vilenie, d'esprit de lucre, de turpitude, de folie tolérée, de machiavélisme, mais aussi de générosité, de bonté, de don de soi, d'amitié, d'amour, d'intelligence.

Et surtout, cette descente aux enfers de la réalité judiciaire me permettrait de me forger une nouvelle conviction : celle de l'effrayante ambiguïté des êtres et des événements.

□

Dès les premiers jours de l'exercice de mes fonctions, il me parut très loin cet après-midi du 23 décembre 1976, où j'avais lu mon nom sur les listes des reçus au concours d'entrée à l'Ecole nationale de la magistrature, affichées dans le hall de l'antenne parisienne de l'Ecole, rue de la Faisanderie. L'immeuble était déjà lourd de souvenirs, puisque j'avais passé quelques semaines plus tôt les épreuves orales dans ce décor bourgeois.

Cette année-là, les « heureux élus » étaient au nombre de deux cent vingt, pour environ quinze cents candidats. Je me situais dans la moyenne, à la cent septième ou cent neuvième place.

J'avais quitté la faculté de droit d'Amiens deux ans plus tôt, en juin 1974, avec des mentions « bien » en troisième et quatrième années.

Au mois de septembre 1976, j'avais subi les épreuves écrites sur les sujets suivants :

— en culture générale : « Le droit au bonheur »,
— en droit civil : « L'union libre et le droit civil »,
— en droit pénal : « L'infraction tentée ».

La dernière épreuve consistait à « rédiger, à partir des documents joints, une note de synthèse, en quatre pages environ, relative à des responsabilités résultant de la pratique des sports ». Etait annexée une chemise contenant seize arrêts de cours d'appel ou de la Cour de cassation.

J'avais subi ces épreuves, chacune d'une durée de cinq heures, dans la bibliothèque de la cour d'appel d'Amiens. Nous étions une douzaine à vouloir nous nourrir d'illusions quant à notre capacité à modifier le Destin. Nous serons deux à passer les fêtes de Noël dans l'euphorie la plus totale...

Après avoir appris, vers le milieu du mois d'octobre, que j'avais franchi le premier barrage des épreuves écrites, je m'étais sérieusement attelé à la révision des matières orales. Le tirage au sort avait retardé à début décembre la terrible échéance du passage devant les examinateurs. Pour les quatre épreuves juridiques et l'épreuve de langue, mes « compagnons de misère » et moi avions affaire à un seul inquisiteur.

En droit commercial, j'avais été entendu sur les conditions de création d'une SARL. En droit social, j'avais dit ce que j'avais pu sur le régime général de la Sécurité sociale (sujet passionnant !). Je ne me souviens plus des sujets en droit public et en procédure (je me souviens seulement que j'avais tiré un petit papier éliminant les procédures pénale et civile, pour ne porter que sur la procédure administrative).

J'avais dû également rassembler mes souvenirs en langue anglaise pour tenir tête, pendant une demi-heure, à une examinatrice dotée d'un physique agréable, lui présenter une traduction correcte d'un court texte, avant d'apporter des commentaires si possible cohérents en dépit de l'obstacle de la langue.

Les « justiciables » devant avoir affaire à des gens sains dans un corps sain, j'avais dû, pour mon malheur, revivre ces heures douloureuses des cours d'éducation physique du lycée, pour sauter en hauteur, puis en longueur, lancer le poids, courir cent mètres, puis mille, et enfin nager cinquante mètres. Il n'y avait pas de coefficient à cette épreuve d'exercices physiques : les points au-dessus de la moyenne seraient ajoutés à mon total final.

M'attendait enfin la dernière et plus redoutable épreuve : un exposé suivi d'une discussion (durée totale : une demi-heure) avec un jury composé de cinq hautes personnalités de la hiérarchie judiciaire. Comme les autres candidats, j'avais eu droit à tirer au sort deux sujets. Sur le premier papier était écrit : « Les autoroutes. » Je commençais à blêmir, me sentant peu inspiré pour bâtir un exposé sur ce thème, jusqu'au moment où je lus les premières lignes du texte qui était imprimé sur la seconde feuille pliée en quatre : il s'agissait d'une étude de Jean-Louis Barrault sur l'art du mime. Mes couleurs revinrent sur-le-champ : je savais que je trouverais « des choses à dire ».

Après une préparation d'une heure dans une petite pièce, j'étais entré dans la « cage aux fauves » — une grande salle située au premier étage. Les cinq examinateurs étaient assis derrière une grande table, légèrement surélevée. La hauteur impressionne toujours... De mon côté, j'étais assis sur une simple chaise, une petite table style bureau d'écolier devant moi.

Après avoir débité mon exposé en m'efforçant de ne pas laisser trembloter ma voix et en essayant de faire passer ma conviction, j'avais subi le feu roulant des questions les plus diverses et les plus saugrenues, pendant un très long quart d'heure : combien d'espèces de singes je connaissais, quelles étaient les différences catégories de sang (singe-sang : l'association mnémotechnique est limpide). Un juré donna un nouveau ton à « l'interrogatoire » : « Monsieur Lambert, je vois que vous êtes né à Jarnac. Pouvez-vous nous parler du coup de... Trafalgar ! » L'esprit m'avait manqué pour lui répondre que c'était lui qui m'en causait un ! C'est pourtant le genre de repartie spirituelle que les jurés apprécient.

Après quelques considérations de ma part sur les circonstances de la bataille qui coûta la vie à l'amiral Nelson, le président du jury décida de revenir à des choses plus sérieuses : « On dit que la Justice est aveugle. Qu'en pensez-vous ? » C'est à ce moment précis que la sonnerie du réveil, réglée sur une demi-heure très précise, retentit, m'ôtant un vague poids, car la question de la cécité de la Justice, comme eût dit un grand personnage de notre histoire : « Vaste programme... ».

Une voix intérieure me dit que « c'était gagné ».

Au cours des oraux des épreuves juridiques, je ne m'étais pas trop mal débrouillé dans deux matières, mais j'étais proche du fiasco dans les deux autres.

Et en ce matin très ensoleillé de début décembre, en remontant l'avenue Foch depuis la place de l'Etoile pour me rendre sur les lieux du dernier acte, je savais que mon sort allait se jouer dans les heures qui suivaient, à l'occasion de ce « passage sur le gril » de la personnalité. Car c'est bien de cela qu'il s'agit : peu importe que vous sachiez la profondeur du Danube à Prague.

Ce que l'on vous demande, c'est de répliquer : « Sous quel pont, monsieur ? »

Aucun doute : je partais pour pile ou face.

Je me souviens parfaitement qu'en marchant, je chantonnais. Pour être très précis, une chanson de Francis Lemarque, merveilleusement interprétée par Yves Montand (pardon pour le compositeur !) : « A Paris. »

Des ennuis, y' en a pas qu'à Paris,
y en a dans l' monde entier,
oui, mais dans l' monde entier,
y a pas partout Paris, v'là l'ennui...

Les huîtres, le foie gras, la dinde aux marrons et la bûche (au secours, les traditions reviennent !) n'étaient pas encore digérés qu'une catastrophe tomba sur moi à neuf heures du matin au château de Vincennes : j'étais déclaré apte au Service national !

La veille, au même endroit, j'avais passé une série d'examens médicaux, auxquels je m'étais prêté la bouche en cœur, convaincu d'être réformé en raison d'une terrible myopie. Le meilleur ami de mes parents, colonel de gendarmerie — il passera général à quelques mois de la retraite —, le répétait souvent à mes parents : « Jean Michel, pas de problème : avec sa vue, il sera réformé. »

L'après-midi de ce jour qui restera longtemps frappé dans ma mémoire d'une croix noire — alors que la suite ne devait pas être désagréable —, je me présentai dans un amphithéâtre aux Invalides pour « choisir » mon arme, en compagnie de tous les nouveaux reçus au concours d'entrée à l'ENM, ainsi que les « malheureux » futurs élèves de l'ENA.

Un aréopage d'officiers avait tenu d'emblée à « mettre les points sur les i » sans la moindre ambiguïté : soit nous choisissions de suivre la voie des élèves-officiers de réserve, soit nous étions versés dans des unités de combat ou de commando comme « deuxième classe ».

Courageux, mais pas téméraire, j'optai pour le premier terme, moi qui dans ma prime enfance avais souffert de rachitisme, qui au lycée étais abonné aux trois dernières places dans les compétitions sportives, qui n'avais jamais tenu un fusil de ma vie, et qui n'aurais pas fait de mal à une fourmi !

Par un raisonnement qui me paraît un peu spécieux, les hauts dignitaires de la Chancellerie estiment que les futurs magistrats doivent s'entraîner dès l'armée à exercer des responsabilités. Comme si le choix de porter la robe, en usant du glaive et de la balance comme instruments de travail, allait de pair avec le port de l'uniforme, le goût et *surtout* les capacités de se servir d'un fusil, et de conduire des troupes au combat. Car c'est bien de cela qu'il s'agira, le jour où...

En « obligeant » les magistrats et les hauts fonctionnaires à se ranger dans le camp des officiers, on les coupe en fait des « braves p'tits gars ». Mais cette coupure produit d'excellents effets : des contacts trop étroits sont ainsi évités — avec des relations qui seraient dénuées de tout respect dû à la hiérarchie — entre les futures instances « dirigeantes » et les « bidasses », qui pourraient corrompre par leurs vices ceux qui, dans le civil, seront amenés à sanctionner leurs fautes.

Juger, c'est ne pas comprendre...

Et c'est ainsi que le 3 janvier 1977, je pris le train pour l'école de Saint-Cyr-Coëtquidan, où je passai un mois à apprendre les rudiments du métier des armes, en compagnie de futurs collègues et de garçons de l'ENA, pour certains aussi doués et motivés que moi. En revanche, nous serons commandés par un capitaine fantastique, qui avait une « pêche » extraordinaire et un enthousiasme communicatif. Mais on peut passer des heures à côté de Yehudi Menuhin sans pouvoir extraire d'autres sons d'un violon que d'affreux grincements.

De février à fin mai, je vécus quatre mois difficiles à l'école des Transmissions de Montargis. J'avais opté pour cette arme, parce que, sur le plan physique, un officier m'avait assuré qu'elle n'exigeait pas une musculature de baroudeur.

Je sortis de l'Ecole à l'issue d'un examen pour lequel je m'étais refusé à toutes révisions sérieuses — pour la première fois de ma vie ! — et vaguement troublé par le spectacle de futurs collègues, pas plus motivés que moi, travaillant très tard le soir, parce qu'un examen, c'est un examen. Je ne pus donc guère montrer d'étonnement en apprenant que j'étais relégué à la trente-sixième place (sur quarante). Mais c'est tout de même avec le grade d'aspirant que je pris la direction, au début de juin, du 42e régiment des Transmissions, à Rastatt, en Allemagne.

Je connus ensuite sept mois de vacances, ou presque, une tendinite (j'avais trop couru sur le bitume) venant très opportunément me dispenser d'assurer le commandement d'une section : un chef ne peut pas boiter à longueur de journée ! Je fus alors chargé par le colonel — qui était un homme charmant, et un grand intellectuel de la chose militaire — d'enseigner aux jeunes soldats les règles de discipline et de morale. Mes « cours » me laissaient suffisamment de temps pour rédiger des petits articles, juridiques ou autres, pour le journal du régiment : *Le Flambeau*, et pour dévaliser la bibliothèque. Au mois de décembre, je lisais un livre par jour.

Il n'empêche : je fus libéré de mes obligations militaires avec le grade de lieutenant. Un jour, alors que nous étions en manœuvres, un adjudant m'avait traité d' « aspirant d'opérette ». Je lui avais répondu que, contrairement à ses allégations, je n'étais pas bardé de diplômes : je n'avais que le BEPC, le baccalauréat et la licence en droit. Et, avais-je ajouté : « J'espère que sur les trois, vous en avez au moins un. » Cela avait jeté un froid sous la tente où officiers et sous-officiers étaient réunis. Sur le fond, j'aurais volontiers donné raison à ce brave homme, devant témoins, si lui-même n'avait pas manifesté un penchant trop marqué pour les boissons alcoolisées, qui ne pouvait qu'affaiblir la portée d'un raisonnement sur les intellectuels volontairement spécieux. Mais sur ma qualité « d'aspirant d'opérette », il avait raison. Je ne me culpabilisais pas pour autant : c'était le système qui avait fait de moi un militaire, un officier de réserve, moi qui ne demandais rien à personne.

Je tremble pour la sécurité de la patrie au cas où une invasion de notre territoire obligerait à rappeler d'urgence des officiers réservistes aussi doués et passionnés que moi. Mais il me rassure de penser que je dois être une exception.

Après un mois de vacances, à la fin du mois de janvier 1978, je pris la direction de Bordeaux, ville dont le premier monument que je découvris fut la gare. Un taxi me conduisit à l'Ecole nationale de la magistrature, 9, rue du Maréchal-Joffre, dont il me tardait de découvrir l'architecture.

Le bâtiment offrait une belle façade moderne, pas très large, sur la rue.

L'Ecole avait été créée par l'ordonnance du 22 décembre

1958 sous le nom de Centre national d'études judiciaires. L'inspirateur de cette ordonnance, M. Michel Debré, voulait que les magistrats eussent désormais une formation calquée sur celle d'une autre grande école : l'ENA. Le seul problème est que les magistrats ne sauront jamais être regardés comme de simples techniciens du droit, des « énarques des codes civil et pénal ». Le piège de l'élitisme fait chaque année des victimes dans chacune des promotions qui se succèdent à l'Ecole, en dépit des efforts de la direction pour ouvrir les auditeurs sur le monde extérieur. Mais quand le ver est dans le fruit...

Le CNEJ prendra le nom d'Ecole nationale de la magistrature par la loi du 10 juillet 1970.

Et le 1er février 1980, j'inaugurais la belle robe noire achetée quelques semaines plus tôt, au cours d'une permission, au grand magasin « La Belle Jardinière » à Paris, l'une des très rares maisons en France à fabriquer ce genre d'article.

J'étais serré entre deux collègues, perdu parmi les deux cent dix-sept autres, dans la spectaculaire salle aux superbes lambris séculaires de la cour d'appel, située juste derrière l'Ecole, pour la cérémonie de la prestation de serment.

Le premier magistrat de la Cour présidait la cérémonie, entouré de ses assesseurs, tous les trois revêtus de la belle robe rouge à col d'hermine, sur le devant de laquelle brillaient des rangs de décorations.

Des « mamans et des papas » avaient jugé utile de faire le déplacement et, du fond de la salle où ils étaient restés debout, cherchaient des yeux le « fiston » ou la « petite », des larmes de joie au bord des yeux, et souvent l'appareil photo en bandoulière. Avant le début de la cérémonie, ils avaient vérifié que pas un bouton ne manquait à la robe, que la bavette était bien droite, et les cheveux bien peignés.

M. le premier président nous avait tenu un discours d'une haute qualité. Il avait évoqué les devoirs du magistrat : loyauté, dignité, garder *religieusement* le secret de l'instruction, avant de conclure sur l'engagement que nous prenions de respecter chacun de ces devoirs.

Ensuite, par ordre alphabétique, deux cent vingt mains droites s'étaient levées, et de deux cent vingt bouches étaient sorties les paroles sacramentelles : « Je le jure. »

A partir de la seconde où j'avais prononcé ces mots, j'étais devenu auditeur de justice, en d'autres termes : élève-magistrat.

Le juriste-qui-avait-encore-tout-à-apprendre disposait de vingt-quatre mois pour devenir magistrat.

A l'époque, la scolarité était divisée en deux parties : neuf mois à l'ENM, puis quinze mois en juridiction.

L'enseignement à l'Ecole n'avait rien du chemin de croix : les directions d'études — cours magistraux dispensés par des magistrats en position de détachement à des groupes de douze auditeurs — ne duraient qu'une demi-journée, quatre jours par semaine, et devaient nous inculquer les rudiments des différentes fonctions de magistrat : apprendre à rédiger des jugements civils, des réquisitoires définitifs, examiner les différentes tâches d'un juge pour enfants, d'un juge d'instance, d'un juge d'instruction, étudier le rôle et les pouvoirs d'un juge d'application des peines.

Des journées à thèmes étaient organisées pour nous aider à écarquiller les yeux sur le monde et la société qui nous entouraient : journées-police, gendarmerie, barreau, presse, etc. Ces jours-là, toute la promotion était regroupée dans le grand amphithéâtre de l'Ecole, pour des discussions-débats parfois animées.

Des cours de médecine légale, de psychiatrie, de psychologie de la délinquance, de police technique et scientifique étaient également dispensés dans ce même amphithéâtre par des gens de l'extérieur, spécialistes de ces questions.

La façade de l'Ecole sur la rue du Maréchal-Joffre était trompeuse : le bâtiment était en réalité spacieux, aéré, bien ordonné autour d'un patio qui attirait les auditeurs au moindre rayon de soleil. Au premier étage, une bibliothèque moderne était abonnée à tous les grands journaux et magazines. Au rez-de-chaussée, à dix heures du matin, treize heures et seize heures, la cafétéria devenait le pôle d'attraction, « Lily » gendarmant derrière son bar les gens un peu trop pressés de boire leur café. Au-dessus de la cafétéria, un self-service permettait aux futurs magistrats et au personnel de l'Ecole de se sustenter à midi sans avoir besoin de quitter les murs. En revanche, le soir, chacun devait se débrouiller pour dîner.

Mais il y eut un soir où le problème du repas ne posa guère de problème : celui de notre première autopsie. Je crois que nous dînâmes tous très légèrement.

Cette « première » avait eu pour cadre l'institut médico-légal de Bordeaux. Je voyais pour la première fois de ma vie un cadavre nu, et je crois, à en juger certaines sorties au milieu des macabres opérations, que je n'étais pas le seul à être vivement impressionné. Nous étions assis sur les gradins, à quelques mètres de la table de marbre sur laquelle un assistant avait apporté et déposé le corps d'un homme d'une quarantaine d'années, tué d'une balle dans la poitrine. Les deux experts-médecins légistes assortissaient leurs travaux de commentaires qu'ils truffaient d'anecdotes plaisantes, pour détendre l'atmosphère. J'appris ainsi la différence entre l'ouverture « à la parisienne » : on découpe la poitrine du cadavre en forme de bouclier, et l'ouverture « à la provinciale » : on incise par le milieu, et on écarte ensuite la peau, avant de découper les côtes.

Je me dois de livrer sur-le-champ une observation au lecteur : dès que j'évoque une scène d'autopsie, en paroles ou par écrit, il me vient immédiatement à la mémoire olfactive cette abominable odeur de la mort, quel que soit l'état du cadavre. Cette odeur imprègne les vêtements pendant plusieurs jours, mais surtout, je le répète, elle traverse avec succès l'épreuve du temps dans la région nasale. La mort est en réalité un être bien vivant, qui s'empare des chairs dès la première minute du décès. Il n'est pas besoin d'attendre la décomposition ou la putréfaction pour qu'elle impose sa présence.

A l'issue de cette première autopsie, nous n'avions plus sous les yeux qu'un « amas de viande et de tripes », dont le spectacle ne soulevait plus le cœur — du moins en ce qui me concerne, puisque j'avais visité dans mon enfance l'abattoir de Jarnac, en compagnie de mon grand-père, qui était boucher, et qui tuait lui-même ses bêtes.

Mais l'Ecole ne nous soumettait pas qu'à des épreuves aussi pénibles. Dans le cadre de cette volonté de la direction d'ouvrir les yeux des futurs magistrats sur le monde extérieur, je passai quelques jours à l'école des élèves-commissaires de police à Saint-Cyr au Pont-d'Or, cinq jours à la centrale de Saint-Maur, dans la périphérie de Châteauroux, au milieu des condamnés à des longues peines de réclusion criminelle, une petite semaine au

SRPJ de Reims, le même temps dans une brigade de gendarmerie de la campagne tourangelle, et enfin un bref séjour chez un huissier de Tours.

Cette formation n'est pas inutile, ni inintéressante, loin s'en faut. Mais il convient de ne point se leurrer : la fenêtre qu'elle ouvre sur le monde garde un cadre bien étroit, ne permettant pas d'embrasser des horizons jusque-là inaccessibles.

Et il y a un autre point sur lequel il ne faut pas nourrir d'illusions : les auditeurs de justice considéraient cette période de formation comme le meilleur moyen de s'offrir du bon temps, et de croquer la vie à belles dents, pour récupérer ces centaines d'heures passées dans la préparation du difficile concours.

Les plages landaises, le Périgord, les vignobles bordelais, le Pays basque étaient à quelques tours de roues, et auraient pu en dire long sur nos escapades de fin de semaine, qui pour beaucoup commençaient dès le vendredi à midi.

La plupart des auditeurs logeaient dans deux immeubles à Talence, dans la proche banlieue de Bordeaux. Celles et ceux qui avaient réussi à garder leur virginité jusqu'à leur arrivée à l'Ecole, et qui en repartaient à la fin du mois d'octobre dans la même situation, avaient de fortes chances de conserver leur pucelage jusqu'à la fin de leurs jours...

On se « défoulait » beaucoup dans les chambres de Talence.

Fin octobre 1978, je quittai définitivement l'Ecole pour gagner Angers, ville où j'avais décidé d'effectuer, avec deux autres collègues, mon stage en juridiction.

Nous entrions enfin dans la partie sérieuse de notre formation. Après la théorie sur fond de dilettantisme, nous passions à la pratique, avec prise de conscience de nos responsabilités.

Le palais de justice d'Angers était typique de ces édifices construits sous Napoléon III. Mais une partie moderne, et bien conçue, permettait aux magistrats et au personnel de travailler dans des conditions matérielles très acceptables.

La cour d'appel se trouvait dans le même bâtiment, quelques étages au-dessus de la tête des magistrats du tribunal, qui pour certains souffraient beaucoup de ce regard tout proche.

Je commençai par un stage de trois mois au Siège (en d'autres termes, parmi les trois magistrats qui composent le tribunal au sens strict, et qui rend des jugements dans les affaires civiles ou pénales). On me donna à rédiger des jugements « faciles » : divorces sans problèmes, « petites » affaires de construction immobilière, accidents de la circulation n'ayant occasionné que des blessures sans gravité aux victimes. Je m'ennuyais prodigieusement. A l'issue des audiences et du délibéré qui suivait, je prenais mes dossiers sous le bras, et je regagnais le petit studio que j'avais loué à quelques centaines de mètres du Palais. La découverte et l'apprentissage de la solitude du magistrat, mais pas dans sa forme la plus exaltante. D'autant que les trois magistrats m'avaient indiqué, au cours du délibéré, le sens de la décision à rendre : condamner tel entrepreneur à réparer les vices de la construction d'un pavillon, prononcer le divorce aux torts de tel époux, etc. La suite était un travail technique de rédaction. La répétition sous la plume des « attendu que », de formules juridiques séculaires et surannées, ne convenait pas à mon tempérament.

En revanche, je me sentis beaucoup plus à l'aise dans les trois mois de la fin de l'hiver et du printemps, au cours de mon stage au Parquet, en me partageant entre les bureaux et les attributions des trois substituts. Je commençais à toucher au droit pénal, et je vivais avec un intérêt marqué l'étude des procédures établies contre les voyous, malfrats et autres brigands. Les arguties juridiques laissaient la place aux faits, et surtout aux hommes.

J'aidais le substitut à « écluser » le courrier, en donnant à chaque lettre ou procédure une destination précise : classement sans suite pour les plaintes sans fondement ou émanant de personnes que l'on devinait mentalement perturbées, ou de tempérament belliqueux, renvoi à une brigade ou à un commissariat pour enquête, ou enfin, dans le cas d'une procédure complète venant de l'un de ces services : renvoi devant le tribunal de police, le tribunal correctionnel ou saisine d'un juge d'instruction par l'ouverture d'une information.

J'assistais également aux audiences correctionnelles, aux côtés du substitut occupant le siège du ministère public. L'un d'eux, qui ne passait pas pour un foudre de guerre, avait pris la fâcheuse habitude, quand le président lui donnait la parole pour ses réquisitions, de se lever, et de dire : « Application de la loi ! » ce qui ne manquait pas de plonger le tribunal dans l'embarras et la perplexité, faute de lui donner une « idée » de la peine à prononcer. La paresse l'emportait sur le sens des responsabilités. Etrange faille chez un magistrat...

Le procureur de la République était un homme à la personnalité intéressante : juriste de premier ordre, le regard malin et spirituel derrière ses fines lunettes, le visage maigre, les cheveux peignés en brosse, réputé à l'échelon national pour ses connaissances en matière de stupéfiants, il vivait du matin au soir la pipe au bec, et à longueur d'année dans le même costume trois-pièces couleur grisaille. Je fus très surpris un jour de l'entendre m'appeler « p'tit con ». Mais j'appris quelques heures plus tard que c'était sa façon de témoigner sa sympathie pour certains de ses jeunes collègues. Passant outre les barrières de la hiérarchie, je décidai alors de lui rendre la monnaie de sa pièce :

« Comment allez-vous aujourd'hui, p'tit con ?...

— Très bien, je vous remercie, monsieur le procureur, répondis-je, mais puis-je me permettre de me montrer irrévérencieux à votre égard ?

— Allez-y.

— J'ai trouvé la réplique à votre sobriquet. C'est une phrase de Georges Courteline : " Passer pour un idiot aux yeux d'un imbécile est une volupté de fin gourmet. "

— Lambert, bravo ! Vous me noterez ça sur un papier. Ça vous vaudra un point de plus pour votre notation. »

Et j'en avais bien besoin de ce point ! Car si j'aimais l'aspect pénal du travail au Parquet (qui compte également un service civil), j'éprouvais des difficultés à m'adapter à l'optique répressive du ministère public — sans trop moduler les réquisitions en fonction de la personnalité des inculpés ou des prévenus — et à un travail uniquement sur dossier. Du coup, je finis par afficher un certain détachement, qui fut mal ressenti par les magistrats chargés de ma notation.

Cela me conduisait à me poser des questions sur ma vocation, et à me demander si je ne m'étais pas fourvoyé. J'observais un décalage profond entre ce que des magistrats m'avaient dit avant que je ne passe le concours : « Ce sont des fonctions terriblement absorbantes — on ne voit pas le temps passer — et qui exigent la prise de décisions à chaque instant de la journée, en ne perdant jamais de vue que l'on travaille sur de l'humain. Il faut mesurer le poids de ces décisions, en juger la portée, penser aux conséquences. » Je n'ai pu m'empêcher, depuis, de rapprocher ces paroles du travail de ceux qui, en bons fonctionnaires, rédigent des jugements ou requièrent des peines dans un état de vigilance parfois émoussé par la force de l'habitude.

Mais au début du mois d'avril 1979, je franchissais la porte d'un cabinet d'instruction pour les nécessités de mon stage. Ce fut la révélation.

Il y avait deux juges d'instruction à Angers à l'époque. Est-il besoin de souligner que c'était scandaleusement insuffisant ? Mais tant que l'on ne se résoudra pas en haut lieu, d'une part à augmenter le budget de la Justice, d'autre part à accroître dans des proportions notables les postes de magistrats — condition première pour une « bonne justice », bien avant l'équipement des tribunaux en machines et ordinateurs coûtant une véritable fortune, surtout en réparations... —, les doléances continueront à fuser de partout.

Mon « maître » était un homme jeune — trente-quatre ou trente-cinq ans — au physique de play-boy, passionné par ses fonctions, se déplaçant volontiers sur le terrain, scrupuleux jusqu'à l'anxiété. Peut-être un peu trop axé sur les éléments à charge, mais c'est l'essence même de la fonction qui fausse le jeu dans ce sens. J'aurai l'occasion de développer ce point. Et très rapidement, il me confia des dossiers. Je préparai ainsi mon premier interrogatoire récapitulatif — acte final d'un dossier d'instruction, avant transmission au procureur de la République pour son réquisitoire tendant à la transmission des pièces au procureur général ou allant dans le sens d'un non-lieu — dans une affaire de viol. Le procureur me fit compliment de mon travail, ce qui m'incita à croire que cette fois, peut-être, je deviendrais l'homme qui se fondrait dans le moule social qui l'attendait.

En fin de journée, parfois jusqu'à vingt-deux heures, j'inculpais et j'interrogeais des gens qui m'étaient présentés, seul avec le greffier. J'appréciais cette marque de confiance.

Je me sentais parfaitement à l'aise derrière le bureau du juge, face à mes premiers inculpés. Je me souviens d'un dossier dont la lecture de la procédure me faisait craindre mes réactions : deux homosexuels avaient été surpris au milieu de la nuit par une patrouille de police (qui cherchait les voleurs d'un véhicule !) dans les toilettes d'un jardin public, tout près du Palais : en passant au ralenti, les policiers avaient vu une tête qui « se balançait d'avant en arrière ». Encore très naïf à propos de l'homosexualité, je redoutais de ne pouvoir m'empêcher de rire en interrogeant ces deux hommes que j'imaginais tout droit sortis de *La Cage aux folles*. Je vis en face de moi deux braves types d'une quarantaine d'années, un cadre commercial et un fonctionnaire qui était marié, qui reconnaissaient les faits sans aucune réticence, mais redoutaient les conséquences de leurs effusions nocturnes sur leur profession. Je n'avais plus du tout envie de rire. Ces malheureux avaient eu le tort d'être surpris avant l'abrogation le 23 décembre 1980 de l'article 330 du Code pénal qui, dans son alinéa 2, réprimait l'homosexualité, en prévoyant une peine de six mois à trois ans d'emprisonnement et une amende de 1 000 à 20 000 francs.

Le substitut de permanence avait décidé l'ouverture d'une information contre les deux « délinquants ». Il n'avait pas requis le mandat de dépôt, mais le contrôle judiciaire à l'encontre des deux hommes, avec expertise mentale, et obligation pour eux de se faire soigner.

Cela se passait en avril ou mai 1979, alors que les discours officiels rappelaient les nécessités pour la Justice de s'adapter à l'époque, de se dépoussiérer, d'être enfin en adéquation avec une nation par ailleurs à la pointe du progrès...

A l'issue de ce stage à l'instruction, à la fin du mois de mai, ma décision était prise : je serais juge d'instruction. Et comment n'aurais-je pas repensé à ces étonnantes paroles d'un enfant de neuf ans et demi : « Plus tard, quand je serai grand, je veux être juge d'instruction. »

Ce ne furent pas mes stages au tribunal pour enfants, en juin et juillet, et au tribunal d'instance, en septembre et octobre 1979, qui me détournèrent du but que je m'étais fixé.

□

Mais le Destin devait encore se montrer coquin avec moi.

Au mois de novembre 1979, tous les auditeurs de justice de ma promotion s'étaient retrouvés à Paris pour procéder à la répartition « amiable » des postes qui nous étaient proposés.

Jusqu'en 1968 ou 1969, à l'issue du classement de fin de stage, le « premier » faisait son choix sur la liste des fonctions offertes en étant certain de voir ses exigences satisfaites, alors que le malheureux dernier prenait le poste dont personne n'avait voulu. Généralement, le pauvre garçon ne se retrouvait pas juge d'instance à Cannes...

Les promotions « post-soixante-huitardes » émues par l'injustice de ce système, qui ne prenait pas en compte les circonstances familiales, avaient alors décidé que la répartition se ferait suivant des critères d'ordre personnel, sans tenir aucun compte du classement. Cela ne se passait pas toujours dans un climat de sérénité, et les mauvaises langues racontent que des pugilats du plus navrant effet avaient parfois opposé des « presque-magistrats ».

Mon choix se porta sur un poste de juge d'instruction aux Sables-d'Olonne. Personne ne me le disputait dans les premiers jours des tractations. Je ne connaissais pas la ville, mais on m'en disait déjà le plus grand bien, avec un palais de justice à proximité immédiate de l'Océan. Je me voyais déjà...

Mais soudain, catastrophe : un auditeur d'origine parisienne, marié, père de famille, avait été privé du poste dans le Midi sur lequel il comptait tant, et prié d'aller « voir ailleurs ». Il s'était alors rabattu sur Les Sables-d'Olonne. Et moi, malheureux célibataire, n'ayant aucun critère particulier à invoquer, j'étais invité à renoncer à mes beaux rêves, et contraint à me reporter à la liste des postes encore vacants.

La « convention » touchait à sa fin, et le choix s'était singulièrement rétréci pendant que je rêvais entre deux interrogatoires à mes promenades sur la plage. Je pris la décision de me rabattre sur Abbeville, dans la Somme, dans les fonctions de substitut. Ni l'une ni l'autre ne m'enthousiasmaient. Mais Abbeville n'était pas loin d'Amiens, où j'avais vécu pendant treize ans, et j'y avais conservé quelques amis (es). Je resterais deux ou trois ans dans cette sous-préfecture, puis je demanderais ma mutation.

Et un vendredi matin, alors que je venais pour signer mon « engagement » dans cet immeuble où, deux ans plus tôt presque jour pour jour, j'avais subi les épreuves orales du concours, je surpris dans le hall une conversation entre deux collègues : « C'est curieux que le poste de juge d'instruction à Epinal n'ait pas été pris. » Je précise que sur la liste, nous bénéficiions d'un « volant » de deux ou trois postes supplémentaires.

Les mots magiques de « juge d'instruction » tintèrent agréablement à mes oreilles et, m'adressant à mes deux collègues, j'obtins une réponse affirmative à mon interrogation.

Je connaissais deux auditeurs, originaires de l'est de la France, qui avaient choisi Epinal pour les fonctions de substitut et de juge au Siège. Après les avoir repérés dans un groupe, je leur demandai avec une pointe d'anxiété dans la voix : « A Epinal, il n'y a pas de problème de langue ? » J'avais entendu dire que, pour travailler en Alsace, il était préférable d'avoir des racines familiales profondes dans la région, en raison des particularismes linguistiques. Et dans mon esprit, moi qui n'étais jamais venu dans l'est de la France, sinon pour visiter Strasbourg à l'occasion d'une permission pendant le service militaire, l'Alsace et la Lorraine, c'était bonnet blanc et blanc bonnet !

Après m'être rapidement renseigné sur le département des Vosges, sur l'absence de ces hauts fourneaux qui endeuillent le paysage, et appris tout au contraire que la région est riche de forêts magnifiques, terres d'élection des randonnées pédestres, je décidai de signer pour le poste de juge d'instruction à Epinal.

Le Destin continuait donc à me faire signe.

En décembre 1979 et en janvier 1980, de retour dans ma ville de stage, je me perfectionnai dans la fonction choisie.

Et à la fin du mois de janvier, je déménageai les quelques meubles de mon studio d'Angers avec l'aide de mon père. Nous étions arrivés tard le soir dans la « cité des images » qui allait bouleverser mon existence...

Souvent, après le 16 octobre 1984, on me demandera si je me sentais armé pour affronter « l'Affaire ». La question me paraîtra toujours saugrenue. C'est comme si l'on avait interrogé un général de l'état-major de nos armées en 1939 sur nos capacités à bouter les Teutons hors de France dans l'hypothèse, fort improbable, où l'idée leur serait venue d'envahir notre territoire. La visite de la ligne Maginot, le spectacle de l'alignement de nos chars d'assaut et de nos avions, les chiffres impressionnants sur notre puissance de feu, la démonstration du moral de nos troupes (« Nous irons pendre notre linge sur la ligne Siegfried »), auraient convaincu l'interlocuteur. Et pourtant, on connaît la suite...

Une formation de deux années m'avait préparé aux fonctions de juge d'instruction. Une expérience de quatre années et demie avait commencé à blanchir le bonhomme sous le harnais.

Mais, à l'instar de ces attaques militaires qui prennent de court et privent d'une riposte parce que leur schéma n'a pas été enseigné sur les bancs de l'Ecole militaire, certaines affaires criminelles peuvent, pendant un certain temps, troubler ceux qui sont chargés de faire éclater la vérité.

Et comment ne pas classer dans cette catégorie ce fait divers considéré par un spécialiste de la vie judiciaire comme le plus important de ces cinquante dernières années ?

Le mardi 16 octobre 1984, à vingt et une heures quinze, les sapeurs-pompiers de la commune de Docelles (Vosges) découvraient le corps du petit Grégory dans la Vologne — rivière qui traversait la localité — à hauteur d'un barrage situé dans le centre de la ville. L'enfant avait les pieds et les mains liés, son bonnet de laine était rabattu sur le visage.

En quelques heures, « l'Affaire » allait prendre une dimension d'horreur jamais rencontrée dans les annales judiciaires à propos d'assassinats d'enfants.

Ces derniers sont malheureusement plus fréquents qu'on ne le pense : dans le courant de l'automne 1986, les cadavres affreusement mutilés, le crâne fracassé, de deux garçons âgés d'une dizaine d'années, seront découverts près d'une voie de chemin de fer, à la sortie d'une petite bourgade proche de Metz. Quelques mois plus tôt, au printemps 1986, dans la région du Mans, une fillette dont la disparition était signalée depuis quelques jours, était retrouvée, morte par strangulation. Unc enquête minutieuse des gendarmes permettait d'interpeller un voisin des parents, qui ne tardait pas à passer aux aveux. Au mois de décembre 1986, la cour d'assises d'Indre-et-Loire condamnait à la réclusion criminelle à perpétuité une femme de trente-neuf ans, qui avait reconnu, lors des débats, avoir étranglé à l'aide d'une ceinture sa fille, âgée de neuf ans.

Mais en l'espèce, l'horreur venait du fait que le crime avait été revendiqué par un mystérieux « corbeau ».

Le correspondant en Lorraine de l'AFP avait très vite connu cette information, puisque le même 16 octobre, vers vingt-deux heures, il faisait partir une dépêche indiquant qu'un oncle de l'enfant avait reçu, en début de soirée, un coup de téléphone d'un correspondant anonyme lui annonçant : « Ça y est, on a l'enfant, on le fiche dans la Vologne. »

Le 18 octobre, les journaux reproduisaient une lettre interceptée la veille par les gendarmes, adressée au père de Grégory : « J'espère que tu mourras de chagrin, le chef. Ce n'est pas ton argent qui te redonnera ton fils. Voilà ma vengeance. Pauvre con. »

Grâce à la quarantaine de journalistes présents dans la vallée de la Vologne (affluent de la Moselle long d'une trentaine de kilomètres, prenant sa source dans le lac de Gérardmer), à partir de ce même jeudi 18 octobre 1984, les Français n'allaient rien ignorer des activités de ce mystérieux « corbeau ».

Avant la Toussaint, presque tout sera dit et écrit sur les centaines d'appels téléphoniques — très souvent silencieux, diurnes et nocturnes — qui dérangeaient les grands-parents paternels de Grégory, ses oncles et ses tantes. On découvrait au fil des jours que le « corbeau » s'était « amusé » à envoyer chez les grands-parents un entrepreneur de pompes funèbres, un ambulancier, un garagiste, un marchand de charbon, pour des plaisanteries d'un goût douteux à caractère macabre.

Les lecteurs, auditeurs et téléspectateurs, apprenaient dans le même temps qu'en 1983, le « corbeau » avait écrit trois lettres, empreintes de ce caractère ordurier qu'affectionnent les auteurs de lettres anonymes à vocation méchante. Les termes « bâtard », « salope », « conasse de gonzesse », « sale gueule de cochon », « chier », revenaient régulièrement sous la plume.

Dans la matinée du 17 octobre, un photographe de presse — certains n'avaient pas perdu de temps ! — surprenait un gendarme en train de relever des empreintes de talons de chaussures et de traces de pneus près de l'endroit supposé où le petit corps avait été jeté à l'eau. Quand la photo sera publiée, elle vaudra au malheureux gendarme les foudres des gradés, convaincus de la complaisance de leur subordonné, alors qu'il n'en était rien.

Très vite, les Français intéressés par « l'Affaire » sauront qu'il s'agissait de talons de chaussures de femme. Ils penseront également que d'après les premiers témoignages recueillis — et ils n'ignoraient rien du contenu de ces déclarations, le secret de l'instruction étant déjà jeté dans les oubliettes —, le « corbeau » pouvait être un homme, puisque les victimes évoquaient parfois un « gars », un « type », tout en précisant que la voix était souvent à la limite de l'inaudible. Un couple pouvait donc avoir commis cet assassinat.

« Au vu des premiers éléments de l'enquête, les gendarmes n'excluaient pas, mardi soir, l'hypothèse d'une vengeance familiale » ; le correspondant de l'AFP cernait très bien le problème : l'assassin n'était pas un individu de passage.

Si des dizaines de milliers de Français écrivent chaque année des lettres anonymes avec une intention maligne, les annales judiciaires restent pauvres en véritables affaires de « corbeau ».

L'un d'eux est entré dans l'histoire pour avoir tenu en échec pendant plusieurs années la Police et la Justice, à partir de décembre 1917, à Tulle, charmante préfecture de la Corrèze. Cette affaire inspira à Henri-Georges Clouzot le scénario de son film *Le Corbeau.*

Encore que cet être malfaisant — une nommée Angèle Laval, ancienne employée à la Préfecture — ne causera la mort que d'une seule personne, et de manière indirecte : un malheureux sera victime d'une crise cardiaque, après avoir reçu une lettre anonyme l'informant que son épouse avait reconnu être le « corbeau ».

Alors que le 16 octobre 1984, le « corbeau » avait été pour le moins complice du plus abject des assassinats dans la gamme des exactions humaines : celui d'un enfant.

Mais l'existence de ce « corbeau » ne sera pas le seul élément qui amplifiera l'horreur de ce fait divers et rendra l'enquête et l'instruction longues et difficiles.

Le 5 novembre 1984, l'annonce de l'inculpation d'un cousin du père de l'enfant ouvrira un journal télévisé, à vingt heures, avant le résultat des élections présidentielles aux Etats-Unis. Sa mise en liberté, le 4 février 1985, bénéficiera du même traitement privilégié.

Son assassinat par le père du petit être innocent, le 29 mars 1985, bouleversera l'opinion publique.

L'inculpation de la propre mère de l'enfant, le 5 juillet 1985 et sa libération par la chambre d'accusation onze jours plus tard occuperont près de la moitié du temps d'antenne des différents journaux télévisés du soir.

Le mardi 9 décembre 1986, l'annonce de son renvoi devant la cour d'assises par l'arrêt de la même chambre d'accusation sera faite dès treize heures sur une grande chaîne de télévision.

Contrairement à certains collègues, je ne m'étais jamais étonné de lire sur le petit écran, à plusieurs reprises dans le courant de l'automne 1986, des extraits de mon ordonnance de transmission du dossier au Parquet général, conformément à la procédure suivie en matière criminelle. Je n'avais pas attendu ce 11 septembre 1986, date de ma dernière signature dans ce dossier, pour savoir que le secret de l'instruction était mort depuis longtemps.

Près de vingt-trois mois d'instruction, constamment sous les feux de la rampe...

2

De quelques assassinats, « beaux meurtres » et autres crimes commis dans la France profonde

C'est pas seulement à Paris
Que le crime fleurit.
Nous au village aussi l'on a
De beaux assassinats...

GEORGES BRASSENS

L'ANNÉE 1980 allait se révéler particulièrement riche en affaires criminelles. Pour mes débuts dans la fonction, j'allais être « servi »...

Pendant que se déroulait la cérémonie de l'installation de mes deux collègues et moi le 1er février 1980, un garçon de vingt ans et un Maghrébin de quarante ans tournaient en rond dans une cellule de la maison d'arrêt, à une cinquantaine de mètres du Palais — les deux bâtiments communiquaient par un sas —, en attendant, pour être fixés sur leur sort, que j'aie pris connaissance de leurs dossiers respectifs. Mon collègue n'avait pas eu le temps de les traiter, étant seul magistrat instructeur à Epinal depuis cinq mois, et donc suffisamment occupé avec ses propres procédures, au nombre desquelles il y avait quelques affaires relevant de la cour d'assises.

Dès l'après-midi du 1er février, j'avais naturellement accordé la priorité à ces deux affaires. Mais les procédures de ce genre exigeant une attention soutenue, il convient de s'imprégner du climat dans lequel baignaient les protagonistes de ce qui constitue fatalement un drame ; cette tâche n'est guère aisée quand le magistrat-instructeur n'a procédé à aucun interrogatoire ou audition, n'a pu se rendre sur les lieux. Quelques jours plus tard, je m'étais attelé à la rédaction des interrogatoires récapitulatifs des faits et de la personnalité des auteurs de deux crimes horribles, moins en raison du geste lui-même que du contexte.

Au début du mois de mars, je vis pénétrer dans mon cabinet, encadré par deux gardiens de la paix, mon « premier criminel », le garçon de vingt ans.

Et pour la première fois, je fis une observation qui ne souffrira aucune exception par la suite : il n'avait pas le « physique du rôle » : de petite taille, sa silhouette fluette s'accordait avec un visage creusé et un teint livide. Ses cheveux tiraient sur le blond. Les plis de la bouche et le regard traduisaient un caractère dur, déjà désabusé.

« Avoir l'air d'un criminel » : le premier de ces clichés sur le monde judiciaire auxquels il convient de tordre le cou. La trentaine de dossiers criminels que j'ai instruits en près de sept années de fonctions ne m'ont mis en présence que de gens comme les autres, qui certes ne ressemblaient pas à des séraphins, mais qui ne présentaient pas davantage ces caractéristiques physiques et morphologiques que certains criminologistes du début du siècle avaient cru déceler chez tous les assassins ou meurtriers en puissance : un nez de telle forme ou des oreilles de telle couleur conduisaient fatalement tôt ou tard sur le banc d'infamie. Et je ne caricature nullement cette théorie, qui ne recueille aujourd'hui l'assentiment que de quelques esprits isolés.

Certes, des personnages à la mine patibulaire s'assiéront sur la chaise d'inculpé. Mais seules les circonstances les avaient amenés à jouer du couteau dans un bal, ou alors ils s'étaient rendus coupables de vols de cuivre, ou de « siphonnages » d'essence, autant de délits dont la gravité restait bien en deçà de ce qu'un physique rebutant pouvait laisser craindre.

Les faits commis par Patrice F. étaient d'une grande banalité dans leur atrocité : il avait tué à l'aide d'une simple branche de bois un brave ouvrier retraité qui vivait seul dans une très modeste maison de la périphérie d'Epinal. Son intention était au départ d'aller demander de l'argent au malheureux, qui se rendait deux fois par semaine à la Caisse d'épargne pour retirer quelques centaines de francs.

La condition sociale de Patrice était bien plus misérable encore que celle de sa victime, qui bénéficiait, elle, de quelques ressources. Le futur criminel vivait seul avec sa mère dans un logement situé dans une caserne militaire désaffectée, devenue le refuge des déshérités, des clochards, et, quelques années plus tard, des punks, dans les bâtiments qui n'avaient pas été annexés par quelques administrations pour leurs bureaux : services de l'Education surveillée, direction départementale de l'Agriculture, etc.

Chaque matin, la mère de Patrice descendait en ville vers dix heures trente pour se rendre à la « Soupe populaire » — à deux pas du palais de justice — et remontait avec le quignon de pain, les trois pommes de terre et le petit bout de viande qui constitueraient le déjeuner de son fils.

Le jour des faits, en mars 1979, Patrice F. était descendu en ville en début d'après-midi. Sa mère, qui rencontrait souvent le brave vieux en ville, avait fini par remarquer son habitude de se rendre à la Caisse d'épargne deux fois par semaine. Et elle en avait informé son fils en lui précisant les jours des retraits... C'est ainsi que Patrice savait que, ce jour-là, les poches « du p'tit père Jean » contiendraient quatre ou cinq billets de cent francs. Il avait aperçu sa future victime dans le centre ville, et l'avait suivie à distance jusqu'à son taudis. Ce dernier terme n'est pas exagéré puisque, après avoir pénétré dans la « baraque » derrière le « p'tit père Jean » et avoir fait connaître ses exigences financières, Patrice avait refusé de se rendre dans une autre pièce que le couloir pour discuter, en raison de l'insalubrité des lieux. Il ne devait pourtant guère entrer dans les habitudes du futur criminel de jouer les délicats...

La discussion dans le couloir avait duré près d'une heure. Le brave retraité était ensuite sorti de chez lui, pour se diriger vers la décharge municipale, toute proche. Il avait notifié clairement à Patrice son refus de lui donner de l'argent : « Quand on est jeune on n'a qu'à travailler, et de mon temps... »

Mais arrivé à proximité de la décharge, le petit vieux avait buté contre une pierre. Il n'était pas tombé, mais avait dû se pencher en avant, une fraction de seconde. Cela avait suffi au jeune homme : juste avant de pénétrer dans la maison derrière Jean L., il avait ramassé un morceau de bois, qu'il avait caché derrière son dos pendant la « discussion ». Profitant de l'absence très momentanée de tout moyen de défense du vieil homme, Patrice lui avait porté un coup derrière le crâne. « T'es fou ! » avait eu le temps de crier le malheureux, avant de tomber sur le côté. Il avait tenté de se protéger la tête avec ses mains, et Patrice F. lui avait porté un nouveau coup très violent, au-dessus de l'oreille. Mais il vivait encore quand des promeneurs le découvriront vers dix-neuf heures. Il décédera quatre heures plus tard.

Son agresseur l'avait alors fouillé, n'avait trouvé qu'un porte-monnaie contenant cinquante-cinq centimes, la clé de la porte et un paquet de Gauloises bien entamé. Il avait pris les deux derniers articles, puis était revenu fouiller la maison. Dans la cuisine, il avait pris un paquet de cigarettes. Il était ensuite rentré chez lui, et avait tout raconté à sa mère. « Tu es fou, tu n'as pas pu faire ça ! » lui avait-elle répondu, peut-être pour se protéger contre d'éventuels ennuis avec la Justice.

Meurtrier pour deux paquets de cigarettes, dont l'un aux trois quarts vide !

De l'interrogatoire de curriculum vitae, il ressortait que le père de Patrice F..., monteur de charpentes métalliques, avait quitté le foyer quand son fils avait treize ans. Il buvait, frappait sa femme quand il était ivre. Celle-ci s'adonnait également à la boisson. Malade en raison d'une sous-alimentation, elle avait passé un an dans un hôpital psychiatrique. Placé dans un foyer, ainsi que ses trois sœurs, Patrice y avait appris le métier de maçon. Sa mère, à sa sortie de l'hôpital, avait trouvé un emploi d'ouvrière. Mais un accident du travail l'avait obligée à arrêter. Pendant près de trois années, Patrice avait travaillé « normalement », donnant toute satisfaction à ses employeurs. Il sera à son tour victime d'un accident du travail qui lui occasionnera des brûlures au visage et aux jambes, avec quinze jours d'hospitalisation.

L'existence ne sourit guère à certaines gens.

Appelé sous les drapeaux dans un régiment d'artillerie, Patrice avait déserté à l'occasion de sa première permission, passée auprès de sa mère. L'ANPE avait ensuite refusé de l'inscrire sur ses listes, en raison de sa qualité de déserteur. Il occupait ses journées à chercher du bois pour chauffer le logement, décrit par les enquêteurs comme « insalubre, malpropre, avec un mobilier en mauvais état et insuffisant ».

Patrice F. sera condamné à sept années de réclusion criminelle.

Avec « mon second » criminel, je pénétrais dans les drames de la vie conjugale. Mais pas une de ces histoires graveleuses qui provoquent immédiatement des sourires narquois et entendus, ou qui incitent à s'apitoyer sur le sort d'un malheureux époux abusivement trompé, dont le cas inspire davantage la commisération que la condamnation sans appel d'un crime commis pour réparer l'honneur d'un mari bafoué.

Cet ouvrier de nationalité algérienne, né en 1940, était décrit par les experts psychiatres comme « possédant une constitution paranoïaque de la personnalité, avec rapport de cause à effet sur l'assassinat et la tentative d'assassinat dont il s'était rendu coupable, sans que cette constitution doive être considérée comme franchement pathologique ». Le sujet ne devenait dangereux que « dans une situation passionnelle aiguë ».

L'homme avait passé une nuit, au mois de janvier 1979, à torturer sa femme, de cinq ans sa cadette, en l'enfermant dans la chambre, puis en la frappant pour lui faire avouer qu'elle avait un amant. Vers trois heures trente du matin, elle lui avait dit qu'il pouvait la tuer, car elle en avait assez d'être frappée, mais qu'elle « mourrait innocente ».

Il lui avait alors collé un couteau sous la gorge, en la menaçant de lui couper le nez et les cheveux (!) si elle n'avouait pas. Après l'avoir contrainte à s'allonger sur le lit, sur le dos, il l'avait encore « interrogée » pendant une heure, le couteau sur le ventre. Puis il avait relevé le pull de son épouse, avait dégrafé le haut du pantalon, et tenant l'arme à pleines mains, avait donné un coup sec dans le ventre. Avant de perdre connaissance, la malheureuse avait entendu son mari lui conseiller de ne pas bouger — sinon elle allait mourir — et lui dire qu'il allait chercher un médecin. L'examen médical révélera qu'elle était enceinte de trois mois...

Presque chaque soir, pendant cette période de grossesse, il l'avait frappée au visage, lui avait donné des coups de pied dans le ventre, ou l'avait serrée à la gorge. Il avait posé des cadenas sur les fenêtres et enfermait la malheureuse à double tour quand il partait au travail.

Le mari fou était resté aux côtés de sa victime jusqu'à huit heures trente, en attendant l' « amant »... Mais ne voyant venir personne, il était parti à l'usine. A l'atelier, il était allé droit vers celui — un coreligionnaire — qu'il soupçonnait d'entretenir les coupables relations, l'avait pris par le bras, et sans autre forme de procès, avait sorti son couteau, puis avait commencé à frapper. Un autre ouvrier racontera qu'il semblait choisir l'endroit où il allait enfoncer le couteau, que les coups étaient toujours accompagnés d'un sourire sarcastique. Ensuite, il sautillait devant le cadavre, et répétait : « Je t'ai eu ! Je t'ai eu ! »

Le « pire » est que le malheureux n'avait, semble-t-il, jamais touché à un cheveu de l'épouse de son assassin ! Celui-ci se fondait sur des « impressions ».

L'assassin sera condamné à dix années de réclusion criminelle.

□

Les pages qui précèdent sont écrites avec la plume froide du clinicien qui jette sur un dossier un regard totalement extérieur. Dans la première des deux affaires, et puisque je les avais prises « en route », je n'avais pas procédé à l'interrogatoire de première comparution du jeune Patrice, je n'avais pas assisté à l'autopsie du malheureux vieillard, je n'avais pas entendu la mère du meurtrier, je n'avais pas passé des heures en face de celui-ci. Dans le second dossier, j'aurais aimé entendre l'épouse victime, la « jauger », essayer de voir dans quelle mesure les soupçons de son mari n'étaient pas fondés. J'aurais aimé interroger celui-ci, tenter de déceler sa paranoïa. En résumé, voir défiler dans mon esprit des images, des haussements de voix, des colères, des sourires, des regards, des gestes, en relisant les procès-verbaux, et donner ainsi une épaisseur restant strictement personnelle au dossier, celui-ci devant présenter tous les caractères d'une neutralité due à l'absence apparente d'émotion chez le magistrat.

Mais la perfection glaciale de la transcription dactylographiée sur procès-verbal du « jeu des questions et des réponses » ne rend pas compte de toutes les paroles qu'ont pu échanger le juge et l'inculpé.

Entre ces deux personnages, une relation s'établit fatalement, dès lors que la gravité des faits dépasse le vol de deux véhicules, ou ne se limite pas à la confirmation des déclarations faites devant les policiers ou les gendarmes.

Cette relation prend la forme d'un dialogue, et si celui-ci est le fait de deux personnes intelligentes, il peut conduire le magistrat aux frontières dangereuses de la compréhension. Or, « juger c'est ne pas comprendre »...

Dieu merci, les juges d'instruction ne participent pas à la

formation collégiale des trois magistrats chargés de sanctionner les délinquants. Ils seraient dans certains cas bien embarrassés pour exercer le devoir de réprimer.

Le juge d'instruction peut également vivre une situation extrêmement difficile à supporter, mais qui garde un caractère exceptionnel : voir dans celui qui est assis en face de lui sur la chaise de l'inculpé le reflet de ses propres fantasmes, de ses obsessions, la résurgence de certains souvenirs que l'on croyait bien enfouis au fond de la mémoire.

Ce n'était pas la première affaire criminelle dans laquelle je devais informer du début à la fin, qui risquait de m'inspirer ces réflexions ambiguës.

Pascal D. était âgé de vingt-quatre ans... Grand, solide, les traits épais de l'individu qui n'est pas un intellectuel et qui n'a jamais dormi — et ne dormira jamais — dans un lit à baldaquin, il m'avait surtout impressionné par ses mains : des battoirs larges comme des assiettes. Ce détail physique a son importance, car j'avais inculpé Pascal D. de tentative de viol sur la personne d'une femme chauffeur de taxi.

Le viol était alors réprimé par l'alinéa 1er de l'article 332 du Code pénal : « Quiconque aura commis le crime de viol sera puni de la réclusion criminelle à temps de dix à vingt ans. »

Le problème est que cet article ne donnait aucune définition du viol. Et face à l'imagination perverse de certains individus — se plaisant par exemple à remplacer l'organe dont la nature les a pourvus par des instruments du genre brosse à cheveux à « poils » métalliques (je verrai le cas) —, les magistrats ne pouvaient aller au-delà de la qualification délictuelle d'outrage public à la pudeur, quand bien même les faits s'étaient passés dans un appartement privé. Le législateur du 13 mai 1863 et du 2 juillet 1945 semblait davantage préoccupé par la répression de l'homosexualité ou de la pédérastie.

Il sera mis un terme à tous ces errements juridiques par la loi du 23 décembre 1980, qui modifiera le texte de l'article 332 en donnant une définition très large du crime de viol : « Tout acte de pénétration sexuel, de quelque nature qu'il soit, commis sur la personne d'autrui, par violence, contrainte ou surprise, constitue un viol. »

Et de violence, Pascal D. avait su en user à l'égard de sa

victime, une jeune femme de trente-six ans. Les gendarmes m'avaient remis des photos prises le soir même des faits : le visage tuméfié avait presque doublé de volume.

Comme cela arrive régulièrement — j'oserai presque écrire : normalement — dans les affaires de viol, l'inculpé niait les faits : non, il n'avait pas frappé Mme X. à coups de poing, il avait « seulement » utilisé le tranchant de la main. Quant au reste...

Après avoir demandé à la conductrice du taxi de le conduire à destination, il lui avait ordonné de s'enfoncer dans un petit chemin. La jeune femme, commençant à se douter de quelque chose, lui avait dit : « Non, je ne peux pas, le chemin est en mauvais état ; soyez raisonnable, il faut que je sois rentrée chez moi à treize heures quarante-cinq. » Il l'avait alors giflée, puis serrée au cou. La voiture désormais hors de vue des automobilistes circulant sur la route il avait ordonné : « Tu vas faire ce que je veux, je suis armé. J'en ai déjà tué deux, tu feras la troisième. Je suis recherché par la police, j'en aurai pour quinze ans. » Devant moi, il démentait avoir tenu ces propos, comme la suite : « Je vais commencer par t'embrasser, et tant que je t'embrasse, tu ne dois pas ouvrir les yeux, tu dois ouvrir la bouche. »

La victime m'avait décrit la scène avec des sanglots dans la voix : Il lui avait caressé les cuisses, et comme elle ouvrait les yeux, il lui avait porté un coup de poing à l'estomac.

Pascal D. niait ce geste de brutalité. Comme il niait avoir ouvert le corsage de la malheureuse, avoir soulevé le soutien-gorge, avant de lui mordre un sein. Il niait ce dernier fait, en dépit d'un hématome constaté par le médecin.

Il niait encore avoir pris sa victime par les cheveux, lui avoir cogné la tête contre les genoux, puis contre le siège, en continuant de la frapper à coups de poing, avoir baissé le collant et le slip de la jeune femme, après s'être lui-même déshabillé. A en croire l'inculpé, elle avait elle-même ôté ses vêtements, pressée de sentir son corps frémissant de désir entre ses bras !

Quelques années plus tard, j'entendrai des propos similaires dans la bouche d'un jeune Turc ayant lui aussi violé une femme chauffeur de taxi. Il n'y allait pas par quatre chemins : sa « victime » s'était allongée dans l'herbe, avait relevé sa jupe, baissé son slip, et avait attendu dans un état de pâmoison le moment de la pénétration !

Les auteurs de crimes de sang à caractère passionnel se sentent très souvent soulagés après la commission de leur forfait, et devant le juge d'instruction, ils ne cachent aucun détail. Les violeurs, eux, cherchent à rejeter la responsabilité sur la victime. C'est tomber dans l'erreur grossière que d'affirmer que beaucoup de femmes violées ont joué les provocatrices, que la frontière entre la provocation et la bestialité de l'acte est parfois bien floue. Je ne m'étonne pas qu'une personne de tempérament « allumeur », ayant aguiché un homme pour dire « non » au moment crucial, reçoive une paire de gifles lui brouillant la vue pendant quelques minutes. Mais souiller une femme au plus profond de son intimité, avec tous les traumatismes psychologiques qui en résultent obligatoirement, constitue un crime qu'aucune forme d' « avances » ne peut justifier.

Les actes de violence de Pascal D. n'avaient servi à rien puisque, en raison de sa position inconfortable sur le siège, il n'avait pu arriver à cet état physiologique qui permet, sur le plan juridique, de transformer une tentative en viol pur et simple. Sa victime était restée inanimée un moment. Au réveil, Pascal lui avait dit : « Qu'est-ce que j'ai fait, je suis un salaud et toi tu es une chic fille. Tu vas me dénoncer, et je vais en prendre pour quinze ans ! » Ce sont les paroles rapportées par la jeune femme elle-même.

Pascal D. avait ensuite pris la fuite à pied. Mais n'ayant pas perdu le nord pour autant, il était revenu à la voiture pour s'emparer d'un portefeuille contenant environ trois cents francs. La victime était déjà partie en courant sur la route. Prise en stop, elle s'était rendue immédiatement à la gendarmerie. L'agresseur sera interpellé quelques heures plus tard.

Un dernier détail : les faits s'étaient passés aux environs de quinze heures. Dans la matinée, Pascal D. avait bu entre dix et quinze « canettes » de bière avec des copains.

Devant moi, pour nier les faits, Pascal D. s'exprimait sur un ton neutre, qui semblait signifier : « Vous le juge, vous pouvez croire ce que vous voulez. Et puis, de toute façon, cette femme n'a eu que ce qu'elle méritait. »

On pouvait se demander si le geste de Pascal D. n'était pas inscrit dans la logique de son existence. Certes, avoir un père alcoolique et condamné à vingt années de réclusion criminelle pour avoir frappé à mort un Nord-Africain, en compagnie de quelques copains aussi saouls que lui, ne conduit pas inéluctablement à violer une femme chauffeur de taxi sur un chemin isolé dans les Vosges. Mais comment ne pas s'interroger en lisant certaines déclarations recueillies dans le cadre de l'enquête de personnalité... Son institutrice : Dès l'âge de neuf ans, Pascal cherchait à compenser une infériorité mentale — constatée trois ans plus tôt — par une supériorité physique. L'incarcération du père l'avait rendu violent et querelleur ; il voulait lui ressembler, et faisait preuve de déviations sexuelles anormales pour son âge, en entraînant d'autres garçons dans les toilettes. Les habitants du village décrivent Pascal D. à la même époque comme un être primaire aux réactions brutales et imprévues. Par la suite, au collège, il contestera l'autorité des enseignants du sexe féminin. Plus tard, au service militaire, l'adjudant de compagnie avait noté qu'imposant physiquement, il était peu résistant aux efforts et très négligé sur le plan corporel. Après quelques semaines seulement passées sous les drapeaux, il sera réformé P4, ce qui signifie : « Symptomatologie psychique manifeste, ou organisation pathologique de la personnalité, ou troubles réactionnels répétitifs chez un sujet au niveau intellectuel limité. » Embauché comme ouvrier, il avait été licencié peu de temps après, en raison de son caractère difficile, et parce qu'il faisait preuve de « vives réactions racistes à l'égard des ouvriers nord-africains ».

Marié cinq ans avant les faits, Pascal D. n'ira rendre visite à sa femme qui venait d'accoucher, et alors que la paternité de l'enfant ne suscitait aucun doute, qu'après de fortes pressions familiales. Son père, libéré pour bonne conduite, s'était parfaitement réinséré à la plus grande déception de son fils.

Tous ces éléments conjugués laissaient prévoir que le jeune homme ne militerait jamais dans une ligue contre le racisme, ne deviendrait jamais un jeune cadre dynamique, heureux de rentrer chez lui pour retrouver un foyer uni.

Les prétoires sont grands ouverts à ces garçons que les cabinets de médecins, de psychiatres et les bureaux des organismes sociaux n'ont su accueillir plus tôt...

Les jurés condamneront Pascal D. à huit ans de réclusion criminelle. Quelques années plus tard, d'autres représentants du peuple français condamneront le jeune Turc auteur d'un viol sur une autre femme chauffeur de taxi — faits évoqués plus haut — à neuf années de la même peine.

Cette tentative de viol, et le vol — car Pascal D. avait été également poursuivi pour le vol du portefeuille — dataient du 14 mars 1980. Le 27 mars, j'allais connaître ma première affaire de crime de sang.

Je ne pouvais « rêver mieux » : je commençais en effet par un de ces drames passionnels, qui ne posent aucune difficulté ni quant à la recherche de la vérité, ni sur le plan de la procédure : un homme de trente-deux ans, François J., avait assassiné son épouse, vingt-sept ans, et tenté de tuer son amant.

Les enquêteurs avaient eu leur tâche grandement facilitée par le fait que François J., sitôt son acte horrible commis, s'était rendu chez le maire de la bourgade, et lui avait tout raconté.

D'emblée, l'homme m'avait paru sympathique : petit, fluet, le crâne précocement dégarni, il émanait de sa personne une impression de grand calme. Et il faut bien le dire : sa situation de « cocu magnifique » ne pouvait que favoriser les élans de sympathie, ce genre d'infortune provoquant une forme de solidarité à laquelle je n'avais pas échappé...

Les faits étaient en l'espèce fort simples : travaillant de nuit à l'usine, il s'était couché au petit matin. Vers treize heures, il s'était réveillé. Quelques minutes plus tard, il avait entendu sa femme revenir du travail — elle était agent d'assurances —, raccompagnée par son « employeur » dans la voiture de celui-ci. Il prenait alors la carabine, cachée sous le lit et dont il avait scié le canon quelques jours plus tôt. Sur la pointe des pieds, il se rendait dans la cuisine. Sa femme était accroupie devant le réfrigérateur ouvert. Il s'approchait tout près, à environ un mètre. Le bras tendu, il braquait l'arme dans la direction de son épouse et, en tournant la tête de l'autre côté, il appuyait sur la détente. Apercevant alors le véhicule de « l'employeur » par la fenêtre, il se précipitait à l'extérieur du coquet pavillon, en passant par le garage, et tirait trois coups de feu dans la direction du véhicule. Un projectile atteignait l' « assureur » au bras gauche. Celui-ci réussissait néanmoins à faire demi-tour pour rejoindre la route et échapper à la folie meurtrière du mari. François J. revenait ensuite dans la cuisine. Son épouse émettait des râles. Il rechargea son arme, et tirait deux balles dans la tête, cette fois en visant.

Quand je l'avais interrogé sur les faits, il m'avait expliqué cela très simplement, avec placidité. Il dira quand même une phrase étonnante : « J'ai tué la bonne. J'ai raté le mauvais. »

Quelques jours plus tard, j'entendais l'amant : un homme d'une quarantaine d'années, avec cette pointe de bedon qui sied à un homme qui exerce les responsabilités d'agent général d'assurances, mais qui souhaite enfermer l'excès de masse adipeuse dans des limites raisonnables par la pratique d'un sport le dimanche matin. Manifestant toutes les apparences de la suffisance, je le sentais tout de même un peu inquiet en face de moi. Il devait réserver sa superbe à ses employés... et peut-être à sa femme.

Répondant à ma question, il avait déclaré qu'il avait eu quelques rapports sexuels avec celle qui n'était encore que sa secrétaire. Cela s'était passé à l'occasion d'un stage à Paris. Mais à en croire cet homme, il existait surtout entre son « employée » et lui des affinités culturelles : ils aimaient la même musique, les mêmes lectures. En fait, l'enquête de voisinage menée par les gendarmes révélera que tout le village et les collègues de travail de François étaient au courant des « échanges culturels », et que le malheureux était le seul à ne se douter de rien. Le cas n'est pas unique...

Neuf jours avant les faits, la jeune femme — qui semblait fort jolie d'après les photos jointes à la procédure — et François J. s'étaient rendus chez un avocat pour signer une convention pour un divorce par consentement mutuel. Elle devait déjà s'imaginer dans la peau d'une respectable épouse d'assureur, et non plus d'un modeste ouvrier manquant d'ambition... Trois jours avant le drame, ils étaient allés ensemble chez le notaire pour procéder au partage des biens, mais l'accord n'avait pu se faire. Et, ce jour-là, François J. avait réalisé que tous ses beaux rêves de jadis d'un foyer uni pour la vie s'envoleraient à jamais, et que sa fille, âgée de neuf ans, connaîtrait le sort de tous les enfants de parents divorcés, ballottés de l'un à l'autre. L'idée de réparer par le sang ce rêve brisé avait alors brusquement surgi dans l'esprit d'un homme décrit par tous comme le « brave type » qui n'aurait pas fait de mal à une mouche.

En résumé, la vraie image... d'Epinal du trio classique, mais pour lequel, en l'espèce, le vaudeville avait tourné à la tragédie.

Un hebdomadaire de la grande famille de la presse à scandale ne s'y était pas trompé, qui dans sa série « Crime d'amour... Crime d'amour... Crime d'amour... » avait consacré dans son numéro du 7 au 13 avril 1980 une page à l'affaire : photos du mari, de la femme et de l'amant, avec des titres chocs en énormes et gras caractères : « L'épouse comparait chaque jour son mari à son amant ! », « Quand elle rentrait chez elle, méprisante, elle traitait son mari de minable ! »

Quand il comparut devant la cour d'assises des Vosges, au mois de décembre 1980, François J. se présenta avec un dossier comme tous les avocats de France et de Navarre aimeraient en plaider : brave et honnête mari honteusement trompé, bafoué et humilié, qualifié par sa famille de très gentil, intelligent, bon élève, aimant rester chez lui ou aller à la pêche (alors que suivant les mêmes témoins, son épouse aimait sortir, voyager, rencontrer des gens : faits impardonnables dans le nouveau contexte !), excellent ouvrier, courageux, assidu, discret, parlant peu, et d'après son chef d'atelier, « occupé moralement ».

A l'issue de son interrogatoire de première comparution, François J. avait choisi une avocate du barreau d'Epinal pour assurer sa défense. Quelques jours avant la session des Assises, il s'adjoindra les services d'un ténor du barreau parisien. J'apprendrai que ce cher homme commencera par demander vingt mille francs d'honoraires, qu'il arrivera à Epinal la veille du grand jour, qu'il découvrira et étudiera le dossier dans la nuit... François J. sera condamné à quatre années d'emprisonnement. Même dans les affaires de crimes passionnels, les jurés ne descendent pratiquement jamais en dessous. Gageons que François J. aurait écopé de la même peine en faisant confiance jusqu'au bout à son avocate « locale ». La vente de sa maison lui avait procuré quelques liquidités, dont il ne savait peut-être que faire.

François J., qui n'avait jamais haussé le ton ou employé un mot plus haut que l'autre pendant toute la durée de l'instruction, se suicidera à sa libération de la maison d'arrêt. Quand j'apprendrai la nouvelle, je repenserai à ses paroles : « J'ai tué la bonne. J'ai raté le mauvais ! »

□

Deux semaines plus tard, le 13 avril 1980, j'inculpai d'homicide volontaire et de coups et blessures volontaires un vieil homme de soixante-sept ans, Marcel J. En dépit de « tous mes efforts », je n'éprouverai jamais la moindre sympathie pour celui qui avait l'âge de mon grand-père, et qui bénéficiait a priori de ce courant qu'inspirent les personnes du troisième âge.

L'homme était petit, solide, les cheveux blancs, le visage coloré. Un air buté, fermé, des lèvres rentrées, des paroles dures pour l'ensemble de sa famille, le faisaient ressembler à un chef de clan imbu de sa qualité de patriarche. Comment ne pas penser, en le voyant, à un autre chef de clan, un certain Gaston Dominici ? Tous deux évoluaient dans un monde rude, une nature hostile, un terroir pauvre. Mais, au moins dans le cas des Vosges, ô combien attachant...

Les comparaisons entre les deux hommes s'arrêtaient là. Marcel J. était à l'origine d'une tragédie parce que l'autorité qu'il imposait depuis toujours à sa femme et à ses trois fils était de plus en plus contestée. Ses trois fils majeurs, dont deux vivaient encore sous le toit de leur père, et dignes de faire de la figuration dans un film de Fellini en raison de leur physique, n'échangeaient plus avec le vieil homme que des propos ponctués de : « ta gueule » ou « tu nous emmerdes ».

Le 12 avril 1980, en fin d'après-midi, Marcel J. avait voulu intervenir auprès de son dernier fils, âgé de dix-neuf ans, le seul qu'il aimait encore, alors que celui-ci changeait une courroie sur un motoculteur devant la maison, une jolie bâtisse un peu à l'écart du village... « Ce n'est pas comme ça qu'il faut faire, lui dit-il, laisse je vais te montrer.

— Ah ! fous-moi la paix. Je ne te demande rien !

— Je t'interdis de me parler comme tes frères ! »

Le ton avait ensuite très vite monté, et Marcel J. n'avait pas supporté de voir le petit dernier prendre le même chemin que ses aînés. Il rentrait alors chez lui et, dans la véranda prolongeant l'entrée de la maison, repoussait violemment son épouse, qui voulait le calmer. La malheureuse, de santé fragile, chutait. Le fils aîné, qui se trouvait dans la pièce à côté, intervenait. Ce grand gaillard, aux bras larges comme des gigots, aux pectoraux saillants, donnait alors une gifle à son père. Un peu « sonné », ce dernier montait s'enfermer dans sa chambre, située au premier étage de la maison, juste en face de la cage d'escalier.

Cette « banale » querelle allait prendre ensuite l'ampleur d'une véritable tragédie.

Dans le courant de la matinée, la fille de Marcel J., l'aînée des quatre enfants, était arrivée de la Charente avec son mari et leurs enfants pour passer les fêtes de Pâques en famille.

Les relations entre le « patriarche » et son gendre, âgé de quarante ans, étaient excellentes. Marcel J. me dira plus tard : « Je l'aimais mieux que mes fils. » Cet amour semblait réciproque. D'autant que le gendre, gendarme de son état, ne portait peut-être pas une estime particulière aux deux fils aînés, dont le goût du travail n'était, semble-t-il, pas la vertu première. Informé par sa belle-mère de la violente querelle qui venait de se produire, il décidait de l'aider à porter secours au vieil homme après avoir pris une boîte contenant des pansements et du mercurochrome.

Le gendarme et sa belle-mère s'engageaient dans la cage d'escalier, faiblement éclairée par une seule ampoule pendant au bout du fil... La porte de la chambre s'ouvrait alors brusquement. Marcel J. tenait un fusil de chasse. En une fraction de seconde, sans dire un mot, il épaulait et tirait. Il tuait sur le coup son gendre, atteint au ventre d'une balle à ailettes, munition utilisée pour la chasse au gros gibier. Plus tard, dans mon cabinet, Marcel J. me dira qu'il avait visé sa femme. Il ajoutera que son gendre le respectait, et que cette raison expliquait « l'affection » qu'il lui portait !

La tragédie avait failli ne pas s'arrêter là. Après que toute la famille se fut engouffrée dans un véhicule pour conduire la victime chez un médecin — mais il était déjà trop tard — Marcel J. s'était réfugié dans son atelier. Il avait récupéré un pistolet-mitrailleur Beretta, pris sur un soldat allemand prisonnier au cours de la dernière guerre, et dont le chargeur plein était engagé.

Il me dira que son intention était de se suicider. Il devait posséder un curieux sens de l'orientation, car il commença par tirer une balle dans un bidon qui se trouvait au fond de la pièce. Au cours des sept mois de l'information, il me répétera souvent : « De toute façon, je n'irai pas aux Assises. Je serai mort avant. » Ce style « pleurnichard » n'est guère apprécié des magistrats. Je ne fais pas exception à la règle. Et l'expérience prouve que les gens résolus à cette extrémité n'y font jamais allusion. Dieu merci, aucun des gens placés sous mandat de dépôt par moi n'aura recours à la mort volontaire. J'imagine les pensées qui doivent tarauder l'esprit des collègues à qui cela arrive : « N'aurais-je pas dû accepter sa demande de mise en liberté ? », ou : « Pourquoi ai-je attendu si longtemps pour l'interroger ? »

Marcel J. tirait alors une seconde balle à travers une porte vitrée, soi-disant pour vérifier si le coup partirait. Or la famille avait prévenu au passage les gendarmes, et trois d'entre eux s'étaient immédiatement rendus sur les lieux. En voyant les uniformes, le chien de Marcel J., attaché dans la cour, s'était mis à aboyer. Un de ces gendarmes — il avait vingt-neuf ans — se préparait à pénétrer dans l'atelier en tenant son pistolet à la main. Soudain, il sentait son arme « voltiger ». Il venait d'être atteint au pouce par une balle de P-M. Il subira une incapacité de travail de vingt-neuf jours.

Ce jeune gendarme, qui devait la vie à un miracle, sera cité à l'ordre de la brigade pour « avoir fait preuve d'un sens élevé du devoir et d'un courage remarquable ».

On ne rendra jamais suffisamment hommage aux gendarmes, qui, en temps de paix, sont les seuls militaires à risquer quotidiennement leur vie.

Chaque jour, les simples gendarmes et les gradés, affectés à l'une des quelques milliers de brigades territoriales qui parsèment notre territoire, sont appelés à intervenir « sur le terrain » pour calmer des ivrognes aux comportements violents, mettre un terme à une querelle dégénérant en coups entre deux époux.

Ces « missions de routine » sont sources de tous les dangers. Dans nos campagnes, chaque ferme, chaque maison, cache au moins une arme à feu : fusil de chasse, « innocente » carabine 22 LR (en réalité, des armes extrêmement dangereuses et meurtrières), ou arme de guerre cachée, ou accrochée à un mur, en forme de trophée. Et les réactions d'un individu en état d'ivresse, ou sous le coup d'une colère démesurée, sont imprévisibles. Quand il ne s'agit pas d'un fou — au sens psychiatrique du terme — prêt à manier la fourche ou le couteau, ou d'un voleur de voiture qui préfère foncer sur les uniformes après une interpellation.

Ainsi, chaque année, la Gendarmerie nationale paye son tribut à la folie d'un moment.

Cette même année 1980, quelques semaines après le nouveau

drame évité de peu, un jeune gendarme tuera un homme à l'occasion d'une intervention qui ne présentait a priori aucun risque.

Enquêtant sur des vols dans des résidences secondaires, les militaires d'une petite brigade de la montagne vosgienne avaient été amenés à soupçonner un individu « bien connu de nos services ». Ils se rendaient à son domicile, une petite maison à étage. Ils trouvaient porte et fenêtres closes, à l'exception d'une, prolongée par un petit balcon de bois. Renseignements pris auprès des voisins, il ne faisait aucun doute que l'homme était à l'intérieur et s'était volontairement enfermé. Sommations de sortir... Pas de réponse. On dressait une échelle, et le jeune gendarme s'engageait. Alors qu'il s'apprêtait à enjamber le balcon, pistolet à la main, la porte de la chambre s'ouvrait brusquement, et l'individu se ruait sur le gendarme en brandissant un couteau. Dans un geste réflexe, le gendarme tirait, et touchait l'homme au cœur.

Sitôt les faits portés à sa connaissance, le procureur m'ouvrait une information pour « recherches des causes de la mort », procédure un peu particulière prévue par le dernier alinéa de l'article 74 du Code de procédure pénale : « Le procureur de la République peut aussi requérir information pour recherche des causes de la mort. »

Il est en fait plus instructif de se reporter à l'alinéa 1er de ce même article : « En cas de découverte d'un cadavre, qu'il s'agisse ou non d'une mort violente, mais si la cause en est inconnue ou suspecte, l'officier de police judiciaire qui en est avisé informe immédiatement le procureur de la République, se transporte sans délai sur les lieux, et procède aux premières constatations. »

Or, en l'espèce, la cause de la mort violente n'était ni inconnue, ni suspecte ! En fait, le « but de la manœuvre » était de déterminer très précisément dans quelles circonstances le gendarme avait tiré, sans recourir à une information pour « homicide involontaire » qu'il eût été du plus haut comique d'ouvrir contre X !

Dès la fin de la matinée — les faits s'étaient passés au petit matin — le procureur de la République, le colonel commandant le groupement de gendarmerie des Vosges, mon greffier et moi, nous transportâmes sur les lieux. Le gendarme tremblait d'émotion.

Après son audition dans une salle de la petite mairie, il était clair qu'aucune faute ne pouvait lui être reprochée. Je mettrai fin quelques jours plus tard au dossier par une « ordonnance de clôture ».

Et pour cette seule année 1980, je connaîtrai une seconde affaire dans laquelle un militaire de la gendarmerie ne devait la vie qu'à un miracle. Un angle de tir légèrement supérieur, et une famille passait le réveillon de Noël dans les larmes et la douleur. Les faits s'étaient passés le 18 décembre.

Recherchant l'auteur de vols de lapins commis dans une ferme, l'adjudant-chef commandant la brigade et l'un de ses hommes étaient amenés à s'intéresser à un « homme des bois » — seule cette expression rend compte de sa position sociale, et le situe sur l'échiquier de la marginalité. Grâce à un témoin, ils le localisaient dans une cabane construite à l'aide de planches, d'environ deux mètres carrés. Après une recherche dans la neige, les deux hommes arrivaient à cette cabane, perdue en lisière de forêt. L'adjudant-chef poussait la porte, et aussitôt, recevait une giclée de plombs, calibre 8 mm, destinés normalement à la chasse aux petits oiseaux. L'autre gendarme maîtrisait immédiatement le tireur, tapi dans son refuge. Le certificat médical fera état de nombreux impacts au niveau du thorax, avec une gêne pour la respiration profonde, et des difficultés à mouvoir l'avant-bras gauche. L'incapacité théorique totale sera évaluée à quarante-cinq jours.

Mais quel curieux personnage, l'auteur de cette « tentative de meurtre », que j'inculpai et fis écrouer le 19 décembre. Agé de quarante-cinq ans, il ne présentait aucune caractéristique physique particulière. J'observai avec curiosité son incapacité à rester assis plus de trente secondes. Il fallait qu'il se lève sans arrêt pour arpenter mon bureau. La voix, anachronisme curieux, prenait des accents de préciosité, et le choix des mots traduisait un certain maniérisme.

Avant même l'examen mental, je me doutais que l'esprit de ce pauvre hère était atteint de quelques troubles relevant de la psychiatrie. Après s'être expliqué clairement sur les faits, il me dira qu'il avait toujours une arme avec lui parce que, dans sa jeunesse, il avait travaillé comme trappeur en Scandinavie, et que dans notre département il avait jadis rencontré « la bête des

Vosges » à quatre ou cinq reprises ! A la sortie d'un village, il avait entendu des moutons bêler, et il avait alors aperçu à une cinquantaine de mètres de lui un animal qui ressemblait, dans sa corpulence, à un petit veau. Il ajoutait, pour fournir une explication supplémentaire à sa détention d'arme, que, couchant fréquemment à la « belle étoile », il lui fallait bien se protéger. Son geste criminel lui semblait « ridicule », car si les gendarmes l'avaient « interpellé, cela n'aurait (sic) pas arrivé ».

Depuis quelques années, ce vagabond vivait dans la nature, « se débrouillant comme il pouvait ». Il travaillait de temps en temps dans les fermes, quand on avait un « petit boulot » à lui proposer. Pour se nourrir, au petit matin, des quatre heures trente ou cinq heures, il volait des lapins dans un clapier, mais une seule bête à la fois, car « cela lui suffisait pour quelques jours ». Il complétait cette nourriture frugale en volant un peu de lait.

Il avait jadis travaillé comme manutentionnaire, après avoir passé un CAP d'ébéniste. Mais il était sans emploi depuis six ans.

Les experts psychiatres relèveront chez lui une « schizophrénie paranoïde ancienne avec une activité délirante importante ». Ils concluront en affirmant qu'au moment des faits, l'inculpé était en état de démence, au sens de l'article 64 du Code pénal. Ce fameux article 64, sur lequel des kilos de pages de thèse ont été écrites, et qui dispose : « Il n'y a ni crime, ni délit, lorsque le prévenu était en état de démence au temps de l'action, ou lorsqu'il a été contraint par une force à laquelle il n'a pu résister. »

Quand je lui notifierai le rapport, cet homme à la triste destinée me dira : « Ce rapport n'est pas si mal que ça. Il y a longtemps que je ne mangeais plus de pain. Mon père en mangeait, mais parcimonieusement. Aujourd'hui, j'ai l'intention de régulariser mes papiers, car je ne veux pas que les gendarmes se soient dérangés pour rien. »

Quelques jours plus tard, il prendra le chemin d'un hôpital psychiatrique. Mais il ne gagnait pas au change en quittant la maison d'arrêt : pour les gens de son espèce, certains hôpitaux sont pires que les prisons.

Un dévoué et très compétent adjudant-chef de gendarmerie avait frôlé la mort à cause d'un fou, alors qu'il partait quasiment pour une « promenade de santé ». L'honneur de l'Arme se paye hélas parfois au prix du sang...

Mais pour revenir à l'affaire de Marcel J., le patriarche criminel, sitôt le coup de feu tiré sur le gendarme, était allé dans la chambre de sa femme pour y prendre des somnifères, et, me dira-t-il, « en finir avec tout ça ». Il avait trouvé deux boîtes de comprimés de Noctrane. Il n'avalait le contenu que d'une seule boîte, pensant que la dose était suffisante. Le médecin, qui l'avait examiné le lendemain, après que les gendarmes eurent procédé à son « interpellation » alors qu'il dormait, avait estimé que son état ne présentait aucune gravité.

Marcel J. sera condamné à dix années de réclusion criminelle.

□

Je n'avais donc pas « accroché » avec Marcel J. Je n'accrocherai pas davantage avec « mon » criminel suivant, Roger V., un garçon de trente et un ans, mais pour des raisons différentes : pendant quelques mois, j'aurai en face de moi le type même de ce qu'il faut bien appeler « l'abruti parfait ». Presque l'idiot du village. Les experts psychiatres le situeront d'ailleurs, sur le plan intellectuel, au niveau de la débilité légère, mais lui ne bénéficiera pas de l'article 64 du Code pénal.

Roger V. n'étant pas doué pour la parole, je devais lui « arracher » ses déclarations phrase par phrase, une question — que je devais formuler de façon primaire si je voulais qu'elle soit comprise — n'amenant qu'une réponse péniblement construite avec un sujet, un verbe et un complément. La première fois que je le vis, il était vêtu d'un pull-over kaki maculé de taches dans lequel flottait son corps maigrichon. Il semblait ignorer qu'aucune loi n'interdit l'usage quotidien du savon, et que l'épiderme supporte parfaitement le contact d'un rasoir chaque matin.

Je l'inculpai de l'un des crimes les plus graves qui existât, puisque son auteur encourait la peine de mort, à une époque où elle n'était pas encore abolie.

Roger V. avait-il assassiné un enfant, ou un couple de personnes âgées pour voler leurs économies, ou abattu froidement un policier ? Non, il avait mis le feu à une étable, située au-dessus d'une maison d'habitation.

Or l'article 434 du Code pénal, dans sa rédaction du 13 mai

1863, se montrait sans pitié pour les exactions de cet ordre : « Quiconque aura volontairement mis le feu à des édifices, navires, bateaux, magasins, chantiers, quand ils sont habités ou servant à l'habitation, et généralement aux lieux habités ou servant à l'habitation, qu'ils appartiennent ou n'appartiennent pas à l'auteur du crime, sera puni de mort. »

Le célèbre chroniqueur judiciaire Frédéric Pottecher me racontera qu'à la fin du siècle dernier... à Epinal, on avait guillotiné un garçon coupable d'avoir mis le feu à une meule de foin. Sans doute cet incendie menaçait-il une habitation et ses occupants. Mais tout de même...

Le nombre de paragraphes (dix) de cet article 434 et la longueur de l'article 435 prouvaient bien l'importance qu'accordaient les gens à ces affaires d'incendies volontaires, dans une France encore profondément rurale, ou maîtrisant mal les techniques de lutte contre les feux, criminels ou pas.

La répression à outrance était la règle. L'alinéa 3 de l'article 434 ne menaçait-il pas d'envoyer à Cayenne casser des cailloux jusqu'à la fin de ses jours — en d'autres termes de la réclusion criminelle à perpétuité — « quiconque aura volontairement mis le feu à des édifices, navires, bateaux, magasins, chantiers, lorsqu'ils ne sont ni habités, ni servant à l'habitation, ou à des forêts, bois, taillis ou récoltes sur pied, lorsque ces objets ne lui appartiennent pas »...

En 1863, les gens au pouvoir n'étaient jamais bien éloignés de leurs racines campagnardes. D'où le souci de réprimer avec une extrême sévérité les incendiaires, quitte à causer bien des tourments à de malheureux procureurs de la République et juges d'instruction, conscients du caractère souvent excessif de ces textes.

C'est ainsi qu'à Epinal, en 1980, un procureur et un juge avaient connu bien des tracas pour ne pas renvoyer devant les Assises un brave type qui, en état d'ivresse et à la suite d'une dispute avec son épouse, avait répandu quelques gouttes d'alcool à brûler dans la cuisine de sa maison, et avait craqué une allumette, détruisant deux mètres carrés de linoléum, l'incendie ayant été immédiatement circonscrit par le « criminel » de fraîche date et son épouse. Il avait fallu triturer les textes pour éviter de déplacer trois magistrats et neuf jurés pour se livrer à une parodie de justice.

Et la tâche n'avait pas été facile, car de la peine de mort encourue, on passait à une amende possible de 160 à 400 francs, et à titre facultatif huit jours au plus d'emprisonnement, si l'on retenait le caractère involontaire des faits, auquel cas l'article R38-4e s'appliquait : « Seront punis... Ceux qui auront causé l'incendie des propriétés mobilières ou immobilières d'autrui, soit par la vétusté, ou le défaut de réparation ou de nettoyage des fours, cheminées, forges, maisons et usines prochaines, soit par des feux allumés dans les champs à moins de cent mètres des maisons, édifices, vergers, haies, meules, tas de grains, pailles, foins, ou tout autre dépôt de matières combustibles, soit par des feux ou lumière portés ou laissés sans précaution suffisante, soit par des pièces d'artifices allumées ou tirées par négligence ou imprudence ! » Cet article datait du 4 octobre 1945.

Mais il était difficile d'appliquer ce texte au cas d'espèce, car d'une part le feu avait été mis de façon volontaire, et d'autre part, l'auteur des faits était propriétaire de son bien. Enfin, passer de la cour d'assises au tribunal de police semblait constituer une démarche intellectuelle un peu cavalière.

Après moult cogitations et consultations de recueils de jurisprudence, les deux magistrats avaient décidé d'appliquer l'article 443, qui punissait d'une peine correctionnelle « d'un emprisonnement de un mois à deux ans, et d'une amende qui ne pouvait excéder le quart des dommages-intérêts, ni être moindre de 300 francs, quiconque, à l'aide d'une liqueur corrosive ou par tout autre moyen, avait volontairement détérioré des marchandises, matières ou instruments quelconques servant à la fabrication ». Mais pour arriver à cet artifice, il avait fallu relever que les flammes avaient endommagé le manche d'un couteau de cuisine se trouvant sur la table !

Pendant plus d'un siècle, les tribunaux et cours d'assises ont vécu des situations aberrantes. Alors qu'un assassinat reste un assassinat, quel que soit l'auteur, et que seuls le cas de l'espèce et l'octroi ou pas de circonstances atténuantes permettent de moduler la peine, qu'y a-t-il de commun entre le feu mis dans deux poubelles sur un trottoir par un garçon ivre ou désirant chahuter un peu, et les incendies qui embrasent toute la région azuréenne au mois d'août, allumés par des fous inconscients et dangereux ?

Une réforme s'imposait. Il faudra attendre la loi du 2 février 1981 pour que le législateur introduise une nuance rendue indispensable, en remplaçant l'ancien article 434 par le suivant : « Quiconque aura, sciemment, détruit ou détérioré un objet mobilier ou un bien immobilier appartenant à autrui, sera, sauf s'il s'agit de détériorations, puni d'un emprisonnement de trois mois à deux ans et d'une amende de 2 000 francs à 50 000 francs ou de l'une de ces deux peines seulement. »

Et l'incendie est désormais réprimé par l'article 435 : « Quiconque aura volontairement détruit ou détérioré un objet mobilier ou un bien immobilier appartenant à autrui, par l'effet d'une substance explosive, ou d'un incendie, ou de tout autre moyen de nature à créer un danger pour la sécurité des personnes, sera puni d'un emprisonnement de cinq ans à dix ans, et d'une amende de 5 000 francs à 20 000 francs. »

Ainsi va la justice des hommes : deux garçons allument volontairement un incendie au mois d'avril 1980, le premier dans une étable, le second dans les bâtiments de l'entreprise dont il est P-DG. Le premier est rapidement démasqué, et avoue sur-le-champ, le second n'est soupçonné qu'à l'issue d'une longue enquête policière, et d'une expertise déterminant que la cause du sinistre est obligatoirement humaine, et qu'il ne saurait s'agir d'un geste involontaire, car deux foyers ont pris naissance, à deux endroits éloignés. Ce n'est que le 5 juin que le P-DG avouera son « crime », commis dans un moment de dépression, parce qu'il ne supportait plus le jeu que les banques jouaient avec lui : un jour, on ouvrait les robinets du crédit, le lendemain on les refermait. Avec un grand sourire, il racontera au juge d'instruction qu'il regrettait les dégâts causés aux appartements situés au-dessus des bâtiments d'exploitation, mais qu'en revanche il était très heureux pour les banques, qui ne récupéreraient jamais la centaine de millions de centimes qu'il leur devait encore.

Le premier garçon, dont l'affaire ne posait aucun problème, passera devant les Assises en décembre 1980. Il sera condamné à trente mois d'emprisonnement, peine « légère » au regard de la peine de mort encourue, et qui démontrait l'évolution des mentalités. Et le juge sera obligé de remettre le P-DG en liberté dès la promulgation des nouveaux textes, le 2 février 1981, la détention d'un délinquant ne pouvant se prolonger au-delà de huit mois. Quelques années plus tard, les juges du tribunal correctionnel condamneront le P-DG à deux ans d'emprisonnement, dont seize avec sursis.

La comparaison entre les deux incendiaires ne doit rien à la fiction puisque le hasard des permanences avait voulu que je sois chargé d'instruire ces deux dossiers.

Le premier était celui de Roger V., l'ouvrier agricole. Les événements s'étaient passés un soir après dîner.

Roger V. avait mangé seul, comme d'habitude, dans le lavoir à côté de la cuisine, dans la ferme de quinze hectares exploitée par une veuve.

Après le repas, suivant ses déclarations, l'idée lui était brusquement venue d'aller mettre le feu à la maison d'un fermier voisin, avec lequel il était en mauvais termes, sans raisons particulières, depuis plusieurs années. Cinq ans plus tôt, il lui avait déjà volé un fusil de chasse. La victime avait déposé plainte. Roger V. avait été condamné à trois mois d'emprisonnement assortis du sursis. Croisant un jour le voisin sur son tracteur, il lui avait lancé : « J'aurai ta peau ! »

Le soir des faits, il s'était rendu à pied à la ferme de celui qu'il poursuivait de sa vindicte. Après avoir grimpé sur le toit de l'étable à l'aide de planches, il avait arraché le plastique qui calfeutrait une fenêtre donnant sur l'étable, avait enflammé ce plastique avec son briquet, et l'avait jeté à l'intérieur du grenier, avant de rentrer tranquillement se coucher.

Il apprendra le lendemain matin les conséquences de son acte : une toiture totalement détruite, et d'importants dégâts causés à la partie habitation par... les sapeurs-pompiers. Au total : environ trois cent mille francs de préjudice.

Un voyant qui ne serait pas un escroc aurait pu lui prédire depuis longtemps son avenir : tout était inscrit depuis la naissance. L'enquête de personnalité effectuée par les gendarmes était sur ce point édifiante : son père ne travaillait que « de façon très épisodique » depuis 1947, soit deux ans avant sa naissance. Entendu par les enquêteurs, il reconnaissait s'adonner à la boisson, mais précisait que son fils buvait plus que lui, l'alcool le rendant alors arrogant mais point méchant. Sa mère était décédée quand il avait quinze ans. Sa demi-sœur déclarait qu'il était un jeune homme lourd, pas propre et mal soigné. Une de ses sœurs gardait le souvenir d'un garçon assez fort, pas très propre, aimant voler de petits objets. Mais elle ajoutait qu'il aurait eu besoin d'être soutenu, qu'il n'était pas méchant et que, surtout, il aurait dû cesser de fréquenter leur père.

Une autre complétait le tableau en racontant qu'enfant il était gentil, poli, mais sale au point de se plaire dans la boue, et n'aimait pas l'école. Elle l'avait revu quelques jours avant les faits. Il lui avait alors déclaré : « J'en ai marre, je veux aller en taule. Je serai nourri, blanchi, logé. Et au moins, je n'aurai plus besoin d'argent, et là-bas on se repose. »

L'un de ses frères déclarait enfin qu'il aimait porter des sous-vêtements féminins. Et qu'il lui avait dit, comme à l'une de leurs sœurs, qu'en prison, au moins, il trouverait tout ce à quoi il aspirait.

A l'âge de neuf ans, Roger avait été placé par l'Assistance publique (alors que la mère était encore vivante) chez une nourrice. Celle-ci, dix-huit ans après, gardait des souvenirs... qui n'étaient guère exaltants.

V. avait fréquenté l'école primaire de dix à quatorze ans, avec une seule institutrice. Il n'avait obtenu que de très mauvais résultats (mais qui imaginerait le contraire !). Il avait beaucoup de difficultés à s'exprimer, il était mauvais camarade et sournois.

Ensuite, il avait travaillé comme ouvrier agricole chez différents fermiers. L'un témoignera qu'il avait besoin d'être stimulé, mais qu'il était bon conducteur de tracteur, très prudent. Un autre avait trouvé à plusieurs reprises des sous-vêtements féminins dans sa chambre. Décidément... Le même avait déclaré aux gendarmes qu'il « avait plus de courage pour dérober de l'alcool que pour aller à la rencontre d'une fille, et qu'il buvait de l'alcool comme de l'eau minérale, sans aucun contrôle ».

On s'étonnera à peine que notre homme ait été réformé du service militaire.

En somme, tout le prédisposait à cette fin lamentable.

J'ignore ce qu'est devenu Roger V., condamné — je le rappelle — à trente mois d'emprisonnement. Je l'imagine ouvrier agricole, embauché à sa sortie de prison par un brave fermier ignorant son passé ou fermant les yeux. Ou bien il est devenu vagabond. En toute hypothèse, il était le revers de la médaille de certains personnages de Pagnol, qui mènent une vie rude, et que l'on voit ou que l'on devine âpres au gain.

□

La nuit de la Saint-Jean, au mois de juin, est une fête très populaire dans les Vosges : dans chaque village, on dresse une tour faite de troncs d'arbres, de rondins et de branches, appelée « chavande », à laquelle on met le feu dès la nuit tombée. Les heures qui suivent se passent à chanter et à danser autour de ces gigantesques foyers. Dans les Hautes-Vosges, le spectacle de cette myriade de « chavandes » qui embrasent les collines, et se font comme un écho de lumière près duquel on devine la joie des hommes, ce spectacle est grandiose.

J'avais vécu ma première Saint-Jean avec les membres du Club vosgien de randonnée, section de Remiremont, autour de la chavande érigée devant le refuge que le club possédait aux « Neuf-Bois », près du Rouge-Gazon, au sud de Remiremont, au cœur du massif montagnard. Nous avions passé la nuit à chanter. Plus précisément, j'avais écouté les Vosgiens « pure souche » passer en revue tous les chants du folklore régional, ignorant que j'étais des paroles et de la première note de ces chansons des traditions populaires.

A l'issue de la randonnée dominicale qui avait suivi cette nuit de joie et de communion, la chaleur humaine palliant une température hivernale, nous avions regagné Epinal. Et ce n'est que le lundi matin, en ouvrant le journal, que j'avais appris la nouvelle : le samedi soir, un employé au service de la voirie de la mairie, d'origine algérienne, avait tué deux coreligionnaires. Il m'était présenté le lundi après-midi, et je l'inculpais alors d'assassinats, faits prévus à l'époque par l'article 296 du Code pénal (« Tout meurtre commis avec préméditation ou guet-apens, est qualifié assassinat »), et que l'article 302 punissait alors de la peine de mort.

L'information allait durer près d'une année et s'avérer difficile, non en raison des faits, qui n'étaient pas niés, mais pour en cerner les causes précises et les circonstances exactes.

Ce dossier devait me permettre de plonger dans le monde des déracinés venus d'Afrique du Nord, et de découvrir — d'après les réactions que l'affaire suscitait « en ville » — d'extraordinaires relents de racisme, fondés essentiellement sur une exagération fantastique et irraisonnée de la noirceur d'âme de l'une des victimes, prêtée par extension à tous les membres de sa famille. Je pensais alors à ces villes — Amiens, Orléans — où des commerçants en confection, juifs, avaient été accusés en leur temps de se livrer à la traite des Blanches par le biais de mystérieuses cabines d'essayage d'où les malheureuses ne ressortaient jamais.

A Epinal, les quatre frères B. portaient sur leurs solides épaules tous les péchés de la Terre. J'aurai certes l'occasion de vérifier par la suite que beaucoup d'eau passerait encore sous les ponts de la Moselle avant que l'on puisse sérieusement envisager de leur tresser une auréole. Mais de là à les transformer en dangereux « caïds », en « capo mafiosi » à côté desquels les « parrains » de certaines familles marseillaises, lyonnaises ou stéphanoises étaient des enfants de chœur, il y avait un monde, que certains franchissaient peut-être un peu vite. D'aucuns n'hésitaient pas à affirmer devant moi que l'assassin « avait débarrassé la ville d'une belle racaille », et qu'il méritait presque la Légion d'honneur pour ce geste valeureux. Leur enthousiasme était à peine freiné par le fait que l'assassin fût lui-même d'origine maghrébine...

Le samedi soir 21 juin 1980, aux environs de vingt-trois heures, Abdelaziz B. avait abattu à l'aide d'une carabine Winchester le patron d'un bar (l'un des quatre frères B.) et un pauvre homme, accoudé au comptoir, qui ne demandait rien à personne, et dont le seul tort avait été de se trouver dans l'axe de tir. L'assassin avait également blessé de manière involontaire, mais avec des conséquences importantes à la jambe, le fils du patron du bar, âgé de huit ans.

Abdelaziz B. était un homme de trente-neuf ans, mince, avec une moustache à la Brassens, parlant un excellent français, installé à Epinal depuis 1962. Son acte abominable s'apparentait à un drame passionnel : tout au long de l'information, j'aurai en face de moi un homme calme, détendu, constant dans ses déclarations — qu'elles fussent ou non en sa faveur —, qui ne haussera jamais la voix, même au cours des confrontations et de la reconstitution, au cours de laquelle certains « témoins » avaient élevé le ton de plusieurs octaves. Un homme se sentant en paix avec sa conscience, convaincu de n'avoir fait que son « devoir », comme ces maris qui abattent l'amant de leur femme, mais regrettent la mort de l'innocent consommateur, et les blessures du petit garçon de huit ans.

Près d'un an après les faits, j'étais enfin en mesure de reconstituer les événements.

Le 21 juin 1980, Abdelaziz B. se rendait dans un bar situé au milieu d'une cité HLM, dans la banlieue immédiate d'Epinal, pour y chercher son beau-frère Amar G. Celui-ci lui offrait un verre de Ricard, puis Abdelaziz payait sa tournée. Le serveur était Mohamed A., beau-frère de Mohamed B., le propriétaire des lieux. D'ailleurs, ce soir-là, un autre des quatre redoutables frères B. était présent : Abdelkader. Gentiment, Abdelaziz commandait un whisky pour le propriétaire, Mohamed B., qui était alors assis à une table, avec des amis. D'après certains témoins, Mohamed B. était ivre. Abdelaziz l'appelait pour lui donner son verre. Mais Mohamed B. répondait : « Non, je ne bois pas avec toi. » En revanche, il acceptait le verre du beau-frère, Amar G. Abdelaziz exprimait son étonnement de ce refus, et demandait des explications. Mohamed B. s'énervait et portait un violent coup de poing à l'œil d'Abdelaziz. D'après le serveur, Abdelkader B. intervenait à son tour pour frapper Abdelaziz.

Celui-ci quittait alors l'établissement, suivi d'Abdelkader, accompagné de son frère Mohamed. Selon les déclarations d'Abdelaziz, les deux hommes l'avaient alors jeté à terre, et roué de coups de pied. D'après la version de Mohamed A., lui et l'autre frère B. voulaient aider Abdelaziz, qui leur aurait répondu : « Laissez-moi partir, laissez-moi partir ! » Mohamed B. disparaissait curieusement de la scène. J'entendrai d'autres consommateurs. Chacun ira de sa version...

Abdelaziz rencontrait ensuite un ami, prénommé également Abdelaziz. Suivant l'inculpé, il aurait raconté à son camarade ce qui venait de se passer, et lui aurait demandé de le conduire chez lui pour y récupérer sa carabine Winchester achetée cinq mois plus tôt chez un armurier d'Epinal, en faisant part de son intention de tuer les deux frères B. et le beau-frère Mohamed. Arrivé à son appartement, situé dans une HLM, il aurait récupéré l'arme, et son camarade l'aurait reconduit au bar dans sa voiture.

Pour l'ami, il n'était pas concevable de donner une version

qui risquait de lui valoir peut-être des ennuis pour complicité, voire non-assistance à personne en danger, du moins dans son esprit. Car le Code est très rigoureux. Il avait donc raconté aux policiers, avant de le confirmer devant moi, qu'Abdelaziz B. lui avait demandé de le conduire chez lui pour récupérer ses papiers d'identité (pourquoi ?), puis de l'emmener à l'hôpital ou à la police. Et une fois l'arme récupérée, à la plus grande surprise de l'intéressé, Abdelaziz lui aurait ordonné, sous la menace de la carabine, de le reconduire au bar.

De retour au bar, Abdelaziz tirait depuis l'entrée, en tenant l'arme à la hanche, cinq balles en direction du comptoir. Il blessait à la jambe un troisième frère B., arrivé entre-temps, et qui plongeait aussitôt derrière le zinc. La seconde balle touchait à la tête le malheureux consommateur maghrébin accoudé au comptoir — et dont l'autopsie révélera qu'il était en état d'ivresse ; une balle perdue atteignait à la jambe le petit garçon de huit ans. Abdelkader B., qu'une quatrième balle épargnait, se dirigeait alors sur Abdelaziz en disant : « Quoi ? Quoi ? »

Abdelaziz épaulait alors son arme, visait le front, et tirait juste.

Il prenait aussitôt la fuite, pour se réfugier chez son beau-frère, et s'allonger sur la banquette. Les policiers étaient prévenus par son parent.

Une prise de sang effectuée sur l'assassin avait révélé un taux d'alcoolémie que l'on peut qualifier de très important : 2,50 grammes. Et surtout, l'examen médical décrira d'étranges lésions sur la même personne : traumatisme crânien sans perte de connaissance, nombreuses ecchymoses au niveau de la face, multiples contusions, dont fractures des dixième et onzième côtes. Abdelaziz avait dû recevoir une « sérieuse correction » de la part de sa future victime et de ses amis...

Les policiers récolteront des renseignements dans l'ensemble favorables sur cet ancien caporal de l'armée française. Si un ancien employeur déclarait qu'il ne fallait « pas trop le bousculer » car il devenait alors agressif, son supérieur hiérarchique à la mairie disait qu'il travaillait normalement, sans rechigner, assidu, bon camarade, aimant rendre service. Les experts psychiatres n'avaient relevé aucun trouble mental.

Abdelaziz sera tout de même condamné à seize années de réclusion criminelle.

J'avais assisté aux dernières heures de son procès. La salle était pleine à craquer, fait exceptionnel à Epinal. Les sessions d'Assises sont annoncées parfois longtemps à l'avance dans la presse locale et, dans certaines régions, un public nombreux se presse sur les bancs, ou reste debout au fond de la salle.

Aucun film, aucune dramatique télévisée n'a jamais restitué l'atmosphère lourde ainsi créée par la seule présence de ces spectateurs. Une parole involontairement comique de l'accusé ou une saillie de l'avocat à l'adresse d'un témoin déchaînent les rires. Les échanges de certains propos entre le président et l'accusé, les rétractations de celui-ci, un témoin surpris à mentir ou à se tromper, l'apostrophe entre l'avocat général et le défenseur, entraînent ce qu'il est convenu d'appeler des « mouvements de foule » : chuchotements, murmures, grogne à peine étouffée, exclamations de stupéfaction, tonnerres d'applaudissements.

Un examen sociologique superficiel de ce public n'est pas dénué d'intérêt : braves retraités des deux sexes et de condition modeste, qui ne savent pas comment occuper leurs journées, clochards en quête de chaleur humaine et de distractions, et surtout, toute une faune de gens qui sont les plus prompts à réagir : ceux dont les ancêtres allaient tremper leurs mouchoirs dans le sang des guillotinés, qui trouvent que la Justice n'est pas assez expéditive, mais que l'on imagine fort bien assis entre deux gendarmes dans le box des accusés.

Le verdict de seize années de réclusion criminelle prononcé à l'encontre d'Abdelaziz fut accueilli par des hurlements de douleur de son épouse, qui lui avait donné onze enfants en dix-huit ans de mariage, et par des cris indignés de ses nombreux amis.

Seize années de réclusion criminelle... Deux meurtres commis avec un taux de 2,50 grammes d'alcoolémie dont les médecins disent qu'il entame fortement la lucidité... Quelle commune mesure entre un homme qui « prémédite » son acte pendant quelques minutes, le temps d'aller chercher son arme, l'esprit embué des vapeurs d'alcool, et un individu qui prépare avec machiavélisme son geste assassin, en se souciant de chaque détail. Le Code pénal ne saurait entrer dans des distinctions trop subtiles. Il appartient aux jurés populaires d'introduire, s'ils le désirent, ces nuances. Ils se prononcent en leur âme et conscience. Et leur décision ne se critique pas.

Seize années de réclusion criminelle pour cet homme, à qui sur le ton de la plaisanterie — mais tout de même... on parlait de décerner la Légion d'honneur, pour avoir « débarrassé » la ville d'une « crapule »...

Une épouse qui restait seule avec onze enfants. L'un d'eux sera un « fidèle client » de mon cabinet. Laissé en liberté lors de ses premières affaires, toujours des faits de vols, il sera systématiquement placé sous mandat de dépôt par la suite. J'aurai beau lui « faire la morale », évoquer les souffrances morales de sa mère — avec un mari en prison pour de très longues années, et maintenant un fils qui suivait la pente dangereuse de la délinquance —, rien n'y fera...

Combien d'existences gâchées — et j'aurai bien garde d'oublier les victimes et leurs familles ! — pour une histoire d'un verre de whisky refusé avec l'un, accepté avec l'autre...

□

« Mon » dernier criminel de cette année 1980 — qui était, je le rappelle, ma première année de fonctions — ne devait pas être le moins énigmatique, à défaut d'avoir les mains tachées de la moindre goutte de sang.

A la fin du mois d'octobre, j'inculpais un homme de cinquante-six ans, Marcel P., de « détournement de fonds publics », faits prévus et réprimés par l'article 173 du Code pénal : « Tout juge, administrateur, fonctionnaire ou officier public qui aura détruit, supprimé, soustrait ou détourné les actes et titres dont il était dépositaire en cette qualité, ou qui lui auront été remis ou communiqués à raison de ses fonctions, sera puni de la réclusion criminelle à temps de dix à vingt ans.

« Tous agents, préposés ou commis, soit du Gouvernement, soit des dépositaires publics, qui se seront rendus coupables des mêmes soustractions, seront soumis à la même peine. »

Un bien étrange personnage, ce Marcel P. ! Physiquement, le type même du brave homme, débonnaire avec tendances à la lymphatie, rondouillard juste ce qu'il faut pour montrer qu'il devait aimer les andouillettes bien grasses et ne pas dédaigner le « gros rouge qui tache ». Des témoins entendus dans le cadre de l'enquête de moralité attesteront en effet qu'il était enclin à la boisson, ainsi que son épouse. Aujourd'hui, je finis par penser que je douterais de la qualité du témoignage d'une personne qui déclarerait aux policiers ou aux gendarmes que tel auteur de faits qualifiés crime, avec la perspective des Assises, ne buvait pas une goutte d'alcool et ne s'abreuvait que de lait ou de jus de carotte ! Le seul cas où il sera prouvé qu'un garçon assis dans le box des accusés ne buvait pas une goutte d'alcool, sera la seule affaire criminelle que j'aie instruite — à la date du 16 octobre 1984 — où je douterai de la culpabilité d'un de mes inculpés. J'aurai l'occasion d'évoquer cette mystérieuse affaire.

Par ailleurs, mon « père tranquille » était sympathique, s'exprimait correctement, sans réticences et sans hésitations.

Que lui reprochait-on ?

Le chef des Services des Postes du département avait déposé plainte à son encontre, après la découverte de très graves irrégularités constatées à l'occasion d'une vérification comptable effectuée tous les deux ans, à la recette de distribution d'une petite commune de la plaine vosgienne, dont Marcel P. était responsable depuis dix-huit années.

Lors de ce contrôle, l'inspecteur trouvait dans les documents comptables une quittance de remboursement relative à un retrait d'un client sur son compte-épargne. Cette quittance faisait état d'un retrait de huit mille francs en date du 16 octobre, au nom de M. C., livret n°... Cette opération ne figurant nulle part dans les registres de comptabilité, l'inspecteur vérifiait auprès du titulaire du livret. Lequel livret ne comportait aucune trace de ce retrait. Interrogé par l'inspecteur, P. reconnaissait spontanément avoir établi lui-même la quittance de retrait, en imitant la signature du client, pour percevoir lui-même la somme. Et non seulement il reconnaissait ce détournement, mais il avouait en avoir commis d'autres dans les mois qui précédaient, pour un montant approximatif de deux cent mille francs.

Suivant le jargon de l'administration, « l'arrêté de débet » pris en avril 1981 constituera Marcel P. « en débet envers le Trésor de la somme de 223 778,38 francs ».

L'enquête était alors confiée à la section financière du SRPJ de Nancy, et le mécanisme de la fraude, à la fois simple et complexe, était soigneusement décortiqué.

Son travail consistant notamment à tenir les livrets des comptes-épargne, P. avait remarqué que certains d'entre eux ne présentaient que de faibles mouvements. C'est alors que l'idée de la fraude lui était venue.

Quand un client veut retirer de l'argent sur son livret, il doit remplir une fiche dite « 13 à vue » en inscrivant son nom, son adresse, le numéro du livret, la somme en lettres, et signer... Marcel P. établissait de fausses quittances de retrait « 13 à vue », en imitant la signature du titulaire, en se servant de la fiche « 1ter » comme modèle. Sur ce document, qui reste au bureau, sont portés différents renseignements concernant le titulaire du compte, et les opérations qu'il effectue.

P. prélevait ensuite l'argent dans la caisse, quelques milliers de francs à chaque fois, sans omettre d'envoyer la quittance « 13 à vue » au jour le jour à la comptabilité centrale à Nancy, et en gardant au bureau le double du bordereau. Dernier détail : il ne reportait pas cette opération sur la fiche « 1ter », pour que celle-ci corresponde toujours au livret du client. Et là blessait le bât : il était couru d'avance qu'une vérification à peine détaillée permettrait de déceler des différences inexplicables entre les documents envoyés à Nancy, et ceux restant ou se trouvant entre les mains du client.

Le fonctionnaire indélicat avait commencé ses exactions en 1979, détournant quarante mille francs sur un compte, vingt-deux mille sur un autre, etc. Au total, dix comptes truqués pour un montant légèrement supérieur à deux cent vingt mille francs.

Il fut impossible aux policiers, puis à moi-même, de déterminer la destination de cet argent.

J'avais déjà inculpé des escrocs — souvent des gérants de société ou des agents d'assurances — et ils étaient en général conformes à leur « image de marque » : vêtus avec recherche, imbus de leur personne, s'exprimant avec cette facilité qui leur servait si bien dans leurs entreprises malhonnêtes. Et ils avaient souvent été trahis par un train de vie excessif, qui avait mis la puce à l'oreille des fins limiers de la Police judiciaire.

Mais rien de cela avec P. Il était habillé comme un fonctionnaire qui gagne six mille francs par mois, dont l'épouse ne travaille pas, et dont quatre enfants attendent la difficile subsistance. Il circulait dans une automobile « Français très moyen », vivait dans un logement de fonction. Il construisait en mettant lui-même la main à la pâte un modeste pavillon destiné à abriter ses vieux jours, sur un terrain donné par ses parents. Les policiers n'avaient trouvé aucune trace de son passage dans un des trois casinos du département.

Il ne jouait pas aux courses. Son seul « vice », côté ludique, était une dépense de huit francs chaque semaine pour le Loto.

On ne lui connaissait pas de maîtresse : dans une commune de quelques milliers d'âmes, une liaison ne reste pas longtemps inconnue des honnêtes gens cachées derrière leurs rideaux.

Mais peut-être son épouse était-elle une croqueuse de diamants, ou ne supportait-elle les rudes hivers vosgiens que chaudement emmitouflée dans de somptueux manteaux de vison ou d'astrakan, dissimulant des chemisiers en soie et des cardigans en cachemire...

Si tel était le cas, elle cachait bien son jeu. Je l'entendrai dans mon cabinet. Je verrai une femme d'une cinquantaine d'années, forte, d'apparence plutôt négligée, avec un pantalon en provenance évidente d'une grande surface, et une veste en peau de lapin, ou d'un animal de la même famille, qui de plus avait été porté pendant quelques périodes hivernales. La chevelure m'incitait à penser que l'argent détourné n'avait pas enrichi quelque coiffeur homosexuel et chéri de ces dames de la bonne bourgeoisie locale.

Pendant près d'une année, nous chercherons à retrouver les traces des sommes détournées.

Un autre fait était certain : Marcel P. n'avait pas investi non plus dans du mobilier. Accompagné de mon greffier, je m'étais transporté sur les « lieux du crime » pour voir le logement, situé juste au-dessus du bureau, et déterminer si les membres de la famille avaient facilement accès à la caisse. Les rares meubles provenaient d'une fabrication en série. Et surtout, l'appartement était dans un état de saleté inimaginable : des piles de journaux traînaient dans toutes les pièces, des boîtes de conserve vides s'étalaient partout dans la cuisine, et l'usage de l'aspirateur et du balai semblait avoir été prohibé depuis l'incarcération du maître de maison, alors que la famille occupait encore les lieux.

P. me dira qu'à plusieurs reprises, il avait constaté la disparition de sommes d'argent se trouvant dans la caisse, et ce chaque vendredi après-midi. C'était régulier : la main indélicate prenait environ cinq cents francs. Et l'argent qu'il avait détourné servait à combler ces trous. Mais il reconnaissait qu'au maximum, ce « comblement » ne dépassait pas quarante mille francs. Il avait soupçonné sa fille d'être l'auteur de ces « indélicatesses » hebdomadaires. Celle-ci — une jeune fille de dix-neuf ans au « look » très mode — avait toujours nié, et aucun élément dans son train de vie ne permettait de la soupçonner.

Marcel P. avait affirmé aux policiers que l'argent détourné était versé sur son propre compte, aux CCP. Mais l'examen de ce compte démontrait que le total des sommes versées ne dépassait pas cinquante-six mille francs. Si l'on ajoute les quarante mille ayant servi à combler les trous, c'est donc près de cent vingt mille francs qui s'étaient évanouis dans la nature, soit une moyenne de six mille trois cents francs par mois.

P. précisera devant moi que ses quatre enfants vivaient encore sous son toit, et que les trois garçons avaient « très bon appétit ». Mais deux cents francs de nourriture chaque jour, cela faisait tout de même cher le kilo de bifteck !

Par ailleurs, les gendarmes avaient effectué à ma demande une enquête de moralité sur les quatre enfants. Ils n'avaient recueilli que de bons renseignements sur leur compte. L'étude de leurs propres comptes bancaires n'avait apporté aucun élément intéressant.

Et la famille ne partait jamais en vacances.

L'épouse avait naturellement été soupçonnée. Mais la malheureuse marchait avec beaucoup de difficulté, et ne bougeait pratiquement jamais de la commune. Seuls les enfants venaient de temps en temps à Epinal.

Marcel P. sera condamné à trente mois d'emprisonnement, dont cinq assortis de sursis, ce qui constitue un verdict très clément. Mais surtout, il perdra tous les avantages acquis pendant ses longues années de bons et loyaux services dans les PTT, et notamment les droits à la retraite.

Sa famille sera expulsée du logement de fonction.

Il n'y a pas que les crimes restés impunis qui entrent dans la catégorie des grandes énigmes judiciaires. Certains gardent à jamais une auréole de mystère — qui fascine parfois les marchands du temple — parce qu'il échappe à la Justice l'élément humain, la « dimension psychologique », le « pourquoi ? », en d'autres termes : le mobile.

Et pourtant, dans le cas de P., jamais je n'aurai l'impression qu'il cherchait à dissimuler quoi que ce soit, ou à protéger quelqu'un.

L'âme humaine sait encore garder des mystères, enfouis dans des profondeurs où enquêteurs, juges et psychiatres n'ont pas toujours accès...

Au moment d'enterrer, une coupe de champagne à la main, cette année 1980, je repensais aux paroles du premier président de la cour d'appel de Nancy, le 31 janvier : « C'est un département tranquille où il ne se passe pas grand-chose. »

Je ne pus m'empêcher alors de soupçonner les autorités judiciaires d'Epinal de ne transmettre au premier magistrat de la cour que des statistiques « tronquées ».

3

Des délits considérés comme des gestes à la portée de tous

Le juge d'instruction est un personnage qui, dans le cadre de ses activités, se trouve en perpétuelle mouvance entre les différentes catégories sociales.

Ses fonctions ne sont pas les seules auxquelles le cloisonnement invisible existant entre les strates de la société n'est pas opposable : les membres des professions médicales, les représentants des forces de l'ordre, les journalistes passent avec la même facilité d'un groupe à l'autre.

Mais le juge d'instruction possède sur eux un avantage indéniable : alors que l'on peut discuter avec son médecin de la pluie et du beau temps, que la révélation d'un ulcère ou d'une étrange douleur au sein gauche n'apporte pas forcément d'information intéressante sur la personnalité profonde et les idées du patient, que l'on peut mentir aux représentants des forces de l'ordre et s'abriter derrière les apparences, que l'on peut claquer la porte au nez à des journalistes, devant le magistrat-instructeur, les gens sont *obligés* de s'expliquer — quand ils ne manifestent pas un désir évident de se livrer à des confidences parfois très intimes. Et cela parce que la qualité d'inculpé ou de témoin les a mis en présence de faits que le Code pénal réprime, parce que l'ordre social du moment les condamne. Le juge d'instruction est libre, avant le tribunal, de tirer les conséquences d'un refus de donner des explications claires et cohérentes.

Derrière le récit des accrocs au fonctionnement normal des rouages de la société, c'est toute une personnalité qui apparaît en filigrane, quand elle ne se dévoile pas de façon parfois impudique, toujours digne d'intérêt.

S'il est vrai que le Code pénal est plutôt conçu dans une optique de répression des exactions commises par des individus de condition modeste, il est non moins exact que les centaines d'articles, minutieusement rédigés pour coller au plus près de l'imagination des hommes susceptibles de se rendre coupables d'exactions, permettent d'aller parfois à la pêche au gros, et ne pas ramener dans ses filets que du menu fretin.

Car les turpitudes ne sont pas le privilège des déshérités et des laissés-pour-compte de la société.

Derrière les murs des façades bourgeoises, il est des jours où l'humeur n'est pas à l'ennui et à la morosité.

A l'automne de 1980, je fus ainsi amené à m'intéresser de très près aux milieux les plus huppés d'une gentille bourgade.

Une femme de trente-six ans, épouse d'un chirurgien-dentiste, s'était présentée à la gendarmerie pour déposer plainte contre une dame de dix ans son aînée, mariée à une notabilité sociale et surtout politique du département. Depuis trois mois, son dentiste de mari et elle-même ne cessaient d'être importunés au téléphone, de jour comme de nuit, aussi bien à leur domicile qu'au cabinet. Les injures pleuvaient, et les expressions les plus vulgaires et ordurières défilaient. Entendu à son tour par les gendarmes, le dentiste confirmait les faits dénoncés, précisait que cette vindicte suivait une rupture après deux ans d'une relation extra-conjugale et que Mme X. le traitait au téléphone de « charcutier, ordure » et autres expressions colorées. Il ajoutait que cette personne était « très portée sur la chose », qu'il en avait été « victime » (sic), et qu'il n'était pas « le seul » !

J'imagine l'embarras qu'avait dû alors rencontrer le brave maréchal des logis-chef chargé de l'enquête : l'affaire était « délicate », même si elle n'étonnait personne à la brigade (quelques années plus tard, un gendarme déjà ancien dans la localité me dira que seul « le train n'était pas passé sur cette dame »).

Et c'est peut-être la voix légèrement chevrotante qu'il avait téléphoné à la personne visée par la plainte. Après que l'employée de maison lui eut passé sa « patronne », celle-ci n'y était pas allée par quatre chemins : il n'était pas question qu'elle descende à la brigade pour quoi que ce fût ; il était inutile de se déplacer à son domicile car elle ne ferait aucune déclaration. Elle ajoutait que son interlocuteur noircissait du papier pour rien, et qu'elle le

« ferait passer au trapèze ». Mais elle ne s'arrêtait pas là : les plaintes déposées à son encontre, elle se les mettait au (...) — les parenthèses et points de suspension figurent au procès-verbal de synthèse —, la personne qui s'adressait à elle aurait sous peu de ses nouvelles et des mutations interviendraient à la brigade. Puis elle raccrochait.

Pendant une dizaine de jours, elle avait téléphoné à son ancien amant, forte de l'impunité dont elle croyait jouir.

Si le Parquet avait pu classer l'affaire sans suite en estimant que ces braves gens n'avaient qu'à laver leur linge sale entre eux — n'oublions pas le poids social et politique du mari de ce volcan —, les événements prenaient une tournure qui n'était pas acceptable à partir du moment où l'autorité des gendarmes était ouvertement bafouée, en des termes qui ne pouvaient être tolérés.

Le procureur de la République ouvrait alors une information à mon cabinet pour « violences par agressions téléphoniques », faits prévus et réprimés par l'article 309 du Code pénal.

A peine avais-je lancé le premier coup de pied sous forme de convocation pour inculpation, que la fourmilière s'agitait.

L'ex-amant m'écrivait pour retirer sa plainte, à condition que son ancienne maîtresse et son mari s'engagent par écrit à ne plus le perturber, ni par téléphone, ni par courrier, ni par quelque moyen que ce fût, dans sa vie professionnelle ou privée. Acceptant ainsi de suspendre sa plainte, il se réservait la possibilité de faire rouvrir « immédiatement » le dossier en cas de récidive. Il respectait ainsi les souhaits de la belle-mère de la perturbatrice, ladite belle-mère lui ayant demandé par écrit d'accepter ce « geste de courtoisie ».

Le courrier que j'avais reçu, précédé d'un coup de téléphone, avait provoqué en moi une brusque poussée d'adrénaline : personne n'a le droit de jouer ainsi avec la Justice, stoppant la machine un jour, pour la relancer le lendemain, que l'on s'appelle Durand ou Dupont, que l'on soit humble ou puissant !

Sans entrer dans les arcanes de la procédure, il existe deux catégories de personnes qui ont compétence pour ouvrir une information, et contraindre le juge d'instruction à procéder à des actes dans le cadre des faits dénoncés : le procureur de la République, représentant de la société, chargé de déclencher ce qui s'appelle l'action publique, et les personnes « privées » qui se constituent partie civile devant le doyen des juges d'instruction. Estimant avoir été victimes d'un délit qui a lésé leurs intérêts, moraux ou pécuniaires, sans que la société se sente elle-même touchée et concernée, elles versent la consignation (somme d'argent prévue pour couvrir en tout ou en partie les frais du dossier). Une fois la somme d'argent versée au greffe, le juge d'instruction est obligé de demander au procureur l'ouverture d'une information, qui se fait toujours par le biais du document appelé « réquisitoire introductif ».

Le second procédé pour contraindre la Justice à s'engager, et peut-être inculper et condamner, ouvre la porte à tous les abus, et constitue une arme redoutable pour qui veut, et sait, l'utiliser pour servir une entreprise machiavélique. En revanche, si le Parquet est tacitement d'accord, la partie civile peut mettre un terme à son action, et entraîner la clôture du dossier. On trouvera plus loin quelques illustrations de ces explications de procédure.

Mais en aucun cas la personne qui dépose plainte devant les services de police ou de gendarmerie pour dénoncer des faits dont elle a été victime : vol de véhicule, cambriolage, escroquerie, etc., ne sait le sort que le Parquet réservera à sa plainte, et elle n'a aucun pouvoir d'influence sur la décision d'ouvrir ou non une information.

Mon irritation face aux desiderata du chirurgien-dentiste, qui se croyait autorisé à me dicter la conduite à suivre, était donc légitime.

Mais pour être sincère, une fois passée cette réaction épidermique, j'éprouvais, je l'avoue, un certain plaisir à soulever le bocal dans lequel tout ce joli monde évoluait et à agiter le récipient pour donner quelques frayeurs aux intéressés, en leur laissant apercevoir la pire des perspectives : une comparution devant le tribunal correctionnel, avec, à la clé, le déballage obligatoire sur la place publique de turpitudes dignes du théâtre de Feydeau.

Enfin, il convenait de donner une leçon à qui se permettait de bafouer — et en quels termes ! — l'autorité des gendarmes, et de tenir l'institution judiciaire pour quantité négligeable.

A la mi-octobre 1980, j'inculpais l'épouse du notable de « violences par agressions téléphoniques ».

Sur le plan physique, elle aurait donné à un romancier de la trempe de Balzac l'idée d'écrire un roman sur la femme de quarante-cinq ans, tant elle avait su conserver des appas de jeune femme. Une existence sans trop de soucis, des recours aux mains habiles de chirurgiens plasticiens et autres cures de thalassothérapie n'étaient peut-être pas étrangers à cette beauté prolongée, mais en tout état de cause, l'arme de la séduction pouvait encore exercer ses ravages.

Côté caractère, le timbre de sa voix, ses intonations, sa façon de se mouvoir avec aisance et une espèce d'autorité naturelle propre aux gens « bien-nés » trahissaient son appartenance à la grande famille des gens qui « ne se laissent pas marcher sur les pieds ».

Elle avait accepté de s'expliquer immédiatement, sans l'assistance d'un avocat. Elle niait avoir poursuivi de son ire son ancien amant par le biais de cette merveilleuse invention qu'est le téléphone. Tout cela, c'était des histoires totalement inventées par ce garçon, « personnage très bizarre », peut-être à l'instigation de son épouse. Quant à la réponse au gendarme, elle avait cru à une plaisanterie. Elle avait dit qu'elle n'avait pas que cela à faire, et que s'il continuait à lui parler sur ce ton, comme à une inculpée (sic), alors oui : elle le ferait « sauter ».

Son mari et elle avaient envisagé de porter plainte contre l'ancien amant car, en fait, c'est lui qui leur téléphonait sans arrêt. A l'appui de ses dires, elle m'avait remis deux attestations émanant de... sa femme de ménage ! En conclusion, elle avait insisté sur le fait que son ancien amant n'avait pas le comportement d'une personne de « bon ton ».

« Geste de courtoisie », « personne de bon ton » : le climat de l'affaire était donné par les intéressés eux-mêmes.

Dans le courant du mois de décembre, j'entendais l'amant — physique de beau garçon qui devait se regarder chaque matin devant sa glace avec une satisfaction évidente, en ajoutant pour son plaisir qu'il était également intelligent et riche — qui me donna quelques détails sur cette liaison qui avait duré quatre ans, et à laquelle il avait mis un terme parce qu'il la trouvait stupide (la liaison, naturellement !).

Le mari de l'ouragan en jupons — homme digne, responsable, pas du tout le style « politicien de province IIIe République » —, entendu quelques jours avant les fêtes, donnait un éclairage différent aux événements : son épouse avait entretenu cette liaison, mue par un sentiment de pitié (?), l'amant faisant croire qu'il souffrait d'une sclérose en plaques.

Par ailleurs, c'était l'amant qui avait commencé les agressions téléphoniques, assaillant son épouse et lui de centaines d'appels silencieux en pleine nuit. Il n'avait pas déposé plainte, parce qu'il trouvait cela ridicule. Certes, son épouse avait peut-être importuné quelquefois l'ex-amant au téléphone, mais c'était parce qu'elle se sentait menacée physiquement et moralement !

Enfin, et l'argument était prévisible, à travers cette plainte contre son épouse, c'était lui que l'on cherchait en réalité à atteindre en raison de ses activités politiques. L'amant avait d'ailleurs dit qu'il cherchait à constituer un dossier contre lui.

La façon dont je tenais les rênes de cette affaire devait commencer à inquiéter les intéressés, car au début de l'année l'inculpée m'écrivait pour m'informer, en termes empreints d'une « extrême courtoisie », que les deux couples s'étaient rencontrés, que tout le monde cherchait la sérénité et était désireux de ne plus parler de l'affaire, qualifiée de « faux pas dans la vie », qui ne devait pas porter atteinte à leurs familles respectives.

Mon calendrier m'empêcha de fixer la confrontation (indispensable ?) avant la fin du mois de janvier 1981. Et il y avait des affaires plus urgentes, plus importantes qu'un vaudeville, fût-il du plus haut comique.

Les deux hommes donnèrent le ton, après avoir sûrement ordonné aux épouses de garder le silence : des erreurs avaient été commises des deux côtés, l'affaire avait causé du mal tant sur le plan familial (en raison des enfants), que professionnel, et mieux valait ne plus en parler.

En raison des fonctions électives exercées pour le bien de chaque citoyen par le mari trompé, et de l'utilisation éventuelle par ses adversaires politiques de ses misères conjugales, ne devais-je pas à mon tour « arrêter les frais » ? Un renvoi devant le tribunal correctionnel risquait d'être lourd de conséquences sur le plan humain et « professionnel » pour un homme qui ne méritait pas de payer les bêtises des autres, et dont j'avais apprécié la dignité, en devinant ses souffrances cachées.

En signant mon ordonnance de non-lieu quelques jours après cette confrontation, je refermai le livre entrouvert sur un épisode de la vie privée de la bonne bourgeoisie de nos provinces.

Je ne sais par quel miracle — peut-être parce que l'affaire portait sur des événements d'ordre très intime — la presse locale n'avait pas eu vent de ces histoires d'alcôves, dans leurs développements judiciaires. A moins que les ciseaux d'un rédacteur en chef...

Un autre couple ne devait pas connaître la même chance. Au mois de novembre 1980, les deux quotidiens locaux firent leurs choux gras des mésaventures d'une très honorable commerçante — et dont le nom figurait en toutes lettres dans certains articles — mariée à un éminent membre du corps médical. Après l'étalage sur la place publique de leurs ennuis, qui portait sur la mystérieuse disparition d'une bague de grande valeur, le couple me rendra visite pour s'étonner de la violation du secret de l'instruction. Et c'est la conscience tranquille que j'avais pu leur répondre que je n'étais strictement pour rien dans le fait que, désormais, tout le monde savait que cette dame avait naguère possédé une bague d'un célèbre joaillier, composée d'un diamant de taille émeraude de 6 carats 06 sur monture platine rehaussée de deux diamants trapèze de 0,73 carat chacun. Je ne pouvais m'empêcher de rire sous cape, car je devinais à quelle porte les journalistes avaient frappé pour obtenir tous les renseignements voulus. Et je l'avoue : la commerçante ne m'inspirait aucune sympathie : une petite cinquantaine d'années, guindée, montée sur ses ergots. Je ne la verrai jamais esquisser le moindre sourire, alors que les faits démontraient qu'elle ne subissait aucun préjudice — ou bien minime — et qu'elle ne devait jamais avoir connu de grand drame dans son existence, pour dramatiser ainsi à l'excès une histoire tout de même mystérieuse.

De quoi s'agissait-il ?

Au mois d'octobre 1978, cette commerçante avait confié à un bijoutier local très honorablement connu, un ami de surcroît, sa bague pour simple estimation, en vue d'une vente future ou d'un échange contre deux pierres de valeur équivalente, qu'elle destinait à chacun de ses deux enfants.

En février 1979, après avoir été relancé plusieurs fois, le bijoutier avouait que la bague avait été vendue pour la somme de cent soixante-dix mille francs, mais se refusait à donner plus de détails sur la transaction.

Finalement, en avril 1979, étant dans l'impossibilité de restituer la bague, le bijoutier remettait à sa cliente et amie deux pierres précieuses, d'une valeur d'environ cent quatre-vingt-dix mille francs, qu'elle acceptait de prendre en garantie, sans renoncer pour autant à réclamer son bien.

En décembre 1979, impressionné par cette insistance sans faille, le commerçant avouait qu'il avait confié le bijou au fils d'un ami, bijoutier comme lui sur la place. Le fils gérait un commerce identique dans la région parisienne. Le commerçant précisait à celle qui était encore son amie que c'était par l'intermédiaire du père (donc son collègue) qu'il était entré en possession des deux pierres.

La dame déposait alors plainte pour abus de confiance contre l'« ami » bijoutier, pour des faits prévus et réprimés par les articles 406 et 408 du Code pénal.

Une information était ouverte, dont j'étais chargé parce que j'assurais la permanence cette semaine-là.

Je délivrai une commission rogatoire à la section financière du SRPJ de Nancy.

Entendu par les enquêteurs, le fils niait avoir été en possession du bijou, et même avoir servi d'intermédiaire dans la recherche et la remise des deux pierres données en échange, déclarant tout ignorer de cette affaire. Son père ne disait pas autrement.

Un qui était franchement scandalisé par cette attitude était le bijoutier ami du couple : « Ça alors, jamais je n'aurais cru cela d'eux. Voilà ce qui arrive quand on est trop bon avec les gens... Ah ! ils m'ont bien eu. Le père, pourtant, c'était un ami. On exerçait tous les deux des responsabilités au sein de la chambre syndicale. Je ne comprends pas ! »

J'étais enclin à croire en la sincérité de cet homme, âgé d'une soixantaine d'années, une très vague allure de clochard avec un manteau gris passablement râpé et un rasage approximatif, sans parler du visage couperosé et des difficultés d'élocution à partir d'une certaine heure de la journée... Pourtant, la bijouterie-joaillerie dont il était propriétaire exposait les plus beaux articles de la ville dans sa spécialité. Solidement implanté dans les milieux « noceurs » de la cité, son réseau de relations comptait fatalement quelques journalistes, qui, après la nouvelle de son inculpation —

mais avec remise en liberté — n'avaient pas eu à chercher bien loin leur source de renseignements. (Une personne inculpée n'est pas liée par le secret de l'instruction.)

Le jour de l'inculpation, le Parquet avait requis mandat de dépôt. Quand je lui avais fait part de la destination qu'il risquait de prendre, notre homme n'avait pas trop mal pris la chose, bien que protestant de son innocence : « Je ne comprends pas pourquoi ils ne disent pas la vérité, bon sang ! On m'y reprendra à faire confiance aux gens ! Monsieur le juge, vous faites ce que vous voulez. Je vous demande simplement la faveur de me laisser en liberté pendant ce week-end, pour que je puisse faire ma comptabilité du mois. Mais, dès lundi, je reviendrai vous voir et vous pourrez me mettre en prison, si ça peut vous aider, ou si vous y tenez. »

Impressionné, et vaguement troublé, par tant de flegme et de bonhomie, je l'avais laissé en liberté.

En revanche, quelques jours plus tard, je plaçais le fils de l'autre bijoutier en détention. Une petite trentaine d'années, des lèvres minces, une fine moustache, le visage maigre et pâle, le garçon avait un air de « faux jeton ». Ma décision de le placer sous mandat de dépôt était indépendante de l'impression qu'il pouvait produire, mais je pensais que le choc de la vie carcérale pouvait l'amener, lui ou son père, à parler, à dire ce qu'était devenue la bague de grand prix. Je manquais alors d'expérience dans ma croyance des vertus de la prison... Mais cinq jours plus tard, devant les dénégations persistantes, et après un examen nocturne des charges bien légères pour maintenir en détention (je vivrai ma première nuit blanche à cette occasion), je lèverai le mandat de dépôt.

J'apprenais au passage une pratique singulière de la corporation des joailliers-bijoutiers : ils se confient des pierres ou des bijoux d'une valeur inestimable sans procéder à la moindre formalité écrite portant trace de cette remise : pas de « bulletin de confié » entre eux. Le règne d'une totale confiance...

Quant au père et au rôle qu'il avait pu jouer, le seul témoignage contre lui était celui de l'épouse de « mon » bijoutier, qui aurait assisté un soir, à une heure tardive, à la remise dans l'arrière-boutique de la précieuse bague. Témoignage qualifié aussitôt de complaisant par le père et son avocat...

En dépit de longues recherches par les policiers aussi bien en France que sur la place d'Anvers, il fut impossible de retrouver une trace quelconque de la bague, ainsi que la provenance des deux autres pierres.

Je rendrai donc à l'égard du père et du fils une ordonnance de non-lieu. Quant au « bijoutier bohème », renvoyé devant le tribunal correctionnel — lequel était présidé à l'époque par un homme d'un extrême pointillisme, tout à son honneur —, il bénéficiera d'une relaxe. Le tribunal relèvera l'absence d'un élément juridique indispensable pour caractériser le délit d'abus de confiance : le préjudice. Un expert avait évalué à la somme totale de cent quatre-vingt-dix mille francs le prix des deux pierres « remises » en échange, dans le cas d'une vente par un particulier à un professionnel, et de quatre cent vingt-deux mille francs dans l'hypothèse inverse de la vente à un particulier par un professionnel, alors qu'en 1961, la bague avait été évaluée à cent cinquante mille francs, « estimation d'assurance », en d'autres termes : à sa valeur maximum.

Le tribunal avait également relevé dans son jugement que le préjudice matériel n'existait pas, et le préjudice moral pas davantage, puisque la bague, destinée à être vendue ou échangée contre deux autres, n'avait aucune valeur affective.

Je serai heureux pour « mon » brave bijoutier quand je serai informé de sa relaxe.

J'apprendrai par la suite que la riche commerçante et son mari avaient subi une enquête de la part des redoutables polyvalents à la suite de la divulgation de leur mésaventure.

Une amitié brisée, peut-être des ennuis avec le fisc, les petits potins sous les lambris des salons huppés, une dame devait regretter d'avoir recouru à l'appareil judiciaire pour assouvir une mesquinerie d'enfant gâtée. Elle ne tenait sûrement pas en très haute estime ceux dont les fonctions sont d'user chaque jour du Glaive et de la Balance, et qui savent se montrer extrêmement rigoureux et exigeants quant aux conditions d'une condamnation.

Les fonctions de juge d'instruction l'amènent à s'occuper d'affaires très variées... Pour l'anecdote, quelques semaines avant le dépôt de la plainte pour la mystérieuse disparition de la bague, le procureur de la République m'avait ouvert une information contre X pour vol : l'épouse d'un fonctionnaire à la Direction départementale de l'Agriculture avait déposé plainte pour le vol d'une paire de chaussures *neuves* (le délit n'en était que plus grave !), genre sabots en cuir, d'une valeur de deux cents francs. Un dimanche soir, elle avait laissé son bien... devant la porte d'entrée de son domicile. Le lundi matin, son beau-frère venait la voir pour lui demander si rien ne manquait car, la veille, « vers vingt et une heures trente-cinq » (!), il avait vu une personne pénétrer dans la cour et « prendre quelque chose ». La maîtresse de céans constatait alors la disparition de ses chaussures. Et le beau-frère donnait un renseignement déterminant pour l'identification du malfaiteur de sexe féminin : il la voyait souvent passer dans la rue, accompagnée de sa fille et d'un chien. La fille aurait été l'auteur du vol, pendant que la mère faisait le guet.

Avant de se résigner à porter plainte — car il n'était pas question de laisser de tels faits impunis —, la victime avait interpellé les deux auteurs soupçonnés, alors qu'elles passaient devant la maison : les deux femmes avaient évidemment nié. Les policiers, après le dépôt de plainte, avaient adressé plusieurs convocations à l'auteur présumé, qui ne daignait pas se déplacer ni répondre aux questions des enquêteurs.

Après la victime, c'était un substitut — un ancien militaire — qui avait vu rouge : il n'était pas tolérable de voir l'ordre public ainsi bafoué, et sitôt lecture de la procédure, il m'avait ouvert une information contre X pour vol.

On attendait de moi que je joue un rôle non prévu par le Code de procédure pénale : celui de père fouettard, avec toutes les armes que le même Code met à ma disposition sous forme des mandats de comparution, mandats d'amener, notes de recherche et mandats d'arrêt, auxquels s'ajoute quelquefois la vague crainte que peut inspirer une simple convocation chez le juge d'instruction.

Le résultat ne s'était pas fait attendre : la dame auteur présumé ou complice de sa fille s'était présentée chez moi dès réception de la première et banale convocation. Comme prévisible, elle avait nié les faits : sa fille et elle chaussaient du 37, alors que d'après ce que lui avait dit la victime, les sabots dérobés étaient de taille 40 ! Passant tous ses week-ends avec sa fille à l'extérieur du département, elle ne voyait pas comment elle aurait pu commettre le larcin. Enfin, elle n'avait pas répondu aux convocations des policiers parce qu'elle s'entendait très mal avec son mari, et que celui-ci avait dû cacher les enveloppes à en-tête du ministère de l'Intérieur.

J'avais organisé une confrontation entre cette dame, âgée de quarante-cinq ans — le physique de ces femmes qui usent leur santé par une impossibilité de se reposer quelques minutes par jour, constamment partagées entre la famille et le travail, avec arrivée des problèmes de ménopause et prise de quelques kilos — et la victime. Chacune était restée sur ses positions. La dame soupçonnée avait précisé que sa fille et elle revenaient de Haute-Saône le dimanche soir, entre vingt et une heures trente et vingt-deux heures, raccompagnées par le futur mari et gendre. Or le témoin avait été formel : le vol avait été commis vers vingt et une heures trente-cinq. Je n'avais pas jugé utile d'entendre le futur gendre...

Dans un souci d'apaisement, et pour mettre un terme à la rocambolesque plaisanterie, j' « avais fait dire » à la victime qu'elle avait porté plainte pour éviter que de tels faits ne se reproduisent, parce qu'il est très désagréable de ne rien pouvoir laisser devant sa porte, réflexion qui n'était pas dénuée de vérité ni de bon sens. Néanmoins, elle ne souhaitait pas l'inculpation de la voisine de quartier soupçonnée.

Une ordonnance de non-lieu avait été rapidement rendue.

Le juge d'instruction, comme les policiers, les gendarmes ou les magistrats à l'audience, possèdent cet incommensurable pouvoir — source de nombreuses erreurs judiciaires — d'orienter les réponses en fonction de la seule formulation des questions. J'aurai l'occasion de revenir sur le problème.

□

Après avoir évoqué cette affaire de disparition d'une précieuse bague, la connaissance qu'en avaient eue les lecteurs des quotidiens locaux, et les fâcheuses conséquences que cela avait entraînées pour la victime, je crois le moment venu de me pencher d'un peu plus près sur l'un des textes les plus « farcesques » du Code de procédure pénale : l'article 11. Dans des cas extrêmes, le principe énoncé fait monter la température de quelques degrés dans les pièces où des juristes éminents discutent de la réalité et de l'avenir de ce que chacun connaît sous le terme de « secret de l'instruction ».

L'article 11 du Code de procédure pénale prévoit :

« Sauf dans les cas où la loi en dispose autrement et sans préjudice des droits de la défense, la procédure au cours de l'enquête et de l'instruction est secrète.

« Toute personne qui concourt à cette procédure est tenue au secret professionnel dans les conditions et sous les peines de l'article 378 du Code pénal. »

Lequel article 378 dispose dans son 1er alinéa :

« Les médecins, chirurgiens et autres officiers de santé, ainsi que les pharmaciens, les sages-femmes et toutes autres personnes dépositaires, par état ou profession ou par fonctions temporaires ou permanentes, des secrets qu'on leur confie, qui, hors le cas où la loi les oblige ou les autorise à se porter dénonciateurs, auront révélé ces secrets, seront punis d'un emprisonnement d'un mois à six mois et d'une amende de 300 F à 8 000 F. »

L'article 11 est un texte voté par le législateur le 31 décembre 1957. La date est importante.

La presse n'en était certes pas à ses balbutiements, et les journaux et autres magazines connaissaient des tirages que plus d'un confrère actuel leur envierait. Mais par ailleurs, il n'existait qu'une seule chaîne de télévision, les stations de radio périphériques se préparaient dans l'ombre, aucune n'était encore prête à bouleverser les horizons sociologiques, voire les modes de vie, en criant : « Salut les copains ! » à des gens l'oreille collée à leur transistor. On restait chez soi pour écouter le soir la TSF en enviant les heureux possesseurs d'un téléviseur. Mes parents ne feront l'acquisition d'un petit écran qu'en septembre 1962.

Yves Mourousi, sur les bancs d'un collège, d'un lycée ou ailleurs, ignorait en ce dernier jour de l'année 1957 qu'il s'adresserait un jour à la France entière en lançant pour commencer son émission un désormais légendaire « Bonjour ! », sans que la formule un peu cavalière choque qui que ce soit, en dehors de quelques esprits bougons. Des reporters alors en culottes courtes ne pouvaient deviner qu'ils restitueraient l'explosion d'une bombe près des Champs-Elysées en direct, ou l'agonie d'une petite colombienne, Homeira, prisonnière de la boue et des décombres, jusqu'à son dernier souffle, en novembre 1985.

Pour résumer d'un mot l'évolution fantastique de l'information, personne, ce 31 décembre 1957, n'utilisait le terme de « médias ».

Aujourd'hui, nous sommes donc en présence d'une institution figée — qui essaie de s'ouvrir sur l'extérieur, mais qui a du mal à suivre l'évolution de la société, et qui doit par ailleurs conserver un certain recul par rapport au quotidien, et veiller au maintien de certaines traditions qui ont assuré la grandeur et le prestige de notre pays, royaume ou république —, et d'un autre côté d'un monde en perpétuelle évolution avec un bouillonnement de chaque instant.

Le goût du secret de la Justice et l'information à tout prix qu'exige la compréhension du monde où nous vivons ne sauraient faire bon ménage.

Un éminent juriste, M. Louis Lambert, ancien professeur à l'Ecole nationale supérieure de la police, donne le ton dans un ouvrage qui fait autorité : *Traité de droit pénal spécial* (Editions Police-revue). Dans les pages 980 et 981, il analyse parfaitement les rapports entre les gens de robe et les journalistes :

« C'est le plus souvent au bénéfice des journalistes, et sous l'effet de leur provocation plus ou moins habile et obsédante, que les officiers de police judiciaire enfreignent la règle du secret professionnel. Non qu'il convienne de traiter les journalistes en ennemis ou de méconnaître les nécessités sociales de la presse d'information. Mais il faut être très prudent quant à la nature des renseignements à leur communiquer, et quant au moment de ces communications. Or le journaliste est la plus dangereuse des " personnes non qualifiées par la loi " pour avoir connaissance des secrets d'une enquête judiciaire : envers lui, l'indiscrétion qui est commise aujourd'hui à l'égard d'un seul devient le lendemain divulgation au public tout entier, publication. »

Comme ces propos, écrits en 1968, revêtent un caractère prémonitoire, au regard de ce qui se passera dans les Vosges à partir du 16 octobre 1984 et surtout du début 1985 !

Le même auteur écrit à la page 981 : « Outre les journalistes de la presse écrite, les reporters de la radio ou de la télévision sont très dangereux pour le secret professionnel du policier. Le seul fait de les laisser prendre des interviews et des images des criminels qu'on vient d'arrêter et d'interroger, et qu'on s'apprête à conduire au palais de justice, pour les présenter au procureur de la République ou au juge d'instruction, constitue une faute professionnelle très grave, même si elle ne réalise pas légalement le délit de l'article 378. Comme on l'a dit très justement, une telle pratique est “ dangereuse pour la moralité publique parce que, si la grande majorité des auditeurs et des spectateurs ne ressent à l'égard des malfaiteurs qu'une légitime indignation, il existe toute une pègre pour qui cette exhibition donne l'impression que les assassins sont des manières de héros ” » (Maurice Garçon, « Procédure nouvelle », *Le Monde*, 22-1-57)...

Mais il convient d'étendre la portée de ces lignes non seulement aux policiers, mais aux gendarmes, greffiers et... juges d'instruction.

Pour ce qui est de la « publicité » faite aux délinquants, les pages de nos quotidiens de province — et de certains journaux parisiens — font leurs choux gras des exactions commises par les malfaiteurs... Et quand les services de police ou de gendarmerie ont mis un terme aux entreprises de ces mauvais garçons, les journaux se font l'écho du brillant travail accompli par les enquêteurs.

Les articles ne cèlent rien des exploits des uns et du solide travail mené par les autres, parfois en forme de morceau de bravoure, voire d'anthologie : « Jeudi soir, deux voitures banalisées de la Sûreté s'arrêtent devant un établissement hôtelier... Les inspecteurs en civil font irruption au bar. Ils en ressortent avec une jeune et ravissante jeune femme qui est aussitôt placée en garde à vue. Présentée au parquet, elle a pris, menottes aux poignets, le chemin de la maison d'arrêt sous l'inculpation de grivèleries d'hôtel, vols, falsifications de chèques et usage de chèques falsifiés. Depuis le mois de mai 1978, Mme..., née..., sans profession et sans domicile fixe, originaire de... était hébergée par des petits amis... Le 10 mars dernier, elle prenait le large avec tous ses bagages, et deux chéquiers établis au nom de M..., qui ne constatait le vol que plusieurs jours après... »

Ou : « Les coins à l'ombre sont actuellement, en cette période caniculaire, des endroits de prédilection. Les pensionnaires du vénéré hôtel de la rue... n'en pensent certainement pas autant, et surtout pas..., à qui un petit coin a été réservé hier soir. Il y a d'ailleurs longtemps qu'il aurait dû respirer cette “ douce fraîcheur " s'il n'avait bénéficié d'une large mansuétude. La Justice, les services de police et de gendarmerie en avaient vraiment " ras-le-bol " des fantaisies de ce jeune homme contre qui les procédures s'accumulent par dizaines... »

Il nous serait facile de multiplier les exemples à l'infini.

L'article 11 du Code de procédure pénale, *parfait sur le papier*, pourrait être comparé à quelque exceptionnelle et intouchable beauté dont il serait de notoriété publique que, sitôt la nuit tombée, elle sortirait en rasant les murs pour hanter les lieux les plus malfamés...

Comment ne pas sourire, en apprenant dans l'ouvrage de M. Lambert, qu'une circulaire du ministre de l'Intérieur du 20 avril 1948 a mis en garde les policiers « contre la communication inconsidérée de renseignements d'ordre professionnel »...

Répétons-le : les policiers ne doivent pas être les seuls à se sentir concernés par cette circulaire qui émane de leur ministère.

Et n'hésitons pas à l'écrire : les responsables d'une procédure criminelle ou correctionnelle écrasent aujourd'hui sous leur pied, sans la moindre vergogne, ce malheureux secret de l'instruction.

Dans chaque commune de quelques milliers d'âmes, les journaux régionaux ont un correspondant : soit un simple particulier soucieux d'arrondir ses fins de mois, ou flatté de voir sa prose publiée de temps à autre, soit une personne titulaire d'une carte de presse disposant d'un bureau. Entre deux inaugurations de casernes de sapeurs-pompiers, le pot de départ du directeur d'une agence bancaire où la notice nécrologique d'un préposé aux PTT à la retraite depuis quinze ans, « unanimement apprécié de tous ses concitoyens », le « localier » a pour mission de ravitailler ses employeurs en récits de faits divers, aussi banals soient-ils : le vol d'une voiture et l'interpellation de ses auteurs après la rencontre du véhicule et d'un platane méritent quelques lignes. Le « correspondant » entretient toujours d'excellentes relations avec les gendarmes qui dépendent de son secteur : il est invité aux vins d'honneur marquant la mutation d'un militaire de la brigade — il assure en même temps la partie photo de l'événement — et il sait mettre en valeur, sur un mode laudatif, l'excellent travail accompli par les gardiens de l'ordre lors d'accidents de la circulation avec morts d'hommes, ou des retrouvailles d'un gamin ayant fugué pendant quelques heures. Et dans le cadre d'échanges de bons procédés, ce journaliste est tenu informé des exploits qui ont abouti à l'élimination des mécréants de la place.

Dans les communes un peu plus importantes où un commissariat est implanté, les mêmes relations privilégiées existent entre le « localier » et les policiers.

Des sentiments humains très précis incitent les représentants de la gendarmerie et de la police à ne rien cacher de leur travail dans le cadre d'une enquête : un doux frisson de vanité, tout à fait compréhensible, parcourt l'échine des enquêteurs, en lisant le lendemain dans la presse : « Grâce au flair des gendarmes de la brigade de..., et à l'issue d'une minutieuse enquête pour laquelle ils n'ont pas ménagé les heures de travail, le gang des voleurs de 2 CV s'est enfin retrouvé sous les verrous. »

Et il ne faut pas le nier : ce genre d'articles présentent une utilité sociale : ils prouvent aux « braves gens » que les policiers ou les gendarmes sont présents, qu'ils ne se contentent pas de verbaliser les honnêtes citoyens ayant franchi une ligne jaune ou un stop, mais qu'ils savent aussi retrousser les manches, et prendre des risques pour arrêter les malfaiteurs.

Mais le pouvoir des policiers ou des gendarmes s'arrête là où commence celui des magistrats : comment le journaliste va-t-il connaître les inculpations qui vont être retenues à l'égard de l'individu présenté, et le sort qui va lui être réservé par le magistrat-instructeur, après réquisitions du procureur de la République ou l'un de ses substituts ?

Le greffier et le juge d'instruction prennent alors la relève.

Chaque jour, aux environs de dix-sept heures, le journaliste de permanence — à moins qu'il ne s'agisse toujours du même, spécialisé dans le fait divers — passe au palais de justice pour venir aux informations. Il s'adresse de préférence au greffier, et ne se gêne pas pour lui téléphoner à son domicile, tard le soir, si lors de son passage une audition était en cours, pour apprendre l'inculpation retenue, et la destination de l'inculpé : liberté, contrôle judiciaire, détention, et parfois, fait très grave, des détails biographiques très précis : adresse, profession, voire date de naissance.

Si le greffier, pour une raison quelconque, est déjà parti, le juge d'instruction, sans qu'il faille généraliser, bien au contraire, cette pratique parmi les 550 magistrats-instructeurs de France, donnera les indications sur l'inculpation et la destination, bien que cette dernière soit généralement déjà connue grâce aux policiers ou gendarmes « escorteurs ».

Qu'ont à gagner les gens du Palais à se prêter à cette violation du secret de l'instruction ? A priori rien, sinon entretenir de bonnes relations avec les gens de la presse, dans le respect mutuel de leurs fonctions respectives.

En revanche, certains délinquants, eux, ont tout à gagner : il arrive que l'individu présenté au juge d'instruction soit une personne travaillant dans une administration depuis des années, ou dont les agissements délictuels sont le fruit d'un moment de folie, totalement inexplicable ou provoqué par une consommation excessive et accidentelle d'alcool, quand il ne s'agit pas d'un quelconque dérèglement mental : on évolue alors très souvent sur le terrain des mœurs : outrages publics à la pudeur, attentats à la pudeur sans fraude ni contrainte sur mineurs de quinze ans. La révélation au grand public des exactions commises dans des circonstances incompréhensibles entacherait gravement l'avenir professionnel du malheureux.

Dans ce cas de figure, quand le journaliste dit au magistrat — qui s'arrange pour être dans le bureau du greffier à ce moment-là : « Il paraît que l'on vous a présenté un employé de la mairie, pour tentative de viol... », le magistrat peut répondre : « C'est exact. Mais les éléments pour retenir la qualification criminelle de viol n'étant pas tous réunis, je l'ai inculpé d'outrage public à la pudeur. Et les victimes n'ont subi aucun préjudice, sinon une bonne frayeur. Je vous demande de ne pas en parler. » Et à la question inquiète du journaliste : « Les autres ne sont pas au courant ? », le magistrat, qui a compris qu'il s'agissait du journal concurrent, répondra : « Je leur ai également demandé de ne rien dire. » Le journaliste pourra partir rassuré. Le lendemain, pas une seule ligne ne relatera les frasques sexuelles de « Monsieur l'employé modèle ».

Certains inculpés passent au travers des colonnes des faits divers pour une autre raison : eux-mêmes ou leur entourage connaissent des « gens qui travaillent au journal » ou ont fait intervenir les « relations ».

C'est ainsi qu'à l'automne 1981, un crime pourtant abominable restera ignoré du public.

Un garçon de vingt et un ans avait étranglé sa grand-mère avec le fil du téléphone, avant de la larder de coups de couteau de cuisine dans le dos pour l'achever. Le jour de l'inculpation, j'avais vu en face de moi une loque humaine : grand, n'ayant plus que la peau sur les os, les cheveux longs ébouriffés, mal rasé, vêtu comme un misérable. Quand je procéderai à la reconstitution quelques semaines plus tard, dans la maison de la malheureuse victime, mon regard se portera sur un cadre contenant une photo de l'assassin prise trois ans plus tôt : ce garçon ressemblait alors à un étudiant américain, respirant la santé par tous les pores de la peau. La photo avait été prise lors de vacances à la Martinique. Le bronzage, une carrure d'athlète accentuaient ce caractère sain.

Mais une expertise mentale confirmera ce que les enquêteurs et moi-même soupçonnions : ce garçon était paranoïaque. En d'autres termes, il souffrait d'un dédoublement de la personnalité, chaque « moitié » étant incapable de se souvenir de ce que faisait l'autre.

Il avait étranglé sa grand-mère au cours d'une crise, alors que celle-ci s'apprêtait à téléphoner au médecin. « Non, Mamie, ne fais pas ça, je vais bien », lui avait-il dit. Mais comme il continuait à s'agiter sur sa chaise, à se lever, à s'asseoir, à tourner en rond dans la pièce, en parlant sans arrêt de suicide, la malheureuse avait décidé de passer outre à cette intimidation. Elle devait le payer de sa vie. Quel drame abominable vivra son meurtrier dans ses moments de lucidité, quand on lui apprendra que sa grand-mère était morte !

Les parents étaient des commerçants très aisés d'une cité vosgienne importante, très honorablement connus, membres d'un club-service. D'« amicales pressions » sur les correspondants locaux des deux quotidiens du département firent que le public resta dans l'ignorance de ce drame. Personne ne songera à s'indigner de ce fait. Mais il est regrettable que tous les délinquants ne bénéficient pas tous du même « traitement de faveur ». Certains ont même droit à une photo montrant leur arrivée au Palais, menottes aux poignets, solidement encadrés par les enquêteurs, qui affichent une discrète satisfaction. Qui tient compte aujourd'hui de la circulaire du ministre de l'Intérieur du 20 avril 1948 ?

La narration d'un fait divers peut produire des conséquences irréparables sur la vie familiale et professionnelle du délinquant. Si à l'issue de son interrogatoire, le juge d'instruction le laisse en liberté, il n'empêche que souvent, dès le lendemain, en lisant le récit des « exploits » de son employé dans la presse, son patron se sentira obligé de le renvoyer, alors que ce garçon travaillait peut-être depuis deux semaines, après quatorze mois de chômage, et que les faits étaient antérieurs à son engagement. Malheureusement, il ne s'agit pas d'une hypothèse d'école. Et si le malfaiteur est incarcéré, son épouse et ses enfants devront essuyer les quolibets ou les regards agressifs des commerçants, des voisins ou des petits camarades à l'école : « Hou ! Ton père est en prison ! »

Le secret de l'instruction est donc allègrement foulé aux pieds, dès le départ de la procédure, par tous ceux qui participent à l'enquête. Un dossier, dans un cabinet de magistrat-instructeur, bénéficie d'une espérance de vie de plusieurs semaines — dans le meilleur des cas — ou de plusieurs mois, quand la procédure est complexe. L'article 11 du Code de procédure pénale ne s'épanouit pas davantage dans la suite de l'information, dès que les faits passionnent trop les lecteurs pour autoriser un enterrement sans fleurs ni couronnes.

Si nous sommes en présence d'une série de vols de véhicules ou de cambriolages, avec de multiples inculpations nécessitant de longues auditions et confrontations, en présence des avocats, il est certain que le secret est alors respecté : les citoyens ne sauront jamais, et d'ailleurs ils s'en moquent, que Dupont a reconnu sa participation dans cinq cambriolages, mais nie un rôle quelconque dans les trois autres, en dépit des accusations de ses camarades.

En revanche, si l'affaire est « intéressante », le saint secret continuera à subir les derniers outrages.

Car intervient alors un personnage-pilier de l'institution judiciaire : l'avocat.

Les gens du Barreau ne disposent que d'un seul moyen pour assurer leur publicité, se donner un « label de qualité » auprès de la population, et de la clientèle potentielle : le passage sous la fourche caudine des chroniqueurs judiciaires de la place.

Une quelconque « soif de gloriole » n'est pas la motivation principale des relations privilégiées que les avocats sont obligés d'entretenir avec les gens de presse : dans le montant de leurs honoraires interviendra le paramètre de leur notoriété.

Il n'est qu'à voir les courbettes dont bénéficient les chroniqueurs lors des audiences correctionnelles : le premier geste des avocats arrivant dans la salle est d'aller saluer bien bas les gens de la presse, avec un petit mot gentil pour chacun, mais en se gardant de tomber dans une flagornerie par trop évidente et qui ne pourrait que desservir leurs intérêts.

La « monnaie de la pièce » du miel de ces aimables paroles est rendue le lendemain matin, dans le compte rendu de l'audience : « Durand, à l'issue d'une brillante et convaincante plaidoirie de son avocat, Me Dupont, qui a repris point par point les réquisitions du procureur de la République, pour démontrer l'inanité des charges pesant sur son client, en faisant montre de son talent habituel et de la verve dont il est coutumier, a su impressionner les magistrats, et les persuader que ce sont des circonstances bien pénibles qui ont amené l'inculpé à voler cinq carnets de chèques, et à tous les émettre en moins d'une semaine. Le brio de Me Dupont a rejoint la mansuétude du tribunal, qui a condamné Durand à six mois d'emprisonnement ferme, qui couvrent en fait la période déjà effectuée. »

Et le lecteur de ce compte rendu d'audience saura se souvenir du nom de Me Dupont quand il souhaitera, par exemple, entamer une procédure de divorce, déposer plainte contre son propriétaire ou son assureur.

Les dispositions de l'article 11 s'imposent à l'avocat.

Pas de problème : il respecte le secret de l'instruction lorsqu'il a été désigné d'office, ou lorsque son client n'a commis que des « vétilles » qui ne méritent pas qu'on en parle, et qui de plus n'intéresseraient personne.

Mais si l'affaire a fait grand bruit sur la place publique, si elle a pris une « envergure » régionale ou nationale, l'avocat ne manque pas de faire savoir qu'il entre en scène. Et il est assuré d'avoir certains journalistes, toujours en quête de copie, pendus à ses basques.

L'article 11 du Code de procédure pénale devient alors une aimable plaisanterie, et chaque citoyen — pour peu qu'il s'intéresse aux faits divers — n'ignore plus rien du déroulement de l'instruction, et voit même certains actes de procédure reproduits dans les journaux ou défiler sur le petit écran.

La tentation est grande d'évoquer ici « l'Affaire » — celle qui à partir du 16 octobre 1984 fit trembler Thémis sur son piédestal, parce qu'un enfant de quatre ans et demi avait été assassiné dans des conditions abominables, et qu'un « corbeau » avait revendiqué cet acte inqualifiable. Mais « l'Affaire » n'avait que signé l'arrêt de mort du secret de l'instruction, en donnant à ce « décès » un caractère officiel par un arrêt de la 1re chambre de la cour d'appel de Paris le 11 juin 1986 dont l'étude viendra en son temps. Les bouleversements créés dans les rapports Justice-Presse revêtent une telle ampleur qu'un chapitre ne sera pas de trop pour tenter d'analyser la subtile modification des rapports de force entre le Pouvoir judiciaire et le Quatrième pouvoir. La mort du secret de l'instruction ne constituant qu'un modeste épiphénomène de cette révolution de palais et de « marbres ».

Deux catégories de personnes échappent au respect du secret de l'instruction : les inculpés et les parties civiles.

Un inculpé, qui n'a pas le droit de détenir des pièces du dossier — seul son avocat peut se faire délivrer copie de tout ou partie de la procédure — est donc parfaitement en droit de se répandre sur la place publique en ne cachant rien de ses ennuis avec l'institution judiciaire. Souvenons-nous du brave bijoutier inculpé d'abus de confiance à la suite de la disparition de la bague d'une cliente et amie : les journalistes avaient dû « boire du petit-lait » avec lui, et point n'avait été besoin de le pousser dans ses derniers retranchements pour qu'il accepte de leur donner quelques détails sur son affaire.

La constitution de partie civile devant le doyen des juges d'instruction est une arme redoutable et peu connue.

Le principe est très simple : il suffit d'écrire au doyen des juges d'instruction pour dénoncer des faits précis et pénalement répréhensibles contre une personne nommément citée ou contre X, en proposant de consigner la somme que M. le Doyen voudra bien fixer. L'assistance d'un avocat est très vivement recommandée, puisque lui seul aura accès au dossier.

Le doyen fait connaître le montant de la consignation, qui est immédiatement payée. Le juge d'instruction est alors obligé, sous certaines réserves complexes et marginales, de faire ouvrir une information par le procureur de la République.

L'étape suivante et obligatoire est le recours aux médias.

Et la procédure pénale vient au secours des individus qui ont choisi cette voie pavée de mauvaises intentions : a priori, rien n'oblige le juge d'instruction à inculper la personnalité mise en cause. Il peut l'entendre en qualité de témoin. Mais dans ce cas, celle-ci n'a aucun accès possible au dossier et ne saura avec précision sur quels fondements repose la plainte. *Seul un inculpé peut en effet prendre connaissance des pièces de procédure, par l'intermédiaire de son conseil.*

Combien de fois poserai-je ainsi la question à des gens visés par une plainte : « Préférez-vous être entendu comme témoin ou comme inculpé ? » Je voyais alors mon interlocuteur pâlir, blêmir, prendre un air affolé ou indigné avant de me répondre : « Mais je n'ai rien à me reprocher, monsieur le juge ! » Et je devais alors expliquer qu'inculpation ne signifiait pas culpabilité — je reviendrai sur la question —, que le dossier pouvait se terminer par un non-lieu si les charges apparaissaient insuffisantes ou inexistantes, que dans le pire des cas, le tribunal correctionnel pouvait toujours prononcer la relaxe, alors qu'en revanche la qualité d'inculpé permettait, par l'intermédiaire d'un avocat, de se défendre de manière efficace, alors qu'un témoin ne pouvait pas toujours répondre avec précision aux accusations.

La personne assise en face de moi retrouvait alors une partie de sa sérénité, et après s'être inquiétée une nouvelle fois de l'absence de tout caractère infamant attaché a priori à la qualité d'inculpé, choisissait généralement cette solution. Certes, il y avait des exceptions, des gens qui tenaient à leur qualité de témoin. Un chirurgien, que j'avais convoqué à la suite d'une plainte pour blessures involontaires, un patient accusant cet homme de l'art de ne pas avoir procédé à l'intervention chirurgicale en s'entourant de toutes les garanties de bonnes fins, m'avait téléphoné pour me demander les raisons de cette convocation. Je lui avais expliqué, en lui disant que pour obtenir davantage de précisions, il faudrait qu'il devienne inculpé. Il m'avait répondu que ce n'était pas la peine, qu'il viendrait s'expliquer avec le dossier médical du plaignant. Mais lui détenait le document essentiel lui permettant de répliquer aux accusations dont il faisait l'objet.

En revanche, un homme politique local avait demandé à être inculpé.

Il était directeur général d'une petite entreprise spécialisée dans la fabrication de portes et cloisons mobiles et s'était associé à cinquante pour cent avec une personne qui avait le titre de P-DG. Tant que l'affaire avait connu une certaine prospérité, les deux hommes s'étaient entendus comme larrons en foire : d'après les membres du personnel, « ils se faisaient la bise chaque matin », comme des frères. Les relations avaient commencé à se gâter quand le futur élu avait trouvé qu'à son goût, il travaillait un peu trop, et assumait à lui seul la quasi-totalité du chiffre d'affaires, reprochant à son P.-D.G. d'ami de préférer les dispendieux voyages « d'affaires » à Paris, en galante compagnie, voyages d'où il ne ramenait que de rares commandes.

Le climat s'était rapidement tendu, et l'homme public en herbe avait alors claqué la porte pour aller fonder sa propre société. Après son départ, l'autre avait lentement périclité, alors que la sienne prospérait.

Le P-DG, un homme d'une quarantaine d'années, légèrement grassouillet, à la montre plaquée or et à la chaînette au poignet du plus clinquant effet, parlant fort, avait eu la chance, suivant la formule, « que son père fût né avant lui », sa sottise claquant comme un étendard au vent à chacune de ses phrases. Combien de fois le surprendrai-je à écorcher des mots, à ignorer des règles de syntaxe élémentaires... Son avocat de l'époque et moi échangions des regards éloquents. Le plus grave était que cet homme fût dirigeant d'entreprise, participât — même dans une très modeste mesure — à la vie économique du pays.

Il avait dû ruminer longuement sa vengeance, avant de trouver le biais juridique, à la suite de conseils « avisés ».

Il avait déposé plainte avec constitution de partie civile contre son ancien associé pour abus de biens sociaux, en formulant cinq griefs très précis, certains insignifiants, comme cette traite de machine à laver rachetée à la société par son directeur général, qui n'aurait pas été payée. « Une négligence de ma part, je le reconnais », m'avait répondu l'homme politique, cette fois en possession de son mandat. Il s'était expliqué très clairement sur les autres chefs de la plainte, tels que ce mois de salaire payé deux fois, mais il s'agissait d'une erreur de la secrétaire, et il avait d'ailleurs remboursé la somme dès la découverte de la bêtise, ou le non-versement de la totalité du capital social : « C'était convenu comme cela avec M. B., et au démarrage de la société, je n'avais perçu aucun salaire. »

L'affaire avait rencontré de larges échos dans la presse, en raison de la personnalité de l'inculpé.

A l'issue d'une confrontation orageuse, où le P-DG donnait sans arrêt du « Monsieur » à son ancien associé — ce qui me faisait discrètement sourire en repensant à leurs anciennes relations — j'avais transmis le dossier au Parquet. J'en avais longuement discuté avec le procureur de la République de l'époque — le plus charmant des hommes, et qui cachait de très grandes compétences derrière une décontraction et une chaleur humaine exceptionnelles, avec une capacité de travail à la mesure.

Et nous étions convenus, pour lui de prendre des réquisitions de non-lieu, et de mon côté de rendre une ordonnance conforme à ces réquisitions. Nous étions conscients que l'un des cinq motifs de la plainte « tenait » : le non-paiement de la traite de la machine à laver (une somme de huit cents francs !). La négligence et la bonne foi nous paraissaient évidentes.

Mon ordonnance de non-lieu n'était pas signée depuis huit jours que le P-DG faisait appel. La chambre d'accusation, suivant dans son arrêt les réquisitions de l'avocat général, réforma ma décision, et renvoya l'ancien directeur général devant le tribunal correctionnel pour abus de biens sociaux portant sur la seule traite de la machine à laver !

Le bon sens, l'honnêteté et l'application rigoureuse de la *loi* ne se rejoignent pas toujours dans la rédaction d'une décision de justice.

Mais le « crime » ne profitera pas à M. le P-DG, qui sera condamné quelques années plus tard pour « non-établissement de comptes de fin d'exercice et faux bilans » par le même tribunal correctionnel. A l'époque de l'affaire que j'avais instruite, j'aurais parié que son tour viendrait de connaître des ennuis avec la Justice.

Le hasard des permanences fit que l'information contre le P-DG fût ouverte à mon cabinet. Au-delà des discussions et d'explications autour de chiffres, je m'amusai à le voir assis, et contraint d'apporter des réponses claires et cohérentes, sur la chaise où il avait conduit son ancien associé.

Mais nous voici bien éloignés du secret de l'instruction.

En apparence seulement. J'aurais pu évoquer également les titres en gras, les encadrés et les colonnes abondantes dans la presse locale dans les jours qui avaient suivi l'inculpation (je dis bien : inculpation) du directeur de l'Office public des HLM, après le décès d'une femme et de son enfant dû, semble-t-il, au fonctionnement défectueux d'un chauffe-eau jumelé avec une insuffisance d'aération. Le malheureux mari avait déposé plainte avec constitution de partie civile. Comment les journalistes étaient-ils informés de l'inculpation que j'avais décidée ? Qui les avait prévenus ? Qui avait porté le dossier sur la place publique, au risque d'entacher l'honorabilité d'un homme ?

A travers ces exemples, j'ai essayé de mettre en lumière les limites imposées à l'article 11 du Code de procédure pénale par les réalités et les exigences de l'information.

Dans ces conditions, faut-il envisager la suppression de cet article, donc signer l'arrêt de mort du secret de l'instruction, avec suppression corrélative de l'article 378 du Code pénal qui réprime les violations ? Je ne le pense pas, pour une seule et bien modeste raison — plus question de grands principes : il convient de maintenir des garde-fous, qui freinent les velléités de conférences de presse, d'interviews, de distributions de copies de procédure des unes et des autres.

Je ne vois pas de solution qui permettrait de concilier les intérêts de la Justice et les nécessités de l'information. Autoriser le juge d'instruction à publier des communiqués, comme cela aurait été possible à partir du 1er janvier 1988, en vertu de la « loi Lambert » ? Pour dire quoi ? Ce que tout le monde sait déjà : une inculpation, l'annonce d'une confrontation ? Ou bien donner des détails sur un interrogatoire pour rétablir certaines vérités ? Dans ce cas, nous n'aurions pas fini de rire : les journalistes prêcheraient constamment le faux pour savoir le vrai et, en l'absence de communiqué, claironneraient : « Vous voyez : le juge n'a pas démenti, donc c'est vrai. » Ce droit de publier des communiqués est déjà accordé aux procureurs de la République, et ils en usent avec parcimonie. Je ne pense pas qu'il faille compter sur mes collègues juges d'instruction pour se montrer plus prolixes.

Non : le secret de l'instruction est une nécessité impérieuse. Tant pis pour les pauvres bougres qui sont victimes de ses violations quotidiennes. Comme l'a écrit un grand esprit au début de ce siècle à propos de la suppression de la peine de mort : « Que messieurs les assassins commencent ! » : plus de délit, plus de violation du secret de l'instruction. Et qu'il soit permis de sourire lorsqu'on a entendu une haute personnalité de l'institution judiciaire évoquer la nécessité pour les magistrats de conserver *religieusement* le secret de l'instruction.

□

Un juge d'instruction dans un tribunal de province voit défiler dans son cabinet des gens de toutes les catégories sociales, du plus haut au plus bas de l'échelle.

Appliquée à ma personne, cette formule mérite d'être nuancée.

J'*aurais pu* accueillir l'un des hommes les plus riches de France, encore que s'il avait su conserver et gérer la fortune familiale, je doute qu'il eût commis — ou qu'on songeât à l'accuser d'avoir commis — un quelconque délit d'ordre économique et financier.

Cet homme, âgé d'un peu plus de cinquante ans, que l'on sentait atteint par les coups du destin, et contraint de rabattre de sa superbe d'antan, était le neveu de l'un des plus grands magnats français de l'industrie et de la presse. Ce Goliath des temps modernes n'avait pas su s'adapter aux nouvelles données économiques et sociales du début des années soixante. Celui qui était devenu un vieillard très diminué sur les plans physique et intellectuel avait assisté à l'effritement lent mais irréparable de ce qu'il avait mis tant d'années à construire.

Quand l'heure de la débâcle avait sonné, le vieil homme avait cédé ce qui restait de son empire à quatre frères — « bien connus des services de justice » — par la simple apposition d'une signature au bas d'un document dont le neveu contestait l'authenticité et les conditions d'obtention, dans l'hypothèse où elle serait reconnue authentique par les experts.

Après la mort de son oncle, il avait engagé un nombre incalculable de procès, qui donneraient sûrement lieu à de belles batailles entre les experts en écriture et démontreraient que l'unanimité des diagnostics est loin d'être le trait dominant de cette profession...

Du jour au lendemain, ce neveu — et seul héritier — s'était retrouvé dépossédé non seulement des entreprises industrielles et des organes de presse, mais de tous les biens mobiliers et immobiliers, qui passaient dans le patrimoine des quatre frères ! Un beau matin, il avait été expulsé du duplex de quelques centaines de mètres carrés donnant sur le bois de Boulogne, sans avoir le droit d'emporter une seule petite cuiller... ou de trouver refuge dans un château en Sologne ou dans une villa à Cannes. Tout, absolument tout, lui avait échappé.

Depuis le jour de son expulsion, il logeait chez l'une ou l'autre de ses filles, comme des milliers de retraités des entreprises de son oncle recueillis par leurs enfants pour leur épargner parfois une sinistre maison de retraite.

Alors que l'empire de l'oncle comprenait une maison de couture parmi les plus prestigieuses de France, j'aurai en face de moi, lors de plusieurs auditions ou interrogatoires, un homme vêtu du même costume gris à rayures, visiblement « fatigué », qu'il devait sortir de la penderie pour les « grandes occasions » pour conserver une image d'homme d'affaires respectable.

Mais une chemise couleur crème aux pointes racornies et au col élimé — je n'invente rien de ces détails — et une immuable cravate en tricot marron, d'une largeur qui était à la mode dix ans plus tôt, trahissaient l'absence de la moindre hésitation de cet homme le matin en ouvrant sa garde-robe.

Un fait anecdotique me le fera prendre en pitié — et j'assume tout le caractère malsain contenu dans ce sentiment... Je l'avais d'abord entendu en qualité de témoin, avant de procéder à son inculpation pour complicité de fraude fiscale. Au cours de l'audience correctionnelle, ses avocats m'adresseront indirectement le reproche d'avoir procédé à une inculpation tardive, bafouant ainsi les droits de la défense (voir les pages sur les droits de l'inculpé). A l'issue d'un interrogatoire, cet homme naguère riche et puissant par son seul nom et son lien de parenté, m'avait dit : « Excusez-moi, monsieur le juge, est-il exact que les gens que vous convoquez ont droit au remboursement de leurs frais de déplacement ?

— Les témoins, oui, mais pas un inculpé...

— Dans ces conditions, pourrais-je être remboursé de mon billet de train pour la dernière fois où je suis venu vous voir ? »

m'avait-il demandé en sortant de sa poche un billet de train Paris-Epinal aller-retour...

Je me sentais affreusement gêné pour lui. D'autant que je dus lui signifier un refus, d'une part parce qu'il était désormais inculpé, d'autre part parce que les frais de justice (incluant les taxes à témoin) sont à la charge des inculpés, dans l'hypothèse de leur condamnation ultérieure.

Les faits reprochés à cet homme étaient à la fois simples et mystérieux : en mettant le nez dans la comptabilité des magasins de vente au public et au personnel des usines textiles appartenant au groupe, les services fiscaux avaient relevé des « trous » inexplicables.

Les responsables de deux magasins avaient alors spontanément avoué qu'ils prélevaient régulièrement des sommes en espèces dans la caisse, pour les porter à Paris et les remettre en mains propres à notre homme, ce dernier leur ayant expliqué qu'il avait besoin « d'argent frais » pour renflouer certaines unités au bord du gouffre. « Oui, mon général », avaient dû répondre en chœur les deux hommes, qui vouaient un véritable culte à l'oncle (« C'était un grand monsieur », me diront-ils). Le neveu devait dans un premier temps bénéficier des deniers de ce culte.

Mais plus tard, les deux hommes réviseront leurs appréciation : « Ce n'est pas son oncle qui se serait comporté de façon aussi vile. Pourquoi ment-il, en essayant de nous faire porter le chapeau ? Si on avait su qu'il était comme ça ! »

De fait, le neveu niait tout en bloc : les deux individus racontaient des histoires, jamais il ne leur avait demandé quoi que ce fût, et jamais le moindre vendredi soir, l'un ou l'autre ne lui avait remis une enveloppe matelassée de billets de banque. Lors de la confrontation, les deux responsables des magasins restèrent éberlués, n'en revenant pas de ces dénégations qui tendaient, en plus, à les faire passer pour des gens malhonnêtes, en laissant entendre que les quelque deux cent millions de centimes ainsi prélevés seraient tombés intégralement dans leur escarcelle. Et je les imagine répétant sans arrêt à leur épouse : « L'oncle, c'était autre chose. Il aimait son personnel. Jamais il se serait comporté en lâche. »

Le tribunal correctionnel retiendra la culpabilité du neveu.

J'inculperai un autre personnage qui devait tout ignorer du

prix du ticket de métro ou de la baguette de pain. Agé d'une quarantaine d'années, il avait longtemps mené l'existence d'un fils de famille possédant immeuble près du Trocadéro, « maison de campagne » entourée d'un parc de cinquante hectares dans l'Oise, et appartement sur la Croisette.

Pendant les trois quarts de son existence jusqu'à ce jour, le souci majeur de cet homme avait été de savoir comment il pourrait dépenser les rentes qui lui tombaient chaque mois. Mais cette préoccupation ne lui causait pas trop de cheveux blancs : longtemps alcoolique, généreux avec les « copains » comme tous les gens qui boivent, il s'était lancé dans des spéculations malheureuses et avait engagé des capitaux dans des affaires douteuses. Résultat : tous les biens de la famille étaient hypothéqués, et ses seules ressources provenaient des loyers de deux appartements dans le 16e arrondissement. Les huissiers, notaires, avocats lui réclamaient encore des sommes astronomiques, avec de sérieuses chances d'obtenir gain de cause devant les tribunaux. Il n'était pas exclu, dans ces conditions, que cet homme terminerait ses jours sous le pont des Arts ou sous le pont Mirabeau. Au choix...

Je l'avais inculpé d'abus de biens sociaux, et publication de faux bilans, faits prévus et réprimés par les alinéas 2 et 3 de l'article 437 de la loi du 24 juillet 1966 sur les sociétés commerciales. L'infraction d'abus de biens sociaux est fréquemment commise par les dirigeants de société : « Seront punis d'un emprisonnement de un an à cinq ans et d'une amende de 2 000 à 40 000 F ou de l'une de ces deux peines seulement... le président, les administrateurs ou les directeurs généraux d'une société anonyme qui, de mauvaise foi, auront fait, des biens ou du crédit de la société, un usage qu'ils savaient contraire à l'intérêt de celle-ci, à des fins personnelles ou pour favoriser une autre société ou entreprise dans laquelle ils étaient intéressés directement ou indirectement. »

Cette fois encore, il s'était laissé entraîner dans une spéculation malheureuse, après avoir recueilli l'avis de son homme de confiance, un ancien notaire à la mine chafouine, que j'inculperai de complicité pour les mêmes délits, avant de constater que « les conseilleurs ne sont pas les payeurs ».

La morale sera en quelque sorte sauve, puisque le « fils de

bonne famille » bénéficiera lui aussi d'un non-lieu, en raison de l'absence de toute volonté frauduleuse dans ses opérations hasardeuses. Mais la clémence de la Justice ne l'accompagnera sûrement pas dans toutes les procédures engagées à son encontre...

J'arriverai à cette conclusion, après avoir inculpé plusieurs P-DG, directeurs généraux ou gérants de société ou de petites entreprises d'importance départementale ou régionale, que l'économie nationale connaîtrait une santé plus florissante si nombre de ses moteurs industriels et commerciaux n'avaient à leur tête des ambitieux « partis de rien », vite grisés par un succès trop rapide, et qui ne pensent alors qu'à rattraper le temps perdu en suant sang et eau pour se faire, par tous les moyens, une place au soleil. Et le pire se produit lorsque ces « chevaliers d'industrie » réduisent des dizaines d'employés au chômage parce qu'ils ont confondu leur patrimoine et celui de la société.

La Justice ne peut, hélas, intervenir que lorsque le mal est fait.

J'avoue avoir toujours nourri une tendresse particulière pour « mes » clochards. Attention : pas cette commisération qui est d'usage quand on parle entre gens de bonne compagnie des « nouveaux pauvres », ou cette ironie apitoyée que les gens de robe aiment utiliser quand ils se racontent les paroles de ces malheureux à la barre du tribunal, ou à l'occasion de la visite du juge d'application des peines à la maison d'arrêt.

J'ai toujours été peiné de constater que des pauvres bougres en sont réduits à voler deux lapins et trois poules à l'époque de la Toussaint pour « se faire condamner, et passer l'hiver au chaud » — l'expression est consacrée — ou d'apprendre que l'un d'eux refuse systématiquement toute remise de peine accordée pour le Nouvel An.

Pourtant, je me mêlais souvent à mes collègues quand ils racontaient, avec de grands éclats de rire, des anecdotes sur les clochards. Je n'ai pas oublié pour ma part « le blaireau » — un homme sans âge, l'image... d'Epinal du clochard — que j'avais inculpé pour vol. Au milieu de l'interrogatoire, j'avais sorti mon paquet de « Dunhill » que je lui avais tendu. Il avait pris une cigarette, l'avait regardée et s'était exclamé avec des accents de joie : « Oh ! une blonde ! vous me gâtez, monsieur le juge ! »

« Mes » clochards seront au nombre d'une demi-douzaine. Je rencontrerai très régulièrement trois d'entre eux, deux hommes et une femme, lors de ma promenade de midi. Et de m'apostropher d'un trottoir à l'autre : « Bonjour monsieur le juge ! Ça va ? Il faut profiter du beau temps ! » La femme — petite, boulotte, elle aussi sans âge, le visage coloré — recevra un jour un coup de bouteille sur la tête, de la part d'un de ses compagnons, à la suite d'une obscure querelle d'ivrognes. Quelques mois plus tard, à la sortie de prison de son homme, ils se « remettront ensemble », comme si rien ne s'était passé. Ils dormaient dans la partie désaffectée de l'ancienne caserne où vivait également le jeune Patrice F. (le meurtrier du retraité, pour quelques cigarettes).

Un autre clochard, Jean-Claude M. — trente-trois ans, mais en paraissant dix de plus, la figure bouffie et ravagée — sera condamné à huit mois d'emprisonnement et 1 000 francs d'amende pour avoir donné un coup de serpette dans le dos d'un passant. Un banal fait divers, sur fond de misère et d'alcoolisme.

L'auteur des faits, qui traînait près du monument aux morts avec sa « compagne » et son frère, avait abordé un jeune homme d'une trentaine d'années pour le « taper » d'une cigarette. L'autre lui avait donné les deux ou trois Gauloises qui restaient dans son paquet. Poussant les avantages plus loin, le clochard avait alors demandé de l'argent. Et le jeune homme pour son malheur, et suivant sa propre expression, l'avait « envoyé sur les roses » en lui disant : « Si tu veux de l'argent, mon pote ! », en accompagnant ces paroles d'un bras d'honneur. A peine avait-il repris son chemin qu'il avait « senti une brûlure dans le dos » : le clochard, affirmait-il, venait de lui porter trois coups de serpette, qui nécessiteront cinquante et un points de suture, et vaudront à la victime huit jours d'arrêt de travail.

La version du clochard différait, et j'étais enclin à croire la sienne : quand il avait demandé de l'argent, l'autre lui avait porté un « léger » coup de poing à la lèvre. En voyant le sang couler, Jean-Claude M. avait été mis « hors de lui ». Le jour de la présentation, j'avais effectivement constaté une légère boursouflure à la commissure des lèvres.

Jean-Claude M. et les deux autres clochards avaient bu trois litres de vin rouge à 12° achetés avec l'argent gagné en « demandant une petite pièce », à quoi s'ajoutait la vente d'un panier.

Pas question de tomber dans le misérabilisme, et de s'apitoyer sur son sort : Jean-Claude M. n'était pas meilleur que les autres hommes. Mais il n'était pas pire que certains.

Un autre de mes « clients », un spécialiste des vols de Citroën 2 CV, un garçon de vingt-neuf ans qui en paraissait quarante-cinq, sorti de prison le matin à sept heures, interpellé à une heure de l'après-midi après avoir volé un véhicule, avait eu le temps d'ingurgiter pendant ses six heures de liberté cinq litres de vin, et sept bières. « Des canettes ? » lui avais-je demandé avec naïveté. — « Non, des 75 cl ! »

Mais entre ces deux inculpés aux deux extrémités de la hiérarchie sociale — je rappelle que le « fils de bonne famille » était un alcoolique désintoxiqué — j'avais vu défiler dans mon cabinet des représentants des professions les plus diverses. La première leçon que je pouvais tirer de cette galerie de portraits était la profonde vérité de ce dicton populaire suivant lequel « l'habit ne fait pas le moine ».

Car sur le terrain du savoir-vivre et de la politesse, la plus élémentaire, existe-t-il une différence entre un petit voyou qui avait franchi la porte du cabinet en ruminant du chewing-gum, ou encore ce garçon qui s'était présenté dans mon cabinet en maillot de corps — nous étions en juillet, mais tout de même... —, mettant en valeur des pectoraux et des biceps impressionnants, qui avait approché la chaise du bureau et avait posé ses deux coudes sur celui-ci, et ce jeune chirurgien vêtu d'un costume de lin bleu marine, d'une chemise rose au col ouvert pour la touche de négligé chic, une montre imitation Rolex en or au poignet, mais qui fumait un énorme Havane, sans avoir la correction de me demander mon avis sur l'influence des volutes sur mes yeux, mes propres poumons ou ceux de mon greffier ? Selon moi, il n'existe entre ces deux catégories de personnages, aucune différence : leur savoir-vivre est nul. Mais les premiers bénéficient peut-être de « circonstances atténuantes ».

□

Si les murs de mon cabinet pouvaient parler, ils pourraient relater les propos tenus par un ministre, M. Philippe Séguin, qui à l'occasion de deux affaires différentes — mais toujours pour la bonne cause et avec une belle hauteur d'esprit — viendra carrer sa silhouette impressionnante (massive eût constitué un doux euphémisme !) dans un fauteuil dont les dimensions rétrécissaient d'un seul coup. Il saura montrer à ces occasions son intelligence habituelle que complètent une capacité de travail inouïe — j'apprendrai par des relations bien placées que certains de ses collaborateurs ont parfois du mal à suivre le rythme — et, sur le plan des idées, un esprit de tolérance qui rehausse la mentalité de la classe politique française.

A dater du 18 mars 1986, un député viendra souvent me voir pour raisons professionnelles. Je dois préciser qu'il exerçait par ailleurs — avec un don total de sa personne, une foi et une conviction profondes — les fonctions d'avocat. Il était l'un des benjamins de l'Assemblée nationale, après avoir été l'un des plus jeunes avocats de France. La route de Me Gérard Welzer est encore longue...

Epinal n'a pas à rougir de ses hommes politiques.

J'inculperai plusieurs agents généraux d'assurance pour abus de confiance ou escroqueries, toujours pour des faits découlant du même mécanisme d'une simplicité élémentaire : ils déclaraient au siège social de faux sinistres, en joignant les documents idoines, en choisissant des clients de préférence âgés, qui avaient peu de chances d'un accident ou dont la maison n'avait aucune raison de brûler : leur dossier pouvait donc être sorti sans risquer, quinze jours plus tard, une nouvelle déclaration de sinistre, réelle cette fois, qui eût mis la puce à l'oreille.

Ces assureurs malhonnêtes prenaient la précaution de ne signaler que des dommages de faible importance, de ceux que l'on rembourse sans songer à mener une enquête sur la réalité des faits. Les plus minables d'entre eux se « contentaient » de garder les primes par devers eux. De pauvres gens se croyaient ainsi assurés, alors qu'il n'en était rien. L'un d'eux, un brave cultivateur, victime d'un incendie dans ses bâtiments d'exploitation ayant causé une centaine de millions de centimes de préjudices, découvrira ainsi avec stupéfaction qu'il ne figurait pas sur les « listings » de la compagnie !

Ces escrocs présentent toujours des ressemblances : plutôt beaux hommes, élégants, leur principale caractéristique restant leur exceptionnel talent à manier le verbe, et à s'exprimer avec une force de conviction étonnante. C'est ainsi que l'un d'eux, inculpé au début de l'année 1980, incarcéré quelques semaines, avait fait valoir qu'il était de l'intérêt de ses victimes qu'il fût libéré... pour pouvoir les rembourser. Ce à quoi il s'engageait formellement, et figurait noir sur blanc dans un procès-verbal d'interrogatoire. En fait, il saura faire traîner les choses jusqu'aux élections présidentielles du 10 mai 1981, pour tirer profit de l'amnistie.

Les personnages « forts en gueule » m'étonneront toujours. Je comprends fort bien que d'honnêtes gens puissent être victimes de ces individus. Ces tristes sires s'expriment avec un tel enthousiasme, de tels accents de sincérité, leurs paroles semblent tellement coïncider avec la réalité que l'on n'imagine pas une seule seconde qu'ils aient pu inventer tout cela.

L'exemple de deux de ces mythomanes restera à jamais gravé dans ma mémoire.

Le premier était un représentant en vins de Touraine, région où il vivait. Des raisons sentimentales l'avaient mené quelque temps dans les Vosges.

Une dame âgée d'une solide soixantaine d'années avait porté plainte auprès du Service de la consommation et de la répression des fraudes : quelques jours plus tôt, elle avait dû recracher la première gorgée de vin dont elle venait d'emplir un verre : le jus de la treille était devenu un épouvantable mélange de vinaigre et de produits à goût de détersif. Les inspecteurs de l'administration, invités à tremper leurs lèvres dans le breuvage, avaient manifesté le même réflexe de rejet. L'analyse de l'affreux picrate révélera la présence de divers produits chimiques, certains toxiques.

La victime expliquait alors qu'elle avait acheté ce vin à un représentant, qui avait longtemps été « l'ami » de sa fille, une jeune femme d'une trentaine d'années. Une information avait été ouverte à mon cabinet pour « tromperies sur les qualités substantielles de la marchandise », faits prévus et réprimés par l'article 1er de la loi du 1er août 1905 : « Quiconque, qu'il soit ou non partie au contrat, aura trompé ou tenté de tromper le contractant, par quelque moyen que ce soit, même pas l'intermédiaire d'un tiers ; soit sur la nature, l'espèce, l'origine, les qualités substantielles, la composition, la teneur en principes utiles de toutes marchandises... sera puni d'un emprisonnement de trois mois au moins, deux ans au plus et d'une amende de 1 000 francs au moins, 250 000 au plus, ou de l'une de ces deux peines seulement. »

Je convoquai le représentant, et je l'inculpai. Il consentit à s'expliquer immédiatement. L'homme avait tout du « franchouillard » : petit, mince, une quarantaine d'années, une fine moustache, la rouge trogne de celui qui sait goûter à sa marchandise, il s'exprimait avec une faconde truffée de mots et d'expressions vulgaires.

Je m'attendais à toutes sortes d'explications, sauf à celle qu'il me donna : cette histoire ne tenait pas debout, c'était une cabale montée contre lui par la mère et la fille. Cette dernière, déjà divorcée, était devenue sa maîtresse dans le seul but de lui extorquer de l'argent. Quand il avait compris le but de la manœuvre, et quand il avait réalisé que la vie privée de la jeune femme était sujette à caution — « Vous comprenez, quand j'ai su qu'elle s'envoyait en l'air avec des bicots, j'ai immédiatement rompu. Je ne tiens pas à attraper la " chtouille " ou d'autres saloperies laissées par les bougnoules » —, il s'était enfin résolu à écrire le mot « fin » — à cette banale histoire. Par ailleurs, je pouvais me renseigner : dans sa clientèle, il comptait plusieurs gendarmeries du département, et tous ne pouvaient que se louer des vins qu'il fournissait — « Et attention : les gendarmes sont des connaisseurs ! »

J'étais ébranlé dans mes convictions sur la culpabilité de l'individu : étant donné ses accents de « sincérité » et le caractère extraordinaire de sa version de l'histoire, il ne pouvait, pensais-je, avoir imaginé un tel scénario.

Je convoquai alors la vieille dame. Elle ne vint pas. Je la reconvoquai. Pas davantage de réponse. Je penchai de plus en plus dans le sens de la stricte vérité des explications du représentant. Je m'adressai alors aux gendarmes pour convoquer cette personne. Elle me téléphona : elle me priait de l'excuser, mais elle n'avait pas reçu la première convocation, envoyée pendant qu'elle effectuait une cure thermale, étant impotente des deux jambes. La seconde convocation lui avait été remise trop tard par la mairie. Elle me demandait si je ne pouvais pas me déplacer, en raison de son handicap physique. J'allai donc l'entendre à son domicile, accompagné de mon greffier.

Et je rencontrai alors une « brave femme », qui me donna

une tout autre version des événements : sa fille n'avait jamais été mariée — détail facilement vérifiable — et elle n'avait jamais fréquenté d'Arabes (« elle n'est pas raciste, mais... »). En réalité, le triste sire s'était imposé au domicile de sa fille, faisant croire qu'il était divorcé, alors que les deux femmes apprendront par la suite qu'il était toujours marié (faits qui seront vérifiés exacts). Il s'était fait offrir une automobile sur les économies de la mère, dans le but de prospecter la clientèle dans un plus large rayon d'action, et de se présenter devant M. le maire avec un solide compte en banque. Mais il retardait l'échéance conjugale, et les deux femmes commençaient à trouver cette dérobade un peu suspecte. Elles n'appréciaient guère son art consommé de s'inviter à déjeuner en « débarquant » à midi et demi, alors qu'il restait des semaines sans donner de ses nouvelles pas plus que sa manière de réclamer de l'argent pour payer des dettes anciennes.

La fille avait alors décidé de mettre un terme à la liaison. La rupture s'était faite sans cri ni heurt. Peu de temps avant, la mère et une de ses amies avaient commandé du vin. Le représentant avait livré la marchandise quelques jours après l'envolée de ses visées sentimentales et financières. Cela méritait bien une petite vengeance maison. Et c'est dans ces conditions que le vin livré contenait des substances dépassant les qualités et les quantités de celles généralement tolérées...

Je fis effectuer une enquête par commission rogatoire : jamais la moindre brigade de gendarmerie n'avait passé commande d'une seule bouteille de vin, la mère et la fille jouissaient d'une excellente réputation, et l'on insistait même sur le caractère extrêmement sérieux de la fille, un vrai modèle de sagesse et de vertu, en dépit d'un physique avenant (et dans les petites localités, rien ne passe inaperçu : si la jeune femme avait entretenu de quelconques relations avec des « maghrébins »...).

En revanche, le casier judiciaire de mon représentant m'apprit qu'il avait déjà été condamné à plusieurs reprises pour abus de confiance et escroquerie.

Je le convoquai pour entendre de sa bouche de nouvelles explications. Il estima prudent de ne pas se déplacer. Il ne devait pas supporter les questions embarrassantes...

Le tribunal correctionnel le condamnera à quatre mois d'emprisonnement assortis du sursis et cinq mille francs d'amende.

J'étais tout de même tombé de haut...

Mais alors, que dire de mon gérant de société, dans cette banale affaire de filouterie d'hôtel et d'aliments, faits prévus et réprimés à l'époque par l'alinéa 4 de l'article 401 du Code pénal...

Un hôtelier-restaurateur d'une petite bourgade de la plaine vosgienne avait déposé plainte à la gendarmerie : pendant plusieurs semaines, il avait nourri et hébergé trois ouvriers qui travaillaient sur le chantier de construction d'une maison. Ces derniers lui avaient demandé d'envoyer la facture à leur patron. Sitôt dit, sitôt fait. Pas de réponse. Le tavernier avait écrit une fois, deux fois, trois fois, en recommandé avec accusé de réception. Toujours pas de chèque en retour. De guerre lasse, il avait déposé plainte. Le gérant de la société avait été convoqué à plusieurs reprises. Il n'avait pas daigné se déplacer jusqu'aux locaux de la brigade. Entre-temps, j'avais reçu son casier judiciaire : des pages de condamnations, toujours pour des faits similaires : outrages à agents de la force publique, coups et blessures volontaires sur officier ministériel. J'avais alors vu rouge (cela m'arrive !), et j'avais adressé à cet individu un mandat de comparution : s'il ne répondait pas à la convocation, la prochaine fois il viendrait entre deux gendarmes.

La menace avait été payante : au jour et heure fixés, il frappait à la porte en verre de mon cabinet.

Je vis un garçon d'une trentaine d'années, pas spécialement beau, mais une « gueule » — comme on dit de Jean-Paul Belmondo —, vêtu style sport-chic. Je l'inculpai, il prit cela à la rigolade, un petit sourire ironique au coin des lèvres, comme pour me dire : « Vos histoires, je m'en fiche totalement. Je vole à d'autres hauteurs, moi. » Je décidai d'entrer dans son jeu, en lui disant, sur un ton très décontracté, que s'il refusait d'apporter des explications cohérentes, ce n'était pas mon problème, que j'enregistrerais son refus, et que le tribunal apprécierait.

Il changea alors de tactique.

Il reconnut la négligence qu'il avait commise. Patron d'une entreprise de travaux publics qu'il avait créée à la sortie de l'armée dix ans plus tôt, comptant alors quatre-vingts ouvriers, toujours sur les routes à gauche et à droite pour décrocher des contrats — et les temps étaient difficiles —, il n'avait pas prêté attention à cette facture, glissée dans la pile énorme du courrier quotidien, et il l'avait remise au service comptabilité, sans se préoccuper davantage de son règlement. Il m'avait assuré qu'il ferait le nécessaire le jour même, dès son retour à ses bureaux. Mais, ajouta-t-il — commettant ainsi une très grosse erreur —, les trois ouvriers étaient coupables, car ils bénéficiaient d'avances sur frais de déplacement : à charge pour eux de payer leur séjour et de se faire rembourser par la suite. Suivant cette version, les ouvriers devenaient les auteurs de la filouterie.

Avant de quitter le cabinet, et hors procès-verbal, le jeune patron me déclara qu'il en avait désormais ras-le-bol des affaires, de cette vie de fou, que la crise économique raréfiait les marchés, que les syndicats compliquaient tout ; maintenant qu'il avait fait ses preuves, il allait vendre l'entreprise pour monter une boîte de nuit — mais « quelque chose de bien, avec clientèle triée sur le volet » — où il ne connaîtrait plus tous ces problèmes. Il attribuait d'ailleurs ses réactions impulsives et violentes à son surmenage.

Après son départ, j'étais convaincu d'avoir eu en face de moi un Bernard Tapie modèle réduit. Observation accompagnée d'une pointe d'admiration...

Quelques jours plus tard, je convoquai les trois ouvriers pour les inculper.

Et je vis alors en face de moi trois braves types, deux d'origine italienne, s'exprimant avec difficultés dans notre langue, qui tombèrent des nues, et moi avec eux ! Mais non, ils ne percevaient pas d'avances sur les frais de déplacement ! Quatre-vingts ouvriers dans l'entreprise ? Allons donc, il n'y avait qu'eux trois ! D'ailleurs, cela faisait plusieurs semaines qu'ils n'avaient pas été payés, et ils venaient d'assigner le patron devant le conseil des prud'hommes. Le service comptabilité ? Mais c'était l'épouse du triste sire, qui de temps en temps leur remettait une vague fiche de paye !

Une fois encore, je tombai de haut. La bonne foi de ces trois malheureux paraissait évidente.

Pour la forme, je fis effectuer une enquête par les gendarmes : le siège social de la société, au nom ronflant, se trouvait dans le pavillon — grevé d'hypothèques — où logeaient « Monsieur le gérant et Madame ».

Je convoquai à nouveau cet individu. Ma convocation dut s'égarer dans un bureau de l'entreprise (sûrement au service juridique !), car il ne daigna pas se déplacer. Il avait dû sentir que ce tour de magicien consistant à faire prendre les vessies pour des lanternes ne prenait plus sur grand monde.

Mais une partie de mon admiration du départ lui restait acquise : la mythomanie à ce degré relève du grand art.

Je pense que peu de catégories socio-professionnelles ne m'enverront pas au moins un de leurs représentants, à titre de témoin ou d'inculpé.

Les gens bénéficiant de la stabilité de l'emploi n'auront pas échappé aux foudres de la Loi.

Un fonctionnaire des PTT avait détourné deux cent vingt mille francs. Un employé de la SNCF comparaîtra lui aussi devant les Assises, mais pour tentative d'assassinat.

Cet homme de quarante-sept ans, au physique insignifiant, moustachu, de fines lunettes, très calme, avait tenté de tuer sa maîtresse à l'aide d'une carabine, après que cette femme l'eut quitté.

Le drame s'était passé devant la maison de la mère de la victime, dans un petit village de la plaine. François D. était venu relancer celle qui l'avait « plaqué » sans autre forme de procès.

Pour ses beaux yeux (?), il avait quitté quelques mois plus tôt le domicile conjugal, son épouse qui, affirmait-il, ne lui apportait plus aucune satisfaction sur le plan sexuel, et ses quatre enfants, pour suivre une femme de trente-quatre ans rencontrée un dimanche après-midi dans un bal de campagne. Pendant plusieurs mois, ils avaient vécu dans un modeste logement au premier étage d'une petite gare, avec comme seules ressources le salaire de l'amant, qui ne laissait pas un seul centime à sa famille.

Etrange personnalité que celle de la victime : divorcée, elle vivait séparée de son second mari. A trente-quatre ans, elle était mère de quatre enfants âgés de 18, 16, 14 et 2 ans. Au physique, a priori, elle ne semblait guère pourvue de ces appas qui font tourner les têtes : grande, osseuse, un visage au nez aquilin et aux traits vulgaires n'éveillait pas d'emblée les instincts de concupiscence. En revanche, elle semblait jouir de solides appétits sexuels. Un gendarme qui avait participé à l'enquête me racontera qu'à l'issue de son audition, elle lui avait dit : « Si tu as un quart d'heure à perdre... »

Quant à mon tour je l'entendis, elle se présenta vêtue d'une jupe très courte. Et sa manière de croiser les jambes, et de m'offrir une vue plongeante sur les horizons de la tentation (je regardais mon greffier pour l'inviter à ne rien perdre du spectacle), me laissait croire que si j'avais eu, moi aussi, un quart d'heure à perdre...

Mais au-delà de ce tempérament de nymphomane prêtant à sourire, la jeune femme était à plaindre : la cartouche de 14 mm chargée de plombs reçue dans le dos au niveau de l'omoplate, laissera à jamais de profondes séquelles : elle avait dû subir l'ablation d'un poumon et l'ablation de l'artère sous-clavière gauche. Et elle ne retrouvera jamais l'usage complet de son bras gauche. Enfin, enceinte de six mois de son amant, l'acte de folie de celui-ci lui fera perdre cet enfant. L'impérieux « appel des sens » n'avait fait que des victimes dans cette affaire. Soit par magnanimité, soit par crainte de vieillir seule, l'épouse abandonnée pardonnera à son époux quand celui-ci se retrouvera derrière les barreaux.

A propos d' « appel des sens », comment ne pas évoquer deux autres affaires, dont les auteurs exerçaient des fonctions qui ne les prédisposaient guère à se retrouver un jour à la barre d'un tribunal correctionnel : ils avaient épousé le Seigneur, mais ce mariage, obligatoirement « blanc » avait dû créer quelques frustrations.

Pour pallier cette carence, le premier, prêtre dans une charmante bourgade, donnait rendez-vous à des petits garçons dans les toilettes situées sur le côté de l'hôtel de ville. C'était don Camillo chassant sur le territoire de Peppone ! Il avait été dénoncé aux gendarmes par les parents d'un gamin trop bavard, qui n'avait rien caché des faits et gestes du solliciteur.

Quand j'inculpai ce prêtre d'outrage public à la pudeur, je vis devant moi un homme timide, reconnaissant les faits, ne manifestant aucune réticence à s'expliquer sur ses pulsions pédophiles remontant à l'adolescence, et regrettant ses actes. Je le plaçai en détention, l'affaire ayant suscité un certain émoi dans la population. Le « trouble causé à l'ordre public » est un motif d'incarcération.

Mais son retentissement franchira la ligne bleue des Vosges

puisque je recevrai la photocopie d'une lettre adressée à M. l'abbé..., et à son avocat, par un « Groupe d'études sexualistes », qui se donnait pour mission « l'étude des incidences sociologico-culturelles de la sexualité sur la politique ». L'auteur de la missive ne mâchait pas ses mots :

« Votre Affaire de pédérastie, écrivait-il, c'est le procès de la morale, de l'éducation catholique dans les dortoirs des Petits et Grands Séminaires [qui] provoque des *promotions d'immaturés* sexuels... qui deviennent des refoulés sexuels. Les obsédés sexuels, ou les homosexuels, pédérastes, etc. quand ils ne peuvent plus devenir ou redevenir hétérosexuels.

Car le MOLOCH catholique exige encore des garçons ou vestales... après les Castrats de la Chapelle SIXTINE... Les séminaristes de la philosophie catholique : castratrice... châtrés moralement, mentalement, mais, combien imparfaitement !

Votre plaidoirie sera un réquisitoire contre cette soi-disant Education... qui amène certains de ses prêtres... à " faire les tasses "..., comme le général W. Je vous conseille d'expier courageusement votre faute et les erreurs de vos supérieurs aveuglés de fanatisme !

A toutes fins salutaires : Sincèrement, bien volontiers ! »

Et la missive était signée : « Un Ancien Elève du Petit Séminaire de Castres vers 1930. »

Ma première rencontre épistolaire avec l'univers des perturbés mentaux...

Après que son avocat eut fait le nécessaire, j'avais remis en liberté ce malheureux prêtre. Il avait pris sur-le-champ la direction d'une abbaye dans le val de Loire, où le régime de vie est, paraît-il, plus sévère que celui d'une prison.

Mon second prêtre n'était pas du même acabit.

Une jeune femme avait déposé plainte contre lui, après avoir constaté la disparition au domicile de sa mère de meubles et d'une somme d'argent de l'ordre de huit mille francs, après le décès de la vieille dame. La plainte visait sans ambiguïté le religieux qui, de notoriété publique, et l'enquête de gendarmerie le confirmait — vivait « en concubinage » avec sa paroissienne.

Entendu comme témoin, le curé avait nié les faits. Et de

quelle manière ! On devait l'entendre à l'autre bout du couloir : il ne parlait pas, il hurlait. Au physique, un homme quarante-six ans, sec, hypernerveux, s'exprimant avec d'amples mouvements des bras : « Tout cela, c'est une cabale montée contre moi ! C'est vrai que je vivais chez madame ... ! Mais c'était pour lui rendre service, sa famille l'avait complètement abandonnée. Je n'ai rien volé du tout. Madame ... était très généreuse : elle me donnait souvent de l'argent pour mon église. Quant aux meubles, je ne sais pas où ils sont passés. Ce n'est pas à moi qu'il faut poser la question. Sa fille doit en savoir plus long que moi, aujourd'hui qu'elle se souvient de l'existence de sa maman ! »

L'affaire se clôturera par un non-lieu, au bénéfice du doute.

□

Les « fonctions » de curé ne prédisposent guère à une inculpation pour vol ou outrage public à la pudeur. En revanche, pour d'autres professions, le risque de se retrouver à la barre du tribunal après une inculpation par le juge d'instruction est inhérent au travail, fait partie des « risques du métier », en quelque sorte.

Je serai ainsi amené à inculper pour « tromperies sur les qualités substantielles de la marchandise » un industriel du pays basque, fabricant de thon en boîte, à la suite d'une intoxication alimentaire dans un hospice du département. Le service de la répression des fraudes n'avait eu aucune peine à détecter « l'anomalie », la cause des indispositions, lesquelles n'avaient pas atteint un seuil de gravité dramatique : le thon était vert ! Cet industriel, un homme courtois et assumant ses responsabilités, m'avait expliqué que ce genre d'accident est « normal » : de nos jours, on ne pêche plus le thon au large des côtes françaises. Nos chalutiers sont obligés d'aller chercher les bancs jusque dans la partie africaine de l'océan Atlantique. Et il me fit une observation qui me donna froid dans le dos : les conserves, qui font l'objet de très nombreux et stricts contrôles sanitaires, sont beaucoup plus sûres, au niveau bactériologique, que le poisson frais, du moins pour les régions éloignées des ports de pêche. Depuis ce jour, mon poissonnier me verra moins souvent.

J'inculperai également, pour homicide involontaire, un pilote d'avion, moniteur dans un aérodrome d'une grande ville alsacienne. Alors qu'il accompagnait trois élèves-pilotes de nationalité suisse, leur appareil s'était écrasé sur le flanc d'une montagne vosgienne, dans le massif de La Bresse. Les trois élèves avaient été tués sur le coup. L'enquête, confiée à la direction de l'Aviation civile, déterminera que le pilote avait commis une faute en laissant le manche à l'un des élèves, et que de surcroît il aurait dû prendre la décision de faire demi-tour, en raison de l'épais brouillard. Quelques mois plus tard, j'inculpai le pilote, qui entrera dans mon cabinet en marchant à l'aide de béquilles. Victime de multiples fractures, il sortait de l'hôpital. Une existence gâchée pour quelques secondes d'inattention ou de négligence...

J'inculperai de vols avec effraction deux chauffeurs-livreurs d'un grand magasin d'Epinal, qui profitaient de leurs activités aux premières heures de l'aube, pour s'introduire dans les locaux commerciaux, en passant par la réserve, et faire main basse sur les marchandises convoitées.

Je n'oublierai jamais cet agriculteur, auteur du vol d'un bélier : un homme d'une quarantaine d'années, obèse. Et surtout, il émanait de sa personne des odeurs pestilentielles, que mon greffier et moi-même avions identifiées comme une vague laque pour les cheveux. Je l'entendrai deux fois, et à chacune, après son départ, je devrai ouvrir en grand la fenêtre de mon cabinet, préférant encore la température frisquette d'une matinée d'automne vosgien à des effluves soulevant le cœur.

Sur le plan physique, la personne qui me laissera le souvenir le plus fort était une jeune fille de dix-neuf ans : un véritable « petit monstre ». Les gendarmes m'avaient averti, mais quand elle était entrée dans mon cabinet, je n'avais pu m'empêcher de manifester un bref mouvement de recul : une vraie tête de singe, hideuse, et des mains atrophiées. A l'âge de six mois, son berceau avait pris feu. Les faits étaient sordides : placée dans un foyer d'un département limitrophe, elle venait de temps en temps à Epinal. Au retour de l'un de ces voyages, elle s'était plainte auprès du directeur du vol de son porte-monnaie. Et elle ajoutait qu'elle avait été violée par un Arabe de quarante ans, rencontré sur le quai de la gare. Une enquête était déclenchée. Grâce au signalement précis qu'elle avait donné de son « agresseur », celui-ci était rapidement interpellé.

Devant les policiers, puis devant moi, l'homme reconnaissait en partie les faits : ancien harki, oisif, il allait souvent traîner ses pas dans le hall de la gare. Voyant une jeune fille qui pleurait, il lui avait proposé de venir boire un café chez lui. Elle avait accepté, et ils s'étaient rendus à son domicile en taxi — fait qui ne prédispose guère à la commisssion d'un crime parfait ! Chez lui, ils avaient commencé par boire le breuvage réconfortant. Puis il lui avait demandé : « Tu veux faire l'amour, mademoiselle ? » Et elle avait accepté. Il l'avait ensuite raccompagnée à la gare, à pied cette fois. De retour chez lui, il s'était aperçu qu'elle avait oublié son porte-monnaie et sa montre.

A l'issue de son interrogatoire, je l'avais placé en détention. Mais je me trouvais confronté à un problème dramatique : j'étais en présence de deux versions diamétralement opposées, sur des faits qui eux n'étaient pas contestés. La balance n'avait pas tardé à pencher dans un certain sens. J'avais fait entendre le directeur du foyer, et un moniteur, et j'avais entendu moi-même les parents — en instance de divorce — de la jeune fille. Ils étaient unanimes à dire que la malheureuse, malgré son handicap, était d'une intelligence au-dessus de la moyenne, et sur le plan physiologique une femme normalement constituée. Et son seul moyen d'affirmer sa féminité était d'aller au-devant des hommes : elle n'hésitait pas à se promener nue devant les petits camarades de son frère — des adolescents dans la puissance de leur âge ! — ou devant la gent masculine du personnel — éducateurs et médecins — du foyer.

Avec les affaires de mœurs, nous touchons l'un des domaines où la Justice a le plus de mal à cerner la vérité, quand les faits ne sont pas reconnus ou dûment établis.

N'évoquons que pour mémoire le viol : à côté des viols dont l'horreur n'autorise aucune moue dubitative ou sceptique, combien de cas où l'attitude provocante de la victime a pu aider le criminel à vaincre ses inhibitions, et à passer à l'acte ! L'analyse de cette subtile distinction est l'un des clichés les plus éculés qui traînent dans la littérature judiciaire.

Mais la Justice doit parfois trancher dans des situations d'une terrible ambiguïté.

Je connaîtrai pour ma part deux affaires de ce genre, la première franchement horrible, la seconde tragi-comique.

Une jeune femme de vingt-cinq ans se présentait dans un commissariat d'une importante cité vosgienne, et racontait des faits à la fois atroces et empreints d'une grande crédibilité.

Vivant depuis six années une liaison avec un commerçant très honorablement connu sur la place, elle y avait mis un terme en raison du tempérament extrêmement violent du monsieur. Elle était partie à Metz travailler comme « hôtesse » dans un bar. Son amant avait su la retrouver, et il lui avait proposé de reprendre la vie commune. Après une nuit d'amour, il lui avait demandé de travailler dans un « bar montant » du duché du Luxembourg. Elle avait refusé. Il n'avait pas insisté. Ils revenaient ensemble en voiture dans les Vosges. Peu avant l'arrivée à destination, il s'arrêtait sur le bord de l'autoroute et proposait à sa compagne « une promenade en forêt, pour se changer les idées ». Et une fois enfoncés dans les bois, à l'abri des regards indiscrets, il la contraignait à se déshabiller. Lorsqu'elle fut nue, il lui demanda de s'allonger sur le sol, face contre terre. Il se munissait d'une branche morte, et frappait sa maîtresse sur le dos. Il pénétrait ensuite le sexe de la jeune femme avec cette branche. Après qu'elle se fut revêtue, il lui ordonnait de manger de la boue sur ses chaussures.

Ils rentraient ensuite chez lui. Là, il l'obligeait à se déshabiller, et il la laissait nue pendant deux jours, lui demandant de se prostituer pour lui pendant quelques semaines, seule condition à la reprise de la vie commune. Elle acceptait. Il la laissait alors partir pendant une semaine à Longwy, où elle travaillait dans un bar pendant une semaine. Elle revenait ensuite chez son amant, et lui expliquait qu'elle avait refusé de se prostituer. Il lui disait alors qu'il ne voulait plus la voir, puisqu'elle n'avait pas fait ce qui était convenu.

A la fin du même mois, elle se présentait à nouveau chez lui. Il la laissait dormir dehors, dans son véhicule. Le lendemain matin, alors qu'elle essayait de gagner la salle de bains, il lui ordonnait d'enlever sa robe de chambre, de s'allonger sur le sol. Et là, il lui rasait le sexe, mettant ainsi en évidence la cicatrice d'un « S », brûlure qu'il lui avait faite quelques années plus tôt à l'aide d'un métal chauffé. Le lendemain de ce « rasage », il la mettait à la porte de son domicile, non sans l'avoir frappée une dernière fois.

En conclusion, la jeune femme déclarait que cet amant d'un genre particulier ne l'avait jamais forcée à faire quoi que ce fût, mais qu'elle lui était tellement soumise qu'elle acceptait tout ce qu'il demandait !

Face à ces déclarations, que répondait le très honorable commerçant ?

Il niait les faits. Il racontait aux policiers que le 16 août, il était bien revenu du Luxembourg en voiture avec son « ex-concubine ». Mais il ne s'était jamais arrêté sur le bord de la voie rapide, pour s'enfoncer ensuite dans la forêt. Il était exact que quelques jours plus tard, elle était venue coucher deux ou trois nuits chez lui, y prenant même certains repas. Il lui avait alors demandé de partir, les « idées » de la jeune femme n'étant pas les siennes. Et comme elle « s'incrustait », il lui « fichait une paire de baffes » pour la faire partir. Ce qu'elle faisait.

Il ne lui avait pas rasé le sexe. Il n'était pas au courant d'une cicatrice en forme de « S » sur le pubis.

Les policiers, dans une très exacte appréciation de la situation, décidaient de procéder à une nouvelle audition de la jeune femme. Elle confirmait ses déclarations, en ajoutant certains détails accentuant l'horreur de son récit : pour lui raser le sexe, il avait déjà usé de violences à son égard. Il avait pris un rasoir mécanique, avait obligé la victime à s'allonger par terre, avant de procéder aux sinistres opérations. Et pour imprimer dans sa chair la cicatrice en forme de « S », trois ou quatre ans plus tôt, il l'avait endormie avec de l'éther. Lui-même, d'ailleurs, aimait certains soirs de déprime se plaquer sur le visage un sachet en plastique dans lequel il avait enfermé un coton hydrophile imbibé d'éther. Et à son réveil, elle avait constaté la présence de ce monstrueux « S ».

Elle ajoutait des précisions sur la personnalité de son ancien amant : elle le qualifiait d'individu anormal, qui voulait changer de sexe. Il voulait subir une cure d'hormones pour devenir une femme. Ils avaient ensemble consulté un médecin généraliste, qui l'avait orienté sur un psychiatre. Il s'était rasé la moustache, il s'épilait, s'habillait chez lui en femme, se maquillait...

Lors d'une très brève confrontation, toujours dans les locaux de la police, chacun restait sur ses positions : la jeune femme confirmait ses déclarations, que son amant qualifiait de « tissu de mensonges ».

Quel plateau pesait le plus lourd sur la balance ?

Le problème était que la plaignante joignait trois certificats médicaux, attestant la présence dans la région pubienne d'une cicatrice affectant à peu près la forme d'un « S » d'une surface de 1,5 cm, de plusieurs hématomes sur les fesse et cuisse gauches, des traces de griffures sur les bras, des hématomes dans le dos, nécessitant une position allongée d'une semaine avec une incapacité de travail de la même durée.

Ces éléments paraissaient suffisants au procureur de la République pour m'ouvrir une information contre le commerçant pour « violences et voies de fait ayant entraîné une incapacité totale de travail supérieure à huit jours, à l'aide d'une arme », faits prévus et réprimés par l'article 309 du Code pénal.

Avant de procéder à l'inculpation du personnage, je demandai un extrait de son casier judiciaire et une fiche de renseignements à la police.

Ces deux pièces du dossier ne plaidaient guère en sa faveur. Treize années plus tôt, il avait été condamné à huit mois d'emprisonnement pour violences et voies de fait volontaires. Certes, un arrêt de la chambre d'accusation l'avait réhabilité huit ans plus tard, mais tout de même...

Une observation, au passage, à propos de la fantastique hypocrisie du casier judiciaire, pour ce qui concerne au moins le bulletin n° 1, celui délivré aux seules autorités judiciaires : une condamnation amnistiée sera inscrite au casier, suivie de la mention : « Condamnation considérée non avenue ». Et une réhabilitation n'empêche pas le maintien de l'inscription de la condamnation !

Quant aux renseignements, ils ne ressemblaient pas à un panégyrique : « Individu retors et buté. Arrogant. Parfois violent. »

De fait, c'est un homme inspirant l'antipathie que j'inculpai un triste jour de novembre. Agé d'à peine quarante ans, les lèvres minces, des petits yeux clairs, il commença par me reprocher de lui faire perdre son temps avec des histoires qui ne tenaient pas debout, et que la Justice serait mieux inspirée de poursuivre et condamner les auteurs d'un cambriolage dont il avait été naguère victime, au lieu de s'intéresser à des « racontars ».

Je dus hausser la voix de quelques octaves, et lui rappeler que des charges très précises existaient au dossier, pour qu'il rabatte un peu de sa superbe, et consente à s'expliquer. Il répéta ce qu'il avait déclaré aux policiers.

Autre fait étrange : alors que l'information n'était pas encore ouverte, la jeune femme avait écrit au procureur pour retirer sa plainte. Elle ne revenait pas sur ses déclarations, mais affirmait qu'elle avait beaucoup de mal à retrouver du travail, et ne bénéficiait d'aucune protection sociale. Cette affaire l'avait « bouleversée moralement et intimement », et elle avait très peur des suites. « Je suis consciente qu'il y a des cas beaucoup plus graves, mais à vingt-six ans, je me sens bien vieille », précisait-elle. Elle concluait en assurant qu'elle écrivait cette lettre « seule, sans appui ».

Passant outre cette missive, dont le caractère « spontané » restait à démontrer, j'entendis la jeune femme.

Elle n'avait rien d'une « folle » : très jolie, elle n'avait pas ce regard trouble qui crée tout de suite un malaise, ou cette excitation dans les paroles, qui caractérise souvent les gens mentalement perturbés.

Elle commença par m'expliquer que le retrait de sa plainte était motivé par la conscience que ses déclarations ne serviraient à rien (sic). Par ailleurs, avec le temps, les relations avec son ancien amant s'arrangeaient, car les « moments d'excitation » étaient tombés. Elle expliquait le comportement de cet homme par le fait qu'il avait des fantasmes, et qu'il s'était instauré entre eux des relations sado-masochistes. Ils étaient allés voir ensemble un psychologue, qui avait reproché à la jeune femme d'être trop... féminine.

La Vérité restait insaisissable. Je décidai donc d'organiser une confrontation.

Elle reste encore présente à ma mémoire comme l'un des moments les plus forts en intensité dramatique qui ont jalonné cette partie de ma carrière.

Je donnai d'abord lecture à l'inculpé des déclarations de la jeune femme. Il me répondit que la scène de flagellation était totalement imaginaire, de même que l'inscription par lui d'un « S » sur le pubis.

Je lui demandai alors de m'expliquer la signification des trois certificats médicaux.

C'est alors que, sur un ton embarrassé, il me dit de prier la jeune femme de sortir de mon cabinet. Une fois la confrontation transformée en tête-à-tête, il me raconta qu'elle était atteinte depuis plusieurs années d'une très grave maladie du cerveau — dont elle ignorait tout — et qui la poussait parfois à commettre des actes de folie, allant jusqu'à d'horribles gestes d'automutilation. Le commerçant souhaita que ces précisions ne fussent pas mentionnées dans le procès-verbal.

Voilà un rebondissement qui donnait un tout autre éclairage au dossier ! Avant de faire revenir la jeune femme, je demandai à son amant les noms des médecins qui s'étaient occupés d'elle. Tout en respectant le secret médical, je souhaitais vérifier si l'intéressée avait subi des soins chez eux.

La dernière partie de cette confrontation fut extrêmement courte. Il n'était pas utile de revenir sur les sévices, leur réalité et les conditions de leur exercice.

Je délivrai une commission rogatoire aux policiers pour entendre les médecins. Un seul se réfugia derrière le secret médical, parfois absurde. Les deux autres confirmèrent avoir administré des soins à la jeune femme.

Je ne pouvais pas aller plus loin dans les investigations médicales. J'aurais pu demander à des experts de procéder à un examen mental de la « victime », pour déterminer l'étendue des séquelles, mais quelles conséquences si les déclarations du commerçant se révélaient exactes !

Dans le doute, je préférai m'abstenir, et faire bénéficier le commerçant d'un non-lieu. Mais tout de même... En raisonnant par l'absurde, je me dis que les praticiens dont les noms avaient été avancés avaient peut-être soigné la jeune femme pour une méchante grippe, ou que le psychiatre avait peut-être été consulté à la suite d'une banale déprime.

Coquine Vérité qui se plaît souvent à faire la nique à ceux qui sont chargés de l'attraper...

□

Raymond Devos se livre dans un sketch célèbre à ce périlleux exercice de style consistant à passer des larmes au rire... Un juge d'instruction qui se laisserait aller à la sensiblerie pourrait se livrer au même jeu : les moments d'extrême intensité dramatique succèdent aux instants où l'ambiance est à la décontraction ; les dossiers qui portent sur des faits atroces alternent avec des affaires qui pourraient fournir la trame d'une excellente pièce de boulevard.

Et dans certaines procédures, la tragédie côtoie la comédie.

Un auteur désireux de mettre l'accent sur les risques de l'erreur judiciaire aurait pu intituler : « Une scène de la vie campagnarde », une information que le procureur de la République m'avait ouverte pour viols et violation de domicile, faits prévus et réprimés par les articles 332 et 184 du Code pénal.

Le héros serait un homme ignorant sa date de naissance, mais dont la fiche à l'hôpital psychiatrique, où il serait resté de l'âge de dix ans à celui de quatorze, indiquerait qu'au moment des faits, après un rapide calcul, il serait âgé de quarante-deux ans. De petite taille, avec ces mouvements désordonnés que l'on prête aux « fous », il serait atteint d'une surdité très importante, qui contraindrait les gendarmes, puis le juge d'instruction, à hurler pour se faire entendre. Pour compléter le tableau, les experts psychiatres évalueraient son quotient intellectuel à 0,51, en d'autres termes au niveau de la débilité profonde, son âge mental se situant aux environs de six ans. Il saurait compter sur ses doigts, mais serait bien sûr incapable de lire et d'écrire.

Interrogé par les psychiatres sur sa sexualité, il leur aurait avoué qu'elle se limitait à la vue de films pornographiques, à la masturbation et à des actes d'exhibitionnisme.

Il travaillerait comme ouvrier agricole.

L'héroïne serait une veuve de soixante-quatorze ans, institutrice à la retraite, sèche, d'aspect revêche et d'abord désagréable.

L'intrigue pourrait alors se nouer.

La vieille femme se présenterait un jour à la gendarmerie pour raconter les faits suivants :

Depuis six ou sept ans, elle employait le nommé Jean T., de temps en temps, pour des travaux de jardinage, comme d'autres habitants de la localité. Mais à l'issue de ces « petits boulots », Jean s'approchait d'elle, déboutonnait sa braguette, et se masturbait. Elle avait beau crier, il ne quittait la maison qu'après avoir éjaculé. Par la suite, il ne se contentait plus des plaisirs d'Onan, il la serrait contre lui, et lui soulevait ses vêtements. Il baissait la culotte de sa victime, faisait tomber son pantalon, introduisait son sexe en érection dans le vagin de la « malheureuse ». Quelquefois, il éjaculait avant d'y parvenir. Il lui tenait si fort les poignets qu'elle ne pouvait rien faire.

Si elle n'avait rien dit plus tôt, c'était par peur de représailles, et parce que ce monsieur cachait bien son jeu, savait se faire aimer de la population locale.

C'était l'agression d'une personne âgée dans un village voisin qui l'avait incitée à se rendre à la brigade.

En usant de cette patience dont ils sont coutumiers, les gendarmes parviendraient à obtenir des aveux de l'ouvrier agricole.

Pratiquement dès le départ, il avait ressenti des envies sexuelles à l'égard de cette dame, veuve depuis une trentaine d'années, et qui vivait seule. Il commençait par déboutonner la braguette de son pantalon, et lui montrait son sexe en érection. Quand il avait fait cela pour la première fois, la vieille s'était mise à crier, et l'avait chassé de chez elle avec ordre de ne plus revenir. Après une absence de quelques semaines, il se représentait en lui disant qu'il venait pour travailler. Il recommençait alors à s'exhiber et, un jour, il la forçait à avoir des relations sexuelles avec lui. Il la maintenait par les poignets, et après avoir relevé ses jupons, il la pénétrait debout. Elle se débattait et cherchait à le frapper au visage, mais il la maintenait fermement. Etc.

Il la forçait ainsi à avoir des relations une fois par mois.

L'auteur insisterait lourdement sur le charisme qui devait émaner des gendarmes pour qu'un débile profond se livre spontanément à de telles déclarations. Et sous peine de faire perdre tout crédit à son récit, il ne ferait pas tenir au débile les propos suivants : « Je suis sourd d'une oreille et je bégaye depuis toujours. Malgré tout, j'ai toujours été conscient que mon comportement à l'égard de Mme D. était punissable, compte tenu qu'elle n'a jamais été d'accord pour avoir des relations sexuelles avec moi. » De telles paroles donneraient un caractère d'invraisemblance aux aveux précédemment recueillis, et des lecteurs non avertis suspecteraient les gens de la maréchaussée d'avoir influencé les déclarations du mécréant.

L'employeur du « violeur d'habitude » témoignerait en sa

faveur : d'une honnêteté sans égale, incapable de faire du mal à qui que ce fût. Jean aimerait répéter qu'il avait fait la connaissance d'une jeune dame avec laquelle il allait se marier, mais l'employeur dirait que personne ne l'avait jamais vu avec une femme.

L'auteur introduirait alors un nouveau personnage : le juge d'instruction, en poste depuis quelques mois seulement. Ignorant qu'il risquait de prêter son concours à la commission d'une erreur judiciaire, et parce qu'il était incapable de comprendre un traître mot de ce que racontait l'inculpé, réellement sourd et souffrant d'un abominable bégaiement, le juge aurait mis dans la bouche de l'inculpé un résumé en quelques phrases des trois pages d'« aveux » recueillis par les gendarmes. Répétons-le : l'auteur n'hésiterait pas à insister « lourdement » sur les mérites de ces braves gendarmes.

On introduirait alors un rebondissement : l'employeur de l'ouvrier agricole demanderait à être entendu par le juge. Et il dirait alors au magistrat qu'il avait toujours considéré son employé comme un être simple et même comme un impuissant, que les photos de femmes nues collées aux murs de sa chambre lui avaient été données par le buraliste, et qu'il s'agissait simplement de publicités pour des magazines, et non des représentations des horreurs de Sodome et Gomorrhe, comme le procès-verbal des gendarmes pouvait le laisser penser à des esprits mal tournés.

Et détail important : l'employeur dirait que la « victime » n'était pas du tout aimée dans la commune, que personne ne lui parlait, qu'elle avait « la plume facile », et qu'il trouvait bizarre qu'elle eût été violée pendant quatre ou cinq ans sans s'en plaindre à quiconque ! Il conclurait en affirmant que l'ouvrier agricole s'occupait d'autres jardins de « petites vieilles », et que si l'employé avait eu des torts, la victime en aurait aussi beaucoup.

Un autre voisin se présenterait spontanément devant le juge d'instruction, pour braquer le projecteur sur la victime, en déclarant que même le fils de celle-ci, un garçon âgé d'une trentaine d'années, ne parlait plus à sa mère, qu'en 1943, elle avait dénoncé un maquisard — maire d'un petit village —, que les gendarmes avaient étouffé l'affaire à la Libération, et qu'elle était plus malade que son « pseudo-violeur ».

Et coup de théâtre final : entendue par le juge d'instruction, la victime reviendrait sur une partie de ses déclarations : elle confirmerait que l'ouvrier avait des gestes indécents quand il venait travailler chez elle : il baissait son pantalon, son slip et se masturbait devant elle, mais avouerait qu'ils n'avaient jamais eu de relations sexuelles. En revanche, il faisait preuve de brutalité, précisément pour la forcer à accepter l'acte sexuel : il la maintenait les mains dans le dos, baissait son pantalon et son slip, mais une fois qu'il avait éjaculé, il la lâchait, et ne l'ennuyait plus.

A la question — déterminante — du juge, car elle annulerait la qualification criminelle jusque-là retenue : « Jean ne vous a donc jamais pénétrée ? », elle répondrait : « Non, il perdait toujours avant. »

Elle n'avait pas révélé ce « détail » aux gendarmes, parce qu'elle croyait que toute l'histoire n'irait pas si loin, alors que si elle avait su que le procureur de la République serait averti, elle aurait demandé aux gendarmes d'arrêter tout de suite, car elle aurait « trop peur d'une cabale ».

Et le dernier paragraphe de l'histoire pourrait être une déclaration de la « victime » : « Je suis formelle, Jean T. n'a jamais eu de relation sexuelle avec moi. C'est pourquoi je disais qu'une bonne leçon suffirait. J'ai été bouleversée lorsque j'ai appris qu'il avait été emmené par les gendarmes. »

Quittons le ton que je me suis permis d'emprunter le temps de quelques pages, car le spectre de l'erreur judiciaire, en filigrane de cette affaire, ne prêtait guère à sourire.

Avec cette touche de misogynie qui sied aux malheureux mâles conscients de l'évolution de la société, et réduits à reconnaître la supériorité de la gent féminine, je voudrais clore ce chapitre sur deux personnages qui avaient causé leur propre perte en poussant cette rouerie naturelle aux personnes de leur sexe jusqu'à des extrémités qui les faisaient entrer dans le cadre des articles répressifs du Code pénal.

Ces deux femmes présentaient un point commun : un physique qui ne laissait pas indifférent, mais pour des raisons qui ne se ressemblaient guère.

La première était âgée de cinquante-deux ans au moment des faits : une espèce de colosse en jupons, où la graisse l'emportait sur le muscle. Elle parlait fort, et avec elle j'avais inauguré ce truc appris d'un ami quelques jours plus tôt : baisser la voix, jusqu'au chuchotement, quand celle de l'interlocuteur franchit le seuil de tolérance en décibels. Elle ne pouvait pas dire deux mots sans préciser : « Je suis franche, moi, monsieur le juge », ou : « Je vais vous parler avec franchise. » Un clignotant rouge s'allumait alors dans mon esprit : « Attention danger : mensonge en vue. »

Si je devais la comparer à un personnage de roman, elle ressemblerait à Berthe Bérurier, l'épouse du célèbre et truculent adjoint du commissaire San-Antonio.

J'avais inculpé de vol cette walkyrie pour les faits suivants :

Un homme de quatre-vingt-dix ans, retraité de la SNCF, se déplaçant avec des béquilles, se présentait un jour à une brigade de gendarmerie pour porter plainte. Quinze jours plus tôt, il avait été accosté dans la rue par une femme qui lui avait proposé de venir faire le ménage chez lui. En dépit du refus du vieil homme, elle s'était engouffrée dans le taxi qui le raccompagnait à son domicile. Une fois dans les lieux, elle fouillait toute la maison sans que le malheureux handicapé pût s'y opposer. Le soir même, elle lui « proposait ses charmes » (*sic*). Et le lendemain matin après le départ de la dame, il constatait la disparition d'une somme de cinq cents francs, cachée dans un tiroir d'un buffet de cuisine.

Elle revenait quinze jours plus tard, soi-disant pour passer la soirée devant la télévision. Le malheureux glissait sur le tapis, et chutait. La « visiteuse » plaçait alors les béquilles hors de portée pour qu'il lui fût impossible de se relever. Elle se rendait dans la chambre, et s'emparait d'un coffret placé dans une armoire contenant les économies du retraité, soit environ cinq mille francs. Puis elle quittait le logement, en abandonnant sa victime, toujours allongée sur le sol.

Interpellée en gare de Nancy, alors qu'elle s'apprêtait à quitter la région, la femme reconnaissait le vol des cinq mille francs. En précisant qu'elle avait accompagné sa future victime chez elle la première fois à la demande de celle-ci, et qu'à l'issue de cette « nuit d'amour », le petit vieux lui avait remis trois cents francs.

Quant aux circonstances du vol de la somme de cinq mille francs, elle ajoutait — c'était évident — qu'après la chute de son « amant » sur le tapis, elle avait essayé de le relever, mais sans résultat, en raison du poids, et qu'il lui avait dit : « Laisse-moi faire, je me débrouillerai tout seul. »

Elle confirmait ses déclarations devant moi quand je l'inculpai de vol, en la plaçant en détention.

Je subodorais que cette dame — soi-disant femme de ménage — n'en était pas à son coup d'essai, et qu'elle avait imposé sa présence au vieillard, lequel n'avait que faire d'une femme à la masse aussi imposante. Une « petite jeunette » peut éveiller certains instincts que l'on croyait défunts, mais une dame d'un demi-siècle passé, et approchant du quintal... Par commission rogatoire, je demandai aux gendarmes d'entendre le chauffeur de taxi. Il confirma mes doutes : alors que le vieil homme s'apprêtait à monter dans son véhicule en sortant du foyer des personnes âgées où il passait ses après-midi, cette dame était montée à l'arrière sans demander l'avis du client. Pendant qu'il retirait de l'argent au bureau de Caisse d'épargne situé sur le trajet — quelle imprudence ! — elle l'avait attendu sagement dans le taxi. Je l'imagine en train de commencer à compter les veaux, vaches, etc.

L'enquête des gendarmes devait apporter de nouveaux éléments sur la personnalité de « Mme Jeanne ». Depuis deux ans, elle vivait avec un autre vieillard de quatre-vingt-deux ans, « comme par hasard » handicapé physique. C'est elle-même qui, pour son malheur, m'avait donné le nom de son « employeur », en voulant que je l'entende pour prouver sa bonne foi. Et le fait est : ce vieillard-là n'avait qu'à se louer des services de sa femme de ménage : elle faisait ses commissions, la cuisine, nettoyait le logement. En contrepartie, il lui donnait cinq cents francs quand elle souhaitait se rendre à Strasbourg, Nancy ou en Haute-Savoie, sous prétexte d'y chercher du travail. Il lui donnait également chaque jour de quoi acheter la nourriture pour eux deux. A l'issue de son audition, il précisait qu'il souhaitait récupérer les clés de sa maison, sa « femme de ménage » étant partie avec. Une simple étourderie, sûrement...

Mais, fait plus troublant, les gendarmes apprenaient que le vieil homme allait se faire soigner de temps en temps à l'hôpital, où l'accompagnait son mentor en jupons. Or deux personnes âgées hospitalisées avaient signalé à la direction de l'établissement la disparition de sommes respectives de quatre cents et cent francs. Après rapprochement, il apparaissait que le « couple » avait rejoint les deux autres vieillards dans leur chambre pour regarder la télévision, et qu'à la suite de diverses circonstances,

Jeanne s'était trouvée seule dans la chambre pendant quelques minutes.

L'affaire se compliquera par la suite avec l'intervention de la famille du vieillard de quatre-vingt-deux ans : sa petite-fille (une dame d'une quarantaine d'années) me racontera que deux ans plus tôt, son aïeul avait dû être transporté au milieu de la nuit dans un état comateux, à la suite d'une chute à son domicile. A son réveil, il avait dit à sa petite-fille : « Elle m'a foutu sur la gueule. » Un petit-fils confirmera avoir entendu des propos similaires, mais ajoutera qu'il ne fallait pas trop faire attention à ce que disait son grand-père, que c'était un « menteur » et que personne ne voulait plus le voir. Il convenait donc pour la Justice d'éclaircir ces nouvelles et graves accusations.

Le système de défense de l'inculpée consistait à dire qu'elle s'occupait du vieillard, alors que ses petits-enfants l'avaient abandonné, en gardant son argent. Le petit-fils répondra à cette attaque lors d'une confrontation « historique » où les murs de mon cabinet trembleront sous les décibels. Il me dira qu'il n'avait emporté qu'une somme de quatre mille francs, et que voyant son grand-père dépenser son argent à tort et à travers, il préférait le garder, d'autant que le jour où il mourrait, la famille ne voulait pas qu'il fût enterré comme un chien, et qu'elle devrait payer le caveau. Hébergé cinq années plus tôt chez son petit-fils, pendant quelques mois, celui-ci ne lui avait pas fait payer la nourriture. Il lui demandait seulement deux cents francs par mois pour le blanchissage. Mais à l'heure actuelle, plus personne de la famille ne voulait de lui, car il était sale et il buvait.

« Mon » inculpée répondait alors qu'en s'installant chez le grand-père, elle s'était dévouée pour nettoyer son logement, puis « le garder propre ».

A partir d'une « banale » affaire de vol, je venais de plonger dans le drame de la détresse morale, et parfois de la misère matérielle de personnes âgées, proies faciles pour tous les êtres cupides qui, dans certaines familles, ne sont pas à chercher bien loin.

Je connaîtrai, hélas, d'autres affaires de ce genre, où la famille spéculait sur la mort d'un ancêtre, et imaginait déjà les meilleurs placements pour l'argent de l'héritage.

Jeanne B. sera condamnée sur le fondement du seul vol

reconnu — celui de cinq mille francs au préjudice du « second » vieillard — à un an d'emprisonnement et cinq mille francs d'amende.

Une autre affaire me marquera encore longtemps, parce que les victimes étaient cette fois de jeunes enfants. Après la naïveté ou la sénilité des personnes âgées, l'innocence de bambins de quatre et trois ans...

Un conseil n'est jamais suffisamment prodigué aux jeunes tourtereaux qui en sont encore à « se bécoter sur les bancs publics » : qu'ils réfléchissent bien avant de s'engager dans les liens du mariage ! Le divorce devient de nos jours un acte-réflexe comme d'aller chez le médecin dès les premiers picotements de la gorge. La différence est que le divorce coûte cher... et que la Sécurité sociale ne le rembourse pas : avocats, notaires, administration fiscale savent prélever leur dîme lorsque les conjoints décident de ne pas vieillir ensemble. Les enfants font toujours les frais de la déchirure des parents. Et ce n'est pas une question de classe sociale : les gens « bien » s'offrent parfois en spectacle de manière affligeante.

Un notaire avait un jour déposé plainte pour « non-représentation d'enfants ». Le juge aux affaires matrimoniales avait rendu quelques mois plus tôt une ordonnance de non-conciliation confiant à la mère la garde des deux enfants, et faisant bénéficier le père du droit de visite et d'hébergement les premier et troisième week-ends de chaque mois, du samedi midi au dimanche dix-neuf heures, et la première moitié de toutes les vacances scolaires.

On serait tenté de croire que les faits ayant conduit le notaire à entamer la procédure contre sa femme (car son épouse ne voulait entendre parler de rien) ne ressembleraient pas à des bagarres de chiffonniers, et que des personnes de cette qualité sauraient faire preuve de dignité. Il n'en était rien : le notaire s'était battu avec sa belle-mère dans la voiture de son épouse, garée en plein centre ville. Une trentaine de badauds, recensés par un policier qui passait par hasard et qui avait tout consigné sur procès-verbal, avaient dû bien s'amuser en écoutant les propos échangés. Le notaire : « Janine, toi et ta fille, vous me faites chier ! », paroles accompagnées d'une brûlure de cigarette sur le dos de la main de la belle-mère. Celle-ci, dans un échange de coups : « Salaud ! Ordure ! Pauvre type ! » Intervention de l'épouse, qui essayait d'extirper le mari de son véhicule en le tirant par la manche de la veste... « Foutez-moi la paix, cette voiture m'appartient ! C'est moi qui l'ai payée ! »

Après le dépôt de la plainte, les milieux de la police et de la justice de la place en avaient appris un peu plus long sur le couple.

Suivant l'épouse, son mari était de tempérament violent. Un jour, après l'avoir frappée à leur domicile, il lui avait dit de « prendre sa voiture, ses enfants, ses valoches pour se tirer ». Après la relation de ces faits, elle prononçait cette phrase : « D'autre part, lorsqu'il quitte son étude, il serait souhaitable qu'il rentre plus souvent directement à la maison sans aller au café du... » Elle déposait plainte pour coups et blessures volontaires, certificat médical à l'appui. Le notaire rejetait ces accusations, et affirmait qu'au contraire, c'était sa femme qui le frappait (certificat médical attestant cinq points de suture à la main gauche), menaces avec un couteau de cuisine, etc. Réentendue par les policiers, l'épouse déclarait que cette blessure à la main avait été causée par la chute de son mari dans l'escalier conduisant à la cave, après qu'il eut passé la soirée au café avec des copains, d'où il était revenu complètement ivre.

Elle apportait une carabine 22 LR aux policiers « à titre préventif », avec cette deuxième phrase significative : « Si la santé de mon mari s'améliorait, je voudrais reprendre cette arme. »

Le Parquet avait classé sans suite cette double procédure pour coups et blessures volontaires. Si ces gens s'étaient appelés « Dupont » il n'est pas absurde d'imaginer qu'ils auraient été renvoyés devant le tribunal correctionnel, pour la plus grande joie des chroniqueurs présents dans la salle. Mais entre juristes et gens de bonne compagnie...

En revanche, pas moyen de classer sans suite la plainte du notaire pour non-représentation d'enfants.

Je procédai à son audition pour déterminer très précisément ce qu'il reprochait à son épouse sur le fondement de cet article.

L'homme était âgé de quarante-trois ans, le crâne dégarni, vêtu avec une élégance moderne sans rapport avec ces cols blancs élimés et ces costumes grisaille des notaires d'antan — tels, du moins, que certains romanciers les ont représentés. Et surtout, il émanait de sa personne un air de farouche détermination. Un détail me choquera : avec moi, il ne se départira jamais d'une mielleuse onctuosité, alors que mon greffier me racontera que lorsqu'il lui téléphonait, il se montrait cassant, n'employant aucune formule d'une politesse élémentaire.

Il m'expliqua que plusieurs week-ends de suite, alors qu'il s'était rendu à Saint-Germain-en-Laye, où sa femme habitait désormais, pour prendre ses enfants conformément à l'ordonnance de non-conciliation, il avait trouvé porte close.

J'entendis ensuite son épouse — n'oublions pas qu'ils étaient encore mariés — trente-trois ans, d'origine canadienne, grande, maigre, les traits fins, pas spécialement jolie, mais avec sûrement beaucoup de charme quand elle se lançait dans une entreprise de séduction. Pour l'heure, j'avais en face de moi une femme dure, fermée, pas décidée à concéder quoi que ce fût. Elle m'expliqua sans esquisser le moindre sourire que son mari n'avait pas eu les enfants les week-ends des 31 juin-1er juillet, et 28 février-1er mars, parce qu'elle considérait que ces fins de semaine ne correspondaient ni au cinquième, ni au premier week-ends du mois, puisque dans les deux cas le samedi était le dernier jour du mois et le dimanche le premier du mois suivant !

Pour les week-ends du mois de mai, il avait été convenu que son mari renoncerait à prendre les enfants, car d'une part, il les avait eus à Pâques et, d'autre part, la dernière fin de semaine correspondait à la fête des Mères.

A l'issue d'une confrontation riche en « mouvements d'humeur » un beau jour du mois de juillet, le notaire avait dit que si le 31 décembre, les droits de visite dont j'avais moi-même fixé les dates sur le procès-verbal étaient respectés, il ne souhaitait pas que les poursuites pénales aillent plus loin.

L'officier ministériel n'avait pas cessé de « monter sur ses grands chevaux », alors que son épouse conservait son attitude hiératique et son calme olympien. Il y avait même eu un intermède comique, quand le notaire s'était adressé à l'avocat de son épouse : « Enfin, toi ! Tu oses défendre une femme comme ça ! Toi que j'ai connu quand tu étais encore sur les bancs du lycée, que j'aurais presque pu faire sauter sur mes genoux, en raison de mon amitié avec tes parents ! Tu es un beau salaud ! »

Mais au mois de décembre, alors que je l'avais convoqué pour faire le point sur le respect des obligations par son épouse, le notaire me disait qu'en dépit du bon déroulement de ses droits de visite à partir du mois d'octobre, il maintenait sa plainte, en raison de la façon dont sa femme s'était « moquée de lui et de la Justice française » !

Il convient de préciser que, pendant les grandes vacances, sa femme s'était acharnée à le priver de ses droits, invoquant tantôt une maladie des enfants (constatée par un médecin cousin à elle !), ou refusant de retirer les lettres recommandées annonçant son arrivée pour quérir les enfants.

Le tribunal correctionnel condamnera l'épouse récalcitrante à un mois d'emprisonnement assorti du sursis et deux mille francs d'amende.

Je le répète : j'avais grandi dans le culte des « gens bien » et du respect qu'ils méritaient. Quelques affaires avaient, en un laps de temps très court, sapé ce bel édifice, résultat pourtant de longues années d'éducation familiale.

Les pages qui précèdent ne doivent pas faire illusion : le cabinet d'un juge d'instruction ne voit pas chaque jour défiler des « personnages », des « figures », qui approvisionneraient en « belles affaires », « dossiers délicats », créeraient des moments d'une extraordinaire intensité dramatique, ou enfin distilleraient des anecdotes plaisantes ou croustillantes.

A l'instar de ces écrivains qui n'accouchent pas chaque année d'un chef-d'œuvre, de ces stars de la cuisine qui n'inventent pas chaque jour la « soupe de truffes V. G.E. » ou « l'escalope de saumon à l'oseille », ou enfin de ces champions cyclistes qui ne terminent pas vainqueurs de chaque étape du Tour de France, un juge d'instruction doit renoncer à vivre quotidiennement des moments d'exaltation.

Le Code pénal n'a pas été créé dans ce but. Comme m'avait dit un collègue, et son point de vue était partagé par beaucoup, le Code pénal a été conçu pour punir les pauvres, les gueux et les miséreux. L'égalité de tous les citoyens face à la Loi et aux textes répressifs n'existe en fait que sur le papier, et pour une raison d'une extrême banalité et d'une évidence qui ne souffre guère la contradiction : un chômeur en fin de droits sera plus enclin à voler de la nourriture dans un grand magasin qu'un médecin ou un directeur de société financièrement aisés. Un garçon qui a grandi dans la misère entre des parents qui se déchiraient n'aura pas le même respect pour la propriété d'autrui, ou l'intégrité de la personne, qu'un « jeune homme de bonne famille ».

Par ailleurs, les quelques affaires que j'ai évoquées doivent démontrer que les manants et les vilains sont capables de se révéler comme de fort braves gens, généreux, intelligents et profondément attachants.

Mais au-delà, il y a ces cohortes des « obscurs », des « sans-grade », ces troupeaux de mécréants, ceux que l'on pendait jadis pour le vol d'un pain, ou qui dans le meilleur des cas étaient envoyés sur les galères du roi se faire tailler en pièces par les Barbaresques.

La machine judiciaire est impitoyable à leur égard. Cela ne résulte pas d'une volonté délibérée d'écraser ces pauvres gens — au contraire, on s'efforce de leur venir en aide par le biais des délégués à la probation et des assistantes sociales —, mais leur casier judiciaire est l'artisan de leurs malheurs.

Car il s'agit du bien connu système de l'engrenage : généralement, ces individus commencent très tôt dans la délinquance, souvent par des vols. Le tribunal les condamne à deux, trois, ou six mois d'emprisonnement assortis du sursis. La seconde fois qu'ils passent à la barre du tribunal (s'ils se présentent), ils bénéficieront peut-être encore du sursis. Mais la troisième fois, le temps sera venu de faire tomber le couperet : quinze jours « fermes » sanctionneront leur entêtement à ne pas suivre le droit chemin, mais les sursis antérieurs ne seront pas révoqués. A la quatrième condamnation, ces sursis « tomberont ». Et c'est ainsi que l'on voit des garçons de trente ans qui ont passé sept, huit, voire dix ou onze ans de leur existence derrière les barreaux.

Il est bien sûr tentant, et parfaitement légitime, d'affirmer que ces voyous n'ont eu que ce qu'ils méritaient, qu'ils n'ont pas su tirer profit des avertissements « gratuits » qui leur étaient donnés, et que si les tribunaux ne condamnaient pas, les honnêtes gens ne seraient plus protégés, et que cela ne servirait à rien de respecter la Loi.

Ces arguments sont tout à fait fondés, et la machine judiciaire ne doit pas épargner ces délinquants qui n'ont su saisir aucune des perches qui leur étaient tendues, et qui coûtent cher aux contribuables. Une condamnation à dix-huit mois d'emprisonnement ferme pour le vol de deux cents kilos de cuivre quand on a vingt-deux ans, parce que douze condamnations figurent déjà à votre casier judiciaire (dont huit pour conduite sans permis ou défaut d'assurance), traduit de réels progrès par rapport au gibet ou aux galères, mais ils ne font que suivre l'évolution de la société, et traduisent sur le fond les mêmes nécessités de la répression.

Le Code de procédure pénale assigne une fonction bien précise au juge d'instruction dans ce système, le rend complice du processus de châtiment, en instaurant une profonde ambiguïté dans son rôle, et le projette au rang de principal responsable en cas de « bavure ». J'aurai l'occasion de développer ce thème de réflexion.

Il convient simplement de savoir que si un délinquant n'est pas arrêté sur-le-champ, pris « la main dans le sac », auquel cas (si aucune investigation supplémentaire n'est nécessaire) il peut être jugé sur « comparution immédiate » (une variante des ex-flagrants délits, qui ont tant marqué les esprits), le Parquet est obligé de recourir au juge d'instruction pour que le délinquant soit placé en détention. Seul le magistrat-instructeur peut en effet décerner mandat de dépôt à ce stade de l'enquête. Et combien de dossiers sont ouverts chaque année dans le seul but qu'un garçon soit envoyé sur la paille humide d'un cachot... Alors qu'en théorie, une information ne devrait être ouverte que lorsque l'affaire présente des difficultés, s'avère obscure, que les qualifications pénales restent à définir, ou enfin pour cerner les responsabilités de chacun, le tout dans l'optique bien précise de faciliter la tâche des magistrats composant le tribunal correctionnel.

Il existe un autre danger à recourir ainsi au juge d'instruction pour l'apposition d'une simple signature au bas d'un mandat de dépôt : pousser le magistrat à enfreindre lui-même la Loi, en négligeant volontairement, et avec l'accord tacite de tout le monde, certaines règles de procédure, qui se veulent protectrices des droits de l'inculpé. Mais au prix de quelle hypocrisie !

Car on oblige les juges d'instruction à perdre régulièrement quelques heures à recueillir les explications « spontanées » pour des faits reconnus devant les gendarmes ou les policiers, et confirmés devant le magistrat sans que se produise un soudain revirement, habituellement expliqué par les « coups » reçus dans les locaux de la brigade ou du commissariat. Ce n'est qu'à la suite des déclarations de l'inculpé que le juge peut le placer en détention.

Seule la sacro-sainte Statistique (car les magistrats sont contraints de se soumettre en fin d'année aux jugements de cette divinité impérieuse, comme n'importe quels cadres d'entreprise intéressés aux bénéfices, ou fonctionnaires soumis en théorie à cette dure loi de l'efficacité), trouve son compte dans cette dégénérescence du système.

Comment expliquer cette information que l'on avait ouverte à mon cabinet pour vols, défaut de permis de conduire et d'assurance — comme si le voleur allait passer chez un assureur avant de conduire ! — et défaut de maîtrise, faits prévus et réprimés par les articles 379, 401 du Code pénal, L 12, L 20, R 10 et R 232 du Code de la route, alors que les deux malfaiteurs, âgés de vingt-trois et dix-neuf ans, s'étaient déjà expliqués clairement devant les gendarmes ?

Seules les signatures de deux mandats de dépôt la justifiaient. Je m'étais plu à « calquer » les déclarations faites devant moi sur les aveux passés devant les gendarmes : « Je prends acte des inculpations que vous me notifiez. Je reconnais les faits qui me sont reprochés, et je désire m'expliquer immédiatement... »

Et ensuite : « ... Après avoir bu plusieurs bières et du vin rouge en compagnie de mon copain, comme nous étions “ fatigués ”, pour parcourir les quatre kilomètres qui nous séparaient de notre campement, B. a eu l'idée de voler un cyclomoteur stationné devant une ferme, mais c'est moi qui suis monté dessus et qui l'ai conduit sans assurance. A notre campement, nous avons eu l'idée de dérober du foin pour calfeutrer notre tente. Nous sommes alors allés dans une ferme. Dans le garage de cette ferme, nous avons vu une R 18. Michel m'a dit : “ Il y a les clés dessus. ” Il s'est installé au volant. J'ai poussé le véhicule dehors, puis je me suis mis à côté de lui. Nous avons fait une virée d'environ cinq cents kilomètres, avant d'abandonner le véhicule près de..., de peur d'être contrôlés par les gendarmes.

« Je suis actuellement sans travail. Je travaillais comme ouvrier boulanger à..., mais j'ai quitté ce travail, car contrairement à ce que m'avait promis mon employeur, je n'étais pas logé. »

Les deux lascars seront condamnés chacun à trois mois

d'emprisonnement. Celui dont je viens de reproduire les déclarations, âgé de dix-neuf ans, deviendra au fil des ans, « connu comme le loup blanc » par les magistrats du tribunal.

Dans le troupeau de ces « gibiers de potence », certains réussissent ainsi à sortir de l'anonymat, soit en raison de leur qualité de multi-récidiviste, soit par le poids de leur personnalité, soit par le jeu de ces deux facteurs.

Je n'oublierai jamais les deux frères François et Jean-Louis S., qui vivaient en concubinage avec les deux sœurs Françoise et Emma A.

Les deux frères, vingt-six et vingt-quatre ans en 1980, jouissaient d'un physique bien « typé » : d'origine gitane, ils louchaient et bégayaient à un degré tel que la tâche des enquêteurs et les magistrats s'en trouvait singulièrement compliquée. « Non-non, monsieur le juuuuge, je-je-je-je vous ju-ju-jure que ce n'est-n'est-n'est pas moi ! » était la phrase qui revenait dans leur bouche à chaque nouvelle inculpation.

Car ils auraient pu décrire mon cabinet dans le moindre détail, tant ils en étaient devenus des hôtes assidus. Leur casier judiciaire était, suivant la formule consacrée, « un casier à rallonge », ou « kilométrique » : coups et blessures volontaires, défaut de permis de conduire et défaut d'assurance, défaut de carte grise, vols émaillaient les colonnes des extraits du casier. Ils se prétendaient ferrailleurs. Ferrailleur ou « récupérateur » est la profession généralement indiquée par ces manouches qui vivent en caravane, pour la plus grande hantise des populations locales.

Leurs concubines étaient attachantes : Françoise, vingt-deux ans, était « à l'origine » très mignonne : brune, des traits fins, un joli sourire. Malheureusement, avec le temps, elle s'empâtera. Je ne pourrai m'empêcher de lui en faire un jour la remarque. Sa sœur, Emma, vingt-quatre ans, était très gentille et très douce. A l'instar de leur concubin, je ne les entendrai jamais reconnaître les faits, sauf Françoise une fois, dans des circonstances où il lui était difficile de nier : en rendant visite à sa sœur à la clinique où celle-ci venait d'accoucher, Françoise s'était dirigée vers la pouponnière et avait enlevé un bébé. Grâce à différents témoignages, on retrouvait l'enfant dans les heures qui suivaient à l'intérieur de la caravane. Et elle avouait avoir pris ce nouveau-né, car voyant le bonheur de sa sœur, elle avait éprouvé la crainte, affirmait-elle, de ne pouvoir devenir mère un jour. Elle risquait les Assises, mais l'affaire sera « correctionnalisée ».

Une autre fois, elle sera surprise à la sortie d'un hypermarché, une télévision portative cachée sous son manteau.

Les concubins volaient du cuivre ou du fer sur les décharges des usines, ou passaient leurs nuits à siphonner de l'essence dans les réservoirs des véhicules en stationnement.

Un autre « vilain » ne s'effacera jamais de ma mémoire...

Je ne l'avais pourtant pas vu souvent, car le tribunal correctionnel l'envoyait à chaque fois pour de longs mois derrière les barreaux.

Notre première rencontre, quelques jours seulement après mon installation, sera pour moi une fantastique leçon.

Dominique, dix-neuf ans à l'époque, était assis en face de moi. Très grand, costaud, le visage maigre, et des expressions « d'idiot du village ». Je venais de l'inculper de vol, et je lui faisais part de mon intention de le placer en détention. « Oh ! moi, je m'en fiche, vous pouvez faire ce que vous voulez. Je me plais en prison. On est nourri, logé, blanchi ! » m'avait-il répondu avec un petit sourire ironique. Avec la même expression, glissant mes pas dans ses traces, en le regardant droit dans les yeux, je lui avais lancé : « Mais alors, vous n'avez rien dans les c... ! » Il s'était alors figé, était resté silencieux pendant quelques secondes avant d'exploser : « Oui, vous vous sentez fort parce que vous êtes le chasseur et moi le lapin. Mais ça ne durera pas ! On se retrouvera ! D'abord, je ne signerai rien. Je n'ai plus rien à faire ici, les gendarmes peuvent m'emmener. » A mon tour, j'avais blêmi, autant impressionné par les menaces que par la sottise que j'avais commise en humiliant sans le vouloir cet Hercule juvénile.

Dans les mois qui suivront cet incident, je pécherai par excès inverse, donnant du « monsieur » à tous les inculpés, pour montrer mon respect à leur égard, et la considération qu'ils méritaient, parce qu'ils restaient des êtres humains, en dépit de leurs exactions. Rapidement, cette solution m'apparaîtra stupide, cette marque de politesse étant perçue comme une volonté d'établir une barrière entre eux et moi. Je modulerai ensuite en fonction des gens que j'avais en face de moi, n'hésitant pas à dire : « Dupont, vous êtes vraiment le roi des cons ! » si je sentais que l'inculpé ressentirait un petit frisson de plaisir d'être ainsi interpellé.

A dix-neuf ans, Dominique avait déjà été condamné sept fois, soit par le tribunal pour enfants, soit par le tribunal correctionnel, pour vols, destruction ou dégradations de véhicule, défaut de permis de conduire, défaut d'assurance, infraction au droit de pêche (sanction : exclusion des associations de pêche pendant six mois) !

Je le retrouverai l'année suivante, en mars 1981, pour une affaire typique des procédures dont font l'objet les gens de sa catégorie.

Avec deux camarades de dix-neuf ans et dix-huit ans, qui deviendront à leur tour des piliers du tribunal correctionnel, ils avaient commis vingt cambriolages répartis sur deux nuits, dans des résidences secondaires. Mais nous étions loin des gangs organisés avec receleurs dans le monde des antiquaires parisiens, ou ramifications à l'étranger pour écouler les œuvres d'art, toutes inventoriées ou cataloguées !

Parmi les objets dérobés, dans la première résidence : des casseroles, treize assiettes, un étagère d'épices, un carrelage vitrifié ; dans la seconde : quatre poêlons en cuivre, deux couvertures, douze assiettes, un transistor ; dans la troisième : deux assiettes, une lampe à pétrole et un service à café ; dans la quatrième : trois douzaines d'assiettes, deux saladiers, une essoreuse ; dans la cinquième : des bouteilles d'alcool, des denrées alimentaires et une veste. Etc.

Le procès-verbal de synthèse établi par les gendarmes dressait une liste exhaustive, sur plusieurs pages, précise jusqu'à la petite cuiller, des articles volés par ces garçons.

Devant moi, les trois malfaiteurs, reconnaissaient les faits sans exprimer la moindre réticence. Mes rapports avec Dominique étaient redevenus « normaux ». Il sera condamné à dix-huit mois d'emprisonnement ferme.

A l'occasion d'une autre affaire, Dominique sera examiné par des experts psychiatres. Ils concluront à « l'existence de signes importants de déséquilibre psychique, avec relation directe entre l'infraction et cette anomalie » — il avait tiré sur un ancien copain, dont la silhouette se profilait un soir derrière sa fenêtre —, « existence également d'une certaine dangerosité dont la composante criminologique paraît plus importante que la composante psychiatrique, et curabilité envisageable, et enfin absence d'état de démence lors de la commission des faits ».

Nos prisons regorgent de garçons qui ressemblent à Dominique, aux frères Jean-Louis et François, à Emma et Françoise A.

Il ne faut nourrir aucune illusion : des voleurs, des escrocs, des auteurs de coups et blessures volontaires, des fraudeurs en tout genre, des meurtriers, des assassins échappent dans des proportions qui ne sauraient être révélées sous peine de décourager les velléités d'honnêteté, à la police, à la gendarmerie et à la justice.

En revanche, il arrive que de fort braves gens n'ayant rien à se reprocher — ou plus cxactement : seulement une vétille — soient pris dans les filets que déploie le Code pénal.

Les conséquences sont alors parfois dramatiques.

□

La base d'un orchestre symphonique est constituée par les instruments à cordes. Il est possible de fixer le quota des cordes au sein d'un orchestre, mais elles en sont toujours la base. L'autre partie est composée des instruments à vent.

Cette observation — qui arrive là comme un cheveu sur la soupe, et doit susciter l'étonnement — est indispensable pour comprendre une affaire qui fit grand bruit dans Landernau, et mit le petit monde local des amateurs de musique classique dans un état d'effervescence, qui ne devait trouver son égal que dans la célèbre bataille d'Hernani.

En 1966, des amateurs éclairés, musiciens eux-mêmes, créaient une association ayant pour objet le développement de l'art musical et la formation de jeunes musiciens. Son but était la constitution, en vue de prestations publiques, d'un orchestre symphonique à vocation départementale. L'association était administrée par un bureau de sept membres et présidée successivement entre 1966 et 1981 par trois hommes, le mandat du premier ayant duré jusqu'en décembre 1980. Il existait sur la place trois organismes musicaux importants : l'Harmonie municipale, l'Ecole de musique et cette association que, pour la commodité du récit, nous appellerons « Formation symphonique vosgienne » (FSV).

En fait, depuis des années, la FSV était victime de la rivalité traditionnelle entre les instruments à cordes et les instruments à vent, rivalité qui puisait ses racines dans la haine farouche et réciproque que se portaient deux hommes : Jean et Daniel.

Le premier, chef d'orchestre, dirigeait l'école de musique. Et à la suite d'une assemblée générale du 7 octobre 1978, il était chargé de redresser la « partie cordes » de la FSV, point de départ du renouveau de l'orchestre. Un certain flou (artistique ?) existant dans le procès-verbal de délibération de l'assemblée générale, ce brave homme nourrissait l'espoir de diriger un jour l'ensemble de la formation, donc « cordes » et « vent » réunis.

Le second, Daniel, chef de l'harmonie municipale, occupait le poste de sous-directeur de l'école de musique (où il travaillait donc sous les ordres du premier nommé).

Et l'affaire naissait à la fois de l'antagonisme entre les deux hommes, chacun soutenu par de chauds partisans, et surtout de l'ambition du second, exacerbée par la fatuité du premier.

A la suite de l'assemblée générale du 7 octobre 1978, un additif aux statuts était déposé à la Préfecture le 7 mai 1979, sans consultation ni vote des membres de l'association. Et l'article 1er de cet additif nommait directeur de la FSV Daniel « par la volonté unanime des présents ». L'article 3 prévoyait que sur proposition de Daniel, Jean était chargé de reconstituer un ensemble à cordes, dans un délai de trois ans.

L'article 11 disposait que Daniel assurerait la direction de la FSV pendant au moins deux ans, après la réunification.

La majorité des membres de l'association apprenaient l'existence de cet additif à l'occasion d'une nouvelle assemblée générale en septembre 1981. Ils écrivaient alors au procureur de la République pour déposer plainte.

L'enquête, confiée au SRPJ, déterminait que Daniel et les principaux membres du bureau étaient susceptibles de faire l'objet d'une inculpation pour faux en écriture privée, faits prévus et réprimés par l'article 150 du Code pénal.

Une information était alors ouverte à mon cabinet.

Une nouvelle fois, les moments tragiques devaient alterner avec des séquences plaisantes.

J'entendis d'abord Jean. Agé de soixante-deux ans, bedonnant, costume trois-pièces, vieux garçon, il était imprégné de cette fatuité des gens qui ont su accéder à un poste important, quand ce poste est de taille lilliputienne. Il me racontera qu'il était également compositeur, et rappellera à plusieurs reprises qu'il avait été joué par Pierre Boulez et que l'on avait pu entendre une de ses œuvres à telle date sur France-Culture (imagine-t-on un Beethoven contemporain se glorifier d'un tel fait ?).

Le jour de son audition, il me dit qu'il avait été contacté en octobre 1978 par des gens de la municipalité pour prendre la direction de la FSV. Il avait accepté sans hésiter, et il précisa devant moi que pendant deux ans et demi il avait assuré la direction de la société.

Je ne comprenais plus : l'additif aux statuts avait « nommé » Daniel directeur de la FSV ! A mon interrogation, Jean répondit qu'il n'avait rencontré Daniel à aucune des répétitions, et qu'il n'avait d'ailleurs jamais eu connaissance de cet additif. Et il se voyait investi de la mission de diriger un jour l'orchestre, parce que les adjoints au maire l'avaient contacté pour remonter la partie « cordes », et que celle-ci constituait le squelette d'un futur orchestre symphonique, les instruments à vent (flûtes, clarinettes) étant alors considérés comme solistes.

Depuis le dépôt de la plainte, les « cordes » avaient quitté l'association, pour monter un orchestre de chambre sous la direction de... Jean !

J'inculpai ensuite, et j'entendis en présence de son avocat Daniel. Quarante ans, petit, mince, la tête un peu forte, la chevelure épaisse, visiblement très nerveux, il ressemblait à un jeune coq toujours planté sur ses ergots. Lui non plus ne devait pas se prendre pour « de la roupie de sansonnet ».

L'affaire s'obscurcissait alors singulièrement : les gens du bureau de l'association l'avaient contacté pour diriger l'orchestre symphonique, et l'assemblée générale du 7 octobre 1978 l'avait élu directeur à l'unanimité. C'est lui qui avait fait appel à Jean pour reconstituer la partie « cordes » dans le but d'amener à l'orchestre des jeunes gens de l'école de musique, le recrutement du côté de cette école étant pratiquement nul, en raison d'une rivalité, datant de 1966, entre un certain M. X, directeur de la section « vent » à l'école de musique et Jean qui en était déjà directeur ! Il paraît qu'il y avait une opposition entre ces deux fonctions, et Jean n'encourageait pas les élèves de l'école à venir à la FSV.

Nous vivions Courteline au pays de la gamme, de la sottise et de la vanité !

Et nous basculions dans un univers kafkaïen, sur fond de croches, dièses et bémols, avec les explications de Daniel sur les raisons de la rédaction de l'additif : personne n'avait informé Jean du fait que Daniel avait sollicité sa venue à la FSV. Avec le recul du temps, Daniel s'apercevait que dans l'entourage de Jean, personne n'avait mis celui-ci au courant de ce qui s'était dit au cours de l'assemblée générale. Et en lisant les comptes rendus dans la presse locale de cette assemblée du 7 octobre 1978, Daniel avait constaté de graves omissions : il n'était mentionné nulle part qu'il venait d'être nommé directeur de la FSV. En revanche, les articles affirmaient que Jean était directeur du nouvel orchestre ! Un vrai crime de lèse-majesté ! Et Daniel n'avait pas voulu publier un rectificatif dans les différents journaux, parce que Jean et lui-même étaient employés par la municipalité, et qu'il n'était pas bon de livrer sur la place publique les querelles intestines. Doux euphémisme !

L'affaire avait commencé sur une comédie d'énorme vanité et de mesquinerie. Mais elle allait rapidement tourner en drame. Le mot n'est, hélas, pas exagéré.

Daniel n'était pas le seul à être visé dans le réquisitoire introductif pour faux en écriture privée : les quatre membres du bureau qui avaient signé l'additif avec lui avant qu'il n'aille le porter à la Préfecture tombaient sous le coup de l'article 50 du Code pénal.

Quand je procédai à l'inculpation de chacune de ces quatre personnes, j'exagérerais en écrivant que je ne savais pas qui, d'eux ou de moi, était le plus malheureux. Et je ne pouvais me débarrasser d'un sentiment de gêne en voyant devant moi des hommes de cinquante-sept ans (inspecteur régional d'une caisse de retraite), soixante ans (retraité de l'enseignement), et soixante-dix-huit ans (agent commercial également retiré de la vie professionnelle et commerçant).

Mon embarras venait moins de leur âge, de leur honorabilité et de leurs décorations (officiers des palmes académiques, croix du combattant volontaire, médailles du combattant), que de leur étonnement et de leur angoisse d'avoir affaire à la Justice.

Ils avaient choisi le même avocat, avec lequel j'entretenais d'excellents rapports, et qu'ils tutoyaient. Lui et moi passions à chaque fois une partie de l'interrogatoire à rassurer chacun de ces braves gens.

Je ne peux mieux faire que de reconstituer de mémoire le dialogue qui s'instaurait entre nous :

Un inculpé : « Si on m'avait dit qu'un jour j'en serais venu là, je ne l'aurais jamais cru. »

L'avocat : « Ne t'inquiète pas. Tu dis à M. le juge ce que tu sais, et ça se passera bien. »

Moi : « Mais oui ! Vous n'avez pas commis le crime du siècle. Entre nous, je puis vous dire que je vous considère un peu comme une victime. »

Un autre inculpé : « Moi qui n'ai jamais attrapé une seule contravention pour infraction au Code de la route en plus de quarante ans de conduite ! »

Un autre : « Quand on dit que la musique adoucit les mœurs... Nous risquons une lourde peine ? »

Moi : « La décision ne m'appartient pas. Mais je vous assure : ce sera une peine de principe, une amende. Je pense pouvoir affirmer, sans trop m'avancer, que vous n'aurez pas de prison avec sursis. Soyez tranquille.

— Mais ça sera inscrit sur notre casier judiciaire ?

— Mais on ira tout de même devant le tribunal ? »

Ces personnes déjà âgées étaient devenues des enfants dans l'attente angoissée de la punition.

Il n'empêche : le plus ancien, beau-père de la personne qui avait parrainé mon admission dans un club-service, déjà gravement malade, verra sa fin accélérée par cette inculpation. Peu de temps avant de mourir, il répétait encore : « C'est la honte pour moi, je suis déshonoré ! »

Moche. Horriblement moche...

Chacun résumait d'ailleurs la philosophie de l'histoire : « Je trouve cette affaire navrante car elle se passe entre copains... Je précise que lorsqu'il est venu pour me faire signer les statuts, Daniel C. m'a dit que le but de cet additif était de sauver l'orchestre. J'ai lu cet additif, et j'ai trouvé qu'il n'y avait pas grand-chose de changé par rapport aux statuts initiaux, que cela concernait surtout la direction. »

Le deuxième : « Daniel m'a téléphoné, puis est passé chez

moi avec l'additif aux statuts en me disant qu'il fallait se dépêcher de le déposer à la Préfecture, sous peine de forclusion. J'ai parcouru ce document en diagonale. Aucun point ne m'a choqué, et je l'ai signé. »

Celui qui devait décéder quelques semaines plus tard : « Je ne me souviens plus du tout des conditions dans lesquelles j'ai signé l'additif aux statuts... Daniel est passé chez moi pour me faire signer l'additif aux statuts. J'ai parcouru rapidement ce document, car il m'a semblé que c'était la confirmation de ce qui avait été décidé à l'assemblée générale, et j'ai apposé ma signature. »

Daniel sera condamné à quatre mille francs d'amende, et les trois autres inculpés à deux mille.

Mais au-delà de ces peines extrêmement modérées — et il n'aurait pu en être autrement — il y avait eu l'humiliation de comparaître à la barre du tribunal correctionnel, de s'entendre lire par le président sa fiche de renseignements (établie par la police, après convocation au commissariat), devant une foule de prévenus qui attendaient leur tour de comparaître.

Cette affaire démontre que l' « esprit malin » peut habiter des citoyens au-dessus de tout soupçon, et parfaitement respectables, et que d'honnêtes gens, péchant par ignorance ou simple légèreté, peuvent être pris dans les filets du Code pénal, pour avoir eux aussi « troublé l'ordre public ». Il leur restera de cette mauvaise aventure un casier judiciaire qui conservera longtemps la trace de l'exaction, quand tant d'assassins, meurtriers, voleurs, escrocs et autres voyous échappent, parce qu'ils sont rusés ou bien conseillés, aux foudre de la Loi...

4

Un juge, un homme

QUAND je posai les pieds pour la première fois en terre vosgienne, je ne connaissais personne, mais je n'allais pas tarder à créer l'embryon d'un réseau de solides amitiés.

Au mois de mars 1980, j'avais accepté d'aller présenter la fonction de magistrat à des lycéens de Remiremont, dans le cadre d'un « Carrefour des métiers ». Là, j'avais rencontré un avocat, qui m'avait averti d'une réunion du même type, limitée aux professions juridiques, organisée par le directeur d'un foyer de jeunes travailleurs. Plus par souci de fuir des soirées en tête à tête avec mon écran de télévision que par désir de jouer les sergents recruteurs, ou simplement d'évoquer des souvenirs que je n'avais pas encore engrangés, j'avais accepté cette nouvelle invitation.

Je ne devais jamais le regretter. Le directeur, Jean-Marie, et sa femme, Elisabeth, allaient devenir mes premiers amis.

Quelques mois plus tard, entreront dans mon cœur Claude et Nanou : j'aimais aller fouiner dans la petite échoppe d'artisanat d'art, à deux pas du Palais, et passer des heures à discuter avec son occupant. L'amitié s'imposera au fil des visites.

L'année suivante, s'ajoutera un nouveau doigt de la main, en la personne d'un journaliste de *L'Est républicain*, Jean-Louis, qui passait régulièrement aux nouvelles vers dix-sept heures. A force de parler de la pluie et du beau temps, nous nous étions découvert une évolution sur les mêmes longueurs d'ondes. Sa femme, Cathy, saura trouver sa place au sein de notre complicité magique.

Viendront ensuite un « émigré » de l'Ouest, Rémy, œuvrant lui aussi pour le ministère de la Justice, et que je rencontrais dans les couloirs du Palais, à l'entrée de la rue — nous étions voisins d'immeuble — ou dans ce club-service dont nous n'avions pas encore, et conjointement, démissionné. Et Blandine, son épouse, supportait avec stoïcisme nos piques ironiques et faussement méchantes à l'égard des Vosgiens.

Il y aura enfin un commerçant établi depuis longtemps sur la place, Pierre, dont le cynisme de surface cachait mal une sensibilité d'écorché vif, et sa femme, Françoise.

Cette dernière, Elisabeth (l'épouse du directeur du foyer des jeunes travailleurs) et une troisième jeune femme, Joëlle, deviendront mes « grandes sœurs ». Trois amitiés féminines qui me seront précieuses dans les heures les plus difficiles de « l'Affaire ».

A ce propos, ces amis ne me parleront jamais de « mon dossier ». La qualité d'une relation se mesure à des détails de cet ordre...

Mais cet inventaire ne doit pas faire illusion : pendant plusieurs années, je vivrai ces redoutables dimanches de solitude, ces jours où les heures comptent beaucoup plus de soixante minutes, ceux où les tours de la ville en marchant donnent l'impression de durer une éternité, alors que trois quarts d'heure à peine ont suffi à boucler la balade, ceux où l'on cherche dans les programmes de télévision l'émission susceptible de présenter un intérêt quelconque — un peu comme ces malades cloués sur un lit d'hôpital pour lesquels le petit écran est le seul moyen de tuer le temps —, ces dimanches pendant lesquels le Septième Art est vu lui aussi, sous cet angle de complice à faire défiler les heures. Et si — fait exceptionnel — deux films intéressants sont à l'affiche la même semaine, la préférence ira au plus long. Je ne pouvais guère compter sur les tâches ménagères pour m'aider à tuer ce mortel ennui des dimanches provinciaux. La taille de mon appartement ne nécessitait pas un entretien mangeant toutes mes heures de loisirs.

Dès ma première venue à Epinal, j'avais visité, en même temps que mon bureau, mon appartement, loué à distance, avec la collaboration d'un collègue de mon père travaillant dans la région. Une compagnie d'assurances s'y était installée mais le déménagement s'achevait.

Un deux-pièces tout en longueur, haut de plafond, au premier étage d'un petit immeuble occupé par trois locataires, dont un professeur-poète au talent chanté par-delà les limites du département. L'immeuble semblait d'ailleurs voué à la chose littéraire, puisque la lecture des *Chroniques des rues d'Epinal,* ouvrage de Jean Bossu, m'avait appris qu'en 1897 il avait abrité Alfred Bourgeois, auteur sous le pseudonyme de Richard Auvray, d'un roman : *Les Gens d'Epinal* qui fut, paraît-il, un des « best-sellers » de l'année.

Au fil des mois et des économies, je meublerai ce logis, qui présentait l'énorme avantage d'être situé à quelques dizaines de mètres du Palais. Un très confortable canapé de cuir brun, une table basse de la marine anglaise fin XIXe siècle, une bibliothèque Chippendale, une commode Empire, deux fauteuils « metteur en scène », deux autres de style Régence — en fait des copies du siècle dernier —, une table demi-lune, viendront singulièrement réduire l'espace vital, et surtout m'apporter cette chaleur qui m'aidait à oublier qu'aucune femme ni enfants ne m'attendaient quand je rentrais chez moi le soir.

Et des tableaux viendront transformer les murs en éléments vivants : des estampes rapportées de Singapour et encadrées à Epinal, deux huiles d'un artiste devenu un ami, une aquarelle œuvre de mon oncle, instituteur en Charente et peintre inspiré à ses heures. Et enfin, deux tableaux, un cheval trottinant dans un pré, et un portrait de moi; deux huiles d'un très vieux monsieur de plus de quatre-vingts ans, d'origine polonaise, déporté de 1939 à 1945. A l'issue de son audition en qualité de partie civile il avait évoqué ses loisirs de retraité. Et il m'avait proposé de faire mon portrait en s'inspirant d'une simple photo d'identité.

Trois années de suite, il m'enverra ses vœux à l'occasion du Nouvel An — alors que son affaire était terminée depuis longtemps. Ensuite, je ne recevrai plus de carte dessinée à la main, accompagnée de quelques lignes chaleureuses...

Les murs des cabinets des juges d'instruction n'entendent pas que les récits de turpitudes et de vilenies.

Mon tempérament me poussait à sortir le plus possible de cet appartement pour bouger, « arpenter la ville ».

Chaque jour, même dans les moments les plus forts de « l'Affaire », je marchais une demi-heure, après avoir quitté mon bureau aux environs de midi. J'empruntais la longue rue Thiers — l' « avenue Foch » d'Epinal — puis traversais le Champ-de-

Mars, le Cours — bois de Boulogne local dès la nuit tombée — puis le centre ville. Je longeais la Moselle, ne me lassant jamais du spectacle des « montagnes » entourant la ville, surtout sous la neige et éclairées par un soleil d'hiver. Mais la Moselle savait également distraire mon regard, surtout depuis l'installation d'un superbe jet d'eau.

« Il n'y a nulle peine qu'une marche d'une heure ne dissipe », a dit un philosophe. La marche est également propice à la réflexion, les idées, au départ confuses, s'ordonnent au fur et à mesure des kilomètres avalés.

A l'imitation du célèbre chroniqueur gastronomique Robert Courtine, qui a écrit sa géographie gourmande de Paris, après six années de fonctions, je pouvais dessiner ma géographie « judiciaire » d'Epinal. Pas une rue qui ne me rappelle des souvenirs professionnels. Dans telle clinique avait œuvré un chirurgien que j'avais inculpé d'homicide involontaire. Dans telle autre avait travaillé une « fille de salle » qui avait fouillé dans les vestiaires des infirmières. Telle boutique appartenait à une dame poursuivie pour fraude fiscale. Le même sort avait d'ailleurs été réservé à sa concurrente, quelques dizaines de mètres plus loin. Dans cette maison, un retraité de plus de soixante-dix ans avait tué sa femme à coups de canne, avant de l'égorger, parce qu'elle voulait à tout prix lui faire manger un croissant et qu'il n'avait pas faim ! Quand je lui avais demandé ce qu'il avait fait du couteau, il m'avait répondu : « Je l'ai jeté dans les ténèbres de ma vie. » Un non-lieu motivé par une démence au sens de l'article 64 du Code pénal mettra opportunément un terme à cette tragique affaire.

Avant de le faire lui aussi bénéficier d'un non-lieu, j'avais inculpé ce pâtissier de blessures involontaires, à la suite d'une très grave intoxication alimentaire causée par la consommation d'un gâteau dit « maréchal ». J'avais condamné en audience correctionnelle à juge unique cette boulangère pour conduite en état d'ivresse. Et en passant chaque jour devant ces boutiques du centre ville, je pensais à cette affaire de la mystérieuse disparition de la bague de valeur, appartenant à cette autre commerçante ayant pignon sur rue. Dans une autre boulangerie, travaillait un jeune apprenti de dix-sept ans, que j'avais inculpé de vol.

Et ce café, dont la patronne avait défrayé la chronique locale, pour avoir employé des « serveuses montantes ». Des noms de clients, des notables du cru, circulaient dans Landernau...

Je m'étais jadis violemment accroché en paroles avec la patronne de ce restaurant, qui m'avait reproché d'avoir mis son fils en prison sur la parole d'un gendarme. Nos rapports étaient désormais plus que corrects, la cuisine du chef me guidant souvent vers son établissement.

Je connaissais également très bien — pour raisons professionnelles ! — cet antiquaire homosexuel, ainsi d'ailleurs que le propriétaire du fonds, partie civile contre un autre de ses locataires pour « dégradations d'objets immobiliers appartenant à autrui ».

Mais je n'avais pas à chercher bien loin mes souvenirs professionnels. Un beau jour, j'avais découvert que le nouveau colocataire, croisé dans l'escalier, était un de mes anciens « clients » ! Un homme d'une soixantaine d'années, avec une superbe crinière blanche, que j'avais quelques mois plus tôt inculpé d'émission de chèques sans provision. Ce brave homme, de santé mentale fragile, prenait régulièrement l'avion pour se rendre à l'autre bout de la France, sans un sou vaillant sur son compte en banque. Jusqu'à son déménagement, nous entretiendrons de bons rapports de voisinage.

A aucun moment de mon existence à Epinal, même au plus fort de « l'Affaire », je n'avais affronté la moindre manifestation d'hostilité à mon égard. Un détenu avait bien confié à un compagnon de cellule — le P-DG qui avait mis le feu à son entreprise — son intention de me prendre par la cravate, dès sa sortie de prison, de me flanquer sur un capot de voiture, et de me « faire une tête au carré ». Quelques mois plus tard, je le rencontrais régulièrement dans la rue. Il ne manquait jamais de me dire un petit bonjour...

Sur le chapitre des relations sociales, « l'Affaire » devait modifier mon esprit dans le sens d'une exigence absolue de vérité dans mes rapports avec les autres, ou pour employer de grands mots : je cherchais l'authenticité.

Au mois d'octobre 1982, j'avais été admis dans un club-service. Un membre de ce club (gendre du vieil homme inculpé dans mon affaire de « musique sur fond de fausses notes ») participait aux réunions de la Commission départementale de réaménagement foncier que je présidais. J'apprendrai par la suite, grâce à des oreilles indiscrètes, que mon futur parrain avait fait observer à ses amis qu'il n'y avait aucun magistrat dans le club, que cela manquait, qu'on ne savait jamais : ce genre de relation pouvait servir.

Après avoir été informé du complot qui s'était tramé derrière mon dos, et l'unanimité indispensable des voix favorables à mon admission, j'avais accepté d'entrer dans le club. La curiosité de rencontrer de nouvelles personnes et le souci de tromper ma solitude deux vendredis soir par mois m'avaient animé. Et puis, qui sait ? Peut-être un des membres était-il père d'une charmante jeune fille ? Le club plaçait ses ambitions bien au-delà de ces considérations futiles. Mais j'allais vite m'apercevoir qu'à trois ou quatre exceptions près, tout le monde se fichait des nobles idéaux. Chacun y voyait plutôt l'occasion d'une bonne réunion entre copains, avec une bonne petite « bouffe » à la clé, sans « bobonne » et ses problèmes de retour d'âge...

A partir d'octobre 1984, ma présence à ces petites sauteries se comptera sur les doigts de la main. Quand je rencontrais un membre du club dans la rue, j'avais droit à une poignée de main chaleureuse et à des paroles avec des trémolos de compassion : « Tu sais, mon pauvre vieux, on parle souvent de toi entre nous. Quelle sale histoire ! Quelles familles de fous et de tarés ! Mais nous sommes de tout cœur à tes côtés. » Propos qui me suffisaient jusqu'au jour où l'un des purs et des durs du club m'avait envoyé une petite carte, cosignée par son épouse. Quelques lignes d'encouragement rédigées en des termes dénués d'emphase. Cette carte produisit un déclic : il y avait les gens qui parlaient, et ceux qui agissaient. Au sein du club, personne — à part un autre membre et son épouse, extraordinaire de gentillesse, qui me téléphonait pour me dire de venir dîner si je me sentais seul — personne n'avait songé à se manifester, ne serait-ce qu'en apposant une signature au bas d'un billet où aurait figuré : « Merde à toi ! », ou : « Courage, p'tit juge ! ». Ce n'était pas un hasard si les mots d'encouragement émanaient de quelqu'un possédant à fond « l'esprit club ». Je ne pouvais plus tolérer trois ou quatre phrases lancées sur un bout de trottoir.

Au mois de juillet 1985, j'envoyais ma lettre de démission. Sans regret.

De même, aux paroles d'une dame à la mentalité étriquée me

disant : « Il faudra que tu viennes nous voir un de ces soirs ! » (elle me tutoyait, parce que son mari et elle avaient été les amis de mes premiers amis, avant que ceux-ci ne pénètrent dans les arcanes d'une procédure de divorce), à ces paroles inconsistantes, je préférais cent fois les moqueries des personnes de mon cercle intime : « Alors, mon chéri, tu crois que tu t'en sortiras un jour de ton Affaire ? », ou : « Ce soir, nous restons à la maison. Si tu n'as rien d'autre à faire, tu viens dîner. Mais je te préviens : tu mangeras des nouilles. » Lesquelles pâtes étaient un somptueux plat de lasagnes, accompagné d'une belle salade, et suivie d'un dessert. Ou enfin : « Mais ça fait plusieurs semaines qu'on ne parle plus de toi dans les journaux, mon coco. Ta cote va baisser, attention ! »

Ces faux airs de s'en moquer complètement valaient toutes les mines compassées du monde.

La simplicité des amis évoqués, organisateurs de dîners « traquenards », avait mis un terme à cette solitude sentimentale qui était la mienne en posant le pied sur le sol vosgien. D'autres rencontres avaient suivi. Pour des relations qui variaient dans leur durée entre une semaine et six mois, laissant le plus souvent dans mon souvenir une légère égratignure, mais aussi une blessure profonde dont la cicatrice sera toujours visible de moi seul. Mais la vie continue...

Et en déjeunant en compagnie de Lucien Jeunesse (« Chers amis, bonjour ! »), en regardant, seul, d'un œil distrait un navet à la télévision, et surtout en n'ayant personne à prendre dans mes bras, je vivais une autre solitude.

Peut-être pire que l'autre, celle que je vivais entre les murs de mon cabinet. Parce que la solitude sentimentale, j'avais fini par m'en accommoder parfaitement. En oubliant au fil du temps que le partage avec l'Etre aimé constitue la seule forme de bonheur en ce bas monde.

Mais qui parle de bonheur ?

□

Dès mon arrivée dans les Vosges, je m'étais inscrit au Club vosgien de Remiremont. Les randonnées pédestres n'avaient commencé qu'au début du mois d'avril pour se terminer vers la mi-octobre. Dans les années qui suivront, j'arpenterai le département dans tous les sens — avec un intérêt tout de même prédominant pour la « montagne », par opposition à la « Vôge », avec une autre association, le « Club de la neige », ou différents groupes d'amis.

Ces randonnées guidant nos pas entre Gérardmer et Les Feignes, dans le massif forestier de Noirgoutte, sur les sommets encore enneigés début mai des ballons d'Alsace ou de Servance, ou sur les hauteurs d'un Hohneck noyé dans le brouillard avec des rafales de pluie glacée, me permirent de découvrir des paysages pour certains d'une exceptionnelle beauté — surtout en automne —, mais derrière lesquels on devinait la vie rude de ceux qui avaient décidé de domestiquer la nature, ou de s'accrocher dans des endroits perdus pour survivre. Le col « des harengs marinés » au-dessus de Longemer, la « foire aux harengs » de Rupt-sur-Moselle, sont autant de témoignages de l'existence de jadis des montagnards qui ne mangeaient comme poissons que les harengs qui arrivaient conservés dans la saumure depuis les côtes hollandaises.

Mais les marcheurs que nous étions oubliaient volontiers les soucis des ancêtres vosgiens pour effacer à notre tour les soucis du travail, entre gens souvent simples et sains, silencieux ou bavards, avec lesquels il fait bon partager sur le coup de midi le pâté lorrain parce qu'on a moins faim qu'on ne pensait, ou la brioche sur le coup de seize heures, ou partir dans de grandes considérations métaphysiques sur les variations de prix suivant les magasins de boîtes de biscuits sucrés.

J'étais, et je serai toujours, prodigieusement agacé quand j'entendais des propos, ou lisais dans les journaux des points de vue desquels il ressortait que « l'Affaire » ressuscitait des personnages sortis tout droit de notre préhistoire, et qu'il n'y avait qu'à se reporter au film *La Guerre du feu* pour dessiner des portraits de Vosgiens conformes à la réalité.

Certains des journalistes qui avaient osé tirer à boulets rouges sur mes compatriotes d'un temps avaient soit oublié leurs lointaines origines paysannes, soit n'affectaient de connaître comme villageois que les habitants d'Auteuil, de Passy, ou à l'extrême limite de la tolérance : Montfort-l'Amaury.

Le drame se serait produit dans l'Indre, on aurait ressorti des archives les pratiques ancestrales de sorcellerie au pays de George Sand. Tout près de là, en Sologne, on aurait évoqué l'hypothèse d'un crime de braconnier : « Raboliot version 84 », n'aurait pas manqué de titrer un journal. En Bretagne, les mystères des landes, le caractère têtu des indigènes auraient cristallisé l'attention. Et « l'Affaire » aurait alors rapidement pris une tournure politique : le père de la victime était-il un indépendantiste ? A ce propos, en Corse, les journalistes seraient remontés jusqu'au XVIIe siècle pour essayer de reconstituer les origines d'une querelle entre deux familles, susceptible d'expliquer une vengeance mangée froide trois siècles plus tard. En Haute-Savoie, l'accent aurait été mis sur la vie rude des montagnards, leur « alcoolisme » — mais quelle région échappe à ce cliché ? Dans le Nord, la grisaille, la tristesse des corons et des terrils auraient servi de toiles de fond à de brillants exercices de style sur le thème : « Assassinat d'un enfant : drame de l'ennui ? » Et ainsi de suite.

Mais ce qui m'agaçait encore davantage était cette guerre fratricide que se livraient les Vosgiens entre eux. Il y avait les Nordistes et les Sudistes, en l'espèce les gens d'Epinal et les indigènes de la vallée de la Vologne. Combien de paroles méprisantes entendrai-je dans la bouche des premiers sur le compte des seconds : « Ils sont complètement tarés là-bas ! Des vraies familles de fous ! Je me demande comment vous faites pour les écouter ! Cette histoire ne pouvait arriver que dans ce coin des Vosges ! »

A moins d'être tombé sur les « aristocrates de la Vologne », je n'avais pas le sentiment de rencontrer, dans « l'Affaire », des gens différents de ceux auxquels j'étais confronté à longueur d'année. Et les Spinaliens n'avaient pas de quoi prendre des airs de mépris. Un de mes premiers dossiers en arrivant à Epinal était un inceste commis par un père sur sa fille de vingt-trois ans, débile mentale, à qui il avait fait un enfant. Reiser ressemble à la Comtesse de Ségur, à côté de certaines réalités judiciaires. Or cette famille logeait à quelques centaines de mètres à vol d'oiseau du Palais.

Par curiosité, je m'étais rendu sur place. Une odeur indescriptible régnait dans la maison. Le premier étage devait me marquer à tout jamais : trois chambres — celle des parents, celle des cinq filles, et la dernière pour les trois garçons —, pas de couvertures, mais des guenilles jetées sur chacun des trois lits pour se protéger des frimas. Le « petit dernier », âgé de quelques mois, dormait dans un cageot d'oranges ! Dans la cuisine, une grande table où le chien avait son couvert de réservé ! Tout ce petit monde vivait sur les Allocations familiales. Le père, alcoolique — tant pis pour les lieux communs —, prenait le taxi pour aller acheter ses commissions dans un hypermarché de la banlieue de Nancy, soit à une soixantaine de kilomètres !

Combien d'existences aussi misérables, mais restant dans l'ombre, se cachent ainsi derrière des façades grises et ternes, pas très loin des rues piétonnes ou des secteurs protégés ?

Les turpitudes se passent aussi à l'abri des regards, dans des décors lambrissés et luxueux. Que penser de cet aimable notaire, qui avait profité du divorce d'un de ses amis pour lui voler quelques centaines de bouteilles d'un excellent vin... que la victime avait elle-même mis en bouteille ?

En réalité, « l'Affaire » aura pour cadre la France profonde, dont les habitants ne diffèrent pas d'un iota, qu'ils vivent dans le Nord, les Bouches-du-Rhône, le Morbihan ou le Haut-Rhin.

Quoique issu moi-même d'un milieu très modeste, mais « déformé » par une éducation d'enfant de cadre supérieur, j'avais dû réapprendre à les connaître et à les aimer, ces Français profonds.

Qui sont prêts à faire cinquante kilomètres un dimanche après-midi pour aller applaudir Dalida, Rika Zaraï, Carlos ou Michel Sardou lors d'un gala sous chapiteau marquant la clôture d'une fête quelconque.

Qui envahissent les supermarchés les vendredis soir et les samedis après-midi, et terminent leur courses à la cafétéria, où toute la famille se régale d'un bifteck-frites, même les gosses de deux ans — bonjour la diététique ! — ou d'une coupe de glace « Vesuvio » ou « Kalinka » noyée de Chantilly.

Qui assurent la fortune des astrologues-escrocs, des bandits spécialisés dans la vente de produits miracles pour maigrir de dix kilos en deux semaines, ou des recettes pour vaincre sa timidité, qui recrutent par placards accrocheurs échappant au contrôle du Bureau de vérification de la publicité.

Qui lisent — pour les plus intellectuels d'entre eux — les bouquins de Guy des Cars quand ils sortent en livre de poche, ou se régalent des aventures de SAS, alors que d'autres se satisfont de ces « bandes dessinées pour adultes », subtil mélange de sexe et de violence.

Ces « Français profonds » qui gardent un excellent souvenir de ces restaurants où la nourriture est « bonne et copieuse » ; qui, sortis du couscous, de la paella et des spaghettis bolognèse ignorent la cuisine étrangère, et s'en flattent.

Qui ne vont au cinéma que pour le dernier Belmondo ou Maccione (« Ça fait du bien de rire un peu »).

Qui, lorsqu'ils sont bidasses et permissionnaires, envahissent les trains en « pétant » le nombre de jours qu'il leur reste à souffrir sous les drapeaux, sifflent ou émettent des réflexions très machistes quand une gente demoiselle passe dans le couloir, ou se plongent dans une énième lecture de leur diplôme de conducteur de char ou de tireur d'élite décerné par le chef de corps.

Qui fument dès l'âge de treize ans pour jouer aux hommes.

Qui redoutent de finir vieilles filles si elles ne sont pas dépucelées à quinze ans ; qui se flattent, à vingt-cinq ou trente ans, d'être des expertes dans l'art de la fellation.

Qui ne se mêlent jamais de ce qui ne les regarde pas ; ne sont pas méchants, mais faut pas qu'on leur cherche des ennuis ; sont contre la peine de mort, mais on tuerait quelqu'un de leur famille...

Qui gardent un excellent souvenir de leurs années d'école primaire, du maître qui leur a appris à lire et à écrire, même si leur place était réservée au fond de la classe, près du radiateur.

Non, décidément, ils n'avaient rien d'extraordinaire ces habitants de la vallée de la Vologne qui allaient se retrouver sous les feux de la rampe, par rapport aux quelques centaines de témoins ou d'inculpés issus du même terroir et qui avaient défilé dans mon cabinet.

Par dérision, je les surnommais les « Kanaks de la Vologne ». Appellation emplie d'affection, que je ne révélais qu'à mes proches. Tombée dans l'oreille d'un journaliste, l'expression s'étalait « à la une » dès le lendemain.

Un être diabolique avait réussi à sortir de l'anonymat de braves gens qui ne demandaient qu'à y rester.

5

« Le corbeau » avait fait des petits...

« L'AFFAIRE » allait me permettre de découvrir une autre France profonde : celle des auteurs de lettres anonymes. Seules les missives de sympathie étaient parfois signées.

A raison d'un rythme quotidien de 3 à 28 (en juillet 1985), j'en recevrai ainsi plus d'un millier, postées de toutes les régions de France, et même parfois de l'étranger (Belgique, Suisse, Danemark, Etats-Unis, Maroc, Algérie).

A la lecture de quelques-unes d'entre elles, on comprendra qu'elles m'aient rarement laissé indifférent. J'en ai scrupuleusement respecté l'orthographe et la forme.

Toutes les lettres d'insultes, d'injures ou de menaces n'avaient pas la naïveté de cet anonyme qui, sur un bout de papier, avait simplement écrit : « Le juge Lambert est un bêtassou. » (Paris, 16e, 17 juillet 1985.)

Certaines ne faisaient pas dans la nuance :

« Les expertises, avocats, reporter, et la justis, Michel et Bernard son les assassains

Complice leur belles familles sonts tous

Si Christine paye a la place de ses pourris dégénérés on leur fera la peau

Cet pouffiases de lussine ont ete payer pour mentir

Cet un avertissement

Ce net pas-des-parolles ni det mot en l'air. »

Cette lettre avait été postée le 1er mai 1985 de Bruxelles. Elle était adressée à « Monsieur le juge Lambert, Palais de justice de Lepange, Lepange dans les voge, France. »

Le 7 mars 1985, un habitant de Saumur écrivait au « juge Jean Michel Lambert, 36, quai des orfèvres Paris (75e) » une lettre pour dire : « Je sait qui a tué Gregory. Pour cela allé voir du côté des parents... Un ennemi qui en sait long. »

Plus sévère était la lettre d'un citoyen de Conflans-en-Jarnisy (54), postée le 13 mars 1985, adressée au « juge Lambert à Vologne-Lepanges, Vosges » :

« Monsieur le juge

Je sais que les juges d'instruction ont de par leur mission une pierre à la place du cœur. Mais ne pensez pas vous attirer la sympathie et l'admiration des gens en poussant au suicide, et c'est ce que vous êtes en train de faire pour cette malheureuse maman du petit Grégory.

Pourquoi s'en prendre à la famille ? J'ai trouvé et je ne suis pas la seule en regardant la scène à la télé l'air souriant, triomphant, des (4 camarades) de Madame Vuillemin, elles semblaient qu'elles avaient un compte à régler avec la famille Vuillemin...

La peine de mort doit être rétablie. Ça ne vous fait donc rien à vous ni au fameux ministre de la Justice que celles qui subissent la peine de mort soit des victimes innocentes enfants, fillettes jetés vivant dans les rivières après avoir été violées à des âges qui en font des petits martyrs...

Je vous certifie que si un tel drame garçon ou fille venait dans notre famille, le coupable serait abattu de ma main je n'aurai pas besoin des soupçons idiots et des entourloupes des gendarmes heureux de faire les importants dans deux affaires qui les dépassent et vous aussi. Je commence à en avoir peur. La justice grâce à ses serviteurs ne sortira pas grandi de ces affaires. On est jeune on veut réussir et tant pis pour les innocents. Ne savez-vous pas cette phrase : plutôt laisser courir un coupable que accuser des innocents...

Plus de moralité, donc plus de confiance, et s'acharner sur la propre mère c'est une honte aussi honteuse que l'acharnement de la justice des médecins de Troyes, on veut se faire un nom très vite, alors qu'importe les innocents qui paieront... »

Le 20 mars 1985, un Parisien écrivait à « Monsieur Lambert, procureur de la République, Parquet d'Epinal » :

« Les " bourdes " énormes commises par la Justice dans l'affaire Grégory :

1. le choix du procureur Lambert, trop jeune et inexpérimenté pour enquêter sur une affaire particulièrement embrouillée. Il aurait fallu désigner un vieux procureur originaire de la région et particulièrement au fait de la mentalité fruste et brutale des gens de la région.

2. avoir trop fait confiance aux rapports des gendarmes dans une affaire où la psychologie joue un rôle fondamental. De plus, il est de notoriété que les gendarmes — très utiles au demeurant — sont quelque peu dénués de sens psychologique. C'est le moins qu'on puisse dire !

3. avoir trop fait confiance aux déclarations de la jeune Muriel alors que tout le monde sait qu'il faut se méfier comme de la peste des dépositions d'enfants et d'adolescents, et surtout d'adolescentes qui mentent comme elles respirent (il s'agit plutôt de fabulation et de mythomanie que de mensonge proprement dit).

4. avoir trop fait confiance aux expertises graphologiques dont il faut se méfier également comme la peste qui ne peuvent jamais constituer que de vagues présomptions et non des preuves certaines... »

Suivent quelques conseils ou indications sur la « personnalité de l'assassin... ».

De Contrexéville, le 30 mars 1985, on adressait une lettre à « Maître Lambert, Juge d'instruction » :

« Au Juge Lambert,

Outrages à magistrat : tu n'es qu'un assassin, tu as tué indirectement Bernard..., pauvre juge en bois brut. Si tu avais un brin d'amour propre tu changerais de métier mais tu préféreras sûrement continuer à inculper, toi qui es devenu célèbre par ton incompétence. Maintenant tu peux si tu le veux arrêter la ou les vrais coupables. Je te souhaite de vivre longtemps et que le remords te ronge toute ta vie.

Je t'accuse d'homicide involontaire. »

Certaines lettres font très mal, et ne peuvent être traitées à « la rigolade » :

Le 29 juin 1985, un monsieur du Bas-Rhin m'écrivait :

« Monsieur le Guge

s.v.p. arreter la comedie grégory cela assez durer jamais vous n'areterez les coupables et vous le savez, car il y a de l'argent en jeux et tous autant que vous ête vous magouillez tous dans l'affaire, pour les filles d'epinal, qu'avez vous fais rien et pourquoi pas d'argent...

c'est une honte ou alors vous avez un sacré beguin pour la christine si vous saviez la rumeur des gens je ne voudrait pas etre a votre place car vous n'ête pas un bon juge vous vous laisser influencer et ce travail ne vous va pas vous ete trop petit on dirait un gosse de 12 ans avec votre grand manteau qui vous ecrase...

nous sommes outrer tant à épinal que partout de votre justice a la gomme. »

Le dimanche 7 juillet 1985, on m'écrivait de Sceaux :

« Monsieur le Juge

Alors ! c'est comme ça que vous résistez aux PRESSIONS de tous ces salauds ! Policiers de Nancy, experts en toutes spécialités et sales témoins espions ?

En inculpant une pauvre mère INNOCENTE et en la jetant en prison !

Vous avez su leur résister pourtant, jusqu'a vendredi. Pourquoi leur céder maintenant ? Vous en avez marre de cette affaire ? Alors vous mettez un point final, en écoutant que la rumeur publique, les sales langues des témoins, hypocrites comme ses collègues de travail, et voisins qui la soupçonnent d'être le corbeau, et pire encore par les experts scientifiques au sujet de la cordelette. Hypothèse folle ! déformation professionnelle de tous ces gens policiers et experts. Si elle se suicide vous en serez tous responsables !

Cette incarcération a soulevé de nouveau notre courroux. »

Le 24 juin 1985 :

« Aujourd'hui votre intime conviction ne vous dit-elle pas que vous êtes un incapable ?

Lorsque vous donniez des conférences de presse disant que les rétractations de Muriel n'avaient pas d'importance, qu'il restait assez d'éléments au dossier... qu'avez-vous fait de ces éléments???? Sans doute n'existaient-ils que dans votre imagination et surtout dans celle du capitaine S. que l'on continue à couvrir d'honneur.

Heureusement qu'il existe une autre justice celle qui fait que vous creverez aussi et peut-être avant votre tour.

Quand on pense que quelques centaines de dossiers sont entre vos mains... on frémit.

Le regard qu'il m'a lancé était un véritable appel au secours!!

Ainsi parlait le patron de B.L. lors de son arrestation.

Espérons que ce souvenir de ce regard vous donnera des cauchemars jusqu'à la fin de vos jours!

Pauvre petit juge à la manque...

On donne le droit de vie et de mort à des gringalets de votre espèce n'ayant aucune expérience aucun flair et aucune conscience.

S'il existait une vraie justice vous iriez croupir dans un cachot jusqu'à la mort. »

Quand on reçoit une lettre de ce genre, on se sent blêmir, et certaines expressions taraudent pendant longtemps l'esprit.

De même, j'avais éprouvé un choc en recevant de Perpignan le 2 avril 1985 ces quelques mots : « Ordure nous aurons ta PEAU charogne. »

De Paris 17ᵉ, le 19 juillet, une lettre aux termes à peine plus nuancés :

« Vous n'êtes pas digne d'être juge.
Vous avez l'air d'un étudiant non confirmé.
Votre tenue vestimentaire n'est pas digne d'un juge.
Vous paraissez comme un être abruti.
Votre enquête Grégory est une *honte*
1° Le capitaine S. a l'air aussi bête que vous
[...]
4° Votre enquête est fausse
Les Français et Françaises vous demandent de démissionner
5° Votre Enquête est imbécile

6° Par le même courrier nous écrirons à M. Badinter pour vous *révoquer*

Un groupe de *Personnes* Juifs et ∴ »

Le 9 juillet 1985, un correspondant me tutoyait :

« Lambert

Oui ras-le-bol de la justice des badinter et autres lambert...

Tu as été libéré d'un asile psy par badinter ou tu es sadique au dernier degré... d'ailleurs tu as une drôle de tête.

Pas de L.P. pour Christine... t'es fou ou quoi... sadique pas d'autre terme.

[...]

C'est la méthode badinter

On libere les assassins

On met en prison les flics qui osent se défendre

Belle justice !!! »

Ce monsieur, qui signait au dos de l'enveloppe : R-L-B (ce qui signifiait : « Ras-Le-Bol »), m'écrivait une seconde lettre le 8 juillet 1985. Comme les deux fois précédentes, il avait indiqué à côté de l'adresse : « Urgent. Faire suivre. »

« Lambert

Tu dois être content de toi... et espérer de l'avancement après un tel succès : emprisonner une innocente ! cela s'arrose ! de plus avec un motif abominable !

C'est une honte pour la " justice " !

Car tu sais très bien que ce n'est pas elle la coupable ! ! ! Qui couvres-tu ??

[...]

Tu marches depuis le début à côté de tes pompes... tu es paumé... il faut apprendre ton métier.

Tu es bien le digne collabo de ton maitre le badinter ministre de l'injustice protecteur et complice des truands des assassins et des fous qu'il fait relâcher à longueur d'années afin qu'ils puissent recommettre d'autres crimes ! ! !

Tout cela fait un excellente injustice !

L'analyse des écritures n'est pas une science exacte, elle a été abandonnée par les employeurs en recherche de personnel mais un attrape nigaud comme toi...

Ah la belle justice que voilà ! un ramassis de magouilleurs comme les politiciens... pauvre France... “ Papy réveille-toi : ils perdent la boule ! ! ! ” »

Onze jours plus tard, le 19 juillet, ce correspondant pensait encore à moi. De Perpignan :

« petit “ juge ”

Pan sur le bec ! ! ! C’est bien fait pour ta bobine ! Tu l’as bien cherché ! On n’a pas idée d’être aussi méchant, cloche et farfelu... et en même temps sadique !

Tu as, encore, perdu une bonne occasion de te taire... la décision de la chambre ne trompe personne en France : elle te donne tort... honte à toi... honte sur toi... pour ton incapacité. Deux erreurs juridiques en neuf mois... qui dit mieux ! ! ! personne ! tu es le seul, l’unique ! Au fait : 9 mois... tu ne pourras pas accoucher d’une démission pour “ raison de santé ”... car vraiment cela ne va pas la santé ! Tu pourras te recycler ailleurs dans les travaux non publics... Te rends tu compte que tu as déjà un mort sur la conscience ! ! ! et un autre en sursis ! Au fait, as-tu une conscience car pour un type qui doit juger en son “ âme (vouée au diable) et conscience ” il semble plutôt que ce soit vengeance et sadisme ajoutée à l’incapacité... tu as essayé de sauver la face... pauvre cloche... tu devrais être en cellule en lieu et place de celle que tu as emprisonné induement sans motif... mais il est vrai que de plus tu es irresponsable de tes actes... un fou quoi... tu ressembles bien à ton grand patron à qui il a du rester quelque chose des camps de concentration.

Tu déshonores la profession qui est déjà bien malade. Une retraite anticipée ou un internement à Sainte-Anne te sauveront la face.

[...]

Tout le monde te prend pour ce que tu es

UN INCAPABLE

UN SADIQUE

... Les vacheries font toujours BOOMERANG. »

Le 10 juillet 1985, celle qui signait « une maman » m’écrivait de Loire-Atlantique :

« Mr le Juge Lambert

Vous n’êtes qu’un pauvre type, pas à la hauteur de votre

tâche. Pour moi vous méritez tous les noms possibles : ordure, assassin, criminel, bâtard, chien à vache, et ceci dit c'est très peu, pour tout ce que vous avez et faite endurer à Christine

vous le payerez j'en suis persuadé. »

La veille, du même département, cette lettre :

« Juge,

Quelle honte ! Comment pouvez-vous encore trouver le sommeil ? vous êtes *le spécialiste des incarcérations*. Voulez-vous avoir encore une mort sur la conscience ? car au lieu de partir en *vacances*, vous aviez fait votre travail correctement, le drame ne se serait pas passé...

Que c'est triste d'avoir des représentants de justice de votre calibre, c'est à douter de tout... nous souhaitons que personne d'autre n'ait besoin de vos services.

De plus vous voyant à la télé, vous n'inspirez pas la franchise, et cessez d'avoir un sourire, qui semble se payer la gu... des gens.

Nous avons consulté amicalement plusieurs de vos confrères, qui eux aussi sont scandalisés...

Soulagez votre conscience, vous serez un peu plus tranquille

Des Français écœurés. »

Le 8 juillet 1985, un Parisien du 10e commençait ainsi une brève missive :

« Monsieur le juge Lambert

Vous n'etes pas a une bêtise près. Vous etes le roi des cons... »

Le 18 juillet suivant, le procureur de la République me transmettait une très longue lettre de deux pages d'une écriture serrée, rédigée par « le corbeau » :

« L'Affaire qui passionne la France entière et même le monde entier. C'est une honte pour la *Justice Française* elle est pourrie vous êtes une bande de *cons* avec vos avocats. Et s'il mettait possible, je vous attacherai tous ensemble arrosés d'essence et je vous mettrai le feu. Car vous n'êtes pas des hommes de Justice une bande de Guignol bon à rien des incapables.

[...]

Faites votre testament vos jours sont comptés

Votre vie ne tiens que d'un fil

Ce n'est pas le Corbeau qui s'adresse a vous mais un *honnête Français* qui veut la Justice. »

Le 13 juillet 1985, un Parisien du 17e arrondissement m'envoyait ses « réflexions » politico-judiciaires :

« Monsieur

Peut-être aurait on pu prévoir ne pas laissés accomplir ce crime, cette cassire.

Cette histoire illustre bien la différence qu'il y a entre le peuple Français qui vit dans les villages, agriculteurs, ouvriers. Et les Juges Hauts Fonctionnaires Préfet, Magistrats. La différence est la même. Pire, plus grande qu'au moyen âge. Et n'évolue pas du tout, au contraire.

La Gauche ne change rien non plus pour les Français.

Elle ne protège que l'Europe, l'Amérique, l'Angleterre et l'Afrique. Jamais pris en faute et tous ces immigrés ont des Privilèges. La cause? Pétrole et commerce avec l'Angleterre, l'Amérique, la Russie, l'Allemagne, l'Espagne, etc. Jamais tort. Toujours raison. Un Algérien, un Espagnol près des juges sont comme des poissons dans l'eau. Les Français sont comme des lapins apeurés, c'est atroce. On laisse les Français patauger dans leurs malheurs dans leurs soucis sans précaution. Au contraire on les enfonce. Toujours coupables. »

C'est avec moins de vague à l'âme que le 7 juillet 1985, un Narbonnais prenait sa plume :

« Pour l'instant, *l'assassin certain, c'est vous!* hier un des jumeaux qu'elle portait, demain l'autre jumeau et la mère... vous y allez allègrement... Il vous faut des vies humaines à immoler sur l'hôtel de la Justice... Même sans preuves !... à une époque où l'on parle du laxisme de la Justice et où les assassins de grande envergure sont dans la rue par le biais des permissions !

Vous soulevez la colère, l'indignation générale (de toutes les femmes en particulier).

Non! pas l'affaire Dominici! c'est l'affaire Dreyfus ou l'affaire du pull-over rouge! et pire encore la barbarie du haut Moyen Age!

Signature illisible.

Sans doute, ce sont des pauvres types comme vous qui “ au nom de l’intérêt supérieur de la LOI ” martyrisaient les gens dans les camps de concentration ! »

On m’envoyait également des cartes postales.

Le 8 juillet 1985, au dos d’une photo représentant quatre monuments parisiens, une littérature importante ne laissera qu’un tout petit coin pour l’adresse :

« Ce n’est pas la culpabilité ou l’innocence qui pour l’instant devrait vous importer. C’est *l’Enfant, le Bébé* qui est dans son ventre. N’auriez-vous pu attendre qu’elle mette son Bébé au monde avant de l’incarcérer ? Trois mois de sursis, d’attente... la santé et la vie d’un Bébé pas encore né ne vaut pas cela à vos yeux ? Christine coupable ou innocente... on ne sait... mais ce que l’on sait, ce dont on peut être sûr, c’est que vous êtes un sinistre lâche, un monstrueux assassin, d’autant plus lâche et assassin que vous agissez sous l’auréole de la légalité... votre gloriole minable vous est bien plus chère que la pitié, l’humanité envers un pauvre être dans le ventre de sa mère. Vous n’êtes pas assez ignorant pour ne pas comprendre qu’en faisant souffrir la mère, justement ou injustement, vous faites en même temps souffrir un Bébé... vous n’êtes pas sans savoir que c’est *lui* qui souffrira le plus de la grève de la faim de sa mère, et risque d’en mourir... la vie et la santé d’un enfant pas encore né... et sur l’autre plateau de la balance, trois mois d’attente pour pouvoir n’agir que sur la mère seule ! ! ! En choisissant de sacrifier ce Bébé, vous vous révélez plus méprisable que le pire des assassins. »

C’est sur un autre registre que se plaçait le cri d’indignation lancé par carte postale de Bruxelles le 26 septembre 1985 :

« Monsieur le Juge,

L’affaire commence à rassembler à “ DALLAS ”, d’où l’on nous mène en bateau ! et qui devient du *Guignol...* Toujours les mêmes répétitions, tout cela, pour FINIR EN QUEUE DE POISSON ! ! ! Arrêtez votre *Cirque !*

Salutations. »

Le 6 septembre 1985, un habitant de la douce Dordogne n’y allait pas par quatre chemins :

« Monsieur le Juge

Vous avez le verbe un peu haut. Si vous souhaitez devenir le nouveau pensionnaire du cimetière continuez.

A bientôt »

A peine plus nuancée était la missive d'un habitant de Bondy en date du 24 avril 1986 :

« Juge Lambert,

Vous n'êtes qu'une infâme crapule et tous ceux qui, comme vous, veulent à toute force faire de cette pauvre femme une coupable — également.

Un seul coupable : L., crevé depuis lors, et on condamne le malheureux père de l'enfant assassiné à verser une somme pharamineuse à la veuve pourrie de ce bandit.

C'est du meurtre organisé, un supplice de chaque minute, que vous avez imposé aux malheureux parents. *Vous* êtes un incapable, oui, mais aussi un meurtrier, complice du clan des avocats du L., des tristes grands-parents, minables au possible. Cherchez par là aussi !

Vous vous fiez à des bas racontars de filles jalouses, au QI limité, haïssant Christine pour son intelligence et sa beauté.

Je souhaite, Juge Lambert, que compte tenu de ces infâmies on vous " fasse la peau ".

Peut-être enfin, ne sourirez-vous plus, ordure ! ! »

Le 19 février 1986, un anonyme postait rue du Louvre, à Paris, une demi-page tapée à la machine :

« Sale petit CON...

Avec ta gueule de débile mental tu ne peux faire que des conneries et tu ne t'en prives pas...

Tu as déjà causé la mort d'un homme, car c'est pas lui qui devrait être en prison, mais toi.

Tu te prends pour une vedette et te paie des cures thermales et maintenant tu te prépares à recommencer tes conneries ; mais on te prévient, salaud, si tu fais encore des bavures, on t'attrape et on te coupe les couilles au ras du cul. Alors, fini de baisouiller les nanas, et pourtant tu aimes bien celà, cochon... »

Le 25 mai 1986, un « corbeau » de Vouziers (Ardennes) m'interpellait sur carte postale avec photo d'une coccinelle :

« Qu'attendez-vous pour faire la justice. Toute la France vous regarde et vous juge. On devrait vous faire subir le même sort qu'à B. L., incapable.

Le Corbeau »

Que l'on ne s'y trompe pas : aucune de ces lettres, si grossières et outrancières fussent-elles, ne me laissait indifférent. La découverte de chacune d'entre elles provoquait une réaction, qui allait du haussement d'épaules au sang qui refluait de mon visage, aux jambes qui se faisaient lourdes. Parce que, exprimées avec parfois une ignorance des règles les plus élémentaires de la syntaxe, ou des notions très approximatives de l'orthographe, elles venaient d'êtres humains qui exprimaient leur opinion, qui me jugeaient. Et seuls les jugements des sottes gens, des imbéciles, des méchants, peuvent laisser indifférent. Et j'ignorais à qui j'avais affaire...

Mais Dieu merci, les témoignages d' « affection » ne manquaient pas. La chaleur qu'ils dégageaient effaçaient les termes orduriers d'autres missives. Certains jours de juillet 1985, j'avais reçu jusqu'à trente lettres, déposées chaque matin par le concierge. En les lisant, je passais du chaud au froid, dans un mouvement régulier.

Un fond de modestie m'interdit de citer tous ces correspondants qui ont su me soutenir dans ma solitude. Je leur dois à tous de sincères remerciements. J'en citerai deux, pris au hasard.

De Carmaux, dans le Tarn, le 18 juillet 1985, un (ou une) correspondant anonyme m'envoyait une carte :

« Pas si seul que cela " le petit juge ", il a des supporters ! Moi surtout ! Ici il fait beau. Il y a des oiseaux sur les fils électriques. Corbeaux ? Connais pas...

Plus tard, si vous voulez venir passer quelques jours avec nous dans le Sud-Ouest... Je joins une carte. Courage. Je comprends que c'est dur... dur...

Respectueusement »

Le 20 juillet 1985, un jeune (?) couple de Bénodet m'écrivait :

« Monsieur le Juge,

Même sans goût particulier pour le fait divers, il eût été difficile de ne pas suivre depuis plusieurs mois les différentes péripéties médiatisées de l'enquête dont vous êtes chargé.

Nous avons souvent été choqués par les propos injustes à votre encontre. Nous tenons tout simplement à vous faire part de notre estime et de notre admiration pour votre intégrité et votre courage.

Bonne chance pour la suite de votre carrière... »

Il n'en fallait pas plus pour me réchauffer le cœur...

Je recevrai quelques (rares) missives dont les sentiments exprimés par les auteurs ne manquaient pas, à mon égard, d'une certaine ambiguïté... C'était généralement des personnes du sexe féminin, mais certains courriers étaient signés par des messieurs...

Parfois, une dame, inscrivant son nom et son adresse au dos de l'enveloppe, tenait à m'assurer sur deux pages de son admiration depuis le début de l'Affaire, que j'étais « le plus beau », « le plus intelligent », etc. Et je ne pouvais m'empêcher d'éprouver une légère déception, en raison d'une pointe d'orgueil mal placée, en apprenant dans les dernières lignes, ou sous la signature, qu'il s'agissait d'une « grand-mère » de soixante-cinq ou soixante-dix-huit ans !

C'est « un couple de 145 ans » qui m'avait écrit le 9 juillet 1985 :

« Monsieur le Juge Lambert,

Au moment où beaucoup de médias vous assaillent injustement, un couple de vieux qui n'a pour vocation que l'amour du prochain vous dit toute la confiance qu'il a en vous à remplir votre pénible mission.

Si Satan est passé par là, ce dont nous ne doutons pas, votre tâche est difficile... Sincères salutations. »

Une dame, qui avait signé : « une mère », m'exprimait le 2 juillet 1985 des sentiments sans ambages :

« Monsieur le Juge,

Vous avez pris la sage décision qui s'imposait. Laissez braire avocat et cie.

Croyez, Monsieur le Juge, à tout mon respect. »

La religion ne pouvait rester étrangère à l'Affaire. Certaines missives donnaient froid dans le dos quant à la tolérance et à l'amour du Prochain de certains Français.

D'Issy-les-Moulineaux le 18 septembre 1986 :

« On ne tue pas son enfant. Cherchez ailleurs petit juge. Vous allez faire une erreur judiciaire qui hantera vos nuits.

C'est vous le *Bandit.* Cette femme était une mère. Etes-vous CATHOLIQUE. PENSEZ A DIEU. LUI seul peut juger.

[...]

Sale métier Petit Juge. »

Le 19 septembre 1985, un habitant de Chartres m'avait, déjà, sur quatre pages, voué aux gémonies :

« Monsieur le Juge,

[...]

Monsieur le Juge et vos experts suppôts de Satan, moi français catholique pratiquant je vous appelle tous au tribunal de Dieu... Riez... profitez-en bien de l'affaire car demain vous rendrez vos comptes et pour des orgueilleux comme vous Dieu sera sans rémission. Car c'est Dieu lui-même que vous *écrasez humilié bafoué torturé martyrisé.* Lisez l'Evangile... si vous en avez le temps !

Ah ! tous vous voulez vous faire une place au soleil (au soleil de Satan dont vous êtes la machination diabolique). Comment ? vous deviez laisser agir la police judiciaire dans le secret. Laisser mûrir l'affaire... et à aucun prix martyrisé cette pauvre jeune femme. On n'a pas le droit de poursuivre une bête pleine ou qui allaite ses petits. mais vous... Vos gendarmes ont été payés pour saboter, avec votre " innocent " qui a poussé à bout le père par ses propos narquois, virulents.

[...]

L'assassin de Grégory a préparé son crime depuis des années jusqu'à embarquer sans s'en douter le moins du monde Christine par lui demander une enveloppe timbrée (j'en envoie à des pauvres gens sans savoir qui ils sont)... [...]

Vos psychiatres, vos graphologues sont des rapaces, des menteurs, des bouffeurs d'argent. Rien ne peut sortir de vérité. *Rien,* hypocrites. Si vous voulez vivre votre profession avec humanité, sachez vous mettre à genoux devant DIEU Souverain et Maitre et Juge de toute chose, Créateur du Ciel et de la Terre *Celui qui Est*. Dites-vous bien que le psychique profond de l'Etre appartient qu'à *Dieu Seul* et à ce Dieu Bon tendre miséricordieux pour les petits que vous écrasez martyrisé. Dieu sera pour vous un juge implacable.

De la même mesure tu t'es servi pour tes frères, la même mesure je me servirai pour toi (le Christ... dans l'évangile...) ses paroles... lui le *Christ* le *Seigneur le divin Maitre* ne condamnait jamais les *petits*, les humbles les pauvres. Il les aimait. “ Malheur à vous riches ” a dit encore le Christ... Oui malheur à Vous, Juges, experts, etc. “ les Seigneurs de ce monde ” ont su vous condamner, “ car la foudre est déjà sur vos têtes ”. Le Christ.

Des Français »

Le 23 avril 1985, une dame du 8e arrondissement parisien me donnait quelques conseils inspirés :

« Monsieur le Juge,

En tant que Français moyen, j'ai voulu me faire une opinion sur l'affaire. Je me suis rendue sur place et les gens m'ont parlé spontanément.

Ma conclusion est que vous êtes, devant Dieu et l'opinion publique, LE SEUL RESPONSABLE étant juridiquement souverain pour mener l'instruction de cette affaire.

Je ne saurais trop vous conseiller :

1° De libérer immédiatement l'inculpée, ne serait-ce que pour lui permettre d'honorer ses traites et d'éviter ainsi la mise en vente judiciaire de sa maison.

2° De convoquer une conférence de presse, pour annoncer votre demande de mutation.

Je suis à votre disposition pour vous fournir tous renseignements complémentaires.

Je vous prie, Monsieur le Juge, de recevoir mes plus respectueuses salutations. »

Le 13 septembre 1986, un monsieur de Verdun se présentait ainsi, sous la signature d'une brève missive : « 68 ans, retraité, 39 ans de travail, dont 36 dans la même entreprise; cadre supérieur; syndicaliste; lieutenant de réserve (sans en être fier) ;

non décoré ; pour tout ce qui est contre et contre tout ce qui est pour »...

Ce lecteur de Pierre Dac avait également su lire la Bible, ainsi qu'en témoigne son message :

« Monsieur le Juge,

Le Seigneur a dit : " Soyez miséricordieux. "

Le Jeudi Saint, le Gouverneur Ponce Pilate voyant qu'il ne gagnerait rien — après avoir déclaré qu'il se trouvait en présence d'un homme " dont il se demandait en conviction s'il avait fait le mal " — prit de l'eau et lavant ses mains devant tout le peuple, déclara : " Je suis innocent du sang de cet homme, ce sera à vous d'en répondre. "

Je vous prie d'agréer, Monsieur le Juge, l'assurance de ma considération très distinguée. »

Je remercie ce correspondant anonyme de m'avoir aidé à puiser quelque réconfort dans la Bible.

Dans les premiers jours de l'Affaire, deux demoiselles du Poitou m'avaient donné un précieux conseil, que j'avais stupidement négligé :

« Ces quelques lignes risquent de vous surprendre, mais nous pensons sincèrement que si vous ne négligez pas ce conseil, vous pourrez non seulement trouver le coupable de l'affaire Grégory, mais aussi voir les preuves irréfutables pour l'inculper sans contestation.

Si ce meurtre a été commis sans aucun témoin humain, nous pouvons affirmer qu'il n'a pas échappé à la vue de Dieu qui non seulement connaît le ou les meurtriers mais aussi leurs mobiles.

Si vous croyez cette affirmation, si vous croyez que DIEU qui est Amour et aussi DIEU de justice, osez tout simplement lui confier la direction de ce dossier et vous attendre à voir celui-ci aboutir.

Pour appuyer cette conviction, lisez Josué (le 6e livre de la Bible), le chapitre 7.

En espérant que vous ne négligerez pas ce conseil, veuillez agréer, Monsieur le Juge, nos salutations distinguées. »

Et sous deux signatures illisibles, ce post-scriptum, tapé à la machine et passé au feutre jaune :

« L'Eternel sonde tous les cœurs et pénètre tous les desseins et toutes les pensées.

Chroniques 28-9. »

Le recours à Dieu pour m'aider à découvrir la Vérité n'était pas le seul conseil que j'avais reçu.

Le 2 mai 1985, un citoyen de Paris (17e) écrivait à « Maître Jules Lambert (!) » :

« Maître

Puisque tout accuse la mère de son fils, a-t-on pensé à la drogue. N'as-t-elle pas été droguée ?

Mes hommages. »

Le 19 février 1985, un « confrère anonyme » de Villers-Cotterêts m'enverra quelques conseils tapés à la machine, sous enveloppe adressée à « M. le Juge Lambert, Epinal (Jura) » :

« Monsieur le Juge,

Je tiens par cette présente lettre vous donner mon impression sur l'affaire du petit Grégori dont je suis l'affaire depuis le début.

[...]

D'après mon étude sur cette affaire, je pense que l'assassin du petit Grégori serait un collègue de travail de M. V., ou peut-être un ami de la famille. Tout cela serait cause de jalousie.

A mon avis, les écritures balistiques ne servent strictement à rien, car moi-même je peux aussi bien écrire de la main droite que de la main gauche. Prenez en conscience. Sincères amitiés.

Pour me répondre, faites en part aux journalistes.

Un confrère anonyme. »

Le 1er avril 1985, un habitant du Calvados m'envoyait sous enveloppe deux cartes postales posant différentes questions de nature à m'aider dans la recherche de la Vérité :

« Grégory, l'horreur, l'incompréhension.

Si vous êtes sûr que C... est responsable, elle ne craquera que si vous comprenez les mécanismes qui l'ont poussée à l'acte.

1° A-t-elle eu un complice ? Si oui, avec qui était-elle entre les 9 et 12 octobre quand elle a manqué son travail en présentant de fausses excuses ? Qui était absent de son travail : Jacky ou Michel ? ou X ?

2° Faites avec ceux que vous soupçonnez une séance de cinéma non-stop dans cet ordre précis :

A. « Le Corbeau » de H. G. Clouzot,

B. « L'Assassin habite au 21 »,

C. « Le Crime de l'Orient-Express »,

et surtout : D. « Cri de femme » avec M. Mercouri.

Grégory, c'est le crime de gens simples et frustes, et frustrés, inspiré par le cinéma qu'ils s'étaient fait. *Voyez quand tous ces films sont passés à la TV.*

Je travaille sur dossiers à un haut niveau émotionnel et ne peux vous donner mes coordonnées, mais j'aimerais vous aider.

Ce crime est hors du commun, vous ne le résoudrez qu'en employant des méthodes non classiques.

Courage ! »

On le constate : la frontière est parfois bien mince entre les lettres de certaines personnes qui passent pour saines d'esprit, et celles de gens qui sont mentalement perturbés. Mais il est d'autres cas où le doute n'est pas permis.

De Toulouse — 21 janvier 1986 — je recevais une lettre non signée, et bien étrange :

« Monsieur le juge,

Avant que vous ne commettiez une grave erreur et que vous ne condamniez des innocentes victimes, nous venons vous apporter des renseignements capitaux dans l'affaire Grégory.

Je m'explique :

Nous sommes un " petit groupe " de spirites et nous nous réunissons souvent pour faire une charité, qui est autre que la charité que l'on peut faire sur Terre. " Nous sauvons des âmes. "

Oui, nous savons et nous pensons bien que déjà vous vous dites que vous avez affaire à des fous ; mais néanmoins nous vous demandons de nous lire jusqu'au bout.

Le 21 décembre, nous avons eu la manifestation de Grégory lui-même par la faculté d'un de nos médiums, voilà ce qu'il nous a dit :

" Bonjour, je suis Grégory, je viens vous expliquer et vous raconter comment cela s'est passé. Je jouais devant chez moi quand mon oncle Bernard et ma cousine Muriel sont venus me proposer d'aller à la pêche. J'aime bien aller à la pêche. J'ai pris ma canne qui était dans le garage et je les ai suivi sans prévenir maman qui était à l'intérieur de notre manoir. Arrivés au bord de la Vologne, ma cousine m'a dit : " Tu veux jouer avec moi avant. " Je lui ai dit oui. Elle m'a attaché les mains et les pieds avec une corde puis avec mon oncle ils m'ont pris par les jambes et les bras et m'ont chanté " A la salade, je suis malade, au céleri je suis guéri ", etc., etc., et ils m'ont lâché dans l'eau, je me suis noyé. "

Voilà, nous vous racontons que le principal sinon le principal ce que nous a dit Grégory : " Ma canne à pêche était pliée avec la corde qu'ils m'ont attaché les mains et les pieds. "

Voilà, Monsieur le Juge, nous avons eu la permission de vous écrire par les esprits supérieurs qui président nos séances et maintenant en votre âme et conscience nous vous laissons le libre arbitre.

Aujourd'hui nous restons dans l'ombre et vous entendrez parler de nous quand le barrage de Savoie aura cédé.

De cela aussi nous avons averti qui de droit.

Nous allons faire parvenir en même temps que celle-ci trois exemplaires de cette lettre... »

Un Cannois, ou une Cannoise, m'écrivait le 17 août 1985 :

« Monsieur le Juge d'Instruction,

Faites très attention. Le petit-fils d'un " pendu " est un " *tordu* " — l'esprit détraqué. C'est Jean-Marie qui aurait besoin d'être "psychiatrisé " et même d'être enfermé *à vie* dans un asile. Le crime qu'il a commis lui ronge l'esprit, et il n'a pas hésité à recommencer !... en esprit et en public.

" Jamais deux sans trois... " et l'Amour et la Haine, ça se comprend. Faites donc très très attention. Le petit Grégory (quel nom pour un enfant français, et Lorrain par-dessus le marché ! — et Sébastien, c'est encore plus ridicule...), *s'il n'était pas son fils ?* Il l'a enfin compris. Le Cocu magnifique...

Et la prochaine victime, cela risque d'être Christine... à mon humble avis. A Lépanges, le linge sale continue à se laver en famille. Vous devriez " garder en vue " la Murielle... qui *a menti* et même deux fois !

Méfiez-vous d'elle.

1° Que faisait-elle dans les bois en compagnie galante, ma foi ? “ Le cousin ” il avait une bonne réputation... de gai vivant, coureur et noceur... Hé ! Hé !... hé !...

2° Ce ne sont pas les gendarmes, ces braves naïfs, qui l'ont “ engueulée ” et “ menacée ” (sic), mais sa propre belle-sœur qui fermait les yeux sur les incartades de son “ tombeur ”. Chantage.

3° Une fille de 15-16 ans, à la campagne, c'est fort déluré ! Et aujourd'hui, elle ne risque plus de rapporter un bébé dans les pans de son tablier... Il y a “ la pilule ”, et “ la télé ”... pour donner des idées ; et, surtout, de la publicité pour la grande mafia des médecins chirurgiens *maudits* (les manipulations génétiques) et des pharmaciens, dont le signe de ralliement est un *serpent !* Celui qui séduisit Eve... et tant de lycéennes... mélangées aux garçons.

La Presse vous ayant malmené, j'ai envie de vous aider à résoudre deux énigmes. Et les lettres anonymes, cela fait partie de la vie des Français ! Féru d'histoires, les légendes anciennes y compris, et parce que j'aime les enfants et les très jeunes gosses, je vous écris uniquement pour *rééquilibrer votre propre esprit !* Très choqué qu'un journaliste baveux et gâteux ait osé vous nommer “ le petit juge ” et se moquer ainsi de votre si chaleureux ministre de la Justice, qu'il “ méprise ” ! c'est-à-dire *envie.* Un “ rédacteur ”, qu'est-ce que c'est ? un tas de fumier, et un scribe appointé. Les “ écrits ”, qu'est-ce qu'on en fait ? On les parcourt des yeux en haussant les épaules de dépit, et on les flanque aux ordures ! *L'hypocrisie.*

Tandis qu'un Juge, ma foi, c'est un homme instruit “ des choses de la vie ”. Et, vous êtes sympathique. Un grand échassier avec des lunettes... de grand-mère !... et l'air ahuri.

Oui, convoquez donc la belle-sœur, offrez-lui un bon déjeuner au *restaurant* avec champagne (et à vos frais) et vous apprendrez tout ce qui s'est passé à Lépanges depuis un an !

Avec mes compliments.

Le Sphynx »

Mais c'est un Vosgien qui m'écrivait le 22 juillet 1985, au dos d'une carte postale : « Jamais 2 sans 3. Inculpez Le Pen ! C'est une vieille ficelle. »

J'ai omis de préciser que cette curieuse carte était adressée à « Maître La Ficelle Juge d'instruction Palais de Justice Epinal... »

Un Suisse m'envoyait le 5 juillet 1985 deux cartes postales sous enveloppe. Sur la première, côté photo, ces deux mots imprimés en vert sur toute la hauteur de la carte : MOI AUSSI; et côté réservé au texte, cette phrase sibylline : « On ne m'aime pas... » Sur la seconde carte, en lettres rouges cette fois : MOI NON PLUS; le texte : « On m'aime... »

Comprenne qui pourra...

C'est un message tout aussi mystérieux que m'envoyait un Parisien du 5e arrondissement le 9 juillet 1985 :

« 16 octobre — 19 octobre
Vologne — Vistule
Gregory — Jerzy
??? »

Les points d'interrogation sont du rédacteur anonyme. Ils me semblent en effet s'imposer.

Fait exceptionnel, il n'y avait pas une seule faute d'orthographe sur les deux pages d'une belle écriture qu'un habitant de Lorient m'avait envoyées le 9 avril 1985 :

« Je ne cherche qu'à servir ce qu'on appelle Justice et ce qui n'est que dérision en ce pays.

Pourquoi voir dans l'affaire Grégory un nouveau “ mystère de la Chambre jaune ”? Pourquoi avoir fait vôtre une des maximes (innocente) du cher Président Edgar FAURE : “ Quand j'ai un problème difficile à résoudre, je le complique. Plus un problème est difficile, plus il faut en compliquer la solution. ”

Eh bien, non! L'affaire de ce meurtre si abominable qu'on y cherche des coupables eux aussi abominables? Et si ce crime inexpiable (surtout sans la peine de mort!) n'en était pas un?

Pour cela, j'ai deux questions à vous poser, si vous y répondez deux fois par NON, alors “ ce problème difficile ” se décompliquera, et nous aurons l'évidence d'un “ accident ” qu'on ne peut avouer. Je dirais plutôt un meurtre par bêtise et par lâcheté!

1° Bernard L. Pouvait-il savoir (préméditation) où serait Grégory à 17 h et après?

2° Y avait-il, dans les habits de Grégory, des traces ou des incrustations de sable, traces dans les poches, les revers, les chaussures (inévitablement), incrustations aux genoux (tout aussi inévitablement !) un gosse jouant sur un tas de sable produit (doublement sauf lessivage et brossage), ces effets-là !

Votre connaissance totale du dossier (mais a-t-on fait un examen précis du cadavre, et de la façon dont le petit malheureux est soigneusement " préparé ", cela se pouvait-il au bord de l'eau et sous quelle forme de jeu ?) vous a fait répondre NON aux deux questions. Le premier NON exclut définitivement Bernard L... (je n'ai jamais douté de cela !).

Le deuxième NON (ah ! comment j'aurais voulu vite le savoir !) vous fera poser alors la vraie question, et avec elle tout s'enchaînera. Grégory ne jouait pas au tas de sable ! Alors 2 + 2 = 4, depuis le début vous additionnez 2 et 2 et vous trouvez 5, 6, 7 ! NON ! C'est dérisoire de logique.

Je vous demande instamment de ne pas chercher à connaître qui je suis. Mes propres problèmes (chômage, divorce) sont assez accablants, mais si j'ai pu vous aider (ou ai-je entièrement tort), je serais très content. »

Le 1er juin 1986, un habitant de Sélestat me mettait sur le chemin de la « Vérité » :

« Monsieur,

Je préfère vous dire tout de suite que je travaille avec un pendule. Si vous jugez que cela n'est pas sérieux, brûlez ma lettre. Depuis le début, je suis l'affaire du petit Grégory assassiné dans les Vosges.

J'arrive toujours à la même conclusion depuis le début, mais je ne voudrais pas vous faire perdre du temps.

Pour moi il s'agit d'un appelé du contingent qui effectue son service militaire dans les Vosges et habite Clermont-le-Fort dans la Haute-Garonne.

J'ai déjà eu du succès et des échecs avec la manipulation du pendule ; à vous de juger.

Je tiens à rester anonyme, c'est pour cette raison que je ne signe pas ma lettre. En somme, mon renseignement est facilement vérifiable en peu de temps et à peu de frais. Je voudrais tellement vous aider ! pour que le cauchemar de cette pauvre famille cesse ! »

Le 28 mars 1985, de Paris (20e), je recevais ce billet tapé à la machine :

« Etude parapsychologique V. et consorts.

ETUDE : Crime rituel, donc action démoniaque, secte luciférienne qui en l'occurence manipule tous et tout et même au niveau de l'enquête.

La mère sait que le coup vient de la secte qu'elle connaît, l'inculpé également... mais ne sait pas par qui. Elle n'est pas mouillée directement à cette magouille de lettres.

COMMENTAIRE SOUS RÉSERVE : un maillon *trop visible* dans l'enchaînement apparent ; MURIELLE ; (non étudiée faute de document), humain mal sorti de l'animalité comme il en est beaucoup dans les régions de montagne où sont fixées et pour cause les sectes démoniaques (voir la SUISSE). »

Le 14 novembre 1985, un habitant de Roanne (sain d'esprit ?) avait tenu à m'informer de son indignation :

« J'espère que vous n'allez pas tarder à coffrer cette salope qui joue les vedettes avec les journalistes.

Achetez Détective de cette semaine et vous serez initié sur la façon qu'elle a de vous traiter.

Je vous le dis, Monsieur le Juge, je l'ai toujours pensé ainsi, c'est un crime organisé par ce couple (pour faire porter le chapeau à d'autres évidemment).

Malgré toutes les preuves qui s'accumulent contre sa femme, ce connard de V... continue à la soutenir cette garce, c'est inadmissible. C'est vraiment à croire qu'ils sont bien d'accord et doivent bien rire quand ils se voient.

Quand elle sera dans sa cellule — ce qui ne saurait tarder j'espère — elle sera peut-être un peu moins arrogante cette raclure. Et dire qu'il y a des gens assez cons dans la France et ailleurs qui lui envoient des lettres de soutien et de l'argent. Vraiment ceux-là ils feraient mieux d'envoyer pour les enfants qui ont faim dans le monde. Ça serait plus utile.

Je trouve qu'on met un peu trop en vedette cette vermine (qui mérite la guillotine) et on oublie un peu trop la veuve L...

[...]

Pour vivre, rire, faire l'intéressante, vouloir se refaire une vie ailleurs puisque tout de suite ils voulaient quitter la région (après la vente de leur maison), vraiment je me demande comment ces gens peuvent vivre sans faire de cauchemars.

Les parents du père ont bien tort de se faire du souci pour ce fils indigne. A leur place, je ne lui courrirai pas tant après. Je le laisserai bien se débrouiller avec sa salope et il était soi-disant chef dans une boite; moi j'appelle ça un " étron ".

Je comprends très bien que vous n'avez pas toujours la partie belle; c'est des fois très dur les critiques. Mais je crois que vous vous en tirez bien, et tout le monde vous aime bien. J'ai confiance en la Justice qui va bientôt boucler cette salope — ça lui rabattra sa superbe.

Qu'est-ce qu'elle se croit! Ses collègues sont d'après elle des moins que rien. Le Père qui baladait son chien est un amnésique et elle, une pauvre petite ouvrière d'usine, qui disons-le, ne sort pas de la cuisse de Jupiter. »

Le 1er octobre 1986, sera postée à Mandelieu la lettre suivante :

« Monsieur le Juge,

J'éprouve le besoin de vous communiquer une interprétation d'une injure qui a été formulée au cours de l'enquête sur l'affaire. Pourquoi cette démarche? Parce que le " midi " de la France, réputé pour le nombre et l'usage des injures, permet parfois de singulariser des expressions.

Je crois savoir que la dernière lettre du corbeau avant le meurtre de l'enfant se terminait par un propos adressé au " petit con "!

Ici, dans le midi, le mot con est employé dans trois expressions locales.

Dire que quelqu'un est un con n'est pas méchant. Ailleurs on dirait que c'est un imbécile!

Dire que quelqu'un est un grand con est presque un compliment. Ailleurs on dirait c'est un rigolo, un innocent!

Dire que quelqu'un est un petit con est extrêmement injurieux et méprisant! Ailleurs on dirait c'est un salaud, un dégueulasse! Ce qualificatif de con a dû être employé plusieurs fois au cours des entretiens avec les personnes appelées à témoigner.

Si l'une des personnes a utilisé l'expression de petit con et surtout s'il n'en a eu qu'une, alors on peut affirmer avec beaucoup de chances d'être dans le vrai, que c'est elle qui a aussi écrit cette lettre annonçant le crime.

Ce n'est sans doute pas une preuve formelle, mais c'est un indice qui n'est perceptible que par une personne du midi, au courant de ces subtilités de langage.

Monsieur le Juge, je vous prie de m'excuser de garder l'anonymat mais je suis un ingénieur en retraite, calme, pondéré et ne désire surtout pas être importuné par les journalistes.

Je termine en vous félicitant d'avoir su conduire cette affaire avec brio, en dépit des obstacles que l'on a généreusement semés sur votre parcours.

Je souhaite que le ou la coupable soit démasqué et condamné comme il se doit dans une France libérale.

Veuillez agréer, Monsieur le Juge, l'expression de mes sentiments les meilleurs. »

Un an et demi plus tôt, très précisément le 26 mars 1985, une personne sachant taper à la machine tenait à me faire savoir ce qu'elle pensait de la graphologie :

« Les promoteurs de la Graphologie de divers pays
ont travaillé à arrache-pied
pour faire passer leur violon d'Ingres
pour une science exacte.
Quels que soient les résultats de leurs démarches,
quelles que soient les prises de position officielles,
ici ou à l'étranger,
la Graphologie restera toujours
une vulgaire Astrologie de l'écriture
et ne sera jamais une science. »

Remontons dans le temps...

Le 15 novembre 1984, une dame de Lunéville m'envoyait la photocopie d'une lettre adressée au ministre de l'Intérieur, ainsi qu'au ministre de la Justice, au ministre des Sports, et ministre de la Condition féminine.

La lettre était tapée à la machine :

« Monsieur le Ministre,

Je pense que dans la situation actuelle de violence à l'américaine, il me semble que chaque français devrait se prendre par la main et admettre les causes profondes de la toxicomanie, la tabagie, l'alcool, la démission parentale, etc., comme étant des fléaux à combattre.

Dans la cour de nos récréations, on admet le tabac et la drogue se ballade. Malgré les interdictions, dans les cars de ramassage nos enfants de 12 et 15 ans fument, rentrent à la maison puant le tabac.

Dans les cafés au centre de Nancy, la drogue se vend facilement.

A Nancy, une discothèque vient de s'ouvrir : le " X ". Les enfants de 10 à 16 ans sont exclusivement admis le mercredi pour danser, se " défouler " sous des projecteurs ou dans le noir. La direction est tenue par des pédérastes. On y trouve mêlés à ces jeunes des 18 et 20 ans dansant amoureusement avec des fillettes de 12 ans. Les adultes parents n'ont pas le droit d'entrer.

Dans nos prisons de Metz ou d'ailleurs, des jeunes égarés par le chômage qui règne en Lorraine et à qui on a donné la majorité à 18 ans alors qu'ils ne sont pas encore adultes (je n'ai pas admis cette majorité à 18 ans imposée par le précédent gouvernement et qui perturbe totalement les familles françaises — nos jeunes claquent la porte dès le jour de cette majorité, abandonnant leurs études... ils sont MAJEURS sans bagages professionnels) — ces jeunes égarés donc sont jetés dans des cellules avec des ADULTES ASSASSINS-VIOLEURS-BANDITS de grands chemins — et se font sodomiser avec violence devant les yeux des gardiens qui en rient.

Avec la justice on s'amuse, voir l'affaire du Petit GREGORY. La petite cousine collégienne qui a avoué le crime, se rétracte après, faussant toutes les pistes de ce drame de famille. C'est de la vraie délinquance morale et les parents responsables de cette gamine, de son éducation ne seront pas punis.

Nos vieux sont massacrés, nos jeunes sont totalement perturbés par manque de travail, d'assurance pour leur avenir. Depuis 20 ans, nos usines ferment, MANUFRANCE, LIP, UGINE KUHLMANN, etc. par les produits MADE IN TAIWAN-COREA-JAPON-INDIA, etc. et nos filatures ferment une à une. Notre ART aussi souffre, LIMOGES et sa porcelaine parce que dans nos supermarchés nous ne trouvons plus que du MADE IN CHINA ou ITALY, etc.

[...]

Des retraités cumulent un second emploi dès leur retraite et prennent la place de nos jeunes. Pourtant, à la fin de leur carrière bien remplie par le travail, rien ne manque chez eux, ils sont confortablement installés, leurs jeunes sont bien souvent élevés mais au chômage parce que les parents à la retraite continuent à travailler. Des mères de famille de 40 et 45 ans, après avoir élevé leurs enfants se font engager dans les cantines scolaires, par les municipalités alors que des jeunes filles sortant de Centre professionnel sont à la recherche d'un emploi.

Tout ceci mène à la délinquance, Monsieur le Ministre. Nos jeunes découragés traînent les rues et vont se réfugier dans les cafés et là commencent les mauvaises rencontres, et à ce moment-là Le FILET DE LA JUSTICE SE DRESSE.

Notre FRANCE, notre beau PAYS de COCAGNE comme on l'appelait, devient un Chicago. Nous avons des montagnes, des bords de mer, de la bonne table, de l'Art tant enviés par les étrangers, et bien favorisons cette chance et guérissons notre jeunesse bien malade mais avec d'autres remèdes que par le VIOL en prison par ces adultes qui, eux, aussi sont bien souvent le produit de l'Assistance publique de Parents misérables.

Une Maman bien inquiète pour l'avenir de notre belle et douce France. »

Un abbé alsacien m'écrivait le 2 janvier 1985 :

« Monsieur,

A une dizaine de reprises au moins, j'ai reçu des appels téléphoniques anonymes. L'une ou l'autre fois, j'ai aussitôt appelé vos services pour demander la provenance de la communication. Une personne du service m'a simplement dit que je pouvais demander à être sur la liste rouge. En tant que prêtre et pour le service qui est le mien, je ne peux recourir à cette solution.

Alors je vous demande de bien vouloir prendre les mesures suivantes pour lutter contre ce genre d'abus : que l'employé(e) ou le fonctionnaire décline à qui le demande l'origine de la communication téléphonique ! Pensez-vous que le meurtre du petit Grégory aurait eu lieu si les parents avaient connu les auteurs des appels anonymes ?

Quelle que soit votre réponse, j'écrirai prochainement au ministère de la Justice pour que dans le cas des appels anonymes les victimes soient indemnisées par les auteurs de ces méfaits et pour lesquels je demande la levée du secret.

Veuillez agréer, Monsieur, mes salutations respectueuses. »

Le 17 janvier 1985, une dame m'avait fait part de ses états d'âme, en y mêlant quelques idées :

« Cet acte de folie me fait penser aux folies d'Hitler avec ces enfants juifs, ces adultes juifs ou politiques jetés dans les chambres à gaz ou dans les fours, Grégory a été jeté dans les eaux...

Si j'étais vous, j'organiserais une confrontation des parents de la victime avec la petite Muriel. Devant un tel crime, il ne faut pas hésiter à prendre les grands moyens, à exiger de faire parler les parents qui eux-mêmes savent que leur fille à été mêlée à cette complicité...

Si elle ne dit pas la vérité, c'est nous qu'on la flinguera.

A bientôt.

P.S. On n'accuse pas un homme sans le savoir qui est-ce. »

Le 1er avril 1985, je n'avais pas le cœur à rire. Je ne pus cependant m'empêcher de sourire en lisant une version du crime qui n'avait encore jamais été envisagée :

« Et si “X” était le Capitaine... de gendarmerie. Cela expliquerait tous les cafouillages du début de l'enquête et le fait que Christine soit si sûre d'elle !

Vous pouvez le prouver : dès novembre, j'ai envoyé cette suggestion à la gendarmerie : corbeau + assassin, et je disais : il est matériellement impossible que monsieur L... ait agi de la sorte.

Où sont ces lettres, dans le dossier ou écartées par... Une a été postée à Rouen, l'autre dans le Calvados.

J'ajouterais pour prouver mon sérieux que je travaillais sur l'assassinat de madame Gandhi, sur les explosions en mer Rouge (provoquées à l'intérieur des pétroliers et non par des bombes déposées en mer), pour prouver mon sérieux et celui de mes hypothèses.

L'hypothèse [...], aussi horrible soit-elle, ne doit pas être écartée. Tout le monde est suspect, avez-vous dit. Allez jusqu'au bout de vos recherches ! »

Je me pose quelques questions sur le psychisme de l'auteur de ce « cri d'écœurement » adressé à « Meussieur le Procureur de la République » au mois d'avril 1985 :

« Ont à laisser le Justice régler ces comptes entre deux familles. C'est cela la justice pourrites françaises ou tout le monde y va de son petit couplet et de son roman policier.

Le juge lambert est un gamin sans jugeotte n'y conscience, quand ont est pas capable de faire les lois convenablement ont va traire les vaches.

Dans l'affaire G., ont a pousser les deux familles à s'entredéchirer. le juge-Biberon lambert un nageur, le capitaine de gendarmerie un directeur de conscience qui a pousser les deux familles à se détester et à se haïr. il aurait eut plutôt bonne conscience ce capitaine à y enlever les armes de J... M... avait chez lui. Ces deux familles se sont hait à mort grâce aux Medias, à la télévision. Journalistes et juges-biberon qui à nager jusqu'au coude. Ont aurait du choisir un juge avec plus de maturité et non un gamin-juge qui sort à peine de l'école. quel scandale pour la justice française qui n'est pas grandie dans l'affaire.

Si un capitaine de Gendarmerie soit le justicier et la conscience des deux familles, il n'a pas sa place pour représenter la loi où il doit donner sa démission où être mûter, quand au juge lambert, qui à nager jusqu'au bout, lui aussi au lieu d'aller en vacances et laisser les deux familles s'insulter et se assassiner pendant que Meussieur le Juge prend ces petites vacances, lui aussi est responsable — autant que les gendarmes de Lépanges qui n'ont pas enlevé l'arme des mains de J. M. V..., ont aurait du perquisitionner pour enlever toutes armes, il n'y aurait pas eu deux crimes la faute en incombe à 100/100 aux gendarmes et au Juge responsable. »

Quand je lisais et relisais cette lettre, jamais je n'esquissais le moindre sourire. Parce que, en des termes qui se moquaient pour le moins des règles élémentaires de la syntaxe et qui traduisaient une vision très personnelle de la grammaire et de l'orthographe, elle exprimait le désespoir et la révolte d'un pauvre homme, peut-être (mais ce n'est pas sûr) légèrement simple d'esprit. Détail curieux : au fil des lignes, on retrouve nombre d'expressions employées par les journalistes à l'époque.

Et si en réalité, cette lettre avait été rédigée par une certaine « mauvaise conscience collective » ?

A côté de ces missives de personnes plus ou moins perturbées, voire simplement fatiguées, j'avais reçu quelques missives de « fous authentiques ».

Il y avait les occasionnels, et ceux qui pensaient à moi régulièrement.

Je ne citerai que l'exemple d'une personne dont le comportement devait parfois surprendre son entourage : le 17 février 1986, j'avais reçu une carte postale de Nevers, adressée au « Juge Lambert — La Valangerie — En France — Europe ». Le texte n'était pas moins étonnant :

« EH ! Le juge Lambert ! j' va aller voir Tatave. Drôlement intelligent, il va me dire cette chanson qu'il chantait à la batteuse (la batteuse tu connais pas ! tu vas connaître !) Voilà les paroles : " La guenon, la poison, elle est morte orte-orte ! " Et bin à l'unisson les Mamans vont chanter : " Le prisonnier de la tour s'est tué ce matin Tralala-lonlair-air AMEN ". »

En mars 1985, j'avais reçu une copieuse littérature sur près de dix pages d'une dame habitant la région parisienne. Je dois préciser qu'elle m'avait d'abord téléphoné au Palais. Ayant compris à qui j'avais affaire, et pour interrompre un monologue soporifique, je lui avais demandé de m'écrire. Le surlendemain, la lettre arrivait sur mon bureau :

« Monsieur,

Suite à notre entretien téléphonique de ce jour, je vous transmets en priorité une des rares photos de mon mari, que j'essaie de localiser, tant au moins par son identité.

Il est difficile, par lettre, d'expliquer un sentiment ressenti, car la psychologie d'un escroc, qui de surcroît se drogue, est difficile à cerner.

J'ai évidemment, comme tout le monde, entendu parler de cette pénible affaire, sans faire de relations avec mon problème, bien qu'en apparence, certains faits concordent avec les agissements de mon ex-mari. Mais tant de désaxés sont en liberté...

J'ai été sensibilisée à ce côté vengeance, à cette dimension familiale (non rare je le sais), mais peut-être provoquée par les lettres, tout comme dans ma propre famille (mais alors, je savais que c'était lui), et ce geste atroce sur un enfant qui prouve un total détachement de celui qui le commet. Et là aussi, je peux certifier que mon mari est totalement insensible à la portée de ses actes.

Je suis bouleversée moi-même (et mon écriture s'en ressent, veuillez m'excuser) par la découverte de la mystification familiale qui a permis à un homme de continuer ses " jeux " atroces, pour ne pas faire découvrir l'usurpation d'identité, qui implique forcément, les membres les plus proches de la famille (c'est-à-dire les " parents ", le frère et la belle-sœur de ceux-ci, M. et Mme L., et M. et Mme R., demi-frère ou enfant adopté, élevé avec mon mari). J'ai été aidée en cela par le reste de la famille B., qui se pose des questions depuis des années. C'est ainsi que j'ai découvert que mon mari serait le fils d'Adrien B., parti dans les Vosges, mais nous ne pouvons le situer géographiquement. Il serait né vers 1880 dans les Deux-Sèvres.

Quelle escroquerie est cachée derrière cela, car ces " parents " ont eu un enfant, peut-être abandonné (5 mois après leur mariage), car personne ne l'a VU. Il aurait eu 20 ans en 1944. Mais le fils d'Adrien B. aurait été plus âgé, 30 ans (mais personne de la famille B. en dehors des beaux-parents, ne le connaît non plus), ce qui sous-entendrait que celui des Vosges ayant besoin de disparaître en 1945 (la famille ne fera sa connaissance qu'en *1949*) et les B. craignant peut-être l'année du service militaire pour leur fils en 1945 aussi, se sont rendus service mutuellement, par cet échange d'identité.

Apparemment, l'aisance entre en même temps dans cette famille de mineurs.

Il ne restait plus alors qu'à continuer le contrôle de l'organisation de malfaiteurs mise en place par mon mari, et peut-être un autre trafic, sous cette identité, sachant qu'en 1975, il y avait décès [ce qui clôt l'affaire pour les parents B. (Raymond) et L. (Albertine) et permet à mon mari de profiter de sa fortune (car si crime de guerre il y a, les 30 ans sont écoulés pour la prescription].

Pendant ce temps, il se marie avec une femme honnête, pour sa couverture, et commence à l'anéantir ainsi que son enfant.

Aidé en cela par ses " parents " et les R., il " décède ", d'ailleurs dans un hameau des Deux-Sèvres où demeure les R., et où ses " beaux-parents " viennent d'emménager. Seuls témoins à l'avoir vu MORT : les parents et les R. Et cela, au moment où le juge qui vient de nous passer en non-conciliation, ordonne une enquête.

Cela, c'est le côté frauduleux. Je m'étais d'ailleurs toujours douté que mon mari était " le cerveau " d'une association de malfaiteurs, et l'arrestation de son ami, Maurice J. le confirme.

Mais reste le côté drogue et folie du personnage, qui ne se voit pas pour les non-initiés car il n'est jamais en état de manque. Mais j'ai tellement souffert avec cet homme, soutenu à 10 % par sa famille (et pour cause !) que je l'ai obligé à consulter un neuropsychiatre en 1974. Ce médecin me confirmera le dédoublement de sa personnalité et le danger qu'il représente.

D'un côté, une intelligence démoniaque poussée au paroxysme par une certaine drogue qui l'aide à se réaliser, et de l'autre, cette même drogue qui le ronge et le conduit à l'élaboration d'actes déments. Surtout au moment de la pleine lune.

Il se prend pour un justicier, non par la force (bien qu'il assassine), mais surtout les manipulations d'esprit, les lettres qu'il envoie (il imite parfaitement les écritures, car il agit seul pour ces choses-là). Il divise alors pour régner, il est le " maître " de la situation et il faut que je le devine.

Une possibilité encore de la circonscrire peut-être : lorsque tout ce qui constitue mon dossier pour étayer le divorce, plus le permis de conduire, la carte d'identité, de sécurité sociale, carnet de la caisse des cadres, bail de mon appartement (où figure la signature pour caution de " ses parents ") disparaît pendant les vacances de 1983, une personne , lors de notre départ en Club, s'accroche littéralement à nous à l'aéroport. Je lui laisserai même mon chien à garder, durant ce séjour, pour une journée, avec les clés de ma chambre. Au retour, je constate que celle-ci a été fouillée. Mais je pense à de la curiosité.

Or, comme par hasard, cette femme vient des Vosges (55/60 ans). Et on sait dans mon entourage, que j'emmène toujours certains documents concernant mon mari, avec moi.

Aujourd'hui, la coïncidence me paraît troublante. Il s'agit de Nicole B. à SAINT-MICHEL-SUR-MEURTHE (Vosges).

Je pense qu'entre Mme C..., qui peut identifier, et Nicole B... (un membre de la famille de mon mari, sans doute), on ne doit pas être loin de la vérité.

Je ne sais absolument pas s'il y a un rapport entre mon mari et l'affaire dont vous vous occupez. Du fond du cœur, je ne me le souhaite pas, c'est trop atroce. Mais hélas, il est tellement INSENSIBILISÉ, que tout est possible avec lui. Et plus rien ne compte qu'une préparation d'un " nouveau plan ". Son état n'a pu qu'empirer depuis 1975. Le médecin, alors, l'avait jugé IRRÉCUPÉRABLE. Mais comment lutter contre les " pots-de-vin " qu'il distribue à chacun pour se protéger (environ 50 000 francs à chaque fois).

Je suis épouvantée de le savoir en liberté.

Je reste à votre disposition et vous prie d'agréer, Monsieur, l'expression de mes sentiments distingués.

Or, pourquoi lui et ses " parents " tenaient-ils tant à ce mariage (qui pour moi n'était pas sûr) ? Vu le contexte familial, que mon mari devait certainement connaître (c'est là que je pense encore aux Vosges, car Mme C. était au courant), l'a aidé considérablement (indices suspects déjà, mais comment aurais-je pu imaginer, mon Père non plus, il faisait si bonne impression alors).

C'est difficile de rendre sur le papier le climat de souffrances morales et matérielles que cet homme nous a fait endurées. Toutes mes tentatives pour divorcer, aboutissent au [mot illisible] de la personne qui veut m'aider (cela commencera par mon père). Pourquoi ! Non pas pour les cambriolages (il fait assez de prison pour cela), mais UNIQUEMENT pour qu'on ne divorce pas qu'il se drogue. Tous les médecins que j'essaie d'alerter, décèdent. Même ceux qui me soignent, car je " pourrais parler ". Encore récemment. Que faire alors ?

C'est en le situant récemment dans les Vosges, que j'ai alors fait la relation entre mon mari et moi. Car j'étais en 1943-1944 à Saint-Maurice-sur-Moselle, chez M. et Mme C. dont le mari était, je crois, chef d'un réseau de résistance. Il a été dénoncé, ainsi que tout le réseau, par une lettre anonyme, et personne n'est revenu. Seul, un coiffeur, Gaston R..., je crois, et je me souviens alors de la rumeur publique, pas très tendre pour lui. J'avais 13 ans, alors.

Je ne peux expliquer la certitude que j'ai, que cet homme connaissait cette famille (ils tenaient d'ailleurs un café). Madame C. doit pouvoir l'identifier. Je crois qu'elle est dans une maison de retraite à Remiremont (Hélène C.). »

Quelle épouvantable détresse morale et mentale doit se cacher derrière ce texte que l'on devine écrit par une personne qui s'est enfermée pour longtemps dans ses obsessions...

Je terminerai ce chapitre par mes deux « fous d'habitude » : d'une part, l'existence de sérieuses perturbations dans leur psychisme ne faisait aucun doute. D'autre part, ils m'abreuvaient régulièrement d'une copieuse littérature.

Le premier était détenu dans une Centrale. En d'autres termes, il purgeait une peine criminelle. Il m'écrivait environ une fois tous les deux mois pour me faire partager les réflexions que lui inspiraient tel ou tel épisode de l'Affaire. Il avait noirci un cahier d'écolier à mon intention.

Je me limiterai à la citation de quelques extraits de sa dernière lettre, datée du 7 juillet 1986 : six pages recto-verso, grand format.

« Monsieur le Juge,

Bonjour !

Je suis désolé de me manifester à nouveau malgré la promesse que je m'étais faite de ne plus vous importuner !

ACQUITTÉE !

MAIS NON INNOCENTÉE !

N'aurait-on pas pu dire plutôt : ACQUITTÉE SUR LE DOUTE ?

Les Médias savent-ils ce qu'ils écrivent ?

Mais au fait QUEL DOUTE ?...

Certains termes du CODE permettent-ils cet euphémisme aberrant ou — non-sens — époustouflant ?

Ouf ? J'y suis arrivé !

A moins que ce ne soit la magistrale démonstration du vieil adage qui dit qu'il vaut mieux un coupable en liberté qu'un innocent en prison ?

Oh pardon ! C'est sorti tout seul !

Mais au fait quel coupable ?

Mais au fait quel innocent ?

Car comme il est vrai que le Juste triomphe toujours, ça nous " fait une belle jambe " quand notre innocence est enfin reconnue... si à ce moment-là, par manque de pôt, on à " un jardin sur le ventre "... ! ou bien alors plus du tout de santé pour apprécier !

Car si c'est l'Innocence qui vient d'être couronnée... alors je dois sûrement être PAPE... Mais qu'est-ce que je raconte ?... M'à échappé... encore un coup !... Non ! Je voulais dire : QUE DAME JUSTICE EST BELLE ALORS !

Car si la JUSTICE EST BELLE, quelquefois DIEU que sa sœur Jumelle indécrotable et indécrochable qui se nome INJUSTICE est laide ! Si sâle et si dangereuse ! Si meurtrière aussi quelquefois !

Quoiqu'il en soit, soyez certain Monsieur que dans n'importe lequel des deux cas la vie ne pourra que vous donner raison ! C'est ce qui fait votre force et avantages irréversibles !

A ce sujet, soit dit en passant, je devine aisément l'angoisse qui est la vôtre et qui m'étreint également. Car nous ne sommes sans doute pas les seuls à y penser, SANS EN FRÉMIR, que cette femme aura pour témoin, un jour, et journellement, ce père déchiré (cet homme qui n'en à pas moins commis un geste regrettable et lamentable autant qu'inutile) dans ses RÊVES TOUT HAUT RÊVÉS la nuit dans son sommeil !

Je prie inlassablement pour que la belle et aveugle confiance de cet homme envers son épouse et mère de ses enfants ne soit JAMAIS DÉÇUE !

Car jamais il ne s'époumonnera désormais à guetter, à son corps et cœur défendant, dans les visage, attitude, paroles et même pensées de cette femme le moindre signe de faiblesse !

DIEU fasse qu'il ne SOIT JAMAIS TROP TARD pour laver alors aussi bien votre sang-froid, que la justese de jugement qui n'aura pas été suivie ! Et qui est la nôtre !

Je suis malheureusement... bien (!) placé pour savoir de quoi je parle !

Tel est mon sentiment depuis le début et ce, malgré ce que vous pourriez penser de moi, et malgré tout ! car là n'est pas ma préoccupation !

Les esprits chagrins sauront alors un peu tard... qu'il n'est jamais trop tard quand on veut vraiment bien faire ! Ils sauront également ce que vous auriez fait, en lieu et place, ce jour-là ! A Marseille !

... Et plus près de nous, que l'on m'excuse du peu et d'exister encore, ce que vous auriez fait, même lieu même place, à Bourg-en-Bresse un 1er mai 1982 ! et les semaines (et même les seuls jours) qui ont suivi !

Car pour ce qui me concerne...

Mais ceci est une autre histoire...

Il est inutile de dire et redire ce que chacun sait déjà, j'en suis de plus en plus convaincu !

Ce que personne ne veut toujours pas admettre... en vertu du sacro-saint Jugement rendu !

... que mes deux fillettes sont en GRAVE DANGER (grave et CROISSANT !), parce que TÉMOINS OCCULAIRES ET AURICULAIRES DÈS LA 1re MINUTE ! ET MÊME TOUT JUSTE AVANT LE 1er MAI 1982 !...

Témoins à lourde charge !

Contre qui au fait si ce n'est contre moi ?...

DIEU fasse que ce quelqu'un d' « autorisé » aura « vu » juste en qualifiant de « délires » mes angoisses les plus CRUELLES. Malgré le VÉCU, SUBI, ENTENDU, etc., par moi depuis jusqu'à ce jour !

Les cicatrices de mon âme, sans parler de celles de mon corps, s'en souvenant encore !...

Veuillez bien agréer et croire Monsieur en mes respects les plus profonds et sincères.

P.S. Il est par ailleurs totalement hors de question que je quitte l'isolement et me mélanger à nouveau à la population qui m'entoure, ne serait-ce que du fait que je serais, paraît-il un... CRS incarcéré (!), après avoir été, plus incroyable encore, un... Juge (!!!) (mais oui !) incarcéré !

QUI et DANS QUEL BUT fait courrir ces autres “ délires ” ahurissants dans la population Pénale ?...

N.B. Pour ce qui est d'un ordre purement et simplement “ ménager ”, toujours pas à l'horizon le moindre cadeau, la moindre chance de préserver la moindre parcelle de santé (si il m'en reste), parce que comme l'on s'en doute aisaiment, à ce “ régime ” mes chances médicales s'amenuisent de jour en jour implacablement, encouragé que je suis dans “ l’acceptation de mes délires ” par le fait (entre autres) que une ou deux personnalités (jusqu’au plus haut niveau conjoint !) veulent bien me faire l’honneur et avantage de s’accorder au moins quand à l’aberrante inutilité, CRUELLE, et INJUSTE, d’une telle sentence à mon encontre ! reconnaissant implicitement par là-même MON DROIT AUX CIRCONSTANCES INNOCENTANTES !

A ce sujet je me demande s’il y a coordination, et sans vouloir une seule seconde mettre en cause qui que ce soit, entre le cabinet de Monsieur le Président et celui de son épouse, pour qu’il y ait une telle divergence de vue entre eux sur ce sujet somme toute au moins intéressant. Là encore comment me permettrais-je de me montrer assez dément ou inconscient pour m’avancer ainsi sans aucune base concrète ?...

Pas l’ombre de la moindre liberté conditionnelle, de la moindre permission pour la préparation à ma réinsertion, alors qu’inlassablement je ne cesse d’être considéré (et traité) comme ne l’est pas n’importe lequel parmi ces reclusionnaires sordides, et récidivistes de surcroit pour quelques-uns, mes grâces fondent comme neige au soleil, entre temps la deuxième grâce présidentielle vient de m’être brutalement refusée, après que la première m’ait été retournée (et refusée PAR MOI cette fois-là) avec... trois mois (!) de grace (!)..., m’attendant à accomplir le MAXIMUM parce que « je ne sais pas tenir ma langue » parait-il, et le tout, alors que CRUAUTÉ DES CRUAUTÉS toujours pas l’ombre de la moindre nouvelle de la santé de mes deux fillettes (à défaut de toute autre nouvelle) ! »

Cette lettre est parmi les plus courtes que m’ait adressées ce détenu d’une Centrale. Une fois encore : quelle détresse morale derrière ces propos dont le fils conducteur risque d’échapper au lecteur ! J’ignore tout de cet homme : le crime qu’il a commis, son âge, sa situation familiale précise, la durée de la peine qu’il doit purger. Mais je le plains d’être réduit à écrire à un juge d’instruction pour trouver quelque écho à sa folie...

Je ne saurais citer toutes les missives que m’avait envoyées « mon dernier fou » : il y en avait plus de... cent cinquante, qui m’arrivaient certains jours par « rafales » de huit ou dix !

Il indiquait souvent son nom au dos de l'enveloppe. Le problème est qu'il avait une double identité : tantôt Maurice T., « général de gendarmerie international », tantôt « Maurice Giscard d'Estaing, oncle du juge Jean Michel Lambert. »

Quelques exemples au hasard :

Le 20 août 1986, il envoyait trois cartes postales représentant des paysages des Cévennes et placées sous enveloppe, adressée à : « Madame et Monsieur Jean Michel Lambert, juges d'instruction, Palais de Justice, 88000, ÉPINAL. »

Première carte :

« Il faut que tout les deux nous soyont sur de tout maintenant nous avons rit mes les affaires passe avant sur le détournement de la Mairie si les restes des trésors sont à la Préfecture d'Epinal Vosges tu te occupes de tout puisque ces tois qui doit faire en sorte le patron. J'ai confiance en toi Jean Michel Lambert.

Maurice T. »

Deuxième carte :

« Et pour Christine V... qui est ma nièce ont doit rien cachée il faut quelle sache que tu étais juges d'instruction sur l'affaire G. tu voulais la véritée tu ne savait pas que tu était son oncle ces pareils comme mois il faut parler avec juste raison. Il faut quelle dise la vérité sur sont enfant pasque tout va se réveiller sous peu Pierre L. en savait long sur cette histoire mes tout une fin saute. »

Troisième carte :

« Jean Michel il faut que tu vois Christine à Petitmont pour qu'elle sache que je suis sont oncle Maurice T. il ne faut pas faire au chat et à la souri il faut se dire tout dans la famille meme si sa se cache pendant quelque jour et puis tout rentre dans l'ordre Je comprend que Christine et Maive mes comprends quelle reviendras aux près de tois.

Maurice T. »

« Mon oncle » était féru de « communiqués » rédigés sur des feuilles de papier quadrillé, toujours adressés à « Madame et Monsieur Jean Michel Lambert ». Il continuait à m'écrire, même après que j'eus transmis le dossier de l'Affaire à la chambre d'accusation. Exemple de communiqués :

« Le 23 septembre 1986 (c'est mon correspondant qui précisait bien la date) :

Pour Jean Paul II Renforcer la Gendarmerie et C.R.S. avec la Police de la Ville de Lyon par peur Assassinnas mes pour les progetils Molotof.

Général Gendarmerie international
Maurice T.
Sait à Saint... de... »

Le 23 août, j'étais destinataire (ainsi que « madame Lambert ») d'un communiqué adressé « A toute les gendarmeries de l'Ardèche » :

« Que Elie L. et tomber dans une crevasse dans la nuit de 60 metre de profondeur dans le gerbier des joncs il et blesser il a une jambe casser des volontaires pour aller le chercher mêttre des chiens elycooptere avec un filin Gendarmerie de Haute Montagne Armée

T. Maurice
General de Gendarmerie International d'Epinal. »

Un dernier communiqué rédigé pendant la période estivale :

« Epinal 26 août 1986 au 10 août 86

Capitaine de Gendarmerie d'Epinal

A toute les Gendarmeries de Collioure à Font Romeu Lourde Pau Bayonne Perpignan.

Controle tres sévère Assurance Vignette drogue et Arme Ceinture Controle sur aeroport de Toulouse de Clermont-Ferrand de Orly de Roissy de Lyon et Nante Nancy

Controle tres severe. Drogue et faux papier la provenance ceux qui vienne passer 1 mois l'origine

T. Maurice General de Gendarmerie International »

Mais « mon oncle » ne perdait jamais de vue l'Affaire. Entre les deux communiqués précédemment cités il m'avait envoyé, le 25 août 1986, cinq feuilles quadrillées grands carreaux format 21 × 27, écrites en biais :

« Lepange sur Vologne 1984
Epinal 1986
Affaire Gregory.

Année 1984 le malheur et rentré dans ce village ou la vie et tranquille ou le gens vont travailler à l'usine et d'autre dans les champs Ces le 16 octobre 1984 ces le soir tout le monde du travail mes se soir là une mere cherche sont enfant qui a disparu de devant de la maison familiale la population cherche cet enfant qui a disparu. Ces le lendemain quond retrouve sont enfant noyez dans la Vologne ces la que commence le Calvaire d'une mere les jours s'écoule tout doucement et puis ont inculpe la mere pasque dans le village il y à rumeur ont accuse la mère que ces elle qui à peut être noués ce petit Gregory le juges d'instruction la convoque à sont Etude pour la questionner mes elle nie d'avoir jetter son fils dans la Vologne dans quelque jour les époux J. M.-V... et C. sont attendue par la police judiciaire d'Epinal il sont transferer aux Palais de Justice d'Epinal » — Texte de la première feuille.

Et en page 5, appelée « tome 2 », les dernières lignes sont les suivantes :

« Muriel le 10 octobre 1985 se constitue et dit que ces elle qui a dit que ces elle qui mener le petit Gregory par la main pour le donner à sa cousine Germaine pour aller le noyer ce jour la guettais dans rue des Lillas devant un portail en fer vert, je suis rester 1 minute sans me rendre compte de ce que Muriel venez de me dire j'étais en train de planter des salade quel chose ma passer dans ma tette alors je suis partie a la maison et je me suis assis et penser que Muriel devait partir pour la prison d'Epinal quand et arrivé le Capitaine de Gendarmerie d'Epinal et venu a Aumontzey » — Fin du feuilleton de « mon oncle » que l'on devine très fatigué d'après les dernières lignes...

Mais « mon oncle » m'avait également souvent écrit sous l'identité de « Maurice Giscard d'Estaing ». Seule changeait alors la couleur de l'encre de son stylo : il m'écrivait à l'encre bleue. Et il se montrait très cordial.

Le 1er octobre 1986, je recevais la demande suivante :

« Jean Michel
Tu me diras quand je doit remonter à Epinal pasque sa me porte peine de venir à Epinal ces loin 800 km.

Maurice »

Il joignait une carte postale représentant un paysan faisant « chabrot » avec un poème sur l' « Hérault à table » signé

« Lucile IMBERT ». « Mon oncle » connaissait mon goût pour la bonne chère !

Le 9 décembre 1985, il me chargeait de veiller sur ses intérêts financiers :

« J'ai soussigné Maurice T. ou Maurice Giscard d'Estaing, je donne le 60 pour cents sur les sommes d'argent rentrée en ma possession que vous prendrais à mesure que les sommes d'argent arrive des Notaires

Monsieur Jean Michel Lambert qui assuras l'entrée des sommes d'argent à sont étude a Epinal Vosges

Fait à Saint... le 9 décembre 1985

4 h 20 mn 10 s

Lue et approuvée
Maurice T.
Maurice Giscard d'Estaing
Et suit l'adresse). »

Cette fois, il joignait un plan de Dijon, avec indication manuscrite de l'emplacement de « l'hautel de la Cloche ».

« Mon oncle » ou quand la folie se nuance de poésie et de fantaisie...

« l'oncle IMBERT », « Mon oncle a commencé [illegible] mon goût pour la bonne [illegible] ».

Le 9 décembre 1883, il me chargeait de veiller sur ses intérêts financiers :

« J'ai soussigné Maurice [illegible] Maurice Giscard d'Estaing, je donne le 6 [illegible] pour cent sur les sommes [illegible] en ma possession [illegible] à mesure que les sommes d'argent [illegible].

Monsieur [illegible] Michel [illegible] qui assura l'entrée des sommes d'argent [illegible].

Fait à [illegible] le 9 décembre 1883

[illegible]

Lu et approuvé

Maurice [illegible]

Maurice Giscard d'Estaing »

[illegible]

6

Une journée dans la vie d'un juge d'instruction

AVANT de pénétrer dans un cabinet de juge d'instruction et d'observer son travail quotidien, il n'est peut-être pas inutile de présenter ce personnage, cet « homme le plus puissant de France » suivant la célèbre formule, dont l'inventeur fut, paraît-il, Napoléon, qui ajoutait : « Après moi ».

Et précisément, il nous faut commencer par tordre le cou à cette légende, ce cliché qui constitue une contre-vérité.

Nous le verrons : le juge d'instruction jouit de pouvoirs immenses.

Mais d'une part, à l'encontre d'autres magistrats — au temps où l'article 12 du Code pénal prévoyait : « Tout condamné à mort aura la tête tranchée » — il n'a jamais disposé de la vie des inculpés. Car il n'est pas exagéré d'écrire que certains présidents de cours d'assises, à la très forte personnalité, savaient placer au cours des délibérés le couperet de la guillotine au-dessus de la tête de l'accusé : « Je ne sais pas ce que vous en pensez, mais voilà un assassin d'un couple de personnes âgées qui ressortira dans dix-huit ans, si nous le condamnons à perpétuité. Rien ne nous assure qu'il ne recommencera pas », ou : « Contrairement à ce qu'affirment les psychiatres, on ne réussira jamais à me faire croire que le tueur d'un policier est un fou, ou quelque chose comme ça. Nous devons nous montrer sans pitié pour ces gens-là. Ne serait-ce que pour l'exemple. »

D'autre part, et surtout, le juge d'instruction n'est pas une espèce de roitelet au sein de la hiérarchie judiciaire à l'intérieur d'une même cour d'appel : au-dessus de lui, trois magistrats composant la chambre d'accusation peuvent réformer les ordonnances de placement en détention qui paraîtraient injustifiées. Et pour n'examiner ici que ce seul pouvoir de priver un être de sa liberté, l'inculpé, son avocat ou le Parquet ont la possibilité de saisir immédiatement la chambre d'accusation pour statuer sur le bien-fondé de cette ordonnance. La décision de la Chambre doit intervenir dans un délai de trente jours.

Imaginons qu'un magistrat-instructeur soit soudainement devenu fou à la suite d'une chute dans les escaliers de son immeuble, et place en détention le directeur de l'office public HLM de la ville, après l'avoir inculpé d'homicide involontaire, pour sanctionner le fonctionnement défecteux d'un chauffe-eau dans un logement appartenant à l'Office... Gageons que le procureur de la République et le défenseur de cet inculpé « de marque » signeraient comme un seul homme l'acte d'appel. Il en serait de même si l'inculpé était un jeune employé à la SNCF qui aurait involontairement commis une erreur d'aiguillage, et provoqué un accident ferroviaire entre deux trains circulant sur la même voie, avec deux morts en bilan final.

Souvenons-nous de ce qui s'est passé voici quelques années dans le nord de la France, quand un juge d'instruction, qui n'était pas fou, mais simplement membre du syndicat de la magistrature, avait placé un « patron » en détention, à la suite du décès accidentel d'un ouvrier : la chambre d'accusation s'était réunie un dimanche !

Le placement en détention provisoire est la décision la plus spectaculaire que peut prendre un magistrat-instructeur. Mais dans la tenue quotidienne de son cabinet, dans sa manière de conduire ses informations, il reste placé sous la surveillance de la chambre d'accusation : il doit adresser chaque trimestre au président de la chambre d'accusation une « notice trimestrielle » : classeur comprenant une fiche par dossier, sur laquelle sont répertoriés les différents actes effectués. Et il ne s'agit pas d'une simple formalité : le président « épluche » les notices, et ne manque pas de présenter par écrit ses observations : dans telle procédure, aucun acte n'a été fait depuis six mois, le nombre de dossiers en cours est trop important, il reste encore des dossiers datant de..., etc.

L' « homme le plus puissant de France » ne saurait, sans encourir les foudres de la hiérarchie — lesquelles se manifesteraient par une notation catastrophique ou un retrait des fonctions de l'instruction —, partir à la pêche cinq jours par semaine les trois mois où il ferait acte de présence au Palais.

Mais le juge d'instruction conduit ses informations comme il l'entend, sa liberté est ici totale. Mais suffisamment de regards sont braqués sur lui pour qu'en fait il ne dispose que d'une marge de manœuvre très étroite.

Ces premières observations doivent contribuer à détruire le mythe « homme le plus puissant de France ». Mais nous aurons l'occasion de noter qu'en dépit de cette « liberté surveillée », le juge d'instruction est un homme seul. Parfois désespérément seul.

Quelles sont les origines historiques de cette fonction, la seule dans l'organisation judiciaire à jouir d'un certain intérêt auprès du grand public ?

C'est un Charentais qui créa l'institution, puisque le roi François Ier était né à Cognac, à quinze kilomètres de Jarnac, à peine moins célèbre en raison de son « coup », cet éclair de génie d'un de ses enfants, le comte de Chabot, qui trancha de son épée le jarret du baron de La Châtaigneraie au cours d'un duel en 1547.

Par une « Déclaration » datée du 14 janvier 1522, François Ier créa l'institution du « lieutenant criminel », dont les attributions seront précisées par les Edits de Henri II de mai 1552 et de novembre 1554.

Ces dispositions consacraient la séparation de la justice civile et de la justice « criminelle ». La différence majeure entre ce lieutenant criminel et notre actuel juge d'instruction était le droit — ou plus exactement : l'obligation — pour le premier de participer au jugement de l'affaire qu'il avait instruite.

Le système n'était pas stupide, loin s'en faut : le juge d'instruction est le magistrat qui connaît le mieux l'inculpé. Quand il n'est pas le seul à savoir qui se cache derrière les apparences... Mais il est par ailleurs certain que le jugement d'un individu exige des conditions de sérénité et d'objectivité dont le magistrat s'est peut-être départi au fil des interrogatoires.

Traversons les siècles... La loi du 16-29 septembre 1791 divisa l'instruction en deux parties, et confia les fonctions du lieutenant criminel à deux personnes : le juge de paix (ancêtre de nos juges d'instance) et le directeur du jury.

A l'échelon du canton, le juge de paix — qui pouvait être un officier de gendarmerie — procédait aux « premières constatations ». Le dossier était ensuite transmis au directeur du jury, à l'échelon du district, qui continuait l'information, et transmettait la procédure complète, dans le cas d'une affaire criminelle, au jury d'accusation, après rédaction par lui de l'acte d'accusation.

Notre système actuel se trouvait déjà contenu, à l'état d'embryon : le jury d'accusation pourrait être comparé à notre chambre d'accusation, et l' « acte d'accusation » serait l'ordonnance de transmission des pièces au procureur général.

L'article 42 de la loi d'organisation judiciaire du 20 avril 1810 supprima le directeur du jury, et institua le « juge d'instruction » : « Les directeurs du jury et les magistrats de sûreté sont supprimés. Leurs fonctions seront remplies, conformément au code d'instruction criminelle, par les juges d'instruction et par le procureur impérial et son substitut. »

Le Code de procédure pénale, institué par la loi du 3 décembre 1957, et l'ordonnance du 23 décembre 1958, n'apporteront que des modifications de pure forme à la « création napoléonienne ».

Sera notamment conservé cet article 81 qui, dans son alinéa 1er, fixe un cadre aux fonctions de magistrat-instructeur : « Le juge d'instruction procède, conformément à la loi, à tous les actes d'information qu'il juge utiles à la manifestation de la vérité. »

La « manifestation de la vérité » : cette carotte tendue au bout du nez du juge, qu'il attrape parfois si le chemin n'est pas trop tourmenté et semé d'embûches, mais qui reste bien souvent hors de portée.

Le juge d'instruction est saisi sitôt que le procureur de la République — ou l'un de ses substituts — a complété et signé le document appelé « réquisitoire introductif » et qui est ainsi conçu :

« Le procureur de la République près le tribunal de grande instance de...

Vu les pièces jointes...

Attendu qu'il résulte contre...

Des présomptions graves de...

Vu les articles...

Vu l'article 80 du code de procédure pénale.

Requiert qu'il plaise à Monsieur le juge d'instruction informer par toutes voies de droit et décerner...

Fait au Parquet, le...
Le procureur de la République »

Une subtilité juridique veut que ce soit le président du tribunal qui désigne le magistrat qui sera chargé d'instruire l'information ainsi ouverte. Un tour de passe-passe consiste pour le président à signer des réquisitoires vierges de tout nom, que le procureur ou le substitut remplira ensuite.

Dans les tribunaux où il n'existe aucun conflit d'ordre politique ou syndical entre les juges d'instruction et les magistrats du Parquet, ces derniers respectent le tour des permanences : toutes les informations ouvertes telle semaine seront confiées à tel juge, et la semaine suivante à son collègue.

A partir de ce moment, le juge d'instruction est donc « officiellement saisi », et son greffier peut alors préparer le dossier.

Sur une chemise cartonnée de couleur jaune, il indique contre qui la procédure est suivie, la date du réquisitoire introductif, la nature des faits sous leur qualification pénale, la date du mandat de dépôt, le nom des avocats, et éventuellement celui de la partie civile.

La moitié inférieure de la couverture de cette chemise est réservée au tribunal correctionnel : date d'audience, noms des témoins, et enfin : décision du tribunal.

Et à l'intérieur, le greffier classe cinq autres chemises, mais d'un carton très souple.

La première, également de couleur jaune, où il glissera toutes les copies des pièces versées aux débats.

Une chemise gris perle (cote A) contiendra les « pièces de forme » : soit-transmis, récépissés de convocations, courriers éventuels de l'inculpé, etc.

Une chemise rose pâle (cote B) enfermera le casier judiciaire et les renseignements. Très intéressante, cette pièce-renseignements : deux pages comprenant sept chapitres :

I. Etat civil

II. Instruction

III. Habitat
IV. Ressources
V. Réputation
VI. Santé
VII. Divers (« Avis motivé sur la personnalité »). Chacune de ces parties comporte différentes rubriques pour aider le tribunal à cerner la personnalité du prévenu. Mais parfois, cela relève de la supercherie pure et simple.

Trois catégories de personnes sont habilitées à remplir cette fiche de renseignements : les maires, les gendarmes ou les policiers, à condition qu'ils aient la qualité d'officier de police judiciaire, accordée aux meilleurs d'entre eux, à l'issue d'un examen.

Dans les petits villages, il arrive que le maire assouvisse une vieille querelle aux origines obscures, ou une rancune jeune mais tenace, en donnant de très mauvais renseignements sur l'un de ses administrés...

Les gendarmes sont les gens les plus modérés : ils se limitent en général à des données objectives, et laissent souvent en blanc le chapitre « divers ». Alors que certains policiers, eux, prennent un malin plaisir à écrire tout le mal qu'ils pensent de l'inculpé : « Personnage retors, vicieux, incapable de s'amender malgré les avertissements déjà donnés. » Mais il y a beaucoup plus grave : certains fonctionnaires de police se laissent parfois aller à des considérations intolérables : « Ne mérite aucune indulgence du tribunal. » Les magistrats n'apprécient guère cet empiétement sur leurs pouvoirs.

Enfin, les éventuelles expertises médico-psychologiques ou psychiatriques complètent cette chemise. Prétendre connaître un individu à l'issue de la lecture de ces différents documents est un leurre. Il est tout au plus possible d'y voir un moindre mal : les magistrats cernent — mais avec des contours qui restent flous — la personnalité de celui ou de celle qu'ils vont juger. Ceux qui ne nourrissent guère d'illusions sur la valeur de ces renseignements peuvent condamner en toute sérénité.

Une chemise grise (cote C) contient — s'il y a lieu — copie ou original des pièces de détention ou de placement sous contrôle judiciaire.

Et la dernière chemise (cote D) de couleur rose foncé contient les pièces de fond : les enquêtes préliminaires, ou les procédures de flagrant délit ou de crime flagrant, traitées par les gendarmes ou par les policiers et qui ont servi de fondement à l'ouverture d'une information. On trouve ensuite le réquisitoire introductif saisissant précisément le juge d'instruction, et ensuite tous les actes accomplis par le juge d'instruction ou exécutés sous sa direction et son contrôle. C'est la partie « action » du juge d'instruction : interrogatoires d'inculpés, auditions de témoins, confrontations, transports sur les lieux, reconstitutions, ordonnances de commission d'experts, suivis des rapports d'expertise.

Il est évident que le magistrat n'est pas en mesure de procéder lui-même à toutes ces investigations. Il délivre alors des commissions rogatoires aux services de police ou de gendarmerie. Les raisons de cette délégation de pouvoirs, toujours limitée à des actes de recherches, jamais de décision, sont nombreuses.

Les auteurs d'un vol avec effraction ou d'un hold-up sont rarement interpellés dans les minutes qui suivent. Une information est alors ouverte contre X pour identifier ces individus. Le juge ne peut, faute de temps et parce que cela ne relève pas de ses compétences, entendre lui-même les voisins, les éventuels témoins, suivre des pistes ou faire des rapprochements avec des affaires similaires dans la région ou à l'autre bout de la France. Il confie alors cette enquête au Service régional de police judiciaire ou à la section de recherches. Le choix est délicat et parfois cause quelques grincements de dents. Il était admis, jusqu'à une époque récente, que le traitement des affaires difficiles revenait de droit aux policiers du SRPJ. Mais la création, au sein de la gendarmerie, des sections de recherches est venue compliquer la question. D'autant que ces deux services manifestent le souci constant de « récolter » les belles affaires. Il appartient au seul magistrat-instructeur de choisir, suivant des critères dont il n'a de compte à rendre à personne.

Les sections de recherches — composées de gendarmes dans leur immense majorité d'une très grande valeur — restent encore sous-développées en moyens techniques et scientifiques, voire matériels. Les crédits du ministère des Armées sont distribués avec parcimonie aux militaires qui, en temps de paix, œuvrent le plus dans l'intérêt de la nation, il me plaît de le répéter. Les policiers sont mieux dotés, et bénéficient d'un passé éloquent en matière de lutte contre le crime. Les gendarmes souffrent d'un autre handicap : l'uniforme. Difficile de surveiller des truands ou des trafiquants de drogue quand on porte le képi, et que l'on circule dans un véhicule bleu marine muni d'une plaque administrative...

Pour les « petites » affaires, le critère de répartition entre gendarmes et policiers est plus facile à retenir : il est essentiellement géographique.

Dans les villes où est implanté un commissariat, le juge d'instruction confiera l'enquête aux policiers, à condition que les investigations ne sortent pas du cadre de la cité. Dans les campagnes, les gendarmes, répartis en des milliers de brigades, seront invités à se préparer à quelques nuits blanches, à « planquer » ou à taper à deux doigts les déclarations d'un individu guère bavard.

Quand le juge d'instruction charge un de ces services de poursuivre l'enquête pour identifier les auteurs d'un crime ou d'un délit, il leur délivre une commission rogatoire rédigée en termes très généraux : « Bien vouloir procéder à toutes auditions, confrontations, perquisitions, saisies et autres investigations utiles à la manifestation de la vérité. » J'ouvre une parenthèse : les « mandats de perquisition » n'existent que dans l'imagination des romanciers et des scénaristes. La classique réplique « Vous avez un mandat ? » doit être bannie des dialogues. Les enquêteurs sont tenus de recueillir l'assentiment manuscrit de la personne chez qui cette perquisition est décidée : « Sachant que je puis m'opposer à la visite de mon domicile, je consens expressément à ce que vous y opériez les perquisitions et les saisies que vous jugerez utiles à l'enquête en cours. »

Mais le magistrat-instructeur, toujours par commission rogatoire, peut impartir aux représentants de l'ordre une mission très précise : à l'issue de l'audition d'un témoin ou de l'interrogatoire d'un inculpé, il peut faire vérifier les déclarations par l'audition d'autres personnes, ou par des contrôles d'horaires de train, de l'existence de tel bar ou de tel hôtel. Son emploi du temps permet très rarement au juge de procéder lui-même à ces diverses investigations.

Car le juge est un personnage très occupé.

Quand il arrive le matin au Palais, il commence par ouvrir son courrier. Chaque jour, s'il a la qualité de doyen (je prendrai ce titre à partir de septembre 1984), il reçoit des commissions rogatoires de collègues lui demandant d'inculper telle personne qui habite le ressort où il exerce, alors que le magistrat demandeur œuvre à des centaines de kilomètres.

Il trouve également des commissions rogatoires en retour, après exécution de la mission confiée aux policiers ou aux gendarmes. Le doyen reçoit également des lettres de constitution de partie civile. Depuis de récentes dispositions, si le Parquet a classé une plainte sans suite, les plaignants qui s'estiment lésés dans leurs droits peuvent obliger la machine judiciaire à se mettre en branle par le biais de la constitution de partie civile devant le doyen des juges d'instruction. Cette procédure n'est pas nouvelle. Ce qui l'est, c'est l'avertissement donné au plaignant du classement de sa plainte, et de la possibilité qui lui reste. Certains « enquiquineurs » savent s'engouffrer dans cette possibilité. La solution pour éliminer ces « plaideurs d'habitude » est de fixer très haut le montant de la consignation (somme à payer avant que la Justice ne s'active).

Je me souviens ainsi d'une « vieille fille » qui m'avait écrit une lettre d'une dizaine de pages pour porter plainte contre son frère, son notaire, son avocat pour vol de récoltes sur pied, escroquerie, faux en écritures privées. La lecture de l'épouvantable charabia renseignait bien sur la santé mentale supposée de la plaignante. J'avais fixé le montant à six mille francs, somme élevée. Et pour mon malheur, elle avait payé !

Quand je l'entendis pour obtenir des précisions juridiques, je vis en face de moi une femme d'une cinquantaine d'années, avec la peau sur les os, souffrant de paranoïa — diagnostic établi d'après mes modestes connaissances en psychiatrie : tout le monde lui en voulait, y compris dans sa propre famille, elle n'était entourée que de voleurs qui tramaient un vaste complot pour s'emparer de ses biens. Elle me parla de successions, d'héritages, en remontant au milieu du siècle dernier, et en produisant un dossier épais comme un dictionnaire. Je me tirai d'affaire de façon très lâche : je lui dis que faute de temps, je ne pouvais retranscrire tout ce qu'elle m'avait dit, mais que j'allais la faire entendre par les gendarmes ! Cette échappatoire est en principe exclue : seul le juge peut entendre une partie civile. Mais avec un bon sens réaliste, le Code de procédure pénale prévoit que la partie civile peut s'expliquer devant les enquêteurs, hors la présence de son avocat. Ma plaignante n'avait pas encore fait choix d'un conseil. Elle m'avait d'ailleurs demandé de lui indiquer le nom de « quelqu'un de bien ». Je m'étais bien gardé de lui répondre, de peur d'être accusé par la suite de m'être acoquiné avec un membre du barreau pour lui soutirer de l'argent!

Quelques semaines plus tard, je recevrai une lettre de retrait de plainte. Suivie quelque temps plus tard d'une nouvelle constitution, exactement pour les mêmes faits!

Mais cette anecdote ne doit pas tromper : le magistrat doit observer la plus grande vigilance. Car les personnes malades mentales sont les proies faciles des êtres cupides qui les entourent, souvent au sein de leur propre famille, à l'instar des personnes âgées.

Toujours dans le courrier, le juge d'instruction trouve les lettres adressées aux détenus ou envoyées par eux. Il est censé lire ces missives, pour vérifier qu'elles ne contiennent pas des projets d'évasion, ou des « conseils » — prise de contact avec telle personne, récupération de tels bijoux à tel endroit — risquant de faire échec à l'enquête en cours.

Dans mes premières semaines de fonctions, je m'acquittais avec conscience de cette tâche. Mais j'y avais rapidement renoncé, sauf pour les gens récemment placés en détention, niant les faits et susceptibles de brouiller les cartes avec la complicité de personnes de l'extérieur. Pour le reste, je procédais de temps à autre suivant la méthode du sondage : je lisais une ou deux lettres prises au hasard.

Elles étaient en général d'une extrême banalité, relevant le plus souvent du courrier du cœur. Mais une constatation affligeante s'impose : les jeunes détenus, qui ont pourtant fréquenté l'école jusqu'à l'âge de seize ans, ignorent les règles élémentaires de l'orthographe. A longueur de pages, ce ne sont que des « je t'adaure », « Et ce que tu panse encor a moi », « Tu peu pas s'avoir come je t'aimes ». Et je ne cite que des jeunes gens nés en France, prénommés Patrick, Jean ou Philippe, et qui verbalement s'expriment très correctement...

Le magistrat-instructeur « prépare » ensuite son interrogatoire ou son audition de la matinée. Il doit exister autant d'habitudes de travail que de magistrats. Personnellement, j'ai pour coutume de fixer le matin à dix heures l'examen des actes, ne demandant aucune vigilance particulière : notification d'expertises, auditions dans de « petits » dossiers, etc. Le reste de la matinée est ainsi laissé libre pour préparer ou revoir les questions que je poserai l'après-midi à quatorze heures trente, à un témoin ou un inculpé dans des dossiers plus complexes.

Le juge d'instruction reçoit régulièrement des visites d'avocats, qui viennent savoir où en est le dossier de leur client, ou déposer une demande de mise en liberté dont ils tiennent à l'entretenir pour tenter de vaincre des réticences qu'ils devinent très fortes. Et comme nous vivons dans un pays de traditions latines, où la parole est considérée comme un mode d'expression essentiel, une conversation qui déborde largement le cadre juridique s'engage entre les gens de robe, et occupe un large créneau horaire.

Le magistrat, quand son greffier a tapé les renseignements sur l'imprimé de demande de mise en liberté, monte au Parquet. Il va frapper à la porte du substitut qui « suit » le dossier pour le compte du ministère public. A leur tour, les deux hommes vont discuter de l'opportunité d'accepter ou non la remise en liberté de l'inculpé.

Commence une nouvelle phase de la comédie judiciaire, peut-être la plus symbolique de ce décalage profond existant entre la volonté du législateur — ou plus précisément, des hauts fonctionnaires de la Chancellerie — et la pratique quotidienne derrière les murs des palais de justice.

Le document traitant cette demande de mise en liberté est une feuille blanche, imprimée recto-verso. Sur la première face, quelques lignes constituent « l'ordonnance de soit-communiqué » : « Soit-communiqué à monsieur le procureur de la République avec la demande de mise en liberté ci-jointe émanant de..., inculpé de..., détenu, le dossier de l'information le concernant. »

Le juge date et signe.

La partie trois quarts inférieure de la page est réservée aux réquisitions du procureur de la République.

Nous pénétrons alors dans le cœur du problème.

□

Depuis quelques années, les ministres qui se sont succédé place Vendôme se sont tous émus du nombre des détentions provisoires (anciennement, détention préventive : l'adoption d'un nouveau qualificatif traduit ce souci de changer le cours des événements ; malheureusement, le poids des mots ne pèse pas autant que le choc des barreaux). Leur émoi doit moins au constat d'une quelconque violation des grands principes humanitaires, ou d'une atteinte aux libertés individuelles et aux droits de la personne, qu'à la lecture de rapports de l'administration pénitentiaire concluant aux risques de révoltes des prisonniers en raison de leur promiscuité.

Toutes les méthodes ont été utilisées pour infléchir les courbes des statistiques, depuis les larges remises de peine jetant sur le trottoir des milliers de détenus, qui pour la plupart réintégreront une cellule dans les mois qui suivront, jusqu'à la construction de prisons privées, curieuse abnégation par l'Etat de l'une de ses fonctions : assurer la protection des citoyens, en prenant les mesures qui s'imposent et en se donnant les moyens de sa mission. Mais — on ne le répétera jamais assez — la France est une nation qui continue de refuser, quelle que soit l'étiquette du gouvernement en place, de se doter d'une justice digne d'une grande démocratie, où les citoyens se sentent en sécurité, et qui ne traite pas les délinquants comme des chiens ou comme du bétail.

Car le premier moyen auquel on a pensé au début des années soixante-dix s'est rapidement révélé inefficace. Il a néanmoins été maintenu, en l'absence, pourtant, d'une quelconque justification.

La grande idée pour limiter le nombre des détentions a été d'introduire, par la loi du 17 juillet 1970, cette ordonnance de mise en détention provisoire, obligatoirement motivée, alors qu'avant cette date, le juge d'instruction signait un mandat de dépôt sans avoir à justifier cet acte.

Le placement en détention — dont j'aurai à reparler —, les réquisitions du Parquet sur la demande de mise en liberté, enfin l'ordonnance du juge statuant sur cette demande — car il n'est pas obligé de suivre « l'avis » du Parquet — doivent entrer dans un cadre bien précis, imprimé noir sur blanc.

La détention provisoire doit être « l'unique moyen :

— de conserver les preuves ou les indices matériels ;
— d'empêcher une pression sur la victime, sur les témoins ;
— de se mettre à l'abri d'une concertation frauduleuse entre l'inculpé et ses complices.

Ou être nécessaire :
— pour préserver l'ordre public du trouble causé par l'infraction ;
— pour protéger l'inculpé ;
— pour mettre fin à l'infraction ;
— pour prévenir le renouvellement de l'infraction ;
— pour garantir le maintien de l'inculpé à la disposition de la Justice ».

Il suffit pour le procureur dans ses réquisitions, pour le juge dans son ordonnance, de flécher ou de souligner les motifs adoptés pour rejeter la demande. Si elle est acceptée, les deux séries de moyens seront barrées.

Mais le législateur — cette appellation permet de conserver un anonymat parfois commode — a su dans la même loi se montrer très chatouilleux et pointilleux sur le chapitre des libertés individuelles : chaque placement en détention, ou chaque refus de mise en liberté, doit être spécialement motivé en fonction des circonstances spécifiques à l'inculpé ou aux faits qui lui sont reprochés. Cette motivation doit être rédigée dans l'espace laissé en blanc au-dessus des deux chapitres qui récapitulent les motivations génériques de la détention ordonnée ou maintenue.

Or qu'advient-il dans la pratique quotidienne des louables et généreuses intentions du législateur ?

Le procureur de la République — ou plus souvent un de ses substituts, car on ne dérange pas le « patron » du Parquet pour des « vétilles » —, à qui le juge d'instruction présente la demande avec le dossier joint à l'imprimé, pose la question : « A votre (ton) avis, qu'est-ce qu'on en fait ?

— Je pense qu'il faut le garder. Ça ne fait que trois semaines qu'il est placé en détention. Les gendarmes ont encore des investigations à mener. Je le libérerai peut-être au retour de la commission rogatoire. A moins que je ne le fasse comparaître détenu. Nous en reparlerons à ce moment-là.

— Il a déjà été condamné ? demande alors le “ parquetier ” en cherchant dans le même temps le casier judiciaire.

— Deux fois : pour défaut de permis de conduire, et défaut d'assurance.

— C'est un peu juste pour le garder. Il travaille ?

— Non, il est chômeur depuis six mois. »

Le procureur — ou le substitut — écrira alors : « Attendu que l'inculpé ne présente pas de garanties de représentation suffisantes, et que les faits commis présentent un caractère de gravité certain... »

Il cochera ensuite les mentions : « La détention est nécessaire... pour préserver l'ordre public du trouble causé par l'infraction » et « ... pour garantir le maintien de l'inculpé à la disposition de la justice. »

Cette dernière mention jouit d'une extrême faveur auprès des magistrats. Si le casier judiciaire de l'individu indique qu'il a déjà été condamné pour des faits identiques, l'avant-dernière case (« pour prévenir le renouvellement de l'infraction ») sera également cochée.

Tout étonnantes qu'elles paraissent, ces habitudes sont pourtant inscrites dans la vie quotidienne : est courante cette pratique qui se moque des grands principes enseignés sur les bancs de la faculté de droit ou à l'Ecole nationale de la magistrature.

Et il convient de mettre un terme à cette épouvantable légende, qui fait du juge d'instruction le pourvoyeur exclusif des maisons d'arrêt en pauvres gens, souvent innocents, bien entendu.

Quand une erreur judiciaire éclate au grand jour, parce que la presse en a eu vent — mais beaucoup restent encore dans l'ombre —, l'usage veut que l'on transforme le juge d'instruction en bouc émissaire, pour lui faire endosser la paternité de cette « bavure » s'ajoutant à une liste déjà longue.

Et si l'affaire est d'importance, les médias relancent alors l'éternel débat sur la détention provisoire, et les pouvoirs exorbitants des juges d'instruction.

Cela suffit ! Que l'on arrête de tirer à boulets rouges sur les juges d'instruction !

Ceux qui critiquent publiquement les détentions abusives — et ils ont raison parce qu'il y en a — n'ont d'autres choix que de se résoudre à la réforme complète de notre système judiciaire.

Il faut alors se préparer à tout détruire, pour reconstruire sur des ruines un nouveau système, qui supprimerait l'institution du juge d'instruction. Laquelle, rappelons-le, n'existe pas dans la procédure anglo-saxonne si chère aux défenseurs les plus ardents des libertés individuelles.

Il est à craindre que la création d'un « référé des libertés » n'infléchisse guère la courbe des détentions provisoires.

Un élément est essentiel pour comprendre le principe de la détention provisoire. Au sein de l'appareil judiciaire, le juge d'instruction est condamné à jouer à « Mme Irma » penchée sur sa boule de cristal : « Je vois une peine ferme qui sera prononcée par le tribunal correctionnel. Elle ne sera pas inférieure à six mois. Je peux donc garder l'inculpé en détention jusqu'à sa comparution devant mes collègues du Siège. » Ou encore : « Si je le libère après deux mois de détention provisoire, je vois le tribunal correctionnel lui infliger une peine d'emprisonnement ferme de deux mois — qui " couvrira " donc la période effectuée, et le reste de l'emprisonnement prononcé assorti du sursis. »

Car c'est bien de cela qu'il s'agit : « on » demande au juge d'instruction de percer les intentions des magistrats qui à l'issue d'un délibéré rendront leur décision.

La réaction normale est de répliquer que le juge n'a pas à faire entrer en ligne de compte ce critère de la future sanction, qu'il appartiendra au tribunal de prendre ses responsabilités.

Soit.

Mais ce raisonnement passe sous silence le drame humain qui résulterait d'un mandat de dépôt à l'audience. Le président du tribunal correctionnel dirait en substance au prévenu : « Le juge d'instruction a fait preuve d'une légèreté blâmable en vous libérant après deux mois de détention. Nous estimons que les faits qui vous sont reprochés méritent un an d'emprisonnement, sans bénéfice du moindre sursis. Nous décernons sur-le-champ mandat de dépôt à votre encontre. Dès ce soir, vous coucherez à la maison d'arrêt. » Quel drame humain si le prévenu a trouvé du travail dès sa sortie de prison, s'est marié, est devenu père de famille ! Parce qu'il ne faut pas perdre de vue ce détail important : les dossiers dont les titulaires comparaissent détenus viennent plus rapidement à une audience que ceux qui sont encore en liberté. Ces derniers étant parfois jugés, dans certains tribunaux, deux ans et demi voire trois ans après les faits !

Les magistrats composant le tribunal correctionnel sont des personnes éminemment responsables, qui respectent en général la décision du juge d'instruction. Ce ne sont pas des monstres qui souhaitent à tout prix la mort du pécheur. Même si cela ne va pas parfois sans quelques grincements de dents, dont le magistrat-instructeur entendra des échos. A plusieurs reprises, le président de la correctionnelle me dira : « Nous n'avons pas compris pourquoi vous avez libéré untel après quatre mois de détention. A notre avis, vous auriez pu le maintenir en prison jusqu'au bout. Vous savez, ce qu'il a fait, avec le casier qu'il a, ça méritait facilement huit mois. »

Mais la situation inverse existe également.

Je me souviens d'une affaire dans laquelle j'avais renvoyé détenu un garçon de nationalité yougoslave qui avait accompagné chez différents commerçants un compatriote auteur d'un vol de carnet de chèques, de falsification et d'usage de chèques falsifiés, et de vols de vêtements dans des grands magasins. Le véhicule appartenait à « l'accompagnateur » et, dans le coffre, les policiers avaient retrouvé un manteau volé dans une boutique du centre ville. Inculpé de recel, il avait persisté à nier les faits : son copain ne l'avait pas informé de la provenance frauduleuse des différents vêtements. Par esprit de solidarité — le « milieu » yougoslave passe pour être féroce avec les traîtres —, l'auteur principal disait que son compagnon lui avait simplement rendu service, mais qu'il ignorait tout des entreprises malhonnêtes de son passager. Personne n'était dupe ; le tribunal correctionnel avait dû le relaxer, faute de preuves. Relaxé : quatre mois de prison « pour rien », et dont je portais l'entière responsabilité.

Le juge d'instruction est constamment sur la brèche, pour anticiper sur la décision de ses collègues. J'avais ainsi placé en détention trois garçons auteurs de deux vols avec effraction. L'un reconnaissait, et mettait en cause deux copains. Or ces derniers niaient. Faute pour les enquêteurs de m'apporter des preuves de leur culpabilité — et peut-être pour cause... — je les avais libérés après un mois et demi de détention. Coupables, leurs exactions « méritaient » une peine bien supérieure. Innocents, un mois et demi derrière les barreaux... Et à ce propos, il convient de souligner qu'en libérant ces garçons, j'indiquais implicitement au tribunal qu'ils étaient innocents. Ils n'avaient pas bénéficié d'un non-lieu parce que le petit camarade les avait accusés jusqu'au bout, mais à moins d'aveux spontanés devant le tribunal, celui-ci ne pouvait pas les déclarer tous les trois coupables, et condamner celui qui reconnaissait à un an de prison, et les deux autres à leur mois et demi !

On mesure donc le poids considérable qui pèse sur les épaules d'un seul homme. Et d'un homme seul...

Mais il ne faut pas dramatiser à l'excès : dans l'immense majorité des cas, il existe une adéquation complète entre le juge d'instruction, le Parquet et le tribunal. Mais de temps en temps, la machine connaît des grippages.

Certains, au fait de la vie judiciaire, penseront peut-être que j'ai tort de passer sous silence le rôle du Parquet, qui intervient pour « modérer » les ardeurs d'un magistrat-instructeur, dans un sens ou dans l'autre, en relevant appel de ses décisions. Le reproche est fondé. Mais il convient de ne jamais perdre de vue la dimension humaine. Si le juge et le substitut sont « copains », la décision finale s'en ressentira. Reconstituons donc les dialogues :

Le substitut : « Tu exagères en le libérant si vite. Ce n'est pas parce qu'il vient de recevoir une réponse favorable pour un stage qu'il faut sur-le-champ le remettre en liberté. Enfin, tu fais ce que tu veux. Je prends des réquisitions de maintien en détention. Mais si tu le libères, je ne ferai pas appel. »

Dans un autre dossier, le juge d'instruction : « Tu es sévère à son égard. D'un autre côté, c'est certain que toucher des petits garçons, ce n'est pas très joli. C'est toi qui auras à requérir à l'audience. J'espère que que tu sauras défendre la cause de l'ordre public. »

La décision du juge d'instruction pèse d'un poids considérable. Il doit à ce niveau assumer des responsabilités qui peuvent modifier l'existence d'un être humain.

J'avais inculpé d'infanticide une jeune femme de trente-quatre ans auteur de la mort de son bébé, un nouveau-né, crime prévu par les articles 300 et 302 du Code pénal. Et un crime plus fréquent qu'on ne le pense, parmi les plus graves dans l'échelle des peines, puisque son auteur encourait la peine de mort jusqu'à son abolition le 9 octobre 1981, pour le cas où le criminel n'était pas la mère. Celle-ci était punissable d'une peine de réclusion criminelle de dix à vingt ans.

Cette jeune femme, une secrétaire, avait accouché secrètement à son domicile d'une petite fille, après avoir réussi à cacher sa grossesse à tout le monde, à commencer par son amant, ainsi qu'à ses collègues de bureau. Pendant deux jours, elle avait subi hémorragie sur hémorragie. Un vendredi après-midi, comme l'enfant pleurait, elle avait trouvé la force de se lever du canapé, d'aller à la salle de bains. Elle avait empli la baignoire d'eau pour nettoyer le bébé. Elle l'avait pris dans ses bras et, selon elle, à ce moment précis : le trou noir... Elle avait lâché le bébé, recouvert curieusement la surface de l'eau de serviettes et était repartie s'allonger. Le soir même, son amant la découvrait inanimée. Elle avouait son crime dans l'ambulance.

Je l'avais inculpée, et placée en détention, à l'issue de son séjour à l'hôpital. Je l'avais entendue sur le fond deux semaines plus tard, après qu'elle eut fait choix d'un avocat. J'avais en face de moi une femme intelligente, s'exprimant clairement, qui désirait cet enfant, alors que son amant éludait toujours la question quand elle lui disait qu'elle voulait un enfant de lui.

J'avais entendu l'amant à son tour : il était bouleversé par ce qui venait de se produire. Son amour pour sa maîtresse prenait du coup une nouvelle dimension. Ils se connaissaient depuis plusieurs années, elle avait divorcé pour lui. De son côté, la procédure était engagée, mais traînait à cause de sa femme. Il saurait « l'attendre » jusqu'à sa sortie de prison, et lui trouverait facilement du travail, grâce à sa famille, qui avait adopté la jeune femme.

L'enquête de personnalité menée par les gendarmes le démontrait : la jeune femme était une employée sérieuse, travailleuse, compétente, bonne camarade, même si elle ne se confiait pas beaucoup...

A la mi-décembre, alors qu'elle était en prison depuis un mois, son avocat m'avait présenté une demande de mise en liberté, avec documents à l'appui concernant la domiciliation, des perspectives d'emploi. Quelle décision devais-je prendre? Nous étions à quelques jours de Noël...

En fait, la décision s'imposait *juridiquement :* aucun paragraphe sur les conditions de maintien en détention ne la concernait, aucune pression sur les témoins ou concertation avec des complices n'était à craindre, le maintien à la disposition de la

Justice était garanti sans une domiciliation à la maison d'arrêt. Quant au renouvellement de l'infraction... La seule condition susceptible d'être appliquée à son encontre était celle du « trouble grave porté à l'ordre public par l'infraction ». Mais en quoi l'ordre public était-il troublé par cette histoire qui dans ce cas précis ne regardait que la maman... La libération de l'inculpée n'allait tout de même pas inciter les mères dont le nourrisson pleurerait trop fort, à le noyer dans la baignoire!

Quelques jours avant Noël, je libérai cette jeune femme. Le procureur de la République, non sans regimber, s'était rendu à mon argumentation. Pour la circonstance, j'avais dû me transformer en avocat auprès du représentant de la société. Il n'y avait donc pas eu appel du Parquet.

Quelques mois plus tard, la jeune femme comparut devant les Assises. Elle fut condamnée à quatre années d'emprisonnement, assorties du sursis.

Le premier substitut, qui avait occupé le fauteuil du ministère public, me dira que l'inculpée n'aurait pas bénéficié du sursis si je l'avais laissée comparaître en situation de détenue. Quant à son avocat, il me confiera qu'en croisant le regard de certains jurés, il avait tremblé jusqu'au verdict. Quelle épreuve si les jurés avaient décidé de ne pas tenir compte de la « réinsertion » de l'accusée, qui de fait, avait retrouvé du travail, et vivait avec son amant. Et pour moi, pauvre magistrat-instructeur, quelle gifle morale! En faisant une mauvaise appréciation de l'ordre public, j'aurais ainsi causé le malheur d'une jeune femme, en croyant l'aider à bâtir une existence nouvelle!

Ce problème de la détention provisoire n'est pas une source de conflits intérieurs permanents chez le juge d'instruction, aussi scrupuleux soit-il. Et sur ce plan des scrupules, aucun magistrat n'agit à la légère, contrairement à ce que l'on peut parfois lire ou entendre.

Dans de très nombreuses procédures, le juge envoie un inculpé en prison sans que cette décision trouble le moins du monde sa conscience.

Mais la détention provisoire reste la cause de plus d'une nuit blanche. Parce que notre système judiciaire fait du juge d'instruction la cheville ouvrière, car lui seul détient le pouvoir — avant la comparution devant le tribunal — d'envoyer un individu majeur en prison par la simple signature d'un mandat de dépôt.

Quand les attaques contre les abus en matière de détention se font un peu trop vives, le législateur entreprend une réforme qui reste à la surface des problèmes, mais qui permet de se couvrir le visage d'un voile, en clamant : « Moi, je ne veux rien savoir des accommodements que vous allez être amenés à prendre en raison de la rigidité de mes textes. »

C'est ainsi qu'ému à la fois par la courbe ascendante du nombre des placements en détention, et par l'absence de l'avocat au moment de la décision du magistrat d'envoyer quelqu'un ou non derrière les barreaux, le législateur a apporté le 9 juillet 1984 de profondes modifications, applicables depuis le 1er janvier 1985. Mais, soit animé par un grand esprit de sagesse, soit en raison de l'influence de quelques professionnels qui savent comment les choses se passent « sur le terrain », il a su modérer son enthousiasme et sa hardiesse par des atténuations aux grands principes, qui permettent en fait de ne rien changer — ou presque rien — aux pratiques antérieures.

Jusqu'au 31 décembre 1984, quand le Parquet présentait un délinquant ou un criminel au juge d'instruction, celui-ci devait, lors de l'interrogatoire de première comparution, se contenter de vérifier son identité, et lui notifier l'inculpation, avant de l'avertir de ses droits pour assurer sa défense : choisir son avocat, demander un avocat désigné d'office, renoncer à l'assistance d'un avocat, ou se donner un délai de réflexion. Le magistrat devait conclure son « petit discours » en disant à l'inculpé qu'il l'interrogerait plus tard et en présence de son avocat — à moins d'une renonciation expresse à l'assistance d'un défenseur sur les faits reprochés.

Toutefois, le juge avertissait l'inculpé de la « possibilité » de s'expliquer immédiatement, hors la présence d'un avocat.

Au cours de mon stage en juridiction à Angers, j'avais noté qu'il fallait répéter plusieurs fois la gamme de ses droits à un inculpé pour qu'il commence à saisir le problème, avant de renoncer à l'assistance d'un conseil lors de ce premier interrogatoire.

Dans les premiers jours suivant mon installation, je m'évertuais à expliquer aux inculpés leurs différents droits, jusqu'au jour où mon greffier, mû par un sentiment de compréhension des plus louables à mon égard, m'avait dit que mes prédécesseurs passaient sous silence le choix offert à ceux qui allaient être placés en détention.

A dater de ce jour, ma tâche s'en trouvera grandement facilitée. Avec une bonne conscience qui m'avait été offerte, je dicterai à mon greffier les premières phrases rituelles de l'interrogatoire : « Je prends acte de l'inculpation que vous me notifiez. Je reconnais (ou je nie) les faits qui me sont reprochés, et je désire m'expliquer immédiatement. »

Il n'y aura que deux exceptions à ce principe : lorsque l'inculpé était un « gros gibier », qui prenait d'ailleurs souvent les devants en disant qu'il ne s'expliquerait qu'en présence de son avocat, dont il citait le nom, ou bien lorsque la présentation avait lieu un samedi soir à dix-sept heures, ou un dimanche matin, voire un dimanche en fin de journée (un certain dimanche 1er mai, j'avais eu ainsi cinq présentations, trois le matin, deux le soir à dix-huit heures !).

Des esprits particulièrement « chatouilleux » sur le chapitre des libertés individuelles seront tentés de s'émouvoir devant cette violation délibérée des droits de la défense. Mais ils doivent se rassurer : ce système fonctionnera avec l'assentiment tacite des membres du Barreau, pour qui la défense des intérêts de leur client ne commence généralement pas lors de la reconnaissance ou de la négation des faits, mais après : lors de l'étude des charges, ou de la personnalité de l'inculpé. Les avocats sont — dans leur majorité — des gens débordés de travail, qui courent à longueur de semaine d'un tribunal à l'autre, de leur cabinet à la maison d'arrêt, de la visite d'une propriété pour une expertise à une cour d'appel à l'autre bout de la France.

L'interrogatoire de première comparution ne les intéresse que de façon très exceptionnelle. Le code de procédure pénale ne prévoit d'ailleurs pas leur présence à ce qui ne doit constituer qu'une simple formalité, et en près de sept années de fonctions, aucun ne me reprochera d'avoir entendu son client sur le fond sitôt la notification de l'inculpation. Répétons-le : cette pratique « arrange » tout le monde.

Jusqu'au 31 décembre 1984, l'inculpé à qui le juge d'instruction faisait part de sa décision de le placer sous mandat de dépôt — avec effet immédiat — n'avait qu'un seul droit : revenir devant le magistrat entre deux policiers ou deux gendarmes dans un délai de cinq jours, avec un avocat, pour discuter de cette détention. Bien entendu, dans la majorité des cas, le magistrat-instructeur faisait renoncer l'inculpé à ce droit, en usant du procédé le plus commode : le passer sous silence. Si le juge restait muet pendant quelques secondes au moment où la question aurait dû être posée, le greffier comprenait : il tapait une croix en face de la mention : « Je renonce à l'assistance d'un avocat ». Tenter d'expliquer à un malheureux sortant de vingt-quatre, voire quarante-huit heures de garde à vue, sous le choc des conséquences de son arrestation — perte de travail, vie conjugale compromise —, que la loi lui donnait le droit de revenir devant le juge dans un délai de cinq jours pour discuter du bien-fondé du mandat de dépôt, alors que cela ne servirait à rien, car la décision du juge ne serait pas modifiée, exigeait de très sérieuses qualités de pédagogue chez le magistrat !

Une nouvelle fois, il n'y avait dans cette « omission » de la part du juge aucune volonté de nuire aux droits de la défense. Aucune disposition du Code n'interdisait d'ailleurs à un avocat de présenter une demande de mise en liberté de son client, sitôt le choix effectué et parfois les premiers honoraires versés.

Avant de partir en vacances, ce 9 juillet 1984, le législateur s'était posé la question : « Pourquoi faire simple quand on peut faire compliqué ? » Et il avait introduit de nouvelles modalités sur le placement en détention.

L'esprit de la réforme, entrée en vigueur le 1er janvier 1985, est de séparer la notification de l'inculpation de la décision de placement en détention. Sur le premier point, pas de changement : l'inculpé peut continuer à « désirer » s'expliquer hors la présence d'un avocat.

Mais sur le second, la tâche du magistrat devient à première vue plus complexe.

Le juge avertit l'inculpé de son intention de le placer en détention provisoire. Ce dernier a désormais le choix entre cinq possibilités :

— Demander l'assistance de tel avocat : dans ce cas, le juge d'instruction doit « faire feu des quatre fers » pour joindre l'avocat. S'il n'y arrive pas — n'oublions pas que la présentation peut avoir lieu un dimanche — ou s'il n'est pas disponible, l'inculpé pourra demander un avocat commis d'office. Si ce dernier n'est pas davantage « touchable », l'inculpé pourra demander un délai pour préparer sa défense. Certains Barreaux de France ont prévu un système de permanences d'avocats, joignables n'importe quel jour de la semaine. Les membres du Barreau d'Epinal ont refusé de se soumettre à une telle contrainte.

— L'inculpé peut d'emblée demander l'assistance d'un avocat d'office.

— Il peut renoncer à l'assistance d'un avocat.

— Il peut demander un délai pour préparer sa défense.

— Il peut renoncer à ce délai.

Après les derniers balbutiements qui entourent toujours l'application d'une nouvelle loi, après ces quelques hésitations inévitables dans les premiers jours de janvier 1985, on verra adopter une pratique qui ne constitue même pas un accommodement pris avec les nouveaux textes, puisqu'elle est explicitement prévue par la loi, et qui ne modifie *en rien* les usages antérieurs : après avoir énuméré les différentes possibilités (cinq au lieu de deux avant le 1er janvier !), conseil à l'inculpé — qui en général ne comprend rien à ce qu'on lui dit — de renoncer à l'assistance de l'avocat, et par voie de conséquence au délai pour préparer sa défense.

Il n'est pas rare de voir des inculpés prendre un air ahuri, d'une part parce qu'ils ne saisissent pas cette distinction entre la présence de l'avocat pour discuter des faits et son assistance pour évoquer la question de la détention, d'autre part parce qu'il leur semble extraordinaire que l'on puisse s'interroger sur la nécessité de leur placement en détention : le poids du passé historico-judiciaire fait qu'un délinquant au casier judiciaire chargé connaît parfaitement la destination qu'il prendra en sortant du bureau du juge.

La double renonciation à l'avocat et au délai pour préparer la défense permet de passer à la phase finale de la comédie du placement en détention : le débat contradictoire entre le procureur de la République — ou l'un de ses substituts — et l'inculpé.

On peut dresser ainsi le scénario :

Appel téléphonique au substitut de permanence, en le vouvoyant, pour le prier de venir au cabinet du juge. Là : « Monsieur le substitut, j'envisage de placer M. X en détention.

Quelles sont vos réquisitions ? » On entendra alors les mêmes phrases, d'une présentation à l'autre : « Je maintiens mes réquisitions écrites. L'inculpé a déjà été condamné, il est sans travail, il ne présente donc aucune garantie de représentation. » Je dois préciser que le substitut ne connaît parfois rien au dossier, celui qui a pris des réquisitions de détention étant au moment du débat occupé à d'autres tâches.

Le juge d'instruction dicte ces propos à son greffier. Puis il donne la parole à l'inculpé pour recueillir ses observations. Celui-ci, rarement favorisé par Dame Nature sur le plan intellectuel, plongé dans un état second en raison de tous les événements qu'il a vécus en peu de temps, ne comprend rien à ce qui se passe. A la question : « Voyez-vous quelque chose à dire ? », la réponse la plus fréquente est : « Ben, non. Qu'est-ce que vous voulez que je vous dise ? Je sais que je me suis mis encore dans la m..., c'est tout. Vous ne savez pas pour combien je vais en avoir, même à peu près ? » Après une réponse négative à cette dernière question, à la fois par ignorance réelle mais aussi pour ne pas effrayer l'inculpé, le juge dicte au greffier : « Je n'ai pas d'observation à présenter. »

Le juge d'instruction signe ensuite l'ordonnance de mise en détention, après l'avoir motivée, avant d'apposer la dernière griffe sur le mandat de dépôt. Ce dernier document est celui en vertu duquel un directeur de maison d'arrêt est obligé de placer sous écrou la personne objet du mandat. C'est la pièce exécutoire, complément indispensable de l'ordonnance de placement en détention provisoire.

Ce mode opératoire ne souffrirait qu'une exception : les mineurs. La Cour de cassation ayant décidé que le débat contradictoire était obligatoire, le juge signera une « ordonnance d'incarcération provisoire » accompagnée d'un « mandat de dépôt à durée déterminée », laquelle ne pourrait excéder cinq jours.

Le fameux débat contradictoire consiste à donner la parole au « parquetier » pour ses réquisitions de détention dûment motivées, puis à l'avocat de l'inculpé, puis à l'inculpé lui-même (un grand principe de notre droit veut que la dernière parole revienne à l'inculpé).

On l'aura compris : le nombre des personnes placées en détention provisoire dans l'attente de leur jugement n'est pas prêt de connaître une chute vertigineuse. La philosophie du principe est trop solidement ancrée dans les mentalités de chacune des parties au procès (y compris les inculpés) pour qu'il ait à redouter les attaques de réformes aux apparences séduisantes... Un projet de loi actuellement à l'étude viserait à supprimer ce débat contradictoire.

Si les juges d'instruction, « agacés » par les critiques de tous bords sur leurs pouvoirs exorbitants, décidaient de ne plus placer un seul inculpé en détention, imagine-t-on que les délinquants se présenteraient sans réticence à la barre, conscients du risque de sortir de la salle d'audience menottes au poignet, premier acte d'une privation de liberté pour une ou deux années ?

Mais ce problème de la détention provisoire ne se réduit pas à un combat du juge d'instruction avec sa conscience. Il doit ensuite annoncer sa décision. Si elle est en général « acceptée », elle donne parfois lieu à des réactions dramatiques. Je vis fondre en larmes un jeune homme de vingt et un ans, auteur de coups de feu (pistolet 22 LR) dans un café. Il était en état d'ivresse, et par miracle, il n'avait occasionné que des dégâts matériels, alors que toutes les armes de type 22 LR, en vente libre, sont meurtrières. A son casier judiciaire, figurait une seule condamnation, pour vol : « Mais je perds tout, monsieur le juge, si vous m'envoyez en prison ! Je travaille depuis quinze jours comme moniteur dans une colonie de vacances [!]. Ça me plaît, c'est " mon truc ", je fais du ski toute la journée avec les mômes. Je m'entends bien avec eux. Vous pouvez me placer sous contrôle judiciaire, j'irai signer autant de fois que vous voudrez à la gendarmerie. Je les connais d'ailleurs bien, les gendarmes. Ils nous donnent des tuyaux sur l'état des pistes. C'était un accident, j'avais bu, je ne savais plus ce que je faisais. Et puis mon père est en train de mourir d'un cancer à l'hôpital. S'il me sait en prison, cela va hâter sa fin. Je vous en supplie, monsieur le juge ! »

Je savais par un inspecteur de police, un homme très humain, que le père se trouvait effectivement à l'hôpital, pour une « longue et douloureuse maladie ». Les larmes du garçon semblaient sincères. Je le confesse : je m'étais laissé attendrir, et j'avais laissé le garçon repartir libre vers ses cimes enneigées et ses gamins. Je ne devais pas le regretter : je n'entendis plus jamais parler de lui, du moins sur le plan pénal. Car il ne manquait jamais de me rendre une petite visite quand il venait à Epinal. Peu de temps avant les grandes vacances, il m'avait annoncé qu'il partait « encadrer » un groupe de jeunes pendant deux semaines au Mexique. Par mon greffier, qui lisait en détail la rubrique nécrologique, j'avais appris que son père était décédé quelques jours après l'inculpation de son fils. J'ignore si celui-ci était à son chevet. Je me serais reproché de le savoir entre les murs d'une cellule pour les derniers instants.

Mais en général, je restais sourd à l'argument : « Je vais perdre mon travail. Et par les temps qui courent, je ne suis pas près d'en retrouver. » L'inculpé avait raison. Ma réponse était à la fois primaire dans son raisonnement, mais non dénuée de bon sens : « Il fallait y penser avant. »

Un directeur de supermarché, auteur de détournements pour une somme totale d'une centaine de milliers de francs, ne marquera, à mon grand étonnement, aucune réaction. Deux semaines plus tard, au cours de son premier interrogatoire « sur le fond », il m'avouera n'avoir compris ce qui lui arrivait que lorsque les grilles de la maison d'arrêt s'étaient refermées derrière lui. Son épouse, sur le point d'accoucher, sera victime sur le pas de ma porte d'une véritable crise de nerfs nécessitant l'intervention du SAMU. Au téléphone, je lui avais dit que je lui refusais le permis de visite tant que l'enquête de la section financière du SRPJ n'aurait pas permis de déterminer les éventuelles complicités. Malgré ce refus clair et ferme, elle s'était présentée au Palais avec, j'imagine, l'espoir secret de « m'apitoyer ». Mais j'étais resté inflexible. Elle restera une journée à l'hôpital.

Une autre jeune femme, que je venais d'inculper de « coups et blessures volontaires sur la personne de son enfant », sera, elle aussi, victime d'une crise de nerfs dans les couloirs du Palais. Elle bénéficiera par la suite d'un non-lieu — j'évoquerai prochainement cette affaire, car grande avait été ma solitude...

Souvent, en apprenant leur placement en détention, les inculpés avaient réagi en me demandant comment ils pourraient obtenir du linge propre. L'un d'eux se montrera ennuyé parce que les fenêtres de son appartement étaient restées grandes ouvertes, les policiers l'ayant emmené sans lui laisser une seule seconde pour mettre un peu d'ordre chez lui. « Je ne suis pourtant pas Mesrine », m'avait dit ce spécialiste des cambriolages « minables ».

Une jeune Allemande, inculpée de trafic de stupéfiants, s'inquiétera pour son petit chien. Les gendarmes, avec mon accord, se montreront à la hauteur de cette réputation « bon enfant » tout à leur honneur. Ils se débrouilleront pour placer le petit animal dans un refuge de la SPA, en attendant que la mère de la jeune fille vienne le rechercher !

Coup du sort accepté avec fatalisme, ou réaction d'abnégation devant la toute-puissance du juge, le placement en détention est rarement accueilli avec décontraction, comme dans le cas du jeune garçon au psychisme perturbé dont j'ai déjà parlé et qui m'avait déclaré : « Oh ! moi, je m'en fiche d'aller en prison. On est nourri, logé, blanchi ! »

On comprendra encore mieux les difficultés des choix du juge d'instruction par ces deux exemples :

Après avoir entendu dans la matinée et dans l'après-midi deux femmes, complices dans une affaire de vols de carnets de chèques, de falsification et d'usage de chèques falsifiés, je les avais « gardées » en détention environ un mois chacune. La première m'avait dit, quelques mois après sa libération : « Cela m'a servi de leçon. J'ai compris. Je ne suis pas près d'y retourner. » Quelques heures plus tard, sa complice m'avait dit à son tour : « Je vous en ai voulu de m'avoir envoyée là. Et heureusement que je pensais à ma gamine. Parce que, comme école du vice, on fait difficilement mieux. Je n'aurais pas eu ma fille, j'aurais pu devenir une vraie délinquante en sortant de cet enfer ! »

« Bonne leçon » ou « école du vice » : un paramètre dont le juge d'instruction ne peut tenir aucun compte au moment de prendre sa décision. Mais en tout état de cause, la détention creuse souvent des rides de souffrance dans l'âme des inculpés...

Un juge d'instruction de province signe chaque année une petite centaine de mandats de dépôt. Chaque jour, il doit contrôler sur un tableau affiché dans son bureau ou dans celui du greffier la date du placement en détention, car celle-ci ne doit jamais excéder quatre mois, renouvelables pour une durée égale sous certaines conditions extrêmement rigoureuses. Si le juge, son greffier ou le surveillant chef de la maison d'arrêt « laissaient passer » le cap fatidique du cent vingt et unième jour de détention, l'inculpé serait obligatoirement remis en liberté. Et ce n'est malheureusement pas une hypothèse d'école : la lecture des journaux instruit de temps à autre sur ce genre de bavures, en général pendant les vacances, quand un juge est parti en congé et qu'il existe un certain flottement dans la gestion de son cabinet.

Il existe une exception à ces limitations de la détention provisoire : en matière criminelle, le juge peut détenir autant de temps que l'information l'exigera. Cette liberté est normale : les investigations à conduire sont plus nombreuses, les expertises mentales ont la fâcheuse tendance à traîner en longueur.

« L'homme le plus puissant de France » ne peut donc, en toute hypothèse, détenir un inculpé en matière correctionnelle plus de quatre ou huit mois. Nous sommes déjà fort éloignés des « lettres de cachet » de l'Ancien Régime. Mais « l'homme le plus puissant de France » ne peut même pas maintenir un inculpé en détention avec pour seule motivation le pressentiment qu'il a de sa culpabilité, cela sans le moindre indice matériel : la chambre d'accusation, saisie d'un appel, remettrait immédiatement l'inculpé en liberté.

Il ne faut pas le nier : il se produit chaque année des dizaines (des centaines ?) de « bavures » en matière de détention provisoire ; des gens reconnus par la suite innocents sont restés plusieurs mois entre les quatre murs d'une cellule. Mais le jeu normal de l'institution judiciaire en décide ainsi. Il n'est pas rare que ces errements d'un magistrat aient été cautionnés au moins une fois par la chambre d'accusation.

Il est tellement plus facile et plus plaisant de « faire porter le chapeau » au juge d'instruction, de transformer celui-ci en bouc émissaire... En fait, jusqu'au 1er janvier 1988 — mais cette échéance tend à s'estomper, faute de crédits... —, ce magistrat saura assumer ses responsabilités, et ne se réfugiera pas derrière l'anonymat d'une formation collégiale.

J'aurai l'occasion de revenir sur le sujet.

□

Le juge d'instruction est amené à vivre d'autres moments extrêmement pénibles dans l'exercice de ses fonctions : les heures passées autour des cadavres pour les autopsies.

Il convient de préciser qu'une enquête judiciaire est menée

— avec parfois ouverture d'une information — dès qu'un médecin refuse le permis d'inhumer, la cause du décès restant ignorée ou lui paraissant suspecte.

En théorie, rien ne l'oblige à assister aux macabres opérations, mais sa présence est néanmoins souhaitable, d'abord parce qu'il s'agit très souvent de son premier contact avec les enquêteurs. Dans la même journée que l'ouverture de l'information, les gendarmes, ou les policiers qui ont assisté à la découverte du cadavre, ont procédé aux premières constatations, qui s'avèrent parfois déterminantes pour la réussite de l'affaire. Les enquêteurs blanchis sous le harnais sont unanimes à le dire : si les investigations n'aboutissent pas à l'identification du criminel dans les heures qui suivent la révélation de son acte abominable, l'affaire voit ses chances de s'enliser augmenter dans des proportions considérables.

De leur côté, les enquêteurs apprécient de voir que le juge ne reste pas enfermé dans son cabinet, mais qu'il est capable de venir partager un épisode peu agréable de leur travail. Car certains policiers ou gendarmes ne jouent pas les fanfarons devant un cadavre étripé...

Pour la magistrat-instructeur, il peut également se révéler utile de recueillir « à chaud » les observations du ou des médecins légistes. Certains propos, qui ne seront pas reproduits dans le rapport d'expertise, peuvent se révéler fort utiles pour la suite de l'enquête.

Les autopsies ne constituent jamais des moments de plaisir, même si la vue de cadavres n'impressionne plus. Il y a cette odeur de la mort qui agresse les narines dès l'ouverture du corps, avec parfois cette putridité qui imprègne les vêtements, et qui revient à la « mémoire olfactive » plusieurs mois après, en revoyant les photos des macabres opérations.

Dans cette dernière catégorie, se rangeait le cadavre d'une Yougoslave découverte morte chez elle, ainsi que son mari et leur fils de huit ans. Les trois corps n'avaient été découverts que cinq jours après le décès. L'autopsie des parents avait été ordonnée pour vérifier les premières constatations des gendarmes : la triple asphyxie mortelle avait pour origine un trou de 2,5 cm de long sur 4 de large dans le raccord du tuyau du poêle à bois installé dans la salle de séjour.

Le ventre de la jeune femme était vert. Quand le médecin légiste avait incisé depuis la gorge jusqu'au nombril, la mort s'était répandue dans la pièce pourtant vaste et aérée de l'Institut médico-légal de Nancy. Je me souviens que nous tournions dans la pièce pour fuir les appels d'air provoqués par les fenêtres ouvertes, qui amenaient avec eux les effluves insupportables. Et quand l'homme de l'art avait extrait le fœtus, personne n'avait pu réprimer un haut-le-cœur.

Une autre autopsie avait été très difficilement supportable : celle de cet homme de trente-huit ans, jeté dans un puits empli d'eau après avoir été tué à coups de hache par sa concubine, et retrouvé... treize mois après, en janvier 1984, à la suite d'une dénonciation anonyme. Le capitaine de gendarmerie tenait un mouchoir devant son nez et m'avait dit : « Excusez-moi, monsieur le juge, si je sens la cocotte, j'ai demandé à ma femme qu'elle me mette du parfum partout. » Ces propos m'avaient fait sourire, mais de mon côté, je n'en menais pas large, et j'enviais secrètement le capitaine d'avoir pensé à s'entourer d'essences opportunes. La tête du cadavre et les membres étaient réduits à l'état de squelette — observation qui n'étonnera guère. Et curieusement, en dépit d'un séjour de plus d'une année dans l'eau d'un puits, le corps était bien « conservé ».

Je pense également à ces autopsies en septembre et octobre 1983 de deux jeunes filles, âgées de dix-neuf et dix-huit ans, assommées à coups de poing, violées et jetées encore vivantes dans la Moselle : la noyade sera la cause du décès. Je connaissais l'une de ces jeunes filles, très gracieuse, pour avoir été servi par elle dans ce grand restaurant de la ville où le club-service, dont j'étais encore membre, tenait sa réunion mensuelle... Ces cadavres hanteront mes nuits pendant longtemps et je ne pourrai m'empêcher d'imaginer les circonstances de ce double assassinat.

Parce que, derrière le magistrat, il y avait l'homme.

Deux autres cadavres « propres » resteront à jamais gravés dans ma mémoire. Les autopsies avaient eu lieu le même jour, un dimanche après-midi... Celui de ce bébé noyé par sa mère dans les circonstances déjà décrites, et celui d'un garçon de vingt mois, décédé brutalement. Comme il avait été vacciné la veille, il fallait déterminer dans les délais les plus brefs si le vaccin n'était pas la cause du décès, pour retirer des pharmacies, et d'extrême urgence, les vaccins de la même série. L'autopsie avait révélé qu'en fait, le malheureux enfant avait succombé à une atroce et inexplicable « mort subite ».

Très précisément onze mois plus tard, j'assisterai à l'autopsie d'un autre enfant, âgé de quatre ans et demi, Grégory, victime d'un assassinat que seul pouvait expliquer une forme de folie, quel qu'en fût l'auteur. Un crime qui ne regardait peut-être pas la justice des hommes...

Je ne pourrai jamais oublier non plus l'odeur qui s'était échappée du cadavre d'une jeune femme qui s'était suicidée en absorbant de l'eau de Javel, ou celui de ce vieil homme, frappé à mort par son compagnon de misère, dont le foie énorme traduisait un goût immodéré mais hélas banal pour les boissons alcoolisées.

Mais Dieu merci, les autopsies restent un événement exceptionnel dans les activités quotidiennes : entre six et douze chaque année, pour un cabinet de juge de province.

En revanche, chaque jour ou presque, le juge interroge un inculpé ou procède à l'audition d'un témoin. Et il se heurte parfois à des problèmes de retranscription.

Il convient d'abord de faire table rase de certaines images diffusées sur grand ou petit écran : celles du greffier tapant tout ce qui se dit entre le juge et la personne assise en face de lui. Le malheureux greffier ne « suivrait » pas, et d'autre part tous les propos échangés ne sont pas intéressants pour le procès-verbal.

Chaque juge d'instruction a sa méthode d'audition ou d'interrogatoire. Il est notamment confronté à la difficulté de la transcription des déclarations de l'inculpé ou du témoin.

Il est d'abord certain que le magistrat ne peut pas tout noter. Quand un inculpé commence par dire : « Je voudrais savoir pourquoi je n'ai reçu aucune lettre de ma femme depuis six jours », l'intérêt pour le dossier est nul. De même que des considérations personnelles pourtant relatives à l'affaire : « Je vais souvent au café de la gare, le patron est sympa. Il paie souvent sa tournée. Qu'est-ce qu'il boit comme canettes dans une journée ! » ou : « Ça me fait rire d'entendre que les policiers me cherchaient depuis dix jours. Je croisais des inspecteurs chaque matin au " Café de la place ". Ils cherchent à me faire porter le chapeau et à protéger leurs indicateurs. Parce que, si je voulais, je pourrais en dire, moi aussi, sur leur compte. Notamment sur leur vie privée. »

Etc. Le magistrat-instructeur préfère parfois devenir sourd. Ou plus exactement : devenir muet, pour ne pas dicter ces paroles à son greffier.

Mais le juge, dans la masse des propos échangés, doit rester constamment vigilant et ne pas passer à côté d'un détail peut-être capital : la couleur d'un véhicule, d'un vêtement, une précision d'horaire, qu'il s'apprêtait à joindre aux déchets de l'interrogatoire, et qui vient de trahir l'inculpé qui niait les faits.

Le second problème est celui du langage. Les témoins ou les inculpés sortent rarement de Normal sup', et leur vocabulaire aurait souvent de quoi faire dresser les cheveux sur la tête d'un académicien, ou rougir de honte par la verdeur des mots la féministe la plus libérée.

Dans quelle mesure le magistrat-instructeur doit-il reproduire mot à mot? Aucun principe n'existe, tout est affaire de circonstances.

Sur la violation — c'est le moins que l'on puisse dire — des règles de syntaxe et autres délicieux écueils de notre grammaire, rançons d'une belle langue, le juge doit corriger d'office les fautes qui résultent d'une scolarité écourtée ou passée au fond de la classe, près du radiateur. Il ne dictera pas à son greffier : « J'ai été voir chez le Durand », mais : « Je suis passé au domicile de Durand » ; « De delà, j'ai monté... » deviendra : « De là, je suis monté » ; « A partir de dorénavant » sera remplacé avantageusement par un classique « désormais ».

Le magistrat devra tout de même conserver certaines expressions ne figurant dans aucun dictionnaire, mais qui imagent les propos sans choquer l'oreille : « J'étais bien chaud » pour « J'étais saoul », ou « Je ne cause plus avec depuis six mois » pour : « Cela fait six mois que je ne couche plus avec lui. »

Quant à la question de la verdeur du langage, l'idée à prendre en considération est celle de la vraisemblance. On imagine mal un ouvrier agricole avouer : « J'ai baissé mon pantalon, et je l'ai obligée à me pratiquer une fellation » ou : « Je reconnais avoir sodomisé ma nièce, âgée de onze ans. »

Si un inculpé a outragé des gardiens de la paix, le magistrat n'aura pas peur, pour caractériser l'infraction, d'appeler un chat un chat, et un « fils de pute » ou « enculé », un « fils de pute » ou « enculé ».

En revanche, le magistrat ne sera pas obligé de répéter toutes les deux lignes les « cons » ou les « merde » échappés de la bouche de l'inculpé.

Le langage traduit parfois un trait de caractère, et il convient alors de respecter à la virgule près : quand un inculpé parle des « bougnoules », des « bicots » ou des « youpins » (discret hommage à M. Glandu), il convient de respecter sa pensée.

Je le répète : le juge d'instruction doit rester extrêmement vigilant en écoutant son interlocuteur, puis en reproduisant les propos.

Avant de clore ce chapitre, je voudrais avancer un dernier argument qui détruira je l'espère... sans appel ce qui subsiste du mythe de « l'homme le plus puissant de France ». Les juges d'instruction sont soumis, comme les autres magistrats, à une notation très détaillée, dont ils ont connaissance chaque année au mois de juin.

Le système de cette notation est double.

D'abord une grille porte en abscisse seize critères d'appréciation de la valeur du magistrat, allant du « sens des responsabilités » aux « relations professionnelles », en passant par l' « autorité » l' « esprit de synthèse », les « connaissances juridiques », l' « esprit d'initiative », les « qualités de rédaction » et en ordonnée des appréciations allant d' « exceptionnel » à « mauvais » en passant par « très bon », « bon », « moyen », « insuffisant ». C'est ainsi qu'en 1984, au mois de juin, je serai crédité de sept croix dans la colonne « très bon » et de neuf dans la colonne « bon ».

Et en juin 1985, la notation sera rigoureusement identique.

La seconde partie de cette notation est une appréciation littérale, rédigée par le premier président de la cour d'appel, à partir des appréciations écrites du président du tribunal, du président de la chambre d'accusation et du président de la cour d'assises.

Une modestie, réelle ou feinte, m'empêche de reproduire les termes employés à mon égard pour cette même année 1984 par mes supérieurs hiérarchiques.

Mais je ne puis m'empêcher de reproduire une seule phrase, à méditer sous la lumière des événements de l'année qui allait suivre : « Magistrat intelligent, travailleur et compétent, M. Lambert est sur la bonne voie pour devenir un brillant magistrat. »

Elle était signée du président du tribunal, personnalité proche de ses « ouailles » et le plus apte à les noter...

□

Ce chapitre sur les juges d'instruction ne serait pas complet si je n'évoquais un trait qui est commun à la majorité d'entre eux : la jeunesse. Plus de soixante-quinze pour cent des juges d'instruction sont en effet âgés de moins de quarante ans.

Elle leur est souvent reprochée — je suis bien placé pour le savoir ! — par les médias dès qu'une affaire judiciaire fait la une de l'actualité, et qu'elle ne tourne pas tout à fait comme il faudrait.

Mais l'essence même de la fonction veut que ce soient des jeunes magistrats qui se trouvent investis des postes de l'instruction à la sortie de l'Ecole. Elle exige une disponibilité de tous les instants, rarement compatible avec une vie de famille équilibrée, des horaires souvent fantaisistes, des « surprises » de dernière minute qui gâchent des projets de week-end. Le « feu sacré », l'enthousiasme permanent sont également des qualités indispensables. Il convient de s'entendre : la plupart des magistrats sont habités par ces élans vitaux, mais ils sont parfois émoussés par une certaine forme de routine dans la vie quotidienne. Alors que les juges d'instruction doivent être prêts à « démarrer au quart de tour ». Et sur ce point, l'âge ne fait rien à l'affaire : des juges d'instruction, blanchis sous le harnais, en remontreraient à plus d'un jeune frais émoulu de l'Ecole. Mais leur comportement dans la vie démontre qu'ils ont su conserver précisément une grande jeunesse mentale et physique, et une curiosité d'esprit inlassable.

On accuse parfois cet enthousiasme de la jeunesse d'être à l'origine de « bavures », d'être souvent accompagné d'une légèreté blâmable.

D'abord, c'est faire un mauvais procès aux jeunes magistrats que de les soupçonner de ne pas traiter des dossiers où la liberté et l'honneur d'un individu sont en jeu, avec tout le sérieux qu'ils méritent.

Les erreurs qu'ils commettent, car ils en commettent — et je suis une nouvelle fois bien placé pour l'affirmer — sont dues soit à ce qu'il faut bien appeler les « circonstances », soit parfois — et dans ce cas, on peut le leur reprocher — à l'inexpérience.

Mais celle-ci va-t-elle de pair avec toutes les erreurs commises, et peut-on en conclure, par un raisonnement a contrario, que l'expérience protège de toutes les erreurs de procédure et surtout met à l'abri des erreurs judiciaires ? Si tel était le cas, il conviendrait de roder les futurs juges d'instruction dans d'autres fonctions pendant quelques années.

Malheureusement, force est de constater que des gens renvoyés devant la cour d'assises par une chambre d'accusation voient leur innocence éclater au grand jour, au cours de la session ou quelques années plus tard, ou que des arrêts de « hauts magistrats » de cour d'appel sont cassés pour vice de procédure.

Pour mettre un terme à cette fausse querelle sur la jeunesse des juges d'instruction — gens rongés par le doute et habités de grands scrupules —, ne convient-il pas de conclure avec le poète éternel :

« Le temps ne fait rien à l'affaire,
Quand on est c..., on est c... »

Un pays pourra se flatter de rester une grande démocratie tant qu'il trouvera des hommes et des femmes capables de mettre l'enthousiasme de leur âge au service de la Justice.

Ces quelques considérations sur le fond étant émises, je voudrais indiquer que le juge d'instruction est parfois amené à entendre des propos et à connaître des situations des plus cocasses dont certaines frôlent les limites de la tragédie.

J'ai gardé le souvenir de cet homosexuel qui, en quittant mon cabinet, m'avait lancé : « Je ne vous dis pas au plaisir », avec des trémolos de regret... De ce jeune homme qui sera déclaré « fou » au sens de l'article 64 du Code pénal par les experts, et qui après avoir pénétré de nuit dans un restaurant et s'être bâfré avec du civet de lapin, de la tête de veau, des frites, des nouilles, du gâteau, en buvant du Campari et du vin rouge, s'était rendu ensuite au monument aux morts pour se tailler un slip dans le drapeau tricolore. Son acte accompli — qui figurera plus tard dans les « pièces à conviction » —, il était monté à la gare prendre « le train pour New York ». A l'issue de son interrogatoire, il m'avait raconté ses exactions comme s'il s'était agi de vols de bicyclettes. En me voyant allumer un cigarillo, il m'en avait demandé un. Quand le greffier lui avait tendu la copie du mandat de dépôt, il avait regardé le document : « C'est mon ticket pour la prison ? » Et en sortant du cabinet, il m'avait crié : « Salut, tchao ! » Je ne puis m'empêcher de penser à l'hypothèse d'une simulation de la folie. Cela relève alors du grand art...

Un inculpé hésitant à prendre un avocat m'avait demandé : « Qu'est-ce que je risque si je n'en ai pas ? » Je lui avais lu l'article du Code pénal relatif à la peine qu'il encourait... — « Et avec un avocat ? » Je lui avais relu l'article du Code pénal pour m'entendre répondre : « Il n'y a donc pas de bénéfice ? »

Moins comiques apparaissent ces paroles terribles d'un jeune drogué : « Moi, je me drogue parce que je ne veux pas faire comme mon père, qui lui buvait. »

Ce Portugais a sa place dans un petit coin de ma mémoire : sitôt entré dans mon cabinet, il était venu droit vers moi, m'avait chaleureusement serré la main, et m'avait dit : « Vous allez bien ? »

Certains propos trahissent l'embarras de braves gens pris dans l'engrenage judiciaire, comme ceux de cette brave femme : « Bonjour monsieur. Pardon : Bonjour maître ! » Et me demandant à l'issue de son interrogatoire : « Quelle va être ma pénitence ? »

Un témoin répétera plusieurs fois : « J'ai entendu ouïr. »

L'humoriste-écrivain Jean-Charles pourrait faire le tour des cabinets de juges d'instruction, et consacrer un ouvrage aux « perles » que leurs murs ont entendues.

Une anecdote encore à propos de ma jeunesse dans les traits du visage — elle sera souvent soulignée après le 16 octobre 1984... Une femme âgée essaye d'ouvrir la porte de mon cabinet — cette porte « force » un peu par temps de chaleur —, alors que je m'apprête à reprendre possession des lieux. Je lui demande ce qu'elle cherche... « Le juge d'instruction ! répond-elle. — C'est moi, madame. » Elle me regarde, ébahie, et, sûre d'elle : « Non, ce n'est pas vous, vous êtes trop jeune pour être juge ! — Mais si, madame, c'est moi le juge d'instruction ! » Nouvelles secondes d'une réflexion silencieuse, en me lorgnant du coin d'un œil, avant de dire : « Bon, entrez dans le bureau, pour que je voie si c'est vrai ! » Quelques secondes plus tard, elle s'excusera : « Vous savez, on voit tellement de choses aujourd'hui ! »

Ce chapitre sur la vie professionnelle d'un juge d'instruction ne serait pas complète si l'on ne savait qu'en 1980, année de mon entrée en fonctions, mon revenu brut global avait été de 57 870 francs pour onze mois d'activité, en 1982 de 87 746 francs, et en 1984 de 107 850 francs.

7

« *Une solitude forcément sublime* »

Il pleuvait des cordes sur Epinal le jeudi soir 4 juillet 1985. En quittant le Palais, aux environs de dix-huit heures, je décidai de revenir rapidement à mon domicile — contrairement à mes habitudes — et de passer la soirée dans une solitude absolue.

Depuis le début de la semaine, j'avais pris la décision d'inculper d'assassinat la propre mère d'un enfant de quatre ans et demi, le petit Grégory, retrouvé noyé dans la Vologne, à la hauteur d'un barrage dans le centre de la commune de Docelles, le 16 octobre 1984, à vingt et une heures quinze.

Je n'avais pas expressément fait part au procureur de la République d'Epinal et aux policiers du SRPJ de Nancy, chargés par commission rogatoire de mener l'enquête, de mon intention de procéder à cette inculpation, mais chacun était sur la brèche et s'attendait à une décision imminente.

Et ce jeudi soir 4 juillet 1985, il entrait dans mes pouvoirs d'arrêter l'horrible engrenage déclenché quelques mois plus tôt. Le vendredi 28 juin, la mère de l'innocente petite victime — enceinte depuis le début de l'année 1985 — avait menacé, au cours d'une émission de près d'une heure diffusée à un moment de grande écoute sur les ondes d'une station de radio périphérique, d'entamer la grève de la faim et de laisser mourir l'enfant qu'elle portait, si jamais je l'inculpais d'assassinat sur la personne de son premier enfant, et signais un mandat de dépôt à son encontre.

J'étais donc à la veille de prendre une décision plus lourde de conséquences que celle d'un président de la République hésitant encore à accorder ou à refuser le droit de grâce à un condamné à mort. Après tout, le châtiment suprême avait été décidé par au moins huit personnes — qui conservaient leur anonymat — sur les douze qui composaient le jury de la cour d'assises. L'accusé avait « toutes les chances » d'être coupable, même si des êtres innocents ont été happés et broyés par l'appareil judiciaire. Le président de la République avait accordé, ou refusé sa grâce au condamné, et ne devait alors de compte à rendre à personne, sauf à sa conscience.

Mais j'avais affaire à une personne de par la loi présumée innocente, dont l'inculpation entraînerait peut-être la mort d'un malheureux « petit bout de chou ». Certaines femmes sont capables d'aller très loin quand elles sont déterminées...

Au cœur de ce débat *épouvantable* avec ma conscience, se trouvait un texte du Code de procédure pénale, l'article 105, dont il me revenait de faire la juste appréciation : « Le juge d'instruction chargé d'une information, ainsi que les magistrats et officiers de police judiciaire agissant sur commission rogatoire, ne peuvent dans le dessein de faire échec aux droits de la défense, entendre comme témoins des personnes contre lesquelles il existe des indices graves et concordants de culpabilité. »

Le dilemme était rendu encore plus cruel, car on ne pourrait pas me reprocher par la suite, si je n'inculpais pas la jeune femme, d'avoir voulu faire échec aux droits de la défense : elle et son mari s'étaient constitués partie civile dans les derniers jours d'octobre 1984 et, par l'intermédiaire des avocats du couple, elle avait connaissance de toutes les pièces du dossier. La loi m'imposait notamment de lui notifier les conclusions de toutes les expertises. Deux jours avant la date de la convocation, ses avocats pouvaient consulter le dossier.

Dans les jours qui avaient précédé ce jeudi 4 juillet 1985, les conseils ne m'avaient pas manqué. Ils émanaient de personnes bien intentionnées à mon égard, et qui ne me voulaient que du bien.

Un ami, au fait du dossier, m'avait dit : « Tu dois l'inculper, et sans trop attendre. Au retour des vacances, quand elle sera sur le point d'accoucher ou qu'elle viendra de le faire, il sera trop tard. Tu dois prendre tes responsabilités comme tu les as toujours prises depuis le début de cette affaire. La chambre d'accusation prendra les siennes. Et tu ne dois pas oublier la presse : les journalistes attendent une décision. Ils vont te massacrer si tu ne bouges pas. »

Dans le même temps, un magistrat du tribunal, un homme d'une gentillesse et d'une bonhomie exceptionnelles, me disait dans son bureau : « Pourquoi ne laisseriez-vous pas le dossier dormir pendant deux mois ? Vous laissez passer les mois de juillet et d'août, et vous le reprendrez avec un regard neuf au mois de septembre. Vous devez être très fatigué en ce moment. Vous savez, dans ce genre d'affaire où tout est compliqué, il ne faut pas se presser. »

Je ne veux voir dans ces paroles que l'expression de bonnes intentions... Mais le brave homme ignorait tout des tourments de l'esprit, des traductions physiologiques des affres que je vivais depuis plusieurs mois : ces crises de boulimie qui me prenaient le soir après dîner, et qui me poussaient à me jeter sur des réserves de biscuits à apéritif sans que je puisse contrôler mes gestes... Cette atonie sexuelle aussi, qui durait parfois des semaines entières, dans les temps forts de « l'Affaire ». Et ils ne manqueront pas...

Alors non : « l'Affaire » n'était pas de celle qu'on laisse dormir dans le fond d'une armoire, en l'oubliant totalement le temps de « bronzer idiot » et de refaire le plein d'énergie, pour la reprendre le cœur joyeux aux premiers jours de septembre.

A l'intérieur du tribunal, peu de collègues comprendront d'ailleurs ce que représentait « l'Affaire ». Au début du mois de décembre 1985, alors que je préparais deux interrogatoires particulièrement difficiles et qui me contraignaient à rechercher dans tout le dossier les déclarations de tel témoin, en contradiction avec celles de tel autre, etc., j'avais présidé une audience civile à juge unique : une quinzaine de jugements à rédiger. La plupart ne présentaient aucune difficulté majeure : essentiellement des dossiers de divorce, et par consentement mutuel, ce qui limitait la rédaction au strict minimum. Mais il y avait tout de même quelques affaires en forme de « rognes » : accidents de la circulation qui revenaient devant le tribunal après détermination des responsabilités, pour fixer les dommages-intérêts auxquels chaque victime ou ses ayants droit pouvaient prétendre. Je me souviens notamment de ce dossier d'un automobiliste qui avait été déclaré aux deux tiers responsable de la collision entre son véhicule et une camionnette. Or dans celle-ci se trouvaient cinq ouvriers d'une petite entreprise de travaux publics, tous d'origine maghrébine. Les cinq avaient péri dans l'accident. Entre les veuves, les enfants, les parents, les frères et sœurs, les prétendants à des dommages-intérêts se comptaient par dizaines. Et chacun avait effectivement droit à la réparation d'un quelconque préjudice, au minimum ce *pretium doloris* (prix de la douleur) qu'éprouvaient des frères et des sœurs qui n'avaient pas vu la victime depuis des lustres. En conséquence : beaucoup de calculs à effectuer, et des règles de trois à appliquer. J'avais fixé le délibéré à quatre mois. Cela correspondait au double de la période tolérée, et le président du tribunal m'avait demandé quelques jours plus tard, après m'avoir convoqué dans son bureau :

« Quatre mois, vous savez, c'est beaucoup. Vous ne pourriez pas accélérer un peu la rédaction de vos jugements ? Je sais bien que vous avez des soucis en ce moment avec votre affaire... Mais ça vous changerait les idées de faire un peu de civil. Et puis, vous n'ignorez pas que le greffier en chef doit signaler au premier président les jugements qui ne sont pas rendus dans ce délai de deux mois.

« Il y a autre chose que je voulais vous dire... Les avocats ne sont pas contents. Ce matin, ils en parlaient dans le couloir, et suffisamment fort pour que j'entende. Ils n'ont pas tout à fait tort. Il faut bien comprendre que leurs clients attendent leurs jugements. »

Au milieu de mes interrogations et de mes recherches pour percer à jour la personnalité diabolique du « corbeau » qui avait revendiqué l'assassinat d'un petit être innocent, je ne devais pas oublier les quatre mille ou les six mille francs qui reviendraient de droit, en réparation du préjudice moral, à chacun des neuf frères et sœurs d'un malheureux ouvrier tué sur la route.

Au sein du tribunal, ma solitude sera totale. Mais cette indifférence — professionnelle — des collègues à mon égard présentera un avantage énorme : en étant considéré comme un magistrat « ordinaire » par mes pairs, j'éviterai de tomber dans le piège de la « grosse tête ». Telle est du moins mon opinion, parce que j'apprendrai par la suite que des gens, œuvrant sous les lambris d'autres tribunaux, m' « accuseront » précisément d'être devenu imbu de ma personne. Leur réaction ne traduisait, à mon sens, qu'une fantastique ignorance par les gens de robe des réalités de l'univers médiatique.

Ma situation de magistrat « comme un autre » me vaudra d'être le seul à goûter le sel de certaines situations saugrenues : pendant que des journalistes et photographes battaient la semelle devant les grilles du Palais dans l'attente de ma sortie — parce que la réception de telle ou telle expertise avait ramené « l'Affaire » à la « une » — je devisais tranquillement avec les collègues dans la petite salle des délibérés d'assises, pour savoir si je prenais l'audience correctionnelle à juge unique du mardi 4 ou du mardi 18.

Dans mon isolement complet de ce début juillet 1985, écoutant tous les conseils d'une oreille à la fois attentive et prudente — prompt à faire la part et à prendre du recul entre les bons sentiments et les intérêts particuliers —, je n'effectuerai qu'une démarche pour solliciter un avis : je téléphonerai le lundi 1er juillet à M. le président de la chambre d'accusation. Les grandes qualités morales et intellectuelles de ce haut magistrat trouveront une nouvelle occasion de se manifester. Il ne cherchera aucunement à m'influencer, à guider ma conduite. Quand je lui aurai fait un bref exposé des charges à l'encontre de la maman de l'innocente petite victime, il me répondra : « Evidemment, c'est ennuyeux... Agissez comme vous l'entendez, obéissez à votre conscience. »

Mais je ne saurais clore cette évocation des « conseils » sans parler de celui que m'avait donné, dans le courant du mois de mai 1985, un jeune avocat, BCBG depuis les mèches teintes jusqu'au bout des chaussures Weston... Il m'avait invité à venir déjeuner chez lui un jour de la semaine : « Tu comprends, nous menons une vie de fous, nous n'avons même plus le temps de nous voir. Chez moi, nous serons plus tranquilles pour bavarder qu'au restaurant, où tout le monde vous épie, c'est atroce. Ah ! cette vie de province. » Mais entre le fromage et la bombe glacée, la conversation avait brusquement changé de cap, abandonnant le terrain des nourritures terrestres et des mérites comparés des grandes toques pour s'aventurer sur un sujet que je pressentais depuis déjà un bon moment : « l'Affaire » : « Tu sais que je connais beaucoup de curés dans la région du crime. Sans trahir le secret de la confession, ils ont tenu à me dire que le Démon du Mal semblait revenir parmi nous, et habiter surtout l'esprit de jeunes adolescentes, des gamines entre douze et quinze ans. Ils m'ont cité plusieurs exemples, qui m'ont troublé, et j'ai alors immédiatement pensé à toi. Et si c'était la petite Muriel qui avait fait le coup, toute seule ? Y as-tu pensé ? Tu te rends compte, si tu réussissais à la faire avouer, tous les mérites te reviendraient, et les gens qui te critiquaient seraient obligés de reconnaître leurs erreurs. Tout le monde dirait que tu as su découvrir la vérité sans l'aide des gendarmes ou des policiers. Si tu étais d'accord, je demanderais à un curé que je connais bien de venir dans ton cabinet, de se mettre dans un coin, et pendant que tu interrogerais la jeune fille, il lirait à voix très basse, presque inaudible, la prière de l'exorciste de saint Thomas. Tu verrais qu'elle ne tarderait pas à craquer, et à tout avouer. Le Démon qui l'habite serait vaincu. Je le répète : c'est à titre purement amical que je te dis cela. Je suis très ennuyé de te sentir seul, au milieu de tous ces avocats parisiens qui te harcèlent et ne pensent qu'à leur publicité ! »

Dans les moments les plus difficiles de l'existence, il y a décidément toujours ce coin de ciel bleu, cette note comique, cette pointe de dérision, ce rappel de la vanité de nos entreprises pour vaincre l'obscurantisme et l'intolérance...

Mais, en ce jeudi soir 4 juillet 1985, j'aurais été incapable d'esquisser le moindre sourire. Les trois chaînes de télévision n'offraient aucun programme digne d'intérêt. Il en eût fallu d'ailleurs des tonnes, pour me distraire de mes préoccupations.

Je décidai d'écouter des disques. Léo Ferré convenait à l'humeur du moment. L'Ami Léo, le poète de l'Amour, le chantre de l'Artiste, le goût de la révolte toujours au bord des lèvres, le seul à pouvoir regarder sans avoir à beaucoup lever les yeux l'Ami Georges, là-haut sur son Olympe...

Et aux environs de vingt et une heures trente, sur la chanson : « Y en a marre », je craquais. Je venais d'avoir la vision de la mère du petit enfant assassiné entrant dans mon cabinet menottes aux poignets. J'éclatais alors en larmes, comme un môme. Un de ces moments d'intense émotion dont les hommes se défendent, parce qu'ils seraient réservés aux personnes du sexe dit faible. Comme si les hommes n'étaient pas aussi fragiles que leurs compagnes...

Aucun chagrin d'amour n'avait jamais produit un effet comparable...

Ces détails, touchant à ma plus profonde intimité, je commettrai la sottise d'en faire la confidence à une journaliste travaillant pour un grand hebdomadaire féminin. Habilement mis en valeur par un(e) rédacteur(trice) en chef, joints à des « révélations » sur mon signe astrologique ou mes quelques kilos superflus — tout juste si l'on n'évoquait pas la couleur de mes caleçons —, ils subissaient un traitement qui rendait leur auteur coupable du narcissisme le plus primaire et le plus sot. Alors que je souhaitais garder cette crise de larmes quelque part au fond de moi-même. Comme un secret d'enfant.

Mais l'irrésistible besoin de parler, de se confier, de briser le mur de cette solitude, la présentation habile d'une interview que je croyais innocente avait tout gâché.

Moche. Affreusement moche.

Les gazettes s'en donneront à cœur joie, de la presse de gauche — un canard se déchaînera avec férocité — à celle d'extrême droite, avec parfois utilisation du même vocabulaire.

Le point d'orgue de cette solitude restait encore à vivre.

Il pleuvait encore sur Epinal, le vendredi 5 juillet 1985...

Les policiers du SRPJ étaient passés dans la matinée, comme convenu, prendre le mandat d'amener pour le mettre à exécution dans les heures à venir. Je leur avais téléphoné dès mon arrivée au Palais. Abominable point de non-retour.

La petite touche de légèreté était à nouveau présente : le premier substitut, que j'avais salué avant d'aller voir le procureur de la République pour connaître les réquisitions du ministère public sur la question de la mise en détention de la mère, m'avait dit : « Tu as mis la cravate aujourd'hui. J'en conclus que ta décision est prise. »

En période estivale, je travaillais le col ouvert. Mais bêtement, ce 5 juillet, je me sentais obligé de mettre une cravate, bleu marine très sobre. Comme ces braves gens de nos campagnes qui ne conçoivent pas d'aller au restaurant le dimanche midi autrement qu'en costume-chemise blanche-cravate.

Chez moi, après le déjeuner, en buvant le café, je ne changeai pas de répertoire en écoutant la face d'un disque récent de Léo Ferré, acheté quelques jours plus tôt.

Une chanson : « Comment ça marche ? » (paroles de Jean-Roger Caussimon) fixa plus que jamais mon attention :

« Toi qu' j'ai connu en Fac de Droit
Quand tu t'habille(s) en magistrat
Ça fait un peu trav'lo, ta robe...
T'es pas dégonflé pour autant
La conscience c'est ça l'important

D'ailleurs, un juge c'est toujours probe...
Ça n' reçoit jamais de pressions
Ça prend tout seul ses décisions,
Malgré les dossiers qu'on dérobe,
Et sa légitime ambition

T'en as pourtant qui sont mutés
Y'en a mêm' qui se font buter... »

L'ami Jean-Louis — le journaliste — entré par intrusion dans l'immeuble entendra la musique et, comprenant ce qui se passait, restera sur le palier, assis sur une marche d'escalier. Quand je sortirai de l'appartement, nous n'échangerons pas trois paroles. Tout dans les yeux et dans la poignée de main.

L'attente dans les couloirs du Palais commença à quatorze heures. Au fil des minutes, d'après les policiers en civil de la Sûreté urbaine d'Epinal qui patrouillaient dans les couloirs pour écarter d'éventuels journalistes ou curieux, je devenais — me dira-t-on — d'une pâleur cadavéreuse.

J'occupais mon temps à régler des problèmes d'intendance avec le procureur de la République, celui-ci désirant savoir combien de gardiens de la paix il devait demander au commissaire de police pour surveiller les différents accès au Palais, et par quelle porte était envisagée l'arrivée de la maman, puis sa sortie, avant qu'elle ne gagne la maison d'arrêt de Metz, la seule dans la région prévue pour les femmes enceintes.

Depuis la fin de la matinée, je connaissais les directives très précises adressées par la Chancellerie au procureur de la République, via le Parquet général : le procureur devait requérir le placement sous contrôle judiciaire.

Autant dire que la chambre d'accusation — lorsqu'elle serait amenée à statuer sur la demande de mise en liberté que les avocats ne manqueraient pas de déposer dans la minute suivant l'inculpation — suivrait sûrement, bien que rien ne l'y obligeât, les réquisitions du Parquet général : il était extrêmement difficile aux magistrats de la Chambre de me laisser conduire une information en me « laissant les coudées franches » en sachant que j'aurais contre moi le ministère public, en d'autres termes : les représentants de la société.

Dans l'hypothèse, en forme de quasi-certitude, de la libération de la maman, un seul homme serait alors accusé de tous les péchés du monde...

Vers quatorze heures trente, le directeur du SRPJ me téléphona : ses hommes et lui venaient de procéder à l'interpellation de la maman. Ils se mettaient en route. Ils arriveraient à mon cabinet aux environs de seize heures.

A seize heures dix, alors que je jetais régulièrement des coups d'œil sur le parking du Palais depuis la fenêtre de mon cabinet, je vis deux voitures de police pénétrer en trombe pour venir se garer au ras du bâtiment. Je reconnus la silhouette vêtue de noir qui s'engouffra, solidement encadrée, par la porte d'entrée de la salle des avocats.

J'éclatai en sanglots.

Une peur affreuse m'envahit alors : celle de pleurer quand la mère franchirait le seuil de mon cabinet. En début de matinée, j'avais téléphoné à son avocat parisien. Il arriva quelques minutes avant sa cliente. La discussion me permit de reprendre le dessus.

Mais pourquoi le récit — que d'aucuns trouveront indécent — de ces moments d'intense émotion ?

En fait, nous sommes au cœur du sujet, cette solitude du juge d'instruction. Car le magistrat est aussi un homme. Un homme qui, dans l'affaire qui nous intéresse, connaissait cette personne depuis près de neuf mois...

□

Depuis le 24 octobre 1984, j'avais souvent reçu cette jeune femme dans mon cabinet, tantôt en qualité de témoin, tantôt comme partie civile, et ces auditions, qui duraient parfois plus de trois heures, étaient toujours placées sous le signe du respect de la douleur d'une mère qui a perdu son enfant dans des conditions abominables — avec toujours sous-jacente l'atroce ambiguïté d'une question lancinante — avec de son côté la volonté apparente de ne rien cacher, de toujours s'exprimer avec franchise, en faisant preuve d'intelligence.

Elle n'était pas de ces beautés sur qui tout homme est obligé de se retourner dans la rue. Elle n'était pas non plus jolie. Ni mignonne. Mignonnette, sans plus. Et pourtant, il émanait d'elle un charme étrange, indescriptible. Elle exerçait une réelle fascination sur ses interlocuteurs. A l'instar de certaines femmes-enfants.

Une personne qui aura l'occasion de passer quelques heures avec elle me dira : « Maintenant, je comprends ce que vous vouliez dire en affirmant qu'il s'agit d'une femme séduisante ou séductrice. »

Je vivrai au cours de ces auditions parfois très longues une période épouvantable dans les semaines qui précéderont le 5 juillet 1985. A chacune de ses visites, quand elle entrait dans mon cabinet, pimpante et souriante, je songeais qu'elle se déplaçait insensiblement pour entrer dans le champ des soupçons, au fur et à mesure que les éléments de l'enquête policière et les expertises arrivaient sur mon bureau. Je savais que si cela continuait, je devrais prendre un jour la décision qu'aucun adjectif ne saurait qualifier. Celle de dire à une jeune femme de vingt-cinq ans : « Madame, je vous inculpe d'avoir assassiné votre enfant. » Quand bien même cette décision d'inculpation n'était pas — je n'insisterai jamais assez sur ce point — synonyme de culpabilité, loin s'en fallait, son caractère horrible n'était en rien diminué.

Après le 29 mars 1985, j'avais été amené à l'entendre à plusieurs reprises en qualité de simple témoin, donc sans la présence de ses conseils. Chaque audition se déroulait avec une « meute » de journalistes faisant le pied de grue devant le palais de justice. Les convocations étaient annoncées dans les journaux plusieurs jours à l'avance. Les gens de presse savaient qu'une expertise en écritures désignait la jeune femme comme auteur des lettres anonymes dites « du corbeau ». Ils s'interrogeaient : « La mère : innocente ou coupable ? »

Les reporters ne voulaient passer sous silence aucun élément de réponse.

La jeune femme ne pouvait ignorer cette traque abominable. Mais elle ne se départissait jamais de son calme, de ses sourires, de sa politesse. Elle gardait toujours en réserve des « petites phrases » parfois assassines, toujours corrosives, dont elle avait le secret.

Personne n'y échappera : ni les gendarmes, ni les policiers, ni les experts, ni un avocat d'une partie civile, ni mon greffier (« Il a toujours l'air d'être ailleurs »), ni moi : « Ce n'est pas mon type d'homme, il est trop mollasson », « Avec ce juge, il faut s'attendre à tout », et beaucoup d'autres jugements de la même veine.

Présumée innocente suivant la loi jusqu'à la décision d'une cour d'assises, victime d'une machination judiciaire suivant une partie de l'opinion publique, coupable suivant une autre partie, cette jeune femme restera toujours présente dans mon souvenir comme un personnage profondément énigmatique.

Un juge d'instruction n'est jamais un robot, une mécanique froide. C'est un cliché, même éculé, d'affirmer qu'il se noue parfois des relations de sympathie entre le magistrat et « ses » inculpés. J'atteste la profonde véracité de ce lieu commun, pour l'avoir mille fois vérifié. Mais ces rapports privilégiés s'instaurent généralement *après* l'inculpation, et peu importe que le « client » ait ou non reconnu les faits. S'il les nie, une certaine complicité peut naître entre les deux hommes (les femmes sont généralement exclues de ce genre de relation; elles inspirent au contraire un éloignement, une distanciation quand elles nient : vieux fond de misogynie ?). A travers la confrontation fascinante de deux intelligences se noue un combat au cours duquel les adversaires jouent constamment aux « Tu sais que je sais » et « Je sais que tu sais que c'est moi ». Seuls des sourires esquissés du bout des lèvres trahissent le « point » que vient de marquer l'adversaire, mais dont la victoire ne se répercutera nullement par une déclaration d'aveu sur le procès-verbal.

Mais en l'espèce, j'avais longuement entendu à de multiples reprises la mère *avant* d'envisager son inculpation, et quand deux êtres humains communiquent dans un certain climat de « confiance » — quoique toute relative —, il s'instaure obligatoirement entre eux, au bout d'un temps d'observation, des relations nouvelles.

Si je peux me permettre cette comparaison, les preneurs d'otages deviennent pratiquement incapables d'exécuter leurs victimes après quelques heures de ce contact étroit dans la carlingue d'un avion ou dans la salle d'une banque.

Il me paraît superflu d'affirmer que, dans les auditions de la maman, je ne m'étais jamais départi de mes atours de magistrat, et que les propos retranscrits sur les procès-verbaux tapés par mon greffier n'avaient rien d'une conversation de salon. L'homme restait, cependant, toujours présent.

Le cérémonial de l'inculpation se déroula avec cette même froideur formaliste et procédurière que celle qui doit entraîner l'exécution d'un condamné à mort. Des récits de ces moments horribles ont été transmis par les avocats des suppliciés. Les bourreaux sont toujours restés muets. Ce vendredi 5 juillet 1985, à seize heures trente, je m'étais mis dans la peau d'un bourreau.

Un bien étrange bourreau quand même, qui se retrouvait seul pour accomplir la sale besogne. Le procureur de la République, allié naturel d'ordinaire toujours prompt à requérir le mandat de dépôt, avait reçu des ordres venus de très haut, pour requérir un « simple » placement sous contrôle judiciaire, aux motifs — par ailleurs exacts : que l'inculpée présentait toutes garanties de représentation en justice, qu'elle n'avait pas exercé de pressions sur les témoins, qu'il n'apparaissait pas qu'elle fût susceptible d'exercer de telles pressions ; qu'enfin, aucune concertation frauduleuse n'était à envisager en l'état actuel du dossier, et que son état de santé commandait également de requérir son maintien en liberté.

Chacune de ces paroles dictées directement à mon greffier par le procureur — elles étaient notées sur un papier — me vrillaient l'estomac et le cœur, et l'esprit. Je pensais soudain à tous ces pauvres gens, ces « voleurs de bicyclette » comme je me plaisais à les appeler familièrement, dans un raccourci péjoratif, que j'envoyais entre les quatre murs d'une cellule avec l'accord exprès du Parquet pour « éviter le renouvellement de l'infraction, et maintenir l'inculpé à la disposition de la justice ». Ces deux motivations « passe-partout » revenaient comme un leitmotiv sous nos plumes de magistrats quand nous ne savions pas sur quels fondements appuyer une mise en détention, ou rejeter une demande de mise en liberté.

Une mère inculpée de l'assassinat de son enfant... des réquisitions de placement sous contrôle judiciaire.

A l'issue de la « cérémonie », les acteurs se dispersèrent rapidement. Vers dix-sept heures trente, je réalisai brusquement que le Palais était désert. Et dans le couloir, je me mis à pleurer à chaudes larmes.

Un juge d'instruction chialant comme un môme avant et après une inculpation... Le point d'orgue de la solitude du juge d'instruction.

Je suis parfaitement conscient des critiques que ces confidences ne manqueront pas de m'attirer. Mais j'ai estimé de mon devoir d'homme de franchir la barrière d'une réserve, je pense de bon aloi, pour ne rien celer de ce que peut être la solitude d'un magistrat-instructeur et de la souffrance morale la plus extrême qui peut lui être attachée. Je rends ici hommage avec émotion aux juges Renaud et Pierre Michel qui payèrent de leur vie une solitude sans égale dans la lutte contre le crime puissamment organisé.

Pour ma part, ce vendredi 5 juillet 1985, j'étais seul « contre tous ». (« Allein gegen alle » sera le titre d'un article consacré à « l'Affaire » par le magazine *Der Spiegel* en octobre 1985.) J'avais contre moi non seulement les avocats de la jeune mère, mais également le ministère public représentant la Société.

Et le tout sous les projecteurs, les flashes et les micros des journalistes...

La décision de l'inculpation était en elle-même monstrueuse. Car il s'agissait de dire à une jeune femme : « Madame, je vous inculpe d'assassinat pour avoir tué votre enfant en préméditant votre geste. » Assassinat en l'espèce le plus diabolique qui soit, impensable, inimaginable, échappant totalement à la raison. C'était Hitchcock pensant au scénario d'un mystérieux « corbeau » terrorisant au téléphone et par lettres tous les membres d'une famille au départ unie. Ce « corbeau » téléphonait aux familles de jeunes ouvrières d'une usine de la région. Il écrivait au père de l'enfant — ce dernier étant encore vivant — un bref billet pour « revendiquer » un acte qui faisait reculer les frontières de l'horreur, et téléphonait quelques minutes après avoir jeté le petit vivant dans une rivière pour en informer un oncle de l'innocente victime. Un scénario qui eût fait reculer par son invraisemblance les producteurs les plus audacieux...

Depuis les quelques jours précédant ce « vendredi noir », j'étais seul pour apprécier les termes de l'article 105 du Code de procédure pénale : « Le juge d'instruction chargé d'une information... ne peut, dans le dessein de faire échec aux droits de la défense, entendre comme témoins des personnes contre lesquelles il existe des indices graves et concordants de culpabilité. »

Témoignages, expertises, vérifications a contrario : tels étaient les éléments mouvants et fluctuants sur lesquels je m'appuyais ce vendredi 5 juillet 1985 pour affirmer qu'il existait des « indices graves et concordants de culpabilité ».

L'expérience démontre que même les aveux passés devant le juge d'instruction doivent dans certaines circonstances être maniés avec précaution et qu'ils sont parfois à l'origine d'erreurs judiciaires. Certaines de ces erreurs ont trouvé leur aboutissement sous le couperet de la guillotine.

Et puis il y avait la détention... Cette menace sur les ondes, lancée en forme de défi, de laisser mourir l'enfant attendu montrait clairement du doigt celui qui devrait assumer une responsabilité morale qu'aucun adjectif ne saurait qualifier.

La mise en détention produirait un dernier effet, à la limite de l'anecdote : une décision de mandat de dépôt condamnait la jeune femme à « fêter » son vingt-cinquième anniversaire derrière les barreaux, isolée des siens.

Mais personne n'aurait compris — pas même ses avocats — que je dise à la maman : « Je viens de vous inculper d'assassinat, mais je sais que vous ne recommencerez pas, que vous ne vous soustrairez à aucune de mes convocations, que vous ne chercherez pas à faire pression sur les témoins, ni à détruire les indices matériels. Dans ces conditions, je puis donc vous laisser en liberté, en assortissant celle-ci, pour faire bonne mesure et ne pas perdre la face, d'un classique contrôle judiciaire : comme " un voleur de bicyclette ", vous irez pointer deux fois par semaine à la gendarmerie. »

□

Il faut que nous soyons parfaitement d'accord : le juge d'instruction n'est pas le seul magistrat à prendre des décisions difficiles, aux conséquences parfois dramatiques : les juges pour enfants qui retirent des tout-petits aux parents pour les placer dans une famille d'accueil, des juges au Siège qui prononcent des divorces aux torts de tel époux, déclarent untel responsable d'un accident de la circulation, les juges aux affaires matrimoniales qui confient la garde des enfants mineurs à la mère plutôt qu'au père sitôt entamée la procédure de divorce, les juges d'instance qui placent des « incapables » sous tutelle, les juges d'application des peines — souvent sur la sellette eux aussi — qui refusent une permission de peine à tel détenu, ou accordent une remise de peine importante à tel autre, tous doivent réfléchir longuement avant de décider, et s'interroger au milieu de nuits blanches sur la pertinence de leur choix.

La solitude est la compagne habituelle des magistrats jusqu'à l'apposition d'une signature au bas d'une ordonnance, d'un jugement, d'un arrêt.

A l'occasion de l'audience solennelle de la Cour de cassation du 5 janvier 1981, le président de la République d'alors, Valéry Giscard d'Estaing, avait rendu un vibrant hommage à l'ensemble des magistrats. Chacun d'eux avait d'ailleurs reçu un exemplaire de son allocution :

« La fonction de juge est par nature une des plus difficiles qui soient. Je suis de ceux qui mesurent la gravité et la difficulté d'une décision de justice, déclarait-il.

« En tout temps, le juge n'a pu compter que sur lui-même pour rendre une décision qui engage, parfois pour longtemps, quelquefois pour toujours, le destin d'un adulte ou même d'un enfant.

« Il lui faut apprécier ce qui est essentiel, au travers de la masse souvent compacte des faits exposés dans son dossier.

« Il doit se prononcer en conscience, dans le respect des lois.

« Le noble métier de juge exige ainsi, dans la société moderne, de la part de ceux qui l'exercent un effort intense, difficile et *solitaire*.

« C'est pourquoi le juge a besoin de calme et de sérénité... »

Mais au sein du corps des magistrats — un peu plus de cinq mille personnes en France actuellement, soit le même nombre qu'au début de ce siècle — les cinq cent cinquante juges d'instruction sont les « privilégiés » dans la légion de ceux dont l'ancien Président soulignait le sort exceptionnel.

Le ministère public est soumis à une hiérarchie : si un procureur de la République ou un de ses substituts peuvent classer sans suite des procédures sans avoir de compte à rendre à quiconque, s'ils sont libres à l'audience de requérir la peine qu'ils estiment conforme à la gravité du délit ou du crime, il existe un certain nombre d'affaires, dites « délicates », ou « signalées », dans lesquelles ces magistrats sont au « garde-à-vous », prêts à exécuter — sans discussion possible — les ordres qui viennent du Parquet général, voire de la Chancellerie.

« Vous savez, moi dans cette affaire, je ne suis qu'une courroie de transmission. J'ai renoncé depuis longtemps à prendre des décisions », me dira un procureur de la République, qui sera très vite amené à demander sa mutation pour des cieux plus ensoleillés.

Les magistrats du Siège délibèrent ensemble avant que l'un des trois n'entreprenne la rédaction du jugement.

Les juges d'instance qui sont en relations avec des organismes sociaux peuvent demander leur avis à des collègues.

Les juges aux affaires matrimoniales peuvent demander une enquête sociale avant de confier la garde des enfants à l'un ou l'autre des parents.

Les juges pour enfants peuvent prendre l'avis d'éducateurs, rencontrer des directeurs de foyers socio-éducatifs. Mais leurs fonctions sont parfois proches de celles d'un juge d'instruction, notamment quand il s'agit d'envoyer en prison un garçon de seize ans...

L'esprit de concertation est rarement utilisé par le juge d'instruction, pour la simple raison qu'il convient de connaître toutes les données d'une affaire pour pouvoir utilement donner un avis autorisé sur la décision à prendre.

Quant aux « conseils » des gens qui l'entourent, quelle que soit leur casquette, ils sont rarement désintéressés.

Il existe désormais dans les palais de justice un service d'assistantes sociales qui travaillent en relations étroites avec les juges d'instruction : elles rendent visite aux détenus, s'entretiennent de leurs difficultés pour se réinsérer. En fonction des éléments recueillis, elles en discutent avec le magistrat : « Vous pensez détenir X encore longtemps ? J'ai la possibilité de le faire embaucher en qualité de " TUC" chez un boulanger-pâtissier à partir du 1er mars... Il me paraît sérieusement motivé. » Le juge doit très vite répondre par oui ou par non. Si la réponse est positive, le Parquet ne s'oppose pratiquement jamais à la mise en liberté, assortie dans ce cas d'un contrôle judiciaire ayant au nombre des obligations celle d'assurer un travail stable et de garantir un domicile fixe.

Mais ces exemples de concertation restent anecdotiques. Pour l'essentiel de ses fonctions, le magistrat-instructeur est — une fois encore — un solitaire. Il est le seul maître à bord, en l'espèce son dossier d'information.

Et ce navigateur est doublé d'un équilibriste qui travaille constamment sur un fil : le juge d'instruction doit à la fois tenir compte des impératifs du ministère public, aux tendances à la répression nettement marquées, et anticiper sur la décision du tribunal, ainsi que nous avons eu l'occasion de le constater.

La solitude du juge se manifeste dans la conduite de l'information, du premier acte d'instruction jusqu'à l'ordonnance de renvoi devant les tribunaux correctionnels, de police, ou de transmission des pièces au procureur général, ou enfin l'ordonnance de non-lieu.

L'article 81, alinéa 1er, du Code de procédure pénale définit le champ d'action du magistrat-instructeur : « Le juge d'instruction procède, conformément à la loi, à tous les actes d'information, qu'il juge utiles à la manifestation de la vérité. »

Ce texte signifie que le juge est libre de confier l'enquête à tel service de police ou tel service de gendarmerie, de nommer tels experts plutôt que tels autres, de procéder à toutes les auditions, interrogatoires, confrontations, transports sur les lieux, reconstitutions, qu'il juge utiles à la manifestation de cette obsédante vérité.

Il décide sans avoir de compte à rendre à quiconque.

Au cours de « l'Affaire », on s'étonnera souvent, par exemple, que j'aie confié d'abord l'enquête aux gendarmes de préférence aux policiers. Mais mon choix allait de soi et n'a jamais compté au nombre des décisions qui m'ont imposé un effort de réflexion : l'assassinat abject de ce petit enfant avait été commis au cœur de la France profonde, rurale, mi-ouvrière, mi-paysanne, ce milieu que les gendarmes sont censés connaître individu par individu. Et l'enquête n'avait pas été confiée aux gendarmes d'une brigade territoriale — comme je le lirai parfois — mais aux militaires d'une section de recherches régionale, en collaboration avec leurs collègues de la compagnie départementale. Bref, à des gens aguerris aux affaires criminelles, pas à des spécialistes de « vols de bicyclettes ».

Le juge d'instruction travaille donc seul et le Code de procédure pénale fait de lui un homme extrêmement puissant. Même si, nous l'avons vu, il est loin d'être l' « homme le plus puissant de France ». Mais il n'est pas davantage un quelconque fonctionnaire de justice, et l'étendue de ses pouvoirs rend l'exercice de ses fonctions encore plus périlleux.

Le juge d'instruction est d'abord un homme puissant parce que, une fois désigné par le président du tribunal pour conduire une information — nous avons vu qu'en fait le président signe en blanc la partie réservée à cette désignation du magistrat-instructeur, et que le procureur remplit cette partie vierge —, personne ne peut lui retirer le dossier. Il s'agit là d'une mesure qui garantit à la fois l'indépendance du magistrat et le respect des grands principes de liberté et d'égalité de notre démocratie, même s'il existe des moyens pour contourner l'obstacle, et de se « débarrasser » d'un juge un peu trop curieux dans des affaires « délicates », notamment par leurs implications politiques : « on » proposera alors au magistrat une promotion extrêmement flatteuse au beau milieu de l'information, en lui laissant entendre qu'un refus le condamnerait à stagner au même poste de très longues années, sans aucun espoir d'avancement tant que certains hommes seraient en place au plus haut niveau de la hiérarchie. Quand on ne lui oppose pas le secret-défense. En revanche, je dois témoigner du fait que je n'ai jamais fait l'objet de la moindre pression dans « l'Affaire », du moins de façon officieuse, par le biais du téléphone. Les rares directives données au Parquet pour m'inviter à agir dans telle ou telle direction figurent au dossier.

L'article 669 du Code de procédure pénale prévoit que le juge d'instruction, au même titre qu'un juge ou l'ensemble des juges du tribunal correctionnel, ou des conseillers de la cour d'appel, peut faire l'objet d'une demande de récusation de la part de l'inculpé, du prévenu, de l'accusé ou de toute partie à l'instance. Cette demande est adressée, avec ses motivations — lesquelles doivent être sérieuses — et les pièces justificatives au premier président de la cour d'appel. Mais ces demandes de récusation restent exceptionnelles.

Le juge d'instruction est également un homme puissant parce

que son adversaire naturel, l'avocat, ne bénéficie que de droits très en deçà des pouvoirs du magistrat.

Nous avons vu que dès l'interrogatoire de première comparution, l'inculpé peut demander à s'expliquer immédiatement sur les faits qui lui sont reprochés, en renonçant à l'assistance d'un avocat. De la part du magistrat, il existe une manière habile de présenter la chose, quand il ne passe pas le droit sous silence, pratique la plus courante : « Vous préférez vous expliquer maintenant, ou plus tard en présence de votre avocat ? Mais je crois que si vous acceptez de vous expliquer, de tout me dire aujourd'hui, sans rien me cacher, cela vous permettra de passer plus rapidement devant le tribunal. » Cette formulation ne laisse guère le choix à un inculpé peu versé dans les arcanes judiciaires.

Malheureusement, ce procédé — qui recueille, nous le savons, l'assentiment tacite des avocats — revient parfois à jouer avec le feu, et peut être à l'origine d'une erreur judiciaire.

Oui : des « aveux » passés devant les policiers ou les gendarmes, confirmés devant le juge d'instruction auquel l'individu a été présenté « dans la foulée » de la garde à vue, abruti par le manque de sommeil, les cris des inspecteurs ou des gradés, et le cliquetis de la machine à écrire, les volutes de fumée, peuvent être à l'origine de monstrueux errements de la justice des hommes.

Un constat pénible s'impose : si les aveux ne constituent pas davantage que les expertises ou les témoignages un mode de preuve infaillible, il leur est en revanche attaché une présomption très forte de culpabilité : l'avocat qui interviendra après les rétractations de son client, ayant enfin réalisé la portée dramatique de ses déclarations, aura, dans ces conditions, bien du mal à remonter la pente et à convaincre les magistrats du tribunal correctionnel ou les jurés de la cour d'assises de l'innocence de l'homme qu'il défend.

Jusqu'à une loi du 10 juin 1983, la procédure n'était mise à la disposition de l'avocat que vingt-quatre heures avant la convocation de son client pour un interrogatoire ou une confrontation, et la convocation ne pouvait être adressée que quarante-huit heures avant ces mêmes actes d'information, par lettre recommandée ou par avis remis contre récépissé. Autant dire que le juge d'instruction qui entretenait de très mauvais rapports avec un avocat — ou avec son client ! — disposait de merveilleux moyens, on ne peut plus respectueux des règles de procédure. Mais quel est l'avocat dont l'agenda n'est pas déjà bien rempli deux jours avant une convocation (et encore la lettre pouvait-elle arriver le jour même, puisque ce délai de deux jours partait du jour d'envoi de la convocation !), ou qui peut prendre connaissance d'un épais dossier vingt-quatre heures avant que son client ne soit sur la sellette ?

Il y avait là un abus qui n'était pas à l'honneur d'une grande nation démocratique.

Une loi du 10 juin 1983 a doublé ces délais, qui restent autant d'armes mises par le Code à la disposition du juge d'instruction dans la lutte qui l'oppose à l'avocat.

Car, dans sa solitude, le magistrat-instructeur n'est pas neutre.

En disposant que le juge d'instruction procède à tous les actes d'information qu'il juge utiles à la manifestation, le Code de procédure pénale prévoit que ce magistrat doit, suivant la formule bien connue, instruire à charge et à décharge.

Seulement voilà : les dés sont pipés à l'avance, et les partenaires ne jouent pas franc jeu. Parce que la Justice s'intéresse à celui qui a cassé le vase de Soissons, et non à celui qui a recollé les morceaux. Personne ne songe à se plaindre auprès des services de police ou de gendarmerie des trains qui arrivent à l'heure, on ne dépose plainte que pour les trains qui déraillent ou qui arrivent en retard. Les amoureux qui se « bécotent » sur les bancs publics ne choquent que la sainte famille Machin. La machine judiciaire ne se met en branle que lorsque le garçon au tempérament ardent a défloré sa belle contre le gré de celle-ci.

Le système judiciaire est avant tout répressif. L'usage du Glaive passe avant le maniement de la Balance. Il n'y a rien à redire à cela : c'est la nature même de l'institution.

Et le juge d'instruction occupe un poste charnière dans l'institution judiciaire.

Quand un inculpé nie devant lui les faits « reconnus » devant les policiers ou les gendarmes, en prétendant avoir passé des aveux dans le cadre d'une garde à vue « musclée », le magistrat accueille avec beaucoup de circonspection ces rétractations. Sa confiance dans les forces de l'ordre est aveugle.

Et il a raison.

Je me souviens d'une affaire de cambriolage dans laquelle les gendarmes n'avaient pu prouver la culpabilité d'un individu malin et retors que par la présence dans le vide-poches de son véhicule d'une sacoche contenant une bague avec des initiales gravées à l'intérieur. Cette marque avait permis de démontrer que la bague provenait d'un cambriolage.

Or l'inculpé prétendait que lors de la perquisition à son domicile faite en son absence, avec deux témoins requis suivant les formes légales parmi des gens « pas trop curieux », un gendarme avait pu profiter de l'obscurité du garage pour glisser la bague « compromettante » dans le vide-poches.

Personne, parmi les magistrats du tribunal, n'avait songé à mettre en cause une seule seconde l'honnêteté du gendarme.

En revanche, je suis bien obligé de dire qu'il se passe parfois « des choses bien étranges » entre certains murs...

J'avais ainsi été amené à accueillir avec une oreille attentive le récit d'un garçon inculpé de vol avec effraction. Devant les policiers, il avait d'abord nié, puis il avait reconnu en racontant avoir agi en compagnie d'un camarade. Devant moi, le jour de son inculpation, il nia d'emblée les faits, affirmant avoir été frappé par un inspecteur de police qui était « comme fou », l'avait projeté contre les murs de la pièce de garde à vue, lui avait violemment tiré l'oreille, l'avait traîné par les cheveux, lui avait allègrement botté le derrière en faisant des bonds (le garçon avait mimé la scène dans mon cabinet ; c'était digne d'un grand film comique), avant de lui dire : « Tu avoues : tu sors ; tu nies : tu restes. » Et l'inspecteur, à la suite d'une approbation exprimée par un signe de tête, avait tapé ce qu'il voulait sur la machine. L'autre s'était empressé de signer le procès-verbal de peur que les « séances » ne recommencent. Il y avait des accents de sincérité dans sa voix, mais l'expérience m'avait appris à me méfier de ces fameux accents...

Ma prudence à l'égard des graves accusations ainsi portées contre un fonctionnaire de police s'accentua avec l'interrogatoire du complice. Sans marquer la moindre hésitation, il m'affirma qu'ils avaient bien tous les deux participé au cambriolage.

Une confrontation s'imposait, et j'avais l'intention de faire passer un « sale quart d'heure » à celui qui niait, et surtout mettait en cause la probité d'un inspecteur de police.

Le jour de cette confrontation, je commençai par interroger celui qui niait : il persistait dans ses dénégations, et confirmait les brutalités dont il avait été victime.

J'interrogeai alors l'autre garçon. Coup de théâtre : il reconnut avoir agi seul.

Il va sans dire que cela ne suffisait pas pour étayer une quelconque conviction, et je lui demandai des précisions.

Quand il avait reconnu le cambriolage, l'inspecteur lui avait dit : « Tu n'as pas agi seul. Vous étiez plusieurs » — le garçon était déjà connu pour des faits similaires toujours commis avec des complices. Et comme il prétendait avoir agi seul, il avait subi contre le mur quelques projections d'un douloureux effet. Il avait alors eu l'idée de mettre en cause son camarade, celui-ci n'ayant jamais été condamné, en pensant qu'il s'en « tirerait bien, avec le minimum de dégâts ».

Pour conclure sur ce développement qui pourrait s'intituler : « De la vigilance considérée comme un exercice de chaque instant », je précise que le garçon qui avait toujours nié devant moi s'était présenté à l'issue de la garde à vue chez un médecin (le substitut avait ordonné qu'il fût relâché en raison de la virginité de son casier judiciaire), et que le praticien lui avait remis un certificat médical attestant la présence d'ecchymoses dorsales avec une gêne de mouvement à hauteur de l'épaule gauche.

Je suivis le Parquet dans ses réquisitions de non-lieu à son égard.

Quant au policier, je ne m'occupai pas de son sort. Cela relevait de la compétence du procureur de la République. A ma connaissance, il n'y eut même pas une quelconque « demande d'explication ».

Affirmer que la Justice est aveugle revient à entamer un vaste débat. Mais un fait est certain : elle sait parfois avec opportunité fermer les yeux...

□

Sitôt qu'un avocat intervient dans un dossier, il fait figure de trublion, il joue les empêcheurs de tourner en rond : il soulèvera les contradictions existant entre les déclarations de plusieurs témoins, ou dans les rapports de différents experts (en écritures, ou autres...), dénichera des cas de nullité de la procédure — et s'il est spécialiste des « chicanes », il en relèvera dans *tous les dossiers criminels* —, posera des questions embarrassantes aux témoins lors des confrontations, ou demandera au juge de poser telle question à son client, allant évidemment dans le sens des intérêts de celui-ci.

Ma modeste expérience m'a enseigné un principe : beaucoup de dossiers se retournent comme une crêpe. Tel témoin qui paraissait formel devient hésitant après quelques questions de l'avocat de la défense. Tel raisonnement qui semblait irréfutable perd de sa force probante après la démonstration de l'avocat. Du coup, les belles certitudes du magistrat sont grêlées de doutes.

Mais en dépit de ce caractère de trouble-fête — ou peut-être précisément *à cause* de cela — la profession d'avocat est magnifique. Celle dont saint Thomas d'Aquin disait qu' « elle est l'une des rares qui permette de faire du bien à autrui », traduction d'une profonde vérité. Combien d'êtres innocents seraient broyés par l'appareil judiciaire si des avocats ne s'étaient battus avec une force puisée au plus profond de leurs « tripes » pour arracher leur client d'une geôle dans laquelle la sottise humaine les a parfois précipités... Combien de gens coupables ont bénéficié de circonstances atténuantes parce que leur avocat a su décortiquer une partie de leur personnalité jusque-là restée dans l'ombre...

Le magistrat-instructeur lui-même ne peut souvent que se sentir heureux de la présence d'un avocat « teigneux » dans un dossier difficile. Nous en verrons bientôt les raisons.

Dans son travail quotidien, le juge d'instruction doit donc rester constamment sur ses gardes, veiller à examiner les éléments du dossier qui jettent un doute sur la culpabilité de l'inculpé. Il n'a pas le droit de les négliger, ni de chercher à les réfuter de manière systématique pour ne s'attacher à donner un éclairage flatteur qu'aux seuls éléments à charge. L'objectivité doit rester son souci majeur, et il doit toujours agir avec loyauté, honnêteté intellectuelle et franchise.

En fait, il ne doit jamais perdre de vue, ainsi que tous ses collègues magistrats, la phrase superbe de Voltaire, l'une des plus belles jamais écrites sur la Justice, dont l'évidence reste malheureusement à démontrer chaque jour : « Je préfère savoir un coupable en liberté qu'un innocent en prison. »

Le juge d'instruction ne doit pas devenir le béni-oui-oui du procureur de la République et de ses substituts, davantage axés, eux, sur la répression.

Mais il ne doit évidemment pas davantage considérer les inculpés comme des saints, de pauvres malheureux, victimes de la société, préservés de tous les péchés de la terre. Quels que soient ses facultés de tolérance et son amour religieux du prochain, le juge d'instruction ne doit jamais confondre sa mission avec celle de l'abbé Pierre.

Et pourtant, il est le magistrat le mieux placé pour comprendre la personnalité des gens qui se sont mis au ban de la société. Combien de fois serai-je ulcéré en entendant un substitut me dire : « Oh ! celui-ci, c'est un drôle de gaillard... Un sale individu. Il ne mérite aucune pitié », et cela à la seule lecture du casier judiciaire de l'intéressé, dont le nom était effectivement bien connu des magistrats du tribunal correctionnel. Or j'avais interrogé un garçon intelligent, calme, reconnaissant sans difficulté les faits qui lui étaient reprochés — dans la mesure toutefois où les services de police ou de gendarmerie ne cherchaient pas à lui coller sur le dos des exactions auxquelles il était étranger. Les représentants de l'ordre usent parfois de ce procédé — le rapprochement entre les faits pour lesquels l'individu a été interpellé et les délits présentant des ressemblances dans le procédé — pour « liquider » ainsi le stock des affaires non résolues, et présenter à la fin de l'année un bilan d'activité satisfaisant.

Des milliers de pages ont été écrites sur les causes de la délinquance. Je me demande si deux mots ne les résument pas : fatalité et maladie.

Le juge d'instruction est en rapport constant avec les gens du Parquet — procureur et substituts — et deux types de relations peuvent s'établir entre un juge d'instruction et un magistrat du ministère public : les bonnes... et les mauvaises.

Les bonnes peuvent aller de la simple cordialité ou courtoisie, jusqu'à l'amitié la plus absolue, en passant par cette bonne camaraderie qui est de mise entre gens appartenant à la même promotion, à condition toutefois que des divergences... syndicales ne viennent pas briser ce lien ténu !

Les mauvaises vont de l'absence de contacts personnels, la communication des dossiers se faisant alors par l'intermédiaire des greffiers, à la guerre ouverte et déclarée par les armes de réquisitions supplétives, appels d'ordonnances, soit-transmis vengeurs.

L'article 82 du Code de procédure pénale dispose en effet :

« Dans son réquisitoire introductif, et à toute époque de l'information, par réquisitoire supplétif, le procureur de la République peut requérir du magistrat-instructeur tous les actes lui paraissant utiles à la manifestation de la vérité.

« Il peut, à cette fin, se faire communiquer la procédure, à charge de la rendre dans les vingt-quatre heures.

« Si le juge d'instruction ne croit pas devoir procéder aux actes requis, il doit rendre, dans les cinq jours des réquisitions du procureur de la République, une ordonnance motivée. »

L'atmosphère devient alors fortement électrisée. Les deux hommes doivent s'équiper de boucliers, voire de gilets pare-balles, si les circonstances les obligent à se rencontrer.

Quand le climat est à la détente et à la confiance entre le juge et les magistrats du Parquet — et ce sera toujours le cas, à des degrés divers, à Epinal —, le premier doit battre en retraite. Du dialogue dans le bureau du parquetier naît la résolution des cas de conscience :

Le juge : « Je t'apporte une demande de mise en liberté de X. Il se moque du monde. Avec son casier, et les faits qu'il a commis, il ne manque pas de toupet. On le garde pour éviter le renouvellement de l'infraction, et le maintenir à la disposition de la justice. »

Le substitut : « Tu deviens plus royaliste que le roi ! Je fais comme tu veux. Mais tu es certain que le dossier est solide ? »

Le juge : « Aucun problème. »

Ou, hypothèse déjà plus ambiguë... Le juge : « Je te préviens, j'ai l'intention de le sortir. Il s'est engagé à se faire soigner par un psychiatre. »

Le substitut : « Oui, mais tu as vu les faits ! Attentat à la pudeur sur mineure de quinze ans ! C'est grave ! Dans son cas, c'est même franchement odieux : demander à la fille de sa concubine, âgée de huit ans, de le caresser, de le sucer, c'est inqualifiable ! »

Le juge : « Tout à fait d'accord avec toi ! Mais tu as lu le rapport d'expertise mentale : " S'il est indemne de troubles mentaux, il présente toutefois un certain degré d'immaturité affective avec problématique sexuelle. " Ils ajoutent qu'il est curable et qu'il serait souhaitable qu'il puisse bénéficier d'une thérapie afin de lui permettre de surmonter son handicap pédophilique. A mon avis, son cas relève effectivement davantage, je le répète, de la psychiatrie que de la prison. »

Le substitut : « Bon, tu fais ce que tu veux. Je marque que je m'oppose à la mise en liberté. Mais si tu passes outre, nous ne ferons pas appel. »

Ou dans les situations les plus difficiles, toujours dans le cadre de bonnes relations :

Le juge : « Tu vas faire des bonds au plafond, mais je te préviens : j'ai l'intention de relâcher X. Je l'ai interrogé ce matin. Il m'a dit qu'il avait enfin compris. Il a maintenant vingt-trois ans, il a pris conscience qu'il avait sa part de responsabilité dans la mort de sa mère il y a deux ans, il a une petite amie avec laquelle il nourrit des projets à long terme, enfin son père lui trouvera du travail sans aucune difficulté... »

Le substitut : « Mais tu as vu son casier judiciaire : vingt et une condamnations ! »

Le juge : « Oui, mais dix-sept pour défaut de permis de conduire et d'assurance. C'était du temps où il était un fanatique de moto... »

Le substitut : « Je ne veux pas savoir. C'est un individu dangereux et irrécupérable. Tu fais ce que tu veux. Mais si tu le libères, je fais appel de ton ordonnance. »

Ouvrons une parenthèse pour rappeler que, jusqu'au 1er janvier 1985, quand un juge d'instruction mettait un inculpé en liberté, dans l'hypothèse d'un appel du Parquet, l'inculpé restait détenu jusqu'à ce que la chambre d'accusation ait tranché.

Depuis une loi du 9 juillet 1984, applicable depuis le 1er janvier 1985, l'ordonnance du juge levant un mandat de dépôt devient immédiatement exécutable, nonobstant l'appel du Parquet : l'inculpé est donc libéré le jour même de l'ordonnance.

Ce nouveau système accroît ou diminue les responsabilités du magistrat-instructeur, mais en tout état de cause, lui pose toujours un cas de conscience terrible, toujours dans l'hypothèse d'un appel du Parquet. Le juge d'instruction peut se réfugier, dans une attitude de confort, derrière la décision du Parquet, et

« aligner » sa position sur celle du substitut : il s'agit dans ce cas à la fois d'une atteinte à son indépendance et d'une restriction de ses pouvoirs.

Ou le magistrat passe outre et libère l'inculpé. Mais il joue alors avec le feu, et malheureusement ce n'est pas lui qui en subira les conséquences, mais l'inculpé libéré de fraîche date. Deux cas de figures se présentent : soit la chambre d'accusation confirme l'ordonnance du juge d'instruction, et dans ce cas tout va pour le mieux dans le meilleur des mondes, soit elle infirme l'ordonnance, pour dire en substance à l'inculpé : « Le juge d'instruction a agi avec beaucoup de légèreté en vous mettant en liberté. Nous allons quérir la force publique pour que l'on vous ramène très vite derrière les barreaux. »

On devine sans peine les drames humains ainsi causés, si entre sa libération et son nouveau placement en détention, le détenu a trouvé du travail ou esquissé une vie sentimentale riche de promesses. La chambre d'accusation dispose d'un délai de trente jours pour décider.

Et le juge d'instruction, quand il apprendra le contenu de l'arrêt, ne pourra se réfugier derrière sa bonne conscience : « Oh ! moi, je ne suis pas atteint par la décision de la Chambre, chacun a pris ses responsabilités ! » Il gardera un étrange goût amer dans la bouche...

Si pour des raisons d'absence d'affinités personnelles ou de l'existence de profondes divergences d'ordre syndical — c'est ainsi... — le pacte tacite de non-agression entre le juge d'instruction et les magistrats du Parquet est rompu, une atroce guerre de tranchées s'instaure entre les deux adversaires.

Et le magistrat-instructeur n'a que peu de chances de sortir vainqueur du conflit.

L'article 82 du Code de procédure pénale donne l'avantage au Parquet.

En près de sept années de fonctions, je n'ai connu qu'un seul exemple de réquisitions écrites du procureur de la République. C'était dans « l'Affaire ». L'avant-veille de l'inculpation de la mère du petit être innocent assassiné, la greffière du Parquet m'avait transmis des réquisitions écrites m'enjoignant de procéder à la notification de certaines expertises à la jeune femme en sa qualité de partie civile, et de procéder à une confrontation avec des témoins. Laquelle confrontation avait eu lieu quelque sept mois plus tôt. Dès le lendemain, je rendrai une ordonnance « rageusement » motivée, rappelant notamment que la confrontation m'avait paru être un acte essentiel dans les premières semaines de l'enquête. Le Parquet ne fit pas appel de mon ordonnance. Le lendemain, j'inculpai la jeune femme d'assassinat.

Si la guerre est déclarée, un dossier peut faire sans arrêt la navette entre le cabinet du juge et le bureau du procureur : celui-ci en demande la communication, et le renvoie au juge en lui demandant par exemple d'entendre tel témoin, ou de reconvoquer tel autre pour lui poser telle question. Si le juge refuse, il doit en donner les raisons par une ordonnance sérieusement motivée, dont le Parquet peut interjeter appel, et quand le dossier revient de la Cour, le combat reprend de plus belle.

Et le juge d'instruction se sent alors bien faible, bien isolé, face à l'organisation structurée et hiérarchisée du ministère public.

Disons-le tout net : ce genre de relations stupides, dont seul l'inculpé fait en définitive les frais, est extrêmement rare.

Les magistrats savent se comporter en gens responsables. En revanche, l'absence de contacts directs entre les deux hommes est beaucoup plus fréquente. Ils communiquent alors par « soit-transmis ».

Je n'ai jamais vécu une telle situation conflictuelle. Mais les anciens du Palais racontent que dans un passé encore récent...

Mais même dans l'hypothèse la plus favorable, celle des excellents rapports entre les deux hommes, ou de simple cordialité, la solitude du juge d'instruction est grande. C'est la rançon de son indépendance.

Celle-ci n'est pas totale. Outre l' « examen » en appel de ses ordonnances, la chambre d'accusation examine trimestriellement un « état » faisant le point détaillé sur chacune des affaires en cours, ainsi qu'une fiche relevant le nombre des détenus et la date de leur incarcération. Nous avons vu que ces obligations étaient autant de freins aux pouvoirs de l' « homme le plus puissant de France ».

Et en retour, le président de la chambre d'accusation présente par écrit toutes les observations qu'il estime utiles. Si le juge n'en tient pas compte, sa hiérarchie saura en tirer les conséquences qui s'imposent. Seul un magistrat du Siège qui n'a que faire d'un quelconque avancement peut prétendre à une réelle indépendance... Avec une condition supplémentaire : être parfaitement heureux dans la ville où il exerce ses fonctions.

Je ne puis résister à la tentation de livrer le contenu de la lettre que m'avait adressée le président de la chambre d'accusation de Nancy le 19 octobre 1984 :

« J'ai l'honneur de vous retourner les notices d'instruction du troisième trimestre 1984 de votre cabinet, qui n'appellent aucune observation particulière de ma part.

« Je suppose que l'importante augmentation de nombre des affaires en cours [131 au lieu de 100 au 30 juin 1984] est due au départ de M. X... et à l'affectation massive des affaires nouvelles à votre cabinet. [59 au lieu de 28 pour le cabinet numéro 1.]

« Je vous sais gré du travail supplémentaire que vous assumez pour assurer la gestion des deux cabinets. J'espère que cette situation va bientôt prendre fin et que vous pourrez ainsi plus sereinement vous consacrer à résorber le volume très important des affaires actuellement en cours dans le cabinet numéro 2. »

Rappel de la date de ce courrier : 19 octobre 1984. Tout commentaire paraît superflu...

Mais le juge d'instruction bénéficie d'une indépendance réelle dans la conduite de ses dossiers : il peut entendre les témoins qu'il veut, leur poser les questions qu'il désire (en veillant toutefois à ce qu'ils n'entrent pas dans la catégorie des personnes contre lesquelles il existe des « indices graves et concordants de culpabilité », auquel cas il est obligé de les inculper, conformément à l'article 105 du Code de procédure pénale). Il peut également procéder à des confrontations, des reconstitutions, se transporter sur les lieux pour s'imprégner du décor de l'affaire, en sentir l'épaisseur — je me suis toujours tenu à ces transports en matière criminelle, et parfois dans les affaires correctionnelles, par exemple pour mieux comprendre les raisons de la pollution d'une rivière avec mise en cause d'une usine située à proximité. Le magistrat peut refuser de procéder à des mesures d'expertises sollicitées par les avocats, quand leur caractère dilatoire est manifeste ou quand les grands principes de notre démocratie les interdisent — pour l'instant ? — tel ce « sérum de vérité » parfois utilisé outre-Atlantique.

Le magistrat-instructeur bénéficie d'une liberté totale dans son travail quotidien, sous réserve de quelques points de procédure très particuliers. Il ne peut ainsi envoyer quelqu'un en prison sans l'avoir auparavant interrogé au moins sur son identité, avec notification de l'inculpation. Dans une nation démocratique, cela semble être la moindre des choses.

Le juge d'instruction est maître de son emploi du temps. Comme tous ses collègues magistrats, il est libre de venir au Palais le matin à huit heures, ou d'arriver à onze heures, pour partir à dix-sept heures ou à vingt heures (quitte à s'attirer dans son dos les réflexions acerbes du concierge du Palais, chargé de fermer les grilles après le départ de la dernière personne travaillant dans les locaux), de travailler trente ou soixante heures par semaine. Il peut emporter des dossiers à son domicile, pour préparer un interrogatoire dans le calme absolu. Je me suis toujours refusé à cette pratique, en dressant une frontière très nette entre la vie professionnelle et la vie privée.

Pour rester dans les comparaisons marines, ce capitaine de navire dans le pilotage d'un dossier se transforme en amiral de la flotte dans la conduite de son cabinet.

Il n'instruit pas affaire par affaire au fur et à mesure de leur arrivée dans son cabinet, mais il en mène soixante, quatre-vingts, cent de front. Ce nombre peut sembler exorbitant, mais dans la pratique, tout se passe avec naturel : la priorité est donnée aux dossiers où des inculpés sont détenus. De telles procédures ne doivent jamais « dormir » : une convocation de l'inculpé ou d'un témoin, une commission rogatoire en cours, des ordonnances d'expertise, un transport imminent sur les lieux, doivent toujours justifier la présence du dossier dans l'armoire. Dès qu'aucun acte n'apparaît plus nécessaire pour « la manifestation de la vérité », sitôt que l'extrait numéro 1 du casier judiciaire et la fiche de renseignements ont pris leur place dans la chemise « personnalité », le juge d'instruction doit communiquer le dossier au procureur de la République pour que celui-ci — ou l'un de ses substituts — « concocte » son réquisitoire définitif : un « avis » en forme de résumé des faits et de relevé des inculpations que le juge n'est pas tenu de suivre, mais que, dans la pratique, il reproduit généralement à la virgule près.

Le magistrat-instructeur rend alors sa dernière ordonnance qui sera soit de non-lieu, soit de renvoi devant le tribunal de police (très rare), soit de renvoi devant le tribunal correctionnel, soit de « transmission des pièces à M. le procureur général » en matière de crimes. Dans toutes ces hypothèses, il aura d'abord examiné « s'il existe contre l'inculpé des charges constitutives d'infraction à la loi pénale ».

Le travail du magistrat-instructeur est alors terminé.

Les dossiers dans lesquels ne figurent pas de détentions sont rangés dans l'armoire en fonction de leur degré de maturité : commissions rogatoires en cours, expertises, dossiers en attente de documents que doit fournir une partie. Le juge ne doit pas laisser ces dossiers se couvrir de poussière ! Régulièrement, il doit vérifier la date des actes ordonnés, et adresser le cas échéant les lettres de rappel aux experts, policiers, gendarmes.

Cette liberté dans le travail quotidien procure de grandes satisfactions. La solitude ne présente pas que des inconvénients...

Nous avons déjà tordu le cou au mythe du juge d'instruction « homme le plus puissant de France ». Il convient de réserver le même sort à une légende voisine, portant sur la « toute-puissance » de ce magistrat.

S'il est vrai qu'un juge d'instruction est libre d'inculper et de placer en détention — à condition que la peine encourue atteigne un certain seuil — « qui il veut », il ne pourrait néanmoins détenir pour des raisons que lui seul connaîtrait — donc ignorées du Parquet — une personne plus de cinq jours. Un appel immédiat du ministère public, éventuellement de l'avocat, suivi dans un délai maximum de trente jours d'un arrêt de la chambre d'accusation remettrait rapidement les choses en place.

Mais d'une part, imaginer un tel scénario revient à prêter au juge d'instruction l'intention de faire sienne la devise : « Car tel est bon mon plaisir », qui lui est étrangère, d'autre part, c'est accorder beaucoup de poids à un magistrat, dont le seul pouvoir — dans le domaine de l'intégrité des personnes — est celui de signer des mandats de dépôt. Le médecin qui décrète au vu du résultat de divers examens : « Il faut que l'on vous coupe la jambe gauche », me paraît détenir une puissance autrement plus dangereuse.

Le juge d'instruction ne doit pas être accusé de tous les péchés de la terre.

Mais après avoir battu en brèche ce mythe de la toute-puissance, il ne faudrait pas tomber dans l'excès inverse, et prétendre que les décisions d'un juge d'instruction ne sont jamais bien lourdes de conséquences, et que les tourments qu'il connaît à certaines étapes cruciales d'une affaire sont le résultat d'un excès de scrupules.

Car les décisions que doit prendre un magistrat-instructeur ne se limitent pas à ces problèmes de détention. Il y en a d'autres, dont les répercussions sur l'équilibre mental des personnes visées peuvent être terribles.

Revenons à l'article 105 du Code de procédure pénale, qui dispose : « Le juge d'instruction chargé d'une information ainsi que les magistrats et officiers de police judiciaire, agissant sur commission rogatoire ne peuvent, dans le dessein de faire échec aux droits de la défense, entendre comme témoins des personnes contre lesquelles il existe des indices graves et concordants de culpabilité. »

En d'autres termes, le Code demande au juge d'instruction — donc à un seul homme — d'apprécier les éléments dans le sens de la culpabilité d'une personne. Et le magistrat ne peut échapper au cruel dilemme qui se posera à lui à un moment quelconque de la procédure : la Cour de cassation est, à juste titre, très « chatouilleuse » sur la question de l'atteinte aux droits de la défense, et sanctionne le procédé de l' « inculpation tardive » régulièrement soulevé par l'avocat de la défense.

Je serai « accusé », au moins deux fois, d'avoir mal agi en essayant de faire ainsi échec aux droits de la défense. Dans l'affaire de fraude fiscale mettant en cause le neveu d'un grand capitaine d'industrie (l'information étant ouverte contre X), j'avais entendu à deux reprises, et longuement, le neveu en qualité de témoin, avant de prendre la décision de l'inculper. Les charges ne reposaient au départ que sur les accusations de deux autres inculpés, et je ne voulais pas, précisément, inculper quelqu'un « à la légère ». A l'audience du tribunal correctionnel, l'avocat de l'homme au patronyme célèbre soulèvera la nullité de l'ensemble de la procédure, en raison de l'inculpation tardive de son client, et de l'atteinte ainsi portée aux droits de la défense. Mais si l'argument était classique, la réponse du tribunal ne le fut pas moins : il rejeta ce moyen.

Et je lirai, dans les comptes rendus de l'audience de la chambre d'accusation du 12 novembre 1986, publiés dans la presse locale, que les avocats d'une inculpée célèbre me reprochaient d'avoir procédé à une inculpation tardive en attendant le 5 juillet 1985 pour prendre la terrible décision. Je ne pus m'empêcher de sourire. Mais leur argument n'eût peut-être pas manqué de pertinence si la jeune femme n'avait eu auparavant la qualité de partie civile, qui lui donnait les mêmes droits, ou presque, que ceux attachés à une inculpation.

□

A propos du secret de l'instruction, nous avons vu que l'inculpation est liée à une série de droits, qui sont refusés à un simple témoin. Le problème se pose régulièrement dans les plaintes contre X, dans lesquelles en fait une personne apparaît nettement visée, sans la moindre ambiguïté. Le magistrat doit avertir la personne visée de ses droits. Le problème est que « l'inculpation considérée comme une faveur » n'est pas encore passée dans les mentalités. Et il est à craindre que ce n'est pas encore demain qu'un brave homme qui se sait accusé à tort par le biais d'une plainte à relents de diffamation pourra rentrer chez lui et annoncer à sa famille : « Le juge s'est montré très gentil avec moi, et il a consenti à m'inculper. Comme cela, je vais pouvoir prendre un avocat, et savoir exactement ce qu'il y a dans la procédure. »

L'inculpation est donc une médaille à double revers pour la personne concernée, et pour le juge d'instruction. Intéressons-nous à la seule position du magistrat.

Il peut annoncer en toute décontraction à la personne assise en face de lui qu'il va l'inculper pour lui garantir les droits de la défense.

Mais en revanche, l'inculpation est également cette décision prise par le juge d'instruction quand il estime qu'il existe des indices graves et concordants de culpabilité.

Nous changeons totalement de registre.

Le Code de procédure pénale demande ainsi à un seul

homme d'apprécier la culpabilité d'une personne, et donc d'anticiper sur la décision que prendront par la suite les trois magistrats du tribunal correctionnel, ou les trois magistrats et neuf jurés composant la cour d'assises.

La responsabilité est terrible, parfois écrasante.

Il ne faut pas se leurrer, et chercher à tromper : dans 98 % ou 99 % des cas, la décision ne provoque aucun débat de conscience si l'inculpé reconnaît les faits, ou si les charges sont tellement évidentes que la conclusion s'impose d'elle-même, et ne suscite chez le magistrat aucune interrogation obsédant ses jours et ses nuits.

J'avais ainsi inculpé et placé en détention deux femmes « manouches » d'une quarantaine d'années qui, s'étant rendues dans une bourgade des Vosges, frappaient à toutes les portes pour vendre des mouchoirs. Elles avaient ainsi réussi à placer neuf mouchoirs chez une vieille dame de soixante-dix-huit ans, pour la somme de deux cent francs. Mais surtout, la personne âgée avait constaté, après le passage de ce duo de commerçantes « avisées », de la disparition de ses économies, placées dans une petite boîte en fer, dans un placard de la cuisine. Or elle se souvenait parfaitement avoir laissé les deux femmes seules pendant quelques minutes, le temps de monter dans sa chambre chercher le montant du règlement.

Les gendarmes avaient retrouvé les deux femmes.

Devant moi, elles avaient nié les faits en bloc, et jusqu'à l'évidence de leur passage dans le village. Confrontées à d'autres habitants à qui elles avaient proposé leur marchandise, et qui les reconnaissaient formellement, elles persistaient à nier. L'une d'elles avait pris un témoin à partie : « Toi le chauve, ça ne te portera pas bonheur ! » La victime, de son côté, avait formellement identifié ses deux visiteuses. C'est sans une seconde d'hésitation, et par la suite sans l'ombre d'un remords, que je les avais placées en détention, convaincu de leur culpabilité.

Et en sens inverse, m'étais-je livré à une juste appréciation des faits, en faisant bénéficier d'un non-lieu, dans l'affaire du vol de la bague Cartier, le second bijoutier impliqué et son fils ? Dans son jugement, le président du tribunal correctionnel avait tenu à dire : « Attendu que dès lors, pour faire bénéficier... et... d'un non-lieu, le magistrat-instructeur a dû choisir entre leurs déclarations et celles des époux... aucun autre témoin direct des faits n'ayant pu les départager au cours de l'instruction ; qu'il eût été souhaitable à cet égard, que les trois personnes impliquées dans cette affaire soient renvoyées devant le tribunal pour permettre la détermination des responsabilités et finalement une meilleure recherche de la vérité, les déclarations variées et contradictoires de... notamment au cours de l'enquête et de l'information ne plaidant pas en sa faveur... »

Le juge d'instruction louvoie constamment entre des impératifs contradictoires. Car sa décision de renvoyer quelqu'un devant le tribunal signifie qu'il persiste à penser qu'il existe des « indices graves et concordants de culpabilité », qui ne manqueront pas d'impressionner ses trois collègues. Les relaxes d'inculpés sont extrêmement rares.

Mais il reste le 1 %... Ces quelques affaires que chaque juge d'instruction rencontre dans son existence, et qui lui font vivre les affres de la solitude morale, ces terribles nuits blanches où il se retourne d'un bord sur l'autre de l'oreiller à ressasser les éléments qui font pencher la balance dans le sens de la culpabilité, à les jauger, apprécier leur valeur, leur solidité.

Un juge d'instruction est un homme trop scrupuleux pour se dire : « Oh ! moi, je m'en fiche. J'estime avoir réuni suffisamment de charges pour inculper et placer en détention. Ce n'est pas de ma faute si les experts peuvent se tromper ou les témoins s'égarer dans leurs souvenirs. Le tribunal appréciera. » Le magistrat-instructeur doit être le premier convaincu de la culpabilité de la personne qu'il place en détention.

Je me souviens d'une affaire au cours de laquelle, en plus de huit mois d'information, j'avais subi ces interrogations lancinantes de la conscience. Cette affaire mérite d'être narrée par le détail, car elle démontre également qu'un dossier est quelque chose de vivant, d'évolutif, et que les certitudes d'un jour peuvent voler en éclats le lendemain.

Le 24 juillet 1982, à dix heures du matin, un petit bébé de six semaines était amené par son père à l'hôpital. Le médecin de service constatait que l'enfant était choqué, inconscient, en arrêt respiratoire avec de bons battements cardiaques. Quelques minutes plus tard, les radiographies prouvaient l'existence d'une fracture fémorale de la jambe gauche. Un examen du fond des yeux révélait d'importantes hémorragies rétiniennes unilatérales. Le comportement du bébé était celui d'un non-voyant.

Une expertise médicale pratiquée quelques mois plus tard apprendra que l'enfant sera aveugle toute sa vie, et pratiquement réduit à une vie végétative (microcéphalie, atrophie cérébrale).

Au mois de septembre 1982, le directeur de la direction départementale de l'Action sanitaire et sociale écrivait au procureur de la République pour lui demander de faire procéder à une enquête judiciaire, compte tenu de plusieurs éléments troublants permettant de penser à des présomptions de mauvais traitements à enfant, d'autant que les parents ne donnaient aucune explication plausible.

A l'issue d'une longue et minutieuse enquête, les gendarmes de la brigade territoriale d'Epinal étaient amenés à placer en garde à vue le père. Celui-ci avouait alors les faits suivants : le samedi matin 24 juillet, vers huit heures trente il avait porté trois ou quatre coups de poing à son enfant, un sur le sommet du crâne, les autres sur les jambes, parce que le bébé pleurait et l' « énervait ». Le visage du petit être innocent devenait rouge, puis bleu, et sa respiration s'arrêtait. Affolé, le père le portait à la fenêtre pour le faire respirer, puis allait chez un voisin, qui conseillait de conduire l'enfant à l'hôpital.

La mère, dix-neuf ans, était partie au marché aux environs de huit heures.

Une information était ouverte à mon cabinet le 22 septembre. J'inculpais le père de coups et blessures volontaires à un enfant de moins de quinze ans, par ascendant, ayant entraîné la cécité, faits prévus et réprimés par l'article 312 alinéas 2 et 3 du Code pénal.

Ce jeune père de famille — il avait vingt ans — était plutôt « beau gosse », comme peuvent l'être des « jeunes coqs de village ». Petit, mince, il s'exprimait très correctement. Il ne se départira jamais d'une certaine placidité, de ce calme de l'homme qui « se demande ce qu'il fait ici ».

Il avait « désiré » s'expliquer immédiatement et confirmait ce qu'il avait dit aux gendarmes. Je le plaçais « évidemment » sous mandat de dépôt.

Et le 6 octobre, soit deux semaines plus tard, il m'écrivait pour revenir sur ses aveux : il avait raconté n'importe quoi par peur des hommes de l'ordre et de peur que sa femme ne soit inquiétée.

J'entendais alors la jeune belle-sœur, âgée de onze ans, qui avait assisté à la scène, comme garde du bébé. Une « bonne gamine », mignonne, intelligente, s'exprimant en faisant des efforts pour bien articuler. Elle confirmait ses propres déclarations devant les gendarmes, et qui correspondaient aux aveux du père.

Sa sœur aînée, la mère de l'enfant — je le rappelle, dix-neuf ans — respirait au contraire la bêtise. Combien de fois la surprendrai-je en train de m'affirmer un fait, et son contraire trois minutes plus tard ! Nous aurions pu entretenir ce dialogue : « Ce mur est blanc ? — Oui, il est blanc. — Mais non, vous voyez bien qu'il est noir ! — Ah ! oui, il est noir... »

Elle réussira la performance de me faire sortir de mes gonds à plusieurs reprises.

Le jour de sa première audition, elle me raconta que son mari avait déjà commis à deux ou trois reprises des actes de violence sur le bébé : quand il pleurait, il le prenait par la grenouillère, le soulevait et le laissait retomber d'une hauteur d'une trentaine de centimètres. Après son geste, il semblait pensif...

A moins d'une entente complice entre les deux sœurs, je pouvais aborder avec sérénité le récit des rétractations du père qui d'une part avait avoué devant les gendarmes, puis avait confirmé devant moi, et qui d'autre part était seul dans sa chambre le samedi 24 juillet à huit heures trente.

En conservant son calme « olympien », il me fit le récit suivant : le jour des faits, il avait entendu le petit pleurer dans la cuisine. Il était allé avoir. Sa jeune belle-sœur essayait de le changer. Il l'avait remplacée, puis s'était recouché, après avoir mis l'enfant dans son lit, au pied du sien. Le bébé avait encore pleuré un moment, puis s'était tu. Etonné par ce brusque silence, il s'était levé pour regarder. Le visage de son fils était bleu. Il s'était alors levé, il l'avait porté à la fenêtre, etc.

Interrogé sur les raisons de ses aveux, il déclarait que l'adjudant lui avait affirmé que son affaire n'était pas grave, que le procureur en voyait tous les jours du même genre et qu'il mettrait « la procédure au panier » (sic).

A l'issue de cet interrogatoire, je me transportais sur-le-champ à l'école pour entendre à nouveau la jeune belle-sœur, en comptant profiter de l'effet de surprise. Dans un tête-à-tête dans sa salle de classe (en présence de mon greffier muni de sa machine), elle me répéta avec calme sa version.

Dans les jours qui suivirent, j'interrogeai le voisin. Il me déclara qu'en arrivant chez lui avec son bébé dans les bras, le père avait l'air abattu et affolé, qu'il pleurait.

J'annexai au dossier une lettre du père — toujours emprisonné — adressée à sa femme : « Pourquoi faut-il que je paye une chose que je n'ai pas faite ? »

J'étais encore en possession « d'indices graves et concordants de culpabilité », mais le dossier devenait singulièrement complexe.

Le 24 janvier 1983, l'une des sœurs aînées du père de l'enfant se présentait spontanément à mon cabinet pour faire des « déclarations importantes ». Ce même jour, à midi, en revenant de l'école, la jeune belle-sœur se serait mise à pleurer quand son propre père l'avait une fois de plus interrogée sur ce qui était arrivé au bébé, le 24 juillet, pendant qu'elle en avait la garde.

Deux jours plus tard, j'organisais une confrontation entre les trois protagonistes. Je demandais alors à la « garde » si elle n'avait pas fait tomber l'enfant, naturellement sans le faire exprès. J'insistais sur le fait que sa réponse n'entraînerait aucune suite judiciaire. Et soudain, coup de théâtre : elle se mettait à pleurer, et me racontait que quelques jours avant le tragique 24 juillet, alors qu'elle était seule à la maison, le bébé lui avait glissé des bras pour tomber sur la moquette d'une hauteur d'environ un mètre. Elle l'avait remis dans son berceau, et avait caché ce fait à sa sœur.

La chair de poule — je n'exagère pas — m'avait envahi, et le jour même, avec l'accord du Parquet, je remettais le père en liberté.

J'interrogeai alors par écrit un expert-pédiatre, qui me répondit que les lésions constatées à l'arrivée du bébé à l'hôpital ne pouvaient avoir été provoquées que quelques heures plus tôt. Quant aux détails fournis par la petite belle-sœur sur la chute quelques jours avant les faits, le lundi 20 juillet, ils paraissaient plausibles au praticien.

Il me confirmait ces faits lors d'une nouvelle confrontation de plus de cinq heures avec les trois personnages du drame, le 18 février 1983. L'intensité dramatique de cette scène fut extraordinaire.

Je partageais l'avis de l'homme de l'art quand il affirmait que nous étions en présence de parents qui martyrisaient leur enfant. Je pris alors la décision d'inculper la mère de coups et blessures volontaires à enfant de moins de quinze ans par parents légitimes, et je plaçai les deux époux sous mandat de dépôt.

Un juge d'instruction sent toute la chape de la solitude lui tomber sur les épaules, quand il dispose ainsi de quelques minutes pour décider d'inculper de crime la mère d'un enfant martyrisé, avec le mandat de dépôt obligatoire.

Si l'annonce de sa nouvelle mise en détention ne provoqua aucune réaction chez le père, celle de son inculpation et de sa détention provoquèrent chez la mère une crise de nerfs : elle pleurait, hurlait qu'elle était innocente. Les gardiens de la paix l'entraînèrent dans les couloirs du Palais avec toutes les peines du monde.

Ce que ressent alors un magistrat-instructeur est indescriptible. Une réflexion obsédante envahit son esprit, et ne laisse pas de le tarauder : a-t-il fait une juste appréciation de la « gravité et de la concordance des indices de culpabilité » ?

Le 8 mars 1983, la grand-mère paternelle du bébé m'écrivait pour dénoncer des faits prouvant le caractère coléreux de sa belle-fille.

Le 18 mars, je procédai à un interrogatoire de celle-ci. Elle adopta alors une nouvelle stratégie, déclarant que son mari n'aimait pas du tout entendre pleurer son enfant, qu'il se montrait alors violent avec son fils.

A l'issue de cet interrogatoire, après un très long tête-à-tête avec son avocat, je libérai la mère. Son défenseur, jeune père de famille, m'avait démontré — non sans rencontrer de réticences — que sa cliente ne pouvait pas être l'auteur des coups du 24 juillet au matin. L'échange d'arguments auxquels le magistrat n'avait pas pensé, et qu'il doit examiner avec méfiance, circonspection ou réserve, car l'avocat n'est pas un personnage désintéressé, peut être extrêmement précieux pour le premier. Du dialogue sort parfois une parcelle de vérité...

Quelques jours plus tard, à la suite d'un article paru dans un journal local, se présentait à moi un ancien détenu de la maison d'arrêt d'Epinal. Il me racontait que le père se serait vanté auprès d'un autre détenu d'avoir frappé son enfant et qu'il se serait exprimé sur un ton jovial, en semblant fier de lui.

J'entendis le père le 12 avril. Il me raconta alors que le matin du 24 juillet, le bébé n'avait pas bu son biberon. Mais ces propos inattendus lui avaient peut-être été inspirés par la réflexion du pédiatre-expert lors de la confrontation, affirmant qu'il trouvait étonnant qu'un bébé ayant bu son biberon, ayant fait son renvoi, soit amené moins d'une heure plus tard à l'hôpital, dans un état critique.

J'entendis ensuite le détenu auprès duquel le père se serait « vanté » d'avoir frappé son enfant... Il niait avoir rapporté de tels propos, mais me précisait que le père lui avait déclaré que c'était la jeune belle-sœur qui avait laissé tomber le petit !

L'enquêteur de personnalité que j'avais nommé apprenait par le maire du village qu'un témoin aurait vu le père jeter l'enfant brutalement dans son landau. Je dus entendre moi-même le maire pour qu'il accepte de me donner le nom du témoin. Celui-ci, en réalité une brave dame, nia devant moi avoir remarqué quoi que ce fût. De sombres querelles de voisinage pouvaient être à l'origine de ses réticences imprévues, le maire — que j'avais à nouveau entendu — restant formel.

Le 18 juillet 1983, soit près d'un an après les faits, après d'autres renseignements apportés par le personnel de la maison d'arrêt et par les détenus, selon lesquels le père était un garçon extrêmement impulsif, au caractère « spécial », je procédai à une ultime confrontation, qui devait être marquée... d'un dernier coup de théâtre : alors que j'interrogeais la petite belle-sœur en présence de mon seul greffier, elle m'affirmait qu'elle n'avait pas laissé tomber l'enfant le 20 juillet. Elle m'avait donné cette version au début de l'année 1983 à la suite d'une « visite » de la sœur aînée du père, quelques jours avant que je ne l'entende : « Tu n'auras qu'à dire que tu as fait tomber L. le lundi matin, comme ça l'affaire sera terminée et F. sera libre. »

Par ailleurs, les experts que j'avais nommés pour savoir si une fracture de la métaphyse inférieure gauche peut passer inaperçue plusieurs jours me répondaient par la négative, car une telle fracture se manifeste par une impotence totale et des douleurs très vives.

La jeune mère n'était visiblement pas une mère exemplaire...

Elle bénéficia d'un non-lieu, car elle semblait totalement étrangère aux faits du 24 juillet.

Le père fut déclaré coupable par la cour d'assises, mais bénéficia de circonstances atténuantes. Il fut condamné à six ans de réclusion criminelle.

Dans cette affaire, terrible par instants avait été ma solitude. Mais aussi j'ose à peine l'écrire : « exaltante ». Le capitaine faisait avancer son navire, en dépit de nombreux vents contraires. Après une longue traversée, une côte était apparue.

Mais avais-je découvert l'Amérique ?

Tout n'avait été que déductions, raisonnements « logiques », fondés sur les observations de deux médecins experts.

A l'époque, je croyais les experts infaillibles...

Chaque juge d'instruction a connu dans son existence des affaires aussi embrouillées que celle-ci, voire bien davantage, et à l'issue d'une très longue information a mis le doigt sur ce qui lui semblait être la vérité. La noblesse de la fonction réside dans ces difficultés, ces obstacles, que le magistrat finit par vaincre. Et quand il échoue, il sait qu'il a tout tenté, et qu'aucun reproche ne peut lui être adressé.

Oui : travailler sur des affaires difficiles provoque une exaltation profonde, qui n'a d'égale que l'inspiration qui habite un créateur.

□

Le 11 décembre 1985, le *Journal officiel* publiait la loi numéro 05-1303 du 10 décembre 1985, « portant réforme de la procédure d'instruction en matière pénale », loi que certaines gens de robe se plaisent à appeler « Loi Lambert ».

D'après des sources se prétendant bien informées, le garde des Sceaux aurait pris la décision de sortir son texte des tiroirs où il dormait en attendant le moment propice, au mois de juillet 1985, et aurait évoqué cette opportunité avec le président de la République au cours d'un dîner privé. Gageons qu'ils n'avaient pas attendu ce moment propice aux discussions sérieuses qui se situe entre la poire et le fromage...

L'article 2 de la loi — qui devrait entrer en application à partir du 1er janvier 1988 — fait table rase du passé : « Il est institué auprès de chaque tribunal de grande instance une ou plusieurs chambres d'instruction, composées de trois magistrats du Siège titulaires, dont deux au moins sont juges d'instruction, ainsi que deux magistrats du Siège suppléants. »

Ce premier alinéa signe l'arrêt de mort des « petits juges ».

Mais l'alinéa 2 de l'article 3 permet de revenir à de meilleurs sentiments : « Elle [la chambre d'instruction] désigne en son sein le juge d'instruction chargé de conduire l'information, qui a compétence pour procéder aux autres actes ; elle peut, à cette fin, établir un tableau de roulement. »

L'alinéa 2 de cet article prévoit que seule la collégialité des trois magistrats peut statuer sur l'ouverture de l'instruction (sic), sur son propre dessaisissement, de la clôture de l'instruction. Elle se prononce également « sur les mesures privatives de liberté ».

Un esprit porté à l'impertinence et à l'irrévérence pourrait qualifier ce texte d'hypocrite, farcesque et dangereux.

Quand le Parquet, après le 1er janvier 1988, ouvrira (il conviendra de parler au conditionnel) une information contre des « voleurs de bicyclettes », des auteurs de coups et blessures volontaires ou des escrocs « à la petite semaine », rien de neuf — ou presque — ne brillera sous le soleil : un seul magistrat « délégué » interrogera l'inculpé, entendra les victimes ou les témoins, organisera les confrontations, etc. La « chambre d'instruction » se réunira pour envoyer le coquin méditer sur la paille humide d'un cachot. Il y a fort à parier que les trois magistrats ne se poseront pas de cas de conscience pendant une éternité avant d'apposer leur griffe sur le mandat de dépôt. En cas de demande de mise en liberté, gageons que les deux juges ne connaissant pas — ou mal — le dossier s'en remettront à la sagesse de celui qui aura procédé aux différents actes d'information, et aligneront leur décision sur la sienne. Et si l'inculpé nie les faits, ces trois magistrats ne seront-ils pas contraints de passer au vote, en excluant la règle de l'unanimité : « Deux voix contre une : on le maintient en détention ? » Ainsi, chacun pourra regagner son foyer la conscience tranquille. Finies les nuits blanches, sinistres, prolongements de l'exercice solitaire d'un terrible pouvoir !

Mais les erreurs judiciaires, faits autrement plus graves que la qualité d'un sommeil, seront-elles pour autant reléguées au rang des curiosités préhistoriques ?

Dans l'affirmative, il y aurait lieu d'applaudir des deux mains, et de balayer les quelques réserves possibles. Pourtant une très légère remarque paraît devoir être suggérée : des tribunaux correctionnels n'ont-ils pas condamné des innocents, ou relaxé des coupables, dans les deux cas « au bénéfice du doute » ? Des cours d'assises, composées de douze citoyens éminemment responsables, n'ont-elles pas envoyé au bagne ou sous le couperet de la guillotine des pauvres gens qui avaient eu le tort de se trouver là où ils n'auraient pas dû être, et de ne pas tenir un alibi « en béton » ?

En d'autres termes : le principe de la collégialité n'a jamais été une garantie de bonne justice.

Et n'oublions pas un dernier détail : le juge d'instruction n'était pas Dieu le père. Au-dessus de lui, trois magistrats de la cour d'appel, composant la chambre d'accusation, disposaient de tous les pouvoirs pour corriger ou réformer une décision d'un juge solitaire. Et la lecture des gazettes spécialisées montre qu'ils ne se sont jamais privés d'exercer leurs pouvoirs. Un danger terrible se profile à l'horizon : celui de la mort du principe du double degré de juridiction, un des plus sûrs garants des libertés individuelles et des droits de la personne dans une démocratie. Car à l'avenir, il deviendra très difficile à trois magistrats de dire à trois de leurs collègues : « Vous vous êtes trompés. »

Une objection peut venir immédiatement à l'esprit : les chambres de la cour d'appel réforment des décisions d'autres formations collégiales du tribunal, et les magistrats de la Cour de cassation ne prennent pas de gants pour casser des arrêts de ces mêmes cours d'appel. L'objection est sérieuse, mais passe sous silence un fait important : sous réserve de quelques détails de procédure, quand le tribunal a rendu son jugement, ou une chambre de la cour d'appel son arrêt, pour eux c'en est terminé. Alors que, sauf dans l'hypothèse d'un dessaisissement, quand la chambre d'accusation réformait une ordonnance du juge d'instruction, elle lui retournait ensuite le dossier, et le magistrat pouvait reprendre ses actes d'information.

Moralement, il deviendra plus difficile à la chambre d'accusation de dire à trois personnes : « Vous vous êtes trompées. » Cette loi a le mérite de chercher à pallier le droit à l'erreur, auquel chacun a droit dans l'exercice de sa profession, fût-il magistrat ou plombier. La chambre d'instruction n'aura plus droit à l'erreur ou, plus exactement : ses décisions seront censées correspondre à la vérité, notamment en matière de détention provisoire.

La tâche de l'avocat devant la chambre d'accusation, sur appel d'un refus de libérer un de ses clients par la chambre d'instruction, deviendra le combat de Don Quichotte contre ses moulins...

Et il ne faut pas se leurrer : le poids des habitudes, l'inclination naturelle de l'homme à la facilité et à la paresse feront qu'un seul des trois magistrats de la chambre d'instruction continuera à assumer *toutes* les fonctions de l'ancien juge d'instruction, et que les deux autres — répétons-le — seront là pour faire de la figuration intelligente et apposer leur griffe : « Je m'occupe de ce dossier. Tu t'occuperas du suivant. » Et le tour sera joué.

Il existe dans chaque cabinet de juge d'instruction une catégorie d'affaires qui leur donne bien du fil à retordre : celles qui touchent à la finance, au monde des affaires, de l'argent. Des dossiers parfois hauts de plusieurs mètres, qui peuvent peser quelques dizaines de kilos. A quoi serviront les trois juges d'instruction, sinon à gaspiller trois énergies ? Dans l'optique d'un souci d'efficacité dans la répression, la solution n'eût-elle pas consisté à assurer une formation économique, comptable et fiscale extrêmement poussée à quelques magistrats suffisamment « fous » pour se passionner pour les chiffres et les bilans, et ensuite à les répartir sur l'ensemble des ressorts de cours d'appel ? Une ébauche en ce sens se pratique déjà. Mais les malheureux juges restent chargés des dossiers « normaux ». Enfin, il serait peut-être utile d'assurer la même formation de pointe aux magistrats de la chambre d'accusation.

Mais que les personnes sensibles à ces critiques se rassurent : elles ont toutes chances de rester lettre morte. Le 31 janvier 1987, le nouveau garde des Sceaux annonçait à la conférence des Bâtonniers réunis à Paris qu'il ne pouvait appliquer la présente loi « faute de moyens humains », le budget de la Justice pour 1987 ne permettant pas la création de cent cinquante postes de juges d'instruction et d'une centaine de greffiers indispensables pour la mise en œuvre de la réforme.

Une fois de plus, la Justice est traitée en parent pauvre. La loi n'est pas considérée comme mauvaise, puisqu'elle n'est pas abrogée. Mais elle n'est pas applicable, pour des raisons uniquement budgétaires...

Et ce sont les « justiciables » — en d'autres termes : chaque citoyen de ce pays — que l'on traite avec une certaine légèreté. La démocratie ne passe-t-elle pas par le droit de chaque homme à être jugé avec toute la dignité requise ?

Le même jour, le garde des Sceaux indiquait que pour conserver l'esprit de la loi, la Chancellerie étudiait la création d'un « référé des libertés », qui donnerait la possibilité de faire appel de la décision du juge de placement en détention provisoire. Nous avons vu qu'un inculpé placé en détention peut immédiatement, ou presque, faire appel de la décision du magistrat-instructeur. La chambre d'accusation dispose d'un délai de trente jours pour statuer. La pratique démontre que souvent elle statue dans un délai plus bref. Mais les trois magistrats composant cette chambre ont besoin d'étudier le dossier. Ce qui demande un certain temps...

Et précisément, réforme pour réforme, n'eût-il pas été préférable de redéfinir la composition des chambres d'accusation, et d'y affecter des magistrats qui s'occuperaient uniquement du contrôle et de la surveillance des cabinets des juges d'instruction, et de la qualité de leur travail ? Qui ne présideraient pas, à côté, les chambres sociales, ou ne seraient pas soumis au seul caprice d'un premier président ? Les chambres d'accusation statueraient alors dans des délais beaucoup plus brefs, et surtout elles « éplucheraient » les dossiers avant de prendre une décision, et ne se contenteraient pas — ainsi que des esprits malintentionnés l'affirment — de confirmer les décisions des juges d'instruction, après avoir à peine examiné l'affaire.

On redonnerait ainsi tout son lustre à un rouage essentiel de l'institution judiciaire. Or, nous l'avons vu : il est à craindre que la chambre d'instruction — qui ne sera jamais qu'un juge d'instruction multiplié par trois et qui existe toujours sur le papier — ne porte un coup sérieux, sinon fatal, au principe capital du double degré de juridiction. Le fait est patent en matière criminelle : il appartiendra désormais à la chambre d'instruction « d'examiner s'il existe contre l'inculpé des charges suffisantes », pouvoir qui appartenait jusqu'au 31 décembre 1977 à la seule chambre d'accusation.

Réforme pour réforme, de deux choses l'une : soit on supprimait les juges d'instruction, en introduisant le système anglo-saxon dans notre procédure — avec instruction à l'audience — mais alors, quelle révolution de palais ! soit on laissait les juges d'instruction œuvrer dans la solitude et le secret de leur cabinet, sous l'œil critique et toujours vigilant de trois magistrats de la cour d'appel, toujours prompts à corriger le tir.

La solitude du juge d'instruction n'a d'égale — dans l'institution judiciaire — que celle de l'avocat qui entame une plaidoirie pour sauver la tête de son client.

Elle peut être comparée à la solitude du prêtre et à son sacerdoce. Une solitude choisie, acceptée.

« Une solitude forcément sublime. »

8

Du crime parfait

Les statistiques sont formelles : six crimes sur dix restent impunis.

Quant au nombre de délits et de contraventions dont les auteurs restent inconnus, il semble préférable de rester dans l'ignorance...

Pour prendre l'exemple de mon cabinet, depuis le mois d'octobre 1983, deux dossiers étaient restés au fond de l'armoire, dans l'attente de ce coup de pouce du Destin qui permettrait d'interpeller le ou les assassins de deux jeunes filles dont les cadavres furent retrouvés dans la Moselle, quasiment nus. Les autopsies avaient déterminé des similitudes entre les deux affaires : les deux jeunes filles de dix-huit et dix-neuf ans avaient été frappées au visage, déshabillées, violées, puis précipitées dans la rivière. Elles étaient mortes noyées.

En dépit d'un travail acharné des policiers du SRPJ de Nancy, en étroite collaboration avec leurs collègues de la Sûreté urbaine d'Epinal, le ou les assassins couraient encore à la date du 31 décembre 1986. L'absence de témoins directs, du moindre indice, rend la tâche des enquêteurs extrêmement difficile.

De même, en près de sept années de fonctions, quatre dossiers de vol à main armée avaient été rangés — provisoirement ? — dans les archives.

Dans le cabinet de mon collègue, deux affaires mystérieuses restaient en attente d'une solution.

La première était l'assassinat d'une jeune fille de dix-neuf ans, dont le cadavre en état de décomposition avait été retrouvé dans un bois, dans la région de Bruyères, au mois de juin 1978.

Cette jeune fille avait été vue pour la dernière fois un mois plus tôt devant un buffet de la gare à près de deux cents kilomètres, en train de faire du stop. Son emploi du temps laissait ensuite un vide que les enquêteurs n'arrivaient pas à combler.

Le second est l'assassinat d'une jeune femme de vingt-sept ans, employée dans un organisme bancaire, retrouvée égorgée chez elle la veille de Noël 1983. Ceux qui la connaissaient la disaient sage, rangée, n'ouvrant pas sa porte à n'importe qui... Le crime avait été commis tard dans la soirée, dans l'appartement que la victime occupait. Des gens pouvaient entrer ou sortir du bâtiment, et croiser l'assassin dans les escaliers. Il n'empêche : celui-ci arpente toujours les trottoirs d'Epinal ou d'ailleurs.

Gendarmes et policiers le reconnaissent volontiers : la chance tient une place importante dans la résolution des affaires criminelles et dans l'interpellation de leurs auteurs.

Tous les assassins ne sont pas comme ce harki, homme travailleur et bon père de famille qui, le 8 octobre 1984, après avoir tué un coreligionnaire d'un coup de carabine, pour une sombre histoire de coup de poing reçu dans un café, avait téléphoné aux policiers pour les prévenir de son geste, et leur demander de venir en uniforme pour qu'il se rende à eux. Il craignait des représailles de la part de la famille de sa victime. Le lendemain, je l'avais inculpé d'assassinat. Le 17 octobre, le procureur de la République m'ouvrait une autre information pour assassinat. Sous la même qualification pénale, peuvent se cacher des faits bien différents...

Des déclarations imprudentes à un « copain » à la suite d'une consommation excessive d'alcool, une envie prématurée de changer des billets provenant d'un hold-up, voire un simple accident mécanique, sont autant de coups de pouce que le « divin hasard » se plaît à placer parfois sur le chemin des enquêteurs.

Serait-il derrière les murs d'une centrale ce garçon qui, un jour du mois de juin 1982, avait commis un vol à main armée dans une petite agence bancaire d'une bourgade importante de la montagne vosgienne, si alors qu'il prenait la fuite sur sa moto par des chemins forestiers escarpés, sa machine n'avait dérapé dans un virage ? Courant dans n'importe quelle direction, le « malheureux » n'avait pu échapper longtemps à la souricière tendue par les gendarmes, qui avaient déclenché le plan Epervier sitôt la nouvelle du hold-up connue.

Une reconstitution minutieuse de son emploi du temps dans les semaines qui précédaient ce vol à main armée, le rapprochement au niveau national avec des faits similaires avaient permis de résoudre deux autres hold-up commis à Paris. Les « braqueurs » s'arrêtent rarement sur leur lancée quand ils ont mis le doigt dans l'engrenage. L'équipement de pointe en informatique des gendarmes et des policiers permet de relever très rapidement des similitudes entre des exactions commises en des points opposés du territoire, et parfois de mettre ainsi un terme à une cascade d'enquêtes aux résultats jusque-là négatifs.

De ce chapitre sur le « crime parfait », il convient d'exclure les actes qui n'ont pas fait couler le sang, et dont l'existence même reste ignorée de tous. L'inceste en est le meilleur exemple.

En réalité, le Code pénal ignore le « crime d'inceste ».

Les relations sexuelles entre un père et sa fille pourront être réprimées tantôt sur le fondement de l'article 331-1 du Code pénal (« Attentat à la pudeur sur la personne d'un mineur âgé de plus de quinze ans et non encore émancipé par le mariage, commis ou tenté, sans violence ni contrainte, ni surprise, par un ascendant légitime... ») — hypothèse « la moins grave » mais punie tout de même d'un « emprisonnement de six mois à trois ans et d'une amende de 2000 F à 20000 F ou de l'une de ces deux peines seulement ».

Tantôt sur le fondement de l'article 331 : attentat à la pudeur commis ou tenté sur la personne mineure de quinze ans par ascendant légitime (la notion de violence, contrainte ou surprise disparaît alors, fort opportunément) ; l'auteur encourt alors un emprisonnement de cinq ans à dix ans, et une amende de 12000 à 120000 F.

Tantôt sur le fondement de l'article 332, réprimant le viol d'un mineur de quinze ans par ascendant légitime. Rappelons que le premier alinéa de cet article définit le viol comme « tout acte de pénétration sexuelle, de quelque nature qu'il soit, commis sur la personne d'autrui, par violence, contrainte ou surprise ». Dans un arrêt du 22 février 1984, la Cour de cassation a dit que la fellation « entrait dans les prévisions de l'article 332 ». Dans l'hypothèse d'un viol commis par le père, celui-ci encourt la réclusion criminelle à temps de dix à vingt ans.

L'article 333 punit d'un emprisonnement de cinq à dix ans, et d'une amende de 12 000 F à 120 000 F, l'attentat à la pudeur commis ou tenté avec violence, contrainte ou surprise sur une personne autre qu'un mineur de quinze ans par un ascendant légitime.

On le voit : le terme « inceste » recouvre des réalités bien différentes, et le législateur, depuis une loi du 23 décembre 1980 a su adapter, au moins sur le papier, la nécessaire répression aux mœurs de notre époque.

Des milliers d'incestes sont commis chaque année. Bien peu sont portés à la connaissance de la Justice. Ou ils le sont dans des conditions qui ne laissent guère de place aux poursuites.

C'est ainsi que j'avais été désigné pour informer dans une affaire de « viol par ascendant légitime » pour des faits remontant à... cinq années auparavant ! Une jeune femme de dix-huit ans, mariée, mère de famille, s'était présentée à la brigade de gendarmerie pour déposer plainte contre son père, et raconter avec des détails très précis, ne permettant pas de douter de sa sincérité, les circonstances dans lesquelles elle avait subi les derniers outrages dans une salle du club d'aéro-modélisme, où son père l'avait conduite un samedi matin, sous prétexte de nettoyer la pièce.

Devant moi, le père — une quarantaine d'années, dont la trogne couperosée traduisait son goût ancien pour l'alcool, ouvrier au chômage — avait nié les faits, affirmant que sa fille cherchait maintenant à se venger de lui, parce qu'il avait refusé « de la laisser faire ce qu'elle voulait à l'âge ingrat ».

Quand j'avais entendu cette jeune fille aux traits lourds, aux membres courts et aux attaches épaisses — elle avait commencé par me donner les raisons du caractère tardif de ses accusations : elle espérait empêcher que de tels faits ne se reproduisent avec son petit frère, âgé de douze ans.

Et comme elle était incapable de se souvenir très précisément de l'année (« c'était il y a quatre ou cinq ans. Pour sûr, c'était en juin, mais l'année je ne saurais vous dire »), brèche dans laquelle un avocat ne manquerait pas de s'engouffrer pour réduire à néant les accusations, l'affaire se termina par un non-lieu.

Comme cet autre inceste, révélé par le frère, commis par le père sur sa fille de seize ans, débile mentale, placée dans un foyer pour handicapés, qui revenait chaque fin de semaine dans la caravane paternelle.

Il me sera impossible de faire dire une seule parole à cette jeune fille, et son éducatrice m'apprendra qu'il lui fallait une période d'adaptation de plusieurs semaines avant d'arriver à s'exprimer.

Quant au père — un « alcoolique encore plus alcoolique que les autres » —, il niait les faits, et me raconta que son fils avait porté plainte pour se venger d'une adolescence « à la dure ». Je ne pourrai jamais entendre le frère : il était parti en Bretagne, sans autre précision.

Un grand principe circule dans les enceintes des palais de justice, entre les murs des maisons d'arrêt, dans les locaux des commissariats ou des brigades de gendarmerie. Ce principe est censé sortir de la bouche des truands. Mais les gens de robe ont beaucoup réfléchi sur la règle énoncée en forme de conseil : « N'avouez jamais. »

Une personne de ma connaissance, œuvrant au combat contre le Crime, m'avait dit, dans des circonstances où aucun voyou ne pouvait nous entendre : « Si j'avais des conseils à donner à un bandit qui veut rester impuni, je ne lui en donnerais qu'un : " N'avouez jamais ! " En l'absence d'aveux, parce que là c'est difficile de revenir dessus, les choses se gâtent, mais pour le reste, tous les autres modes de preuve ne valent pas cher. Pendant la garde à vue au commissariat ou à la gendarmerie, je conseillerais de rester muet comme une carpe. Devant le juge d'instruction, il faut tout nier en bloc. Les témoins qui m'ont vu tel jour, à telle heure, pénétrer dans la maison de la victime ? Ils se trompent de jour ou de personne ! Vous pouvez produire toutes les expertises que vous voulez : je vous citerai mille affaires dans lesquelles les experts, quelle que soit leur spécialité, se sont trompés. A moins, évidemment, que cinquante personnes vous aient vu frapper la victime à coups de couteau — là vous prenez des risques en évoquant une hallucination collective ! —, dans tous les autres cas, je répète qu'il faut nier, et prendre soin de clamer bien fort son innocence, avec si possible — ça fait encore mieux — des accents outragés dans la voix. »

Ce raisonnement, dit sur le mode de la plaisanterie, n'était pas dénué de fondement.

Il aurait pu ajouter un autre « conseil » : dans le cas des crimes de sang, faire disparaître le cadavre. Nous vivons une bien étrange et dramatique époque, où un homme peut disparaître du circuit social, sans que l'on s'inquiète de son sort.

J'avais connu une affaire criminelle où deux femmes et les deux fils de l'une d'elles avaient failli réussir le crime parfait, sans être pourtant des disciples de Machiavel doués d'une intelligence supérieure.

Le 11 janvier 1984, un adjudant de gendarmerie de la brigade d'Epinal recevait un appel téléphonique d'une personne désirant garder l'anonymat, l'avertissant qu'un cadavre se trouvait dans un puits situé dans un bâtiment en ruine. Il précisait qu'il s'agissait du cadavre de Marcel X., ayant demeuré à M.

Les premières vérifications confirmaient les paroles du correspondant anonyme. Une information était immédiatement ouverte par le procureur de la République. Cela me permettait de me rendre immédiatement sur les lieux, et d'assister « en direct » à la sortie du cadavre du puits, après déblaiement par les sapeurs-pompiers des planches, d'une grosse pierre et d'un bidon jetés par les assassins pour cacher le corps. Celui-ci était lesté avec des pierres, et les membres étaient ligotés avec du fil électrique.

L' « informateur » avait précisé que la victime avait été tuée fin 82 par sa concubine, Irène..., avec la complicité de son fils Jean-Michel, et d'un voisin Philippe..., celui-ci ayant transporté le cadavre dans sa voiture.

Je connaissais très bien Marcel... Victime, il l'avait déjà été dans une affaire de coups et blessures avec arme, dans laquelle il avait reçu une balle de carabine 22 LR dans l'épaule, tirée par un jeune homme d'une vingtaine d'années. Ce dernier en avait assez du comportement violent et menaçant de Marcel à l'égard des membres de sa famille. Un jour, Marcel avait entrepris de défoncer la porte de la maison à l'aide d'un tracteur prêté par un copain. Et du premier étage de la maison, ce garçon d'ordinaire calme, sérieux et intelligent, avait tiré en direction des assaillants (un troisième individu avançait derrière le tracteur). Le tireur aurait pu tuer Marcel. Si on avait dit à celui-ci qu'il connaîtrait une fin brutale très précisément quatorze mois plus tard, à quelques dizaines de mètres de cette scène digne d'un western...

J'avais placé l'inculpé en détention « pour le protéger » et

« éviter le renouvellement des faits ». Mais je le libérerai après deux semaines de détention. Il deviendra mon plus bel exemple de réinsertion, et surtout de réussite sociale, pour une personne d'extraction aussi modeste.

Mais je connaissais surtout Marcel pour l'avoir, à deux reprises, inculpé de vols, et coups et blessures volontaires. Né en 1944, sa seule passion semblait être l'alcool. J'apprendrai par la suite que sa consommation quotidienne pouvait atteindre huit litres de vin. Brun, avec déjà quelques cheveux blancs, une fine moustache sur des lèvres minces, le visage à peine couperosé, plutôt maigre, l'homme ne présentait pas encore les stigmates de l'alcoolique profond. Il habitait à l'époque une ferme isolée, et partait chaque nuit pour de mystérieuses expéditions avec un camarade. Le lendemain de ces virées nocturnes, les gendarmes enregistraient des plaintes pour cambriolages, vols de cuivre, de ferraille. Rien que de très banal sous le ciel vosgien...

Les gendarmes avaient procédé à l'interpellation d'Irène, la concubine de longue date de Marcel. Elle s'effondrait en larmes, et reconnaissait immédiatement les faits. Devant moi, quelques heures plus tard, elle confirmait ses aveux, en donnant une version qui accréditait la thèse de la légitime défense : un soir, alors qu'elle faisait la vaisselle, Marcel avait voulu la frapper avec une hache (sic). Elle avait esquivé le coup, il avait heurté le coin de la table et s'était affalé. Pendant qu'il se relevait, une pensée avait traversé l'esprit de la malheureuse ; « C'est lui ou moi. » Elle s'emparait alors de la hache, et le frappait sur la tête. Ensuite elle le ligotait. Son fils, Jean-Michel, dix-sept ans, arrivait sur ces entrefaits. Elle lui demandait d'aller chercher un voisin, Philippe..., propriétaire d'un véhicule, pour aller ensuite cacher le cadavre dans un puits.

Une bien étrange « bonne femme », Irène : quarante-quatre ans à l'époque des faits, en paraissant dix de plus, la silhouette fluette, les lèvres rentrées, le teint rougeaud, des petits yeux bleus vides de toute expression à force d'avoir pleuré. Elle me racontera qu'enfant, pendant la guerre, son père l'obligeait à aller lui porter à l'usine, à quelques kilomètres de la masure où ils habitaient, les deux litres de vin pour sa consommation nocturne, et ce en toutes saisons, même par temps de neige.

A l'âge de vingt et un ans, elle s'était mariée avec un ouvrier, qui, deux ans plus tard, avait tenté de se suicider par pendaison pour des raisons inconnues. Après un mois et demi d'hospitalisation, il avait quitté la région. Quelques mois plus tard, elle se mettait en ménage avec Marcel, un beau garçon à l'époque, rencontré dans un bal de campagne.

Irène s'exprimera toujours de manière très calme, sur ce ton résigné des personnes à qui la vie n'a pas souvent souri, ponctuée de « coups qui partaient » et d'écœurants sévices sexuels, le tout sur fond d'alcoolisme. Plus tard, une de ses codétenues me racontera qu'en prison elle mangeait tout ce qu'on lui donnait, léchait sa gamelle, raclait le fond de la marmite, et répondait aux quolibets de ses compagnes d'infortune : « J'ai faim. »

Mais c'est encore dans le domaine sexuel qu'elle avait peut-être vécu ses pires souffrances. J'apprendrai, horrifié — et pourtant mes oreilles en avaient entendu ! — que Marcel, qui ne détestait pas emmener le jeune Jean-Michel sur les bords de la rivière pour le sodomiser en toute tranquillité (et il n'était pas exclu que Jean-Michel fût son fils !), demandait à son épouse, quand l'envie ou le caprice lui en prenaient, de lui lécher les hémorroïdes le soir, au lit... J'ai parlé de « domaine sexuel », le terme est inexact. Aucune déviation n'atteint de tels sommets dans l'abjection...

Mais attention ! Je ne devais pas tomber dans le piège de l'apitoiement et de la commisération. Car sous ce physique de « petit bout de femme » malheureuse et fragile, se cachait la sacrée énergie d'un être qui sait ce qu'il veut, et qui en l'espèce n'était pas dénuée de rouerie.

Plus de deux mois d'information, plusieurs interrogatoires, confrontations, et deux reconstitutions seront nécessaires avant que je ne cerne de plus près la vérité ! Et encore, parce que Irène ne pouvait pas faire autrement. L'intervention de son avocat pour l'inciter à dire la vérité sera même nécessaire, et efficace.

Et en réalité, nous étions loin de la légitime défense. Le crime avait été longuement prémédité et soigneusement préparé.

N'en pouvant plus de subir les tourments que lui imposait son concubin, Irène avait décidé de le « supprimer », car le quitter était impossible : elle ne saurait pas où aller, et il la retrouverait. Et alors...

Elle n'en était pas à son coup d'essai : à plusieurs reprises, elle avait déjà essayé de le faire disparaître en employant la « manière douce » : verre pilé ou mort-aux-rats dissimulés dans la purée de pommes de terre du dîner... Mais les conséquences sur l'organisme de Marcel n'allaient pas au-delà de quelques crampes d'estomac, ou de réflexions sur le goût curieux de la purée ces soirs-là !

Irène avait dans le village une amie, Claire... Un physique d' « abrutie » — pourquoi les femmes ne le seraient-elles pas ? —, presque sourde d'une oreille. Irène faisait ses confidences à Claire, toutes ses confidences... Elle lui avait parlé des tentatives d'assassinat, et l'avait informée de son intention première de tuer Marcel avec un marteau, puis de son renoncement car l' « outil » n'était pas suffisamment tranchant, et qu'il fallait taper assez fort. Claire, ou l'un de ses deux fils, lui avait alors suggéré de tuer « le Marcel » à la hache.

Les événements ne traînaient alors pas.

Le jeudi soir, Irène était violemment frappée par Marcel, et mise à la porte du logis — une bicoque sans étage, un sol en terre battue, avec un évier en pierre, une cuisinière à bois, une table et quelques chaises dans la pièce principale et deux chambres sommairement meublées donnant sur la pièce principale. Même pas de télévision...

Elle se réfugiait alors chez Claire.

Le vendredi, dans l'après-midi, les deux femmes décidaient de tuer Marcel. Le soir, Claire disait à son fils Jacques, qui venait d'arriver en permission : « Irène va tuer Marcel. »

Le samedi après-midi, Jacques aiguisait la hache. Le samedi matin, son frère avait suggéré de cacher le corps dans un puits.

Les deux frères — après leur interpellation près de quinze mois après ces journées tragiques — me feront « bonne impression » : des braves garçons qui avaient « cru bien faire », et débarrasser la société d'un être nuisible. Jacques était plutôt beau gosse, sérieux et travaillait comme ouvrier. Son frère aîné de deux ans, Philippe, paraissait plus fruste. Détail « dramatique » : en 1983, Jacques avait épousé Colombe... la fille d'Irène, et sans doute de Marcel. Agée de seize ans et quelques mois, Colombe accouchera en juin 1984.

Alors que j'avais placé les deux femmes en détention, je

laisserai les deux frères en liberté. La cour d'assises les condamnera à deux ans d'emprisonnement avec sursis.

Le dimanche soir de ce mois de décembre 1982, les minutes de Marcel étaient comptées. Il ne se doutait pas que la purée qu'il avalait pour accompagner une tranche de foie contenait tout un tube de Témesta soigneusement pilé cachet par cachet. Avant de lui servir la préparation, Irène en avait goûté du bout des lèvres, et selon son expression, s'était retrouvée « à moitié groggy ». Marcel avait dîné au lit, suivant son habitude. Aux environs de vingt heures, il avait déjà consommé depuis le matin cinq ou six litres de vin rouge.

Irène avait économisé le précieux médicament délivré sur ordonnance, en divisant par deux la dose prescrite par le médecin. Elle se faisait soigner pour les nerfs.

Après avoir avalé sa purée, Marcel avait refusé la salade que lui proposait sa concubine. Il avait entrepris la lecture d'une bande dessinée pour adultes.

A ce moment précis, Colombe — qui portait bien son nom en raison de la douceur qui émanait de ses traits — était venue chercher les deux petites filles du couple Marcel-Irène, âgées de sept et quatre ans, pour les conduire chez sa future belle-mère, Claire. Personne ne tenait à ce qu'elles soient présentes au moment de l' « exécution » de leur père. Jean-Michel, également présent, restait sur place.

Quelques minutes plus tard, arrivaient, dans la voiture que conduisait Philippe, son frère Jacques, et leur mère. Ils apportaient la hache, aiguisée la veille par Jacques.

Irène prenait la hache, et se dirigeait à pas feutrés vers la chambre. Elle avait marqué un temps d'hésitation sur le seuil de la pièce, et Claire avait dit à ses fils, suffisamment fort pour être entendue de l'intéressée : « Elle ne le fera pas, elle ne le fera pas... » Marcel était allongé sur les couvertures. D'une hauteur d'environ cinquante centimètres, elle lui portait un coup de hache sur le crâne au-dessus de l'oreille. La seconde reconstitution, dans le courant du mois de mars 1984, démontrera l'extrême violence du coup. Marcel « sursautait », et Irène retournait en courant dans la cuisine. Claire lui demandait si c'était fini. Irène répondait qu'elle ne savait pas. Elle se dirigeait tout doucement vers la chambre pour regarder par le bâillement de la porte. Marcel était assis sur le lit. Il se passait la main droite sur le visage, et essayait de descendre du lit. Il s'affalait sur le bord opposé. Irène pénétrait à nouveau dans la chambre, et lui portait un nouveau coup sur la tête. Elle le tirait ensuite vers la porte, et appelait son fils Jean-Michel, pour qu'il l'aide à mettre la tête dans un sac plastique qui se trouvait dans l'armoire. Mais Jean-Michel refusait d'aider sa mère. Elle accomplissait donc seule la sinistre besogne. En revanche, Jean-Michel acceptait, avec l'aide de Philippe, de tirer le corps dans la cuisine. Irène ligotait alors les membres avec de la ficelle et du fil électrique qui traînaient dans un placard.

Ensuite, le cadavre était transporté dans le coffre de la Citroën 3 CV de Philippe par tous les protagonistes. Seul Jacques refusait de toucher au cadavre, parce qu'il « avait la trouille ». Claire, son fils Philippe et Jean-Michel embarquaient dans le véhicule, pour monter près des ruines d'un ancien château. Claire restait près de la voiture, pendant que les deux garçons portaient le cadavre sur une distance de deux cents mètres, avant de le jeter dans le puits, et de le recouvrir de gravats. Pendant ce temps, Irène nettoyait la chambre et la cuisine.

Personne ne s'inquiétera jamais de la disparition de Marcel. A l'un de ses voisins qui demandait à Irène pourquoi elle vivait désormais seule, elle avait répondu de manière très laconique qu'il l'avait quittée. Un autre habitant du village avait cru apercevoir Marcel dans une rue de Nancy...

Irène me dira qu'elle pensait que si « chacun fermait sa gueule », le crime avait de bonnes chances de ne jamais être connu. Et elle avait raison.

Je découvrirai — sans aucun mérite : il me l'avouera, et je le savais déjà par un gendarme — l'identité de l'informateur qui avait téléphoné aux gendarmes en janvier 1984.

Il avait cru bien faire, et protéger l'un des protagonistes de cet assassinat. L'enfer est ainsi pavé de bonnes intentions...

Irène sera condamnée à six années d'emprisonnement, et Claire à trois années de la même peine.

La prison était pour Irène un havre de tranquillité que pas un seul jour de ses quarante-quatre années d'existence ne lui avait apporté.

Elle était à deux doigts d'entrer dans la grande famille des auteurs de crimes parfaits.

Mais l'expression : « deux doigts » est inexacte. Je devrais plutôt parler en terme de durée : il ne lui restait plus que huit ans et onze mois pour que le crime fût parfait, car prescrit, donc impunissable.

L'alinéa 1er de l'article 7 du Code de procédure pénale le prévoit : « En matière de crime, l'action publique se prescrit par dix années révolues à compter du jour où le crime a été commis si, dans cet intervalle, il n'a été fait aucun acte d'instruction, ou de poursuite. »

En d'autres termes, si un crime n'est pas découvert dans le délai de dix ans (trois ans pour les délits, un an pour les contraventions), son auteur ne peut plus faire l'objet de la moindre poursuite : il a gagné l'impunité prévue par la loi.

Dix années, c'est long, et il peut paraître invraisemblable que l'on puisse cacher une disparition pendant une décennie. Chacun de nous a une famille, des amis, des relations, des voisins, voire de simples commerçants de quartier. Nous serions enclins à penser qu'un jour ou l'autre, ces personnes s'inquiéteront de ne plus voir cet homme ou cette femme, et exigeront des explications. A défaut desquelles, ils signaleront le mystère aux policiers ou aux gendarmes.

L'expérience des juges d'instruction démontre que ce raisonnement est faux, et que l'on peut disparaître de la circulation sans que les amis, mais aussi la famille, manifestent la moindre inquiétude pour peu qu'on leur ait fourni une version plausible.

□

J'avais ainsi informé dans une procédure qui allait entrer dans cette catégorie du crime parfait.

Le 1er décembre 1981, une femme de quarante et un ans, née sur le sol algérien, Kaïra M., faisait l'objet d'un procès-verbal pour vol à l'étalage dans un grand magasin, procès-verbal dressé par les policiers du commissariat. Le soir même, elle appelait Police-Secours, suite à des coups portés par son mari, Sahraoui M.

Alors que celui-ci, en complet état d'ivresse, était conduit au poste de police, Kaïra révélait aux gardiens de la paix que son mari avait tué sa première femme, huit années environ plus tôt, à M... sur S..., et qu'elle serait capable de désigner l'endroit où elle était enterrée.

Transportée à l'hôpital en raison des coups de poing et des coups de pied reçus au ventre, elle était entendue sur procès-verbal par les inspecteurs de police, intrigués par ses étranges déclarations, encore verbales, aux gardiens de la paix. Elle leur racontait alors des faits troublants.

Elle avait épousé M. en 1970. Il lui avait dit qu'il était divorcé. Elle retournait ensuite en Algérie, et accouchait d'un beau bébé, dont M. était évidemment le père. Une quinzaine de jours après son retour sur le sol natal, il lui téléphonait pour lui dire de lui envoyer d'urgence ce télégramme : « Femme gravement malade, doit rentrer d'urgence en Algérie. » Deux jours plus tard, il débarquait. Son épouse remarquait qu'il portait des traces de griffures importantes au visage. Il répondait évasivement que c'était un accident.

Après deux semaines passées avec elle, il revenait en France. Un mois plus tard, il retournait pour quelques jours en Algérie, et une fois toutes les formalités accomplies, il rentrait définitivement en France, accompagné de sa famille. Il venait directement dans les Vosges, à M... sur S...

Par les enfants issus du premier mariage, Kaïra apprenait que la première femme de Sahraoui l'avait quitté. Quant à elle, elle ne tardait pas à trouver le comportement de son mari bizarre. Elle ne se sentait pas à l'aise dans cette maison, un modeste mais coquet pavillon un peu isolé, avec un petit bout de jardin à l'arrière.

Un jour, alors qu'il venait de la frapper — un proverbe arabe ne dit-il pas : « Bats ta femme. Si toi, tu ne sais pas pourquoi, elle le sait » —, il ajoutait : « Si tu continues à crier, je te ferai comme à la première. » Par la suite, les mêmes menaces étaient prononcées au cours de scènes de violence qui se renouvelaient fréquemment. Elle avait même dû subir une hospitalisation de quelques jours pour des blessures importantes au cuir chevelu.

Une quinzaine de jours précisément après ce séjour à l'hôpital, M., en état d'ivresse, avouait avoir tué sa première femme, avoir placé son corps découpé dans des sacs en plastique, et l'avoir enterré à quelques centaines de mètres de là dans un jardin que la propriétaire — une dame âgée — laissait à la disposition du couple.

Les époux déménageaient en 1981, pour venir habiter Epinal.

A l'issue de ses déclarations aux inspecteurs éberlués, la seconde épouse de M. disait aux policiers qu'elle était prête à les conduire sur les lieux de la sinistre sépulture.

Détail étrange : quand les gardiens de la paix étaient intervenus le 1er décembre pour mettre un terme à la séance de coups, Kaïra avait dit en arabe à son mari qu'elle allait le dénoncer. Sahraoui avait répondu : « On peut me découper en morceaux, je ne dirai rien. » Un gardien de la paix parlant arabe avait entendu le dialogue.

De fait, quand les policiers entendaient Sahraoui, celui-ci niait les faits. Sa première épouse l'avait quittée en 1966. Il avait entamé une procédure de divorce, avait rencontré son épouse à deux reprises pendant cette procédure. Le divorce avait été prononcé en 1969 et, depuis, plus de nouvelles de son ex-épouse.

Le procureur de la République avait alors ouvert à mon cabinet une information contre X pour meurtre, et j'avais délivré une commission rogatoire aux policiers de la Sûreté urbaine d'Epinal.

Ils se rendaient alors sur les lieux, accompagnés de Kaïra, et celle-ci leur désignait l'endroit où son mari avait enterré le cadavre. Problème : une dalle de béton avait été coulée à cet emplacement ! Les policiers me téléphonaient, et sans trop y croire, je leur demandais de faire procéder au cassage de cette dalle. Le nouveau propriétaire du terrain, depuis 1979, avait creusé le sol pour faire les fondations de son futur garage. En enlevant la terre de surface, il n'avait rien remarqué.

Et le 3 décembre 1981, les ouvriers de l'entreprise de maçonnerie réquisitionnée mettaient au jour, à une profondeur de soixante-cinq centimètres, et à quarante centimètres en retrait de la façade du garage, un os ressemblant à un fémur humain, un fragment d'os pouvant être une tête de fémur, et deux os semblant constituer un bassin humain. Enfin, ils découvraient un morceau de tissu pouvant être un sous-vêtement, et un couteau à cran d'arrêt, long de dix-huit centimètres, fortement oxydé.

M. était alors placé en garde à vue. Il se disait décidé à dire « toute la vérité » : certes, il avait raconté à sa seconde épouse qu'il avait tué la première, mais en réalité ce n'était pas lui qui l'avait tuée, mais son beau-frère (le frère de sa première femme), Ben Yacoub B., au mois d'avril 1971. Ce jour-là, ils passaient l'après-midi ensemble, et ils revenaient le soir au domicile de M. A la tombée de la nuit, son ex-épouse (ils étaient divorcés depuis 1969) Mama B., lui rendait visite. Elle voulait savoir pourquoi il avait envoyé deux de leurs enfants en Algérie. Sans aucun motif, Ben Yacoub frappait sa sœur d'un violent coup de poing à l'estomac. Elle restait alors sans connaissance. Il lui mettait ensuite son pied sur la gorge. M. essayait d'intervenir, mais Ben Yacoub lui décochait un coup de poing au visage. Rendu « groggy », il était réduit à assister passivement à la scène. Ben Yacoub laissait un pied sur la gorge de sa sœur, et lui portait avec l'autre des coups dans l'estomac. M. n'osait intervenir. Mama B. se débattait pendant plusieurs minutes, puis cessait de bouger. Elle était morte.

Les deux hommes, poursuivait Sahraoui, se demandaient ce qu'ils allaient faire du cadavre. Et sur le coup de minuit, Ben Yacoub lui avait dit de faire le guet à la porte d'entrée de la maison. De temps en temps, il entendait du bruit, « comme si l'on cassait du bois ». Ben Yacoub avait ensuite ouvert la porte, et dit à M. de l'aider à transporter deux sacs plastique dans le coffre de sa Peugeot 404. Une partie du corps, découpé en morceaux, était restée à l'intérieur de la maison. Le « meurtrier » disait à Sahraoui de se débrouiller. Ensuite, il démarrait. Le lendemain, M. enfermait la partie du corps que lui avait laissée son beau-frère dans un sac poubelle, et l'enterrait dans le jardin qu'il louait.

Bien étrange version des événements...

Ce même 3 décembre 1981 en début d'après-midi, après m'être rendu sur les lieux dans la matinée, j'inculpai Sahraoui de meurtre. Agé de quarante-deux ans, l'homme paraissait normalement son âge, les cheveux abondants et grisonnants, frisés, peignés en arrière, de longues pattes, une moustache épaisse, l'air calme. Je ne l'entendis pas sur le fond ce jour-là.

Sa seconde épouse, que j'entendis le 12 décembre, m'annonça d'emblée qu'elle portait plainte contre lui pour coups et blessures volontaires, et se constituait partie civile. Les traits grossièrement dessinés, empâtée, elle s'exprimait avec difficulté dans notre langue. Après avoir écouté le récit des violences dont elle était victime depuis onze ans, j'entamais le combat contre l'article 7 du Code de procédure pénale. (« En matière criminelle, l'action publique se prescrit par dix années... »)

Grâce aux indications données par Kaïra, je pus déterminer qu'en octobre 1970, Mama était vivante : de Paris, elle avait envoyé un colis contenant des vêtements pour ses deux enfants, vivant désormais avec leur belle-mère. Celle-ci était formelle : c'était un mois après son mariage.

Quant au télégramme reçu en Algérie, envoyé par Sahraoui, pas de problème : il datait d'avril 1971. Elle me confirma que M. portait des traces de griffures d'ongles au niveau du cou, ainsi que des traces de morsures sur le bras gauche.

Elle confirmait qu'à plusieurs reprises, Sahraoui lui avait dit : « Je te fais comme à la première, je te coupe en morceaux, puis je t'enterre dans le jardin. »

Grâce à de minutieuses investigations, les policiers du SRPJ — désormais chargés de l'enquête, en collaboration avec leurs collègues d'Epinal — déterminaient que Mama avait séjourné dans un hôtel de la région vosgienne entre le 27 mars et le 6 avril (les fiches d'hôtel avaient du bon...). En revanche, ils ne pouvaient déterminer l'époque exacte où Ben Yacoub était propriétaire d'une Peugeot 404 grise.

Un espoir de faire échec à la prescription venait de la déclaration d'une femme disant avoir vu Mama au cours de l'été 1972. Elle était formelle sur la date, parce qu'elle venait d'accoucher de sa fille, née en juillet 1972. Son mari s'empressait de confirmer.

Malheureusement, tous les autres témoignages allaient en sens inverse. L'ex-femme de Ben Yacoub était très affirmative : la Peugeot 404 grise de son mari avait été vendue à la casse quelques mois après un accident fin 1969, donc sûrement en 1970. Mais une personne « soupçonnée » d'avoir été la maîtresse de Ben Yacoub, « pensait pouvoir affirmer » que celui-ci avait été en possession de la 404 jusqu'en 1971 ou 1972 ; que, par ailleurs, il n'avait jamais eu d'accident avec : qu'enfin, il s'agissait d'un individu violent, et sujet à des crises de démence. Précisément avec cette même Peugeot 404, il avait tenté un jour d'écraser le fils de cette femme.

Une vieille dame de la localité avait sympathisé avec Mama qui lui avait confié qu'elle était fréquemment battue par son mari et par son frère. Pendant trois semaines, elle l'avait cachée chez elle. Ensuite, Mama avait pris la décision de partir à Paris. Quelques mois plus tard, la vieille dame avait reçu une lettre. Mama avait trouvé un travail de femme de ménage dans un grand hôtel. A part une rapide visite lors de son bref retour dans la région pour les formalités du divorce, elle ne l'avait plus jamais revue.

Mama : une héroïne « à la Simenon », se fondant dans la masse anonyme des Parisiens, venait rendre visite à son mari, pour des raisons ignorées, et disparaissait définitivement...

Une « héroïne » dont le profil resterait très flou, dont on connaîtrait la date de naissance et de filiation, mais dont la fiche établie par les policiers dans chaque procédure judiciaire, « compte rendu d'enquête après identification », mentionnerait à la rubrique adresse : « Inconnue. »

Au vu de tous ces éléments, j'entendais Sahraoui le 17 février 1982, avec le concours d'un interprète, en raison des connaissances très approximatives de l'inculpé dans notre langue.

Il confirmait les déclarations faites aux policiers, et ajoutait des propos qui ne manquaient pas d'intérêt. « Je jure devant Dieu, sur la tête de mes enfants et devant vous, magistrat, me déclarait-il, que je n'ai pas vu comment Ben Yacoub a jeté les vêtements et les ossements dans la fosse septique... C'est la volonté divine qui m'a guidé vers cette poubelle [où Ben Yacoub avait jeté le reste des ossements]... C'est Ben Yacoub qui m'a porté ces coups de griffes. » En conclusion, il affirmait être droit dans ses déclarations, prêt à assumer ses responsabilités devant la Justice française, mais « Dieu est au-dessus de nous ».

Un frère de Ben Yacoub s'était à son tour constitué partie civile. Il m'affirmait qu'au cours de l'hiver 1971-1972, Ben Yacoub était propriétaire d'une Peugeot 404. Mais il était certain de la couleur : café au lait.

L'examen des ossements fait au laboratoire de police scientifique de Lille n'apportait guère d'informations utiles : ils appartenaient à une jeune femme pouvant mesurer un mètre cinquante-deux ou trois.

En dépit de très nombreux télex adressés aux autorités algériennes, et des investigations des policiers, ces derniers ne pouvaient obtenir aucun renseignement sur l'adresse de Ben

Yacoub, personnage dont l'audition n'eût pourtant pas manqué. d'intérêt.

Je recevais enfin une lettre de Kaïra se désistant de sa constitution de partie civile contre son mari.

Dans cette affaire, nous n'avions qu'une certitude : Mama était vivante le 6 avril 1971.

6 avril 1971 — 1er décembre 1981 : plus de dix années s'étaient écoulées.

La prescription était acquise.

Libéré en mars 1982, Sahraoui M. bénéficia d'un non-lieu en septembre de la même année.

Quel qu'il fût, l'assassin de Mama B. avait su se soustraire à la justice des hommes.

Mais il lui faudra un jour affronter la Justice de Dieu.

9

« De l'erreur judiciaire considérée comme un regrettable mais banal incident de parcours »

Si la perspective de voir un crime resté impuni perturbe profondément un magistrat-instructeur, et qu'il soit sur la brèche tant qu'un espoir existe de mettre la main sur son auteur, le constat de son échec est au bout du compte terriblement frustrant et laisse à l'esprit un étrange goût d'amertume.

Mais les éventuels reproches qu'il est amené à s'adresser ne vont pas au-delà d'un examen critique des méthodes utilisées, des techniques auxquelles il a eu recours ou des erreurs qu'il a pu commettre dans la procédure.

En toute hypothèse, sa bonne conscience reste intacte, ou se trouve à peine entamée. Et après tout, comme l'écrivait Voltaire : « Je préfère un coupable en liberté... » Le juge d'instruction aime à se réfugier derrière cet aphorisme du grand philosophe.

Il n'en va pas de même avec l'erreur judiciaire.

L'idée d'avoir pu prêter son concours à la naissance d'une erreur judiciaire hante pendant longtemps l'esprit du juge, et parfois le poursuit toute son existence. Il n'existe alors aucune coupure entre la vie professionnelle et la vie privée : le magistrat et l'homme se rejoignent pour coexister en permanence.

Encore convient-il de ne pas dramatiser à l'excès, et de nuancer ces propos.

La difficulté majeure vient du fait que rien n'est plus flou, évanescent, impalpable que l'erreur judiciaire.

Deux grandes familles peuvent être définies : celle des erreurs « prouvées », parce que le véritable auteur d'un délit ou d'un crime s'est enfin dénoncé, avec preuves de sa culpabilité à l'appui, mettant ainsi hors de cause celui qui était jusqu'alors accusé.

Et celle des erreurs où le doute existe. Ce Doute horrible, abominable, abject, le revers de la médaille de ce « doute scientifique » sans lequel les connaissances de l'homme ne progresseraient pas. La justice au contraire exige — ou devrait exiger — des certitudes, de ne pas se contenter de probabilités. Ce beau principe relève de la théorie. Parce que, dans la pratique, suivant la boutade qu'affectionnent les gens de robe quand ils sont entre eux, combien de prévenus, d'inculpés ou d'accusés sont condamnés chaque année « au bénéfice du doute ». Et malheureusement, l'expérience démontre qu'il ne s'agit pas là d'un simple mot d'esprit.

Le système judiciaire tel qu'il fonctionne dans notre pays fait du juge d'instruction la cheville ouvrière de l'erreur judiciaire, puisque — nous avons déjà examiné ce point — l'article 105 du Code de procédure pénale lui interdit d'entendre comme témoin une personne contre laquelle il existe des indices graves et concordants de culpabilité.

Le magistrat-instructeur construit un dossier. Cela signifie qu'une procédure est vivante, qu'elle évolue au fil des auditions, des interrogatoires, des expertises, etc. A un moment X, le juge peut estimer qu'il existe des indices graves et concordants de culpabilité ; puis à l'instant Y, décider que les charges se sont singulièrement « dégonflées », voire totalement éteintes parce qu'un témoin s'est rétracté, ou qu'il a été prouvé qu'il se trompait, ou que des experts se contredisent.

Par le simple jeu des mécanismes de l'article 105 du Code de procédure pénale, des milliers d'erreurs judiciaires se commettent en France chaque année.

Encore faut-il à nouveau, et à ce stade, introduire une distinction entre les « erreurs prouvées » et celles où le doute subsiste.

Pour ma part, j'étais certain de m'être trompé au moins deux fois. Ces deux erreurs ne pèsent pas bien lourd sur ma conscience, puisque les deux malheureuses victimes de ces erreurs n'avaient été privées de liberté que pendant cinq jours.

Cette réflexion paraît empreinte d'un cynisme odieux, mais les pages qui suivent montreront que ces deux individus pouvaient s'estimer heureux de s'en tirer à si bon compte. J'ai peut-être participé à l'élaboration d'une troisième erreur et, dans ce cas, un garçon d'une vingtaine d'années purgerait une peine de huit années de réclusion pour un crime qu'il n'aurait donc pas commis.

Les deux erreurs « de peu d'importance » présentent d'ailleurs des similitudes.

Dans le premier cas, le vol d'une tête de chaîne hi-fi avait été commis dans un magasin spécialisé d'une grosse bourgade. Le délit avait eu lieu en pleine journée, par un client qui avait profité de l'inattention du vendeur. Celui-ci s'apercevait très rapidement du larcin, courait à la gendarmerie déposer plainte, donnait une description de l'individu « un peu louche » qu'il avait vu rôder dans sa boutique, et partir sans rien acheter, ni même se renseigner sur un article précis. Les gendarmes fouillaient dans leur mémoire pour identifier un « voyou local » susceptible de correspondre au signalement. Hésitant entre trois ou quatre noms, ils extrayaient de leurs fichiers les photos des intéressés, et les présentaient au gérant, ainsi qu'aux autres personnes présentes à l'heure des faits. Le gérant s'arrêtait sur une photo : « Je crois bien que c'est lui. » Les gendarmes partaient en quête du bonhomme, apprenaient qu'il avait disparu de la localité. Ils clôturaient la procédure en affirmant qu'il existait des présomptions graves et concordantes de vol simple à l'encontre de X, puis transmettaient le dossier au parquet d'Epinal.

Le substitut de permanence m'ouvrait une information contre X, et je lançais une note de recherches.

Quand une personne est soupçonnée d'avoir commis un délit relativement grave, le magistrat-instructeur a deux solutions dans l'hypothèse où les forces de l'ordre ne l'interpellent pas dans les plus brefs délais : lancer un mandat d'arrêt, ou une simple note de recherches. Le mandat d'arrêt, autorisé sous certaines conditions très strictes, fait que l'individu est immédiatement arrêté et placé en détention suivant des modalités de procédure complexes. En cas de note de recherches, dès l'interpellation de l'homme, le juge d'instruction est immédiatement averti, et il doit décider sur-le-champ du sort de l'intéressé, en fonction de critères laissés à son appréciation : un domicile fixe, un travail prouvé et stable, une vie familiale, etc. Si le magistrat décide de laisser la personne interpellée en liberté, il fera noter, sur le procès-verbal dressé par les policiers ou les gendarmes à l'origine de l'interpellation, l'identité complète de l'individu, et son engagement à se présenter à toute convocation du magistrat.

La diffusion nationale de ces deux modes de recherche coûte fort cher aux contribuables. Pour des résultats pas toujours garantis : un homme qui faisait l'objet d'un mandat d'arrêt pour complicité de vol à main armée était très copain avec les gendarmes de sa localité, et ces derniers attendront un certain temps avant de réaliser qu'ils accueillaient dans leur enceinte un dangereux malfaiteur ! L'exemple de ce genre de situation cocasse n'est pas unique.

Pour revenir au vol de la tête de chaîne hi-fi, l'homme soupçonné était interpellé quelques semaines plus tard. Il s'agissait d'un « manouche », sans domicile fixe, sans travail régulier, et qui pour l'heure effectuait la cueillette de fruits à quelques centaines de kilomètres de là. Il ne présentait donc « aucune garantie de représentation ». Je décernai alors un mandat d'amener. A son arrivée dans mon cabinet, je l'inculpai de vol. Il niait les faits de façon véhémente, et je compris que j'avais intérêt à organiser une confrontation dans les meilleurs délais.

Et dans mon bureau, quelques jours plus tard, le vendeur ne reconnaissait pas le « visiteur » malhonnête. Les autres clients n'avaient pas gardé de souvenir particulier. Sur photo, il leur semblait bien, mais maintenant, en « vrai »... Mise en liberté immédiate de l'inculpé, avec présentation des excuses. Souci du garçon, pas spécialement révolté, comme s'il pouvait remercier le destin d'être passé à côté d'une catastrophe, de retourner cueillir ses fruits, et d'obtenir de l'argent pour le voyage. Mais au niveau de l'Instruction, rien n'est prévu pour ce genre de demande. Je l'avais adressé au comité de probation, qui s'occupe des détenus libérés faisant l'objet d'une mise à l'épreuve, qui dispose de quelques subsides. Seule la générosité du responsable du service avait permis l'octroi de quelques dizaines de francs. Les « bavures » d'un juge d'instruction ne sont normalement pas dommageables...

Dans le second cas d'erreur « prouvée et reconnue », un scénario identique s'était déroulé. Un individu circulant à pied avait été surpris en train de voler la sacoche faisant office de caisse dans une petite station-service, pendant que le gérant servait un client à la pompe. Il avait pris la fuite en disparaissant dans les bois derrière le bâtiment. Reconnu sur photo par le gérant et deux automobilistes qui attendaient leur tour, après une fois encore description du malandrin aux gendarmes, l'homme faisait immédiatement l'objet d'une note de recherches. Il s'agissait d'un pauvre malheureux qui avait fréquenté l'hôpital psychiatrique du département. Il était interpellé quelques semaines plus tard dans le centre de la France. Mandat d'amener. Inculpation. Mandat de dépôt. « Je n'y suis pour rien, monsieur le juge. A l'époque, je travaillais comme jardinier à l'hôpital psychiatrique [prononcer " chiat " comme " chat "] de... J'ai sur moi l'adresse de l'établissement. Vous pouvez vous renseigner. » Il semblait sûr de son fait. Quand bien même il aurait bafouillé, rougi ou blêmi en apprenant l'annonce du mandat de dépôt, j'aurais organisé la confrontation le plus vite possible. Même schéma : confrontation dans les cinq jours, avec les trois témoins.

« Oh non, ce n'est pas lui ! s'étaient écriés en chœur les trois témoins. L'autre était plus grand, beaucoup plus gros. » Mise en liberté d'office, excuses. Et la même indemnisation très modeste des frais de déplacement pour le retour, toujours par le même subterfuge.

Une parenthèse : aucun des deux inculpés — je l'ai déjà signalé pour le premier — n'avait exprimé la moindre révolte contre l'injustice dont il venait d'être victime. Le second avait très nettement marqué son soulagement en apprenant qu'il serait libre dans les heures à venir. Il m'avait dit avec un sourire : « Si les témoins m'avaient " reconnu ", j'étais mal embarqué. » Il avait raison : je l'aurais maintenu en détention, il aurait été renvoyé devant le tribunal correctionnel, et très sûrement condamné, voire sévèrement en raison de ses dénégations. Sur la base de trois témoignages, dont l'un qui affirmant une certitude absolue pouvait entraîner la conviction des deux autres, au départ plus hésitants.

Ces fameux témoignages humains, et leur relativité...

Les jeunes magistrats sont pourtant sensibilisés à cette fragilité de l'œil humain sur un événement précis.

A l'Ecole nationale de la magistrature, nous avions pourtant prêté beaucoup d'attention à ce problème, grâce à une expérience édifiante.

Dans le grand amphithéâtre, la promotion réunie avait

assisté à la projection d'un petit film d'une dizaine de minutes, décrivant un hold-up dans une agence bancaire.

A l'issue du « spectacle », les responsables du test nous avaient posé des questions, auxquelles nous devions répondre par écrit : le nombre de gangsters, le véhicule utilisé, leur armement, leurs vêtements, le nombre de clients dans la banque, le mode de remise de l'argent, etc.

Les résultats ne manquaient pas de saveur. Les réponses présentaient une variété extraordinaire : certains voyaient trois « braqueurs », dont un Noir, alors que d'autres en avaient compté quatre. Le véhicule allait de la DS rouge à la R16 noire. On parlait de revolvers, pistolets, mitraillettes ; des cagoules, pas de cagoules... Deux clients à l'intérieur de l'établissement, quatre personnes dont une vieille dame, etc.

Il va sans dire que personne — parmi les deux cent vingt spectateurs — n'avait « tout faux ». C'eût été d'ailleurs fâcheux pour des gens dont le sens de la précision est une qualité professionnelle plus qu'appréciable... Mais la diversité des réponses constituait la meilleure preuve de l'extrême circonspection et de la plus vive prudence avec lesquelles il faut accueillir les témoignages humains.

Le problème est que si les magistrats, confrontés à la réalité judiciaire quotidienne n'oublient jamais cette fragilité du témoignage, ils peuvent être enclins à penser : « Oh ! celui-là, pas de problème. C'est du béton. » Jusqu'à ce qu'un événement quelconque leur démontre l'inanité d'un récit qui paraissait solide... Et parfois le juge tombe de très haut.

« L'Affaire » sera à cet égard riche d'enseignements...

Au stade de l'instruction, à côté de ces erreurs prouvées, inéluctables car inhérentes au fonctionnement de l'appareil judiciaire, dont les conséquences peuvent se révéler dramatiques, il existe une catégorie d'affaires « floues », où le doute est permis quant à la culpabilité d'un inculpé. Ce sont des affaires qui ont généralement pour point de départ une dénonciation. Impossible de savoir alors où se trouve la vérité. Le doute profite-t-il pour autant à l'inculpé ? Loin s'en faut. Tout est affaire de cas d'espèces.

Deux exemples aideront à mieux comprendre l'embarras des magistrats face à ces situations ambiguës.

Après une minutieuse enquête de près de deux mois, les gendarmes interpellaient l'auteur d'un cambriolage, et retrouvaient chez lui des articles provenant du vol. Il reconnaissait sans difficulté, et ajoutait : « J'ai agi avec X et Y. D'ailleurs, c'est Y, qui avait travaillé dans cette entreprise, qui nous a indiqué le coup. » X et Y étaient interpellés, et devant les gendarmes niaient les faits. Je les inculpais, et les plaçais en détention : ils avaient déjà un « petit palmarès » à leur casier judiciaire. Il convenait par ailleurs d'éviter la disparition d'éventuels indices matériels (de la marchandise « planquée » chez un autre copain, par exemple), ou qu'ils n'exercent des pressions sur telle ou telle personne — témoin ou complice. Les gendarmes poursuivaient leur enquête sur commission rogatoire, et n'apportaient pas une goutte d'eau supplémentaire au moulin de l'accusation. Je remettais X et Y en liberté — après six semaines de détention — mais, suivant les réquisitions du Parquet, je les renvoyais devant le tribunal correctionnel, auquel il appartiendrait de trancher.

Coupables, non coupables ? Erreur judiciaire, pas d'erreur judiciaire ? Des accusations émanant d'un seul garçon, qui par ailleurs n'avait — du moins en apparence — aucune raison particulière d'accuser ses anciens camarades. Quand je les avais interrogés sur ce point, eux-mêmes ne comprenaient pas. Mais en apprenant l'interpellation de l'auteur qui avait reconnu — quelques semaines après les faits — X et Y avaient pu faire disparaître les indices. Ils étaient sans travail, avaient un casier judiciaire. Autant d'éléments qui, dans l'esprit rigoureux des magistrats, jouent en défaveur des intéressés...

Second exemple : un garçon était arrêté quelques jours après avoir commis un cambriolage. Les policiers lui demandaient : « Tu n'étais pas seul ? — Si, j'étais seul. » Pour son malheur — et pas seulement le sien ! — le garçon était déjà connu pour des faits similaires de vol avec effraction commis avec des complices... « Tu mens ! Tu couvres quelqu'un ! Qui ? » Là, une pénible constatation s'impose : il n'est pas exclu — sans qu'il y ait de preuve formelle, mais certains indices le laissent penser — que ce garçon ait été « bousculé ». Il réfléchissait alors quelques secondes, et se rétractait : « J'étais avec X. C'est lui qui m'a indiqué le coup, parce qu'il avait déjà travaillé là. » J'avais inculpé X, mais l'avais laissé en liberté, en raison de la virginité de son casier. Et précisément, son camarade l'avait mis en cause parce qu'il se doutait que l'intéressé n'irait pas en prison. Et il avait raisonné juste !

Quant à X, j'ai déjà évoqué son cas à propos de la garde à vue : c'est lui qui avait d'abord nié devant les policiers, puis avait reconnu. Devant moi, d'emblée il avait nié, en me donnant une version des conditions de sa garde à vue pour le moins inattendue : un inspecteur l'aurait empoigné et jeté d'un mur à l'autre, frappé au derrière à coups de pied, et surtout, aurait tapé ce qu'il voulait sur le procès-verbal d'interrogatoire.

Il m'aurait plu d'imaginer que ces déclarations étaient celles d'un voyou qui cherchait à dégager sa responsabilité par tous les moyens. Malheureusement, il m'avait remis un certificat médical établi le jour même (le procureur ayant ordonné sa remise en liberté à l'issue de la garde à vue, Dieu merci pour lui !), attestant la présence d'hématomes dans le dos et au niveau des épaules. Il m'avait dit qu'un seul homme l'avait ainsi brutalisé, les deux autres n'avaient pas bougé. Il aurait voulu « enfoncer » les policiers...

Et coïncidence fâcheuse : l'inspecteur mis en cause était précisément celui qui avait la réputation, « dans les couloirs du Palais » d'être un individu impulsif et se laissant emporter à certains écarts.

Combien d'erreurs judiciaires sont ainsi commises, parce que des petits voyous n'ont pas eu la chance d'être relâchés à l'issue de leur garde à vue, et de pouvoir prouver qu'ils ont peut-être été « légèrement bousculés », ou qu'on leur a fait de bien étranges promesses, du genre : « Ce n'est pas grave, on va arranger ton affaire avec le procureur ; si tu avoues, ce soir tu couches chez toi ! »

Par ailleurs, la « ficelle » qui consiste à raconter que l'on a avoué à la suite de coups est facilement utilisée par les délinquants. Les gendarmes ou les policiers qui ont une fâcheuse propension à « cogner » sont une infime minorité, et constituent la honte du corps auquel ils appartiennent. Il ne faut pas le nier : il est évident que l'on n'attrape pas les mouches avec du vinaigre. Mais sur le total des gens soumis aux tracas de la garde à vue, des êtres innocents, candides, un peu simplets ou fatigués, se laisseront prendre au piège de paroles « cajoleuses ».

□

Les opposants aux modalités actuelles de la garde à vue déclarent qu'un individu peut être soustrait par ce biais du circuit social pendant vingt-quatre ou quarante-huit heures, sans que ses proches en soient informés. Et soumis pendant ces terribles journées à l'arbitraire policier ou militaire. Et les délais sont encore plus longs en matière de trafic de stupéfiants ou d'atteinte à la sûreté de l'Etat. A l'issue des vingt-quatre premières heures, le « parquetier » de permanence étant obligatoirement tenu au courant des événements — du moins de ce que l'on veut bien lui en dire — est compétent pour accorder la prolongation (ou le juge d'instruction quand la garde à vue entre dans le cadre d'une commission rogatoire).

Cette garde à vue est soigneusement réglementée par le Code de procédure pénale : l'intéressé doit bénéficier de temps de repos, qui sont détaillés dans le procès-verbal de son interrogatoire, il doit être averti de son droit d'être examiné par un médecin à l'issue des premières vingt-quatre heures, dans l'éventualité d'une prolongation.

Mais une nouvelle fois, nous nous trouvons en présence d'un rouage de la machine judiciaire qui fonctionne parfaitement sur le papier, qui garantit l'honneur d'une démocratie dans les moments où l'intégrité de la personne pourrait être menacée, mais que la perversion naturelle des hommes a su rapidement détourner de sa finalité.

Et en dehors de ces « mesures de précaution », nous sommes bien obligés de convenir, au regard d'une petite expérience professionnelle, que l'individu gardé à vue se trouve entièrement à la merci des policiers ou des gendarmes, et que vingt-quatre heures, c'est parfois long. Très long...

Certains juristes — notamment des avocats — souhaiteraient la présence, aux côtés de la personne gardée à vue, d'un défenseur qui serait chargé de veiller, en quelque sorte, au déroulement loyal des opérations.

A titre personnel — et je pense être en droit de me ranger dans la grande famille des démocrates convaincus, farouches défenseurs des libertés individuelles —, je ne suis pas partisan de la présence de l'avocat dans les locaux du commissariat ou de la brigade.

Car il faut aussi savoir de quoi on parle : une garde à vue n'est pas une conversation de salon, entre gens de bonne compagnie.

De façon très laconique, l'article 63 du Code de procédure pénale précise : « Si, pour les nécessités de l'enquête, l'officier de police judiciaire est amené à garder à sa disposition une ou plusieurs personnes visées aux articles 61 et 62, il ne peut les retenir plus de vingt-quatre heures. »

La personne gardée à vue se trouve en fait dans une situation intermédiaire : elle n'est pas le simple témoin, « personne susceptible de fournir des renseignements sur les faits ou sur les objets et documents saisis », suivant la définition donnée par l'article 62, et elle n'est pas — encore ? — celle entrant dans le cadre de l'alinéa 2 de l'article 63 : « S'il existe contre une personne des indices graves et concordants de nature à motiver son inculpation, l'officier de police judiciaire doit la conduire devant le procureur de la République sans pouvoir la garder à sa disposition plus de vingt-quatre heures. »

En d'autres termes, sont placés en garde à vue les gens *soupçonnés* d'avoir participé à un crime ou à un délit. Ceux qui, dans la presse, sont parfois appelés : « témoin numéro un ».

J'ouvre une parenthèse : les termes « indices graves et concordants » de l'article 63 doivent rappeler quelques souvenirs au lecteur : ils sont repris par l'article 105 du même code, article examiné précédemment. Dans la pratique, ces deux articles se conjuguent de la manière suivante : quand après une, huit, quinze heures de garde à vue, un individu reconnaît les faits pour lesquels il était soupçonné, l'enquêteur doit immédiatement avertir le magistrat concerné : substitut ou juge d'instruction. Celui-ci peut se faire amener la personne sur-le-champ, et mettre ainsi un terme à la garde à vue, soit demander la poursuite de l'interrogatoire, après notification à l'intéressé des dispositions de l'article 105.

Seules des raisons d'opportunité guident cette dernière décision : un garçon peut avouer être l'auteur d'un cambriolage, et dire qu'il n'était pas seul, qu'il a agi avec X et Y, pendant que Z faisait le guet. En théorie, l'enquêteur devrait jouer les vierges effarouchées : « Stop ! Je ne veux plus rien entendre. Tu as avoué.

Tu es coupable. Je n'ai plus le droit de t'entendre. » Il est évident que pour les nécessités de l'enquête, il convient de poursuivre l'audition du « désormais coupable ». L'enquêteur (plus précisément un officier de police judiciaire) lui donnera donc lecture du fameux article 105 — que l'individu comprend rarement ! — et il poursuivra l'interrogatoire, après avoir fait mention au procès-verbal de cette notification.

La personne placée en garde à vue est généralement une personne « suspecte ». Soyons réalistes : dans un souci d'efficacité, pour une bonne politique judiciaire, on ne saurait accepter la présence d'un avocat aux côtés d'un tel individu. Autant l'avocat a un rôle considérable, voire primordial à jouer quand un être humain pénètre dans l'enceinte d'un palais de justice, autant dans la phase policière ou de gendarmerie, son intervention serait déplacée.

On imagine sans mal les propos que pourrait tenir le conseil : « Vous avez déjà posé cette question il y a cinq minutes à mon client. Il vous a répondu. Inutile de recommencer...

— Parlez moins fort, je vous prie, vous harcelez mon client. C'est intolérable.

— Vous êtes à trois autour de lui. Vous fumez, et osez lui refuser une cigarette. Ces procédés sont inadmissibles. " Nous " refusons de répondre désormais à vos questions. »

Mais il peut se poser un grave problème, que nous avons déjà évoqué avec l'adage : « On n'attrape pas des mouches avec du vinaigre. » Il s'agit pour les enquêteurs de « coincer » l'individu soupçonné, de lui faire « cracher » la vérité, parce qu'on a accumulé des témoignages, retrouvé des empreintes, du matériel à son domicile provenant du vol.

Si dans leur immense majorité, quasi-totalité, policiers et gendarmes sont gens trop conscients de leurs devoirs et de leurs responsabilités pour songer à user de coups pour « aider » les suspects à avouer, il n'en reste pas moins qu'ils ont, parfois et pour certains, recours à des méthodes qui s'apparentent à « des chants de sirènes » auxquels peuvent se montrer sensibles des individus fragilisés du fait de leur seule présence dans des locaux inhospitaliers, ou qu'une terrible fatigue commence à embuer leur esprit et à émousser les facultés de vigilance et de discernement.

Ces chants utilisent des partitions très variées, et nous en avons déjà vu quelques-unes : « Ton affaire n'est pas grave, le procureur en voit tous les jours des comme ça. Quand on lui donnera la procédure, il la jettera à la poubelle. »

— « Tu reconnais, tu sors. Tu nies, tu restes... »

— « Tu as tort de nier. Ton copain X a déjà tout avoué... »

— « Je connais bien le juge... Il n'est pas méchant. Si tu nous dis la vérité, je lui toucherai deux mots de ton cas, et il te laissera en liberté... »

— « Nous avons placé votre femme en garde à vue, dans le bureau d'à côté. Plus vite vous reconnaîtrez les détournements, plus vite nous la mettrons en liberté. N'oubliez pas que nous pouvons la garder pendant quarante-huit heures dans nos bureaux. Et que nous pouvons convaincre le procureur de la faire inculper de complicité par le juge d'instruction. Il nous suffira d'écrire qu'elle était au courant de vos agissements, et qu'elle en a profité. Après, nous ne pourrons plus rien pour elle. Pensez aussi à vos gosses. »

— « Mais la victime n'est pas un type intéressant. Et puis toi, tu avais bu. Allez, tu nous dis enfin que c'est toi qui lui as porté le coup de couteau au visage, dans la bagarre générale, et ça se passera bien. Tu travailles depuis quinze jours. Tu n'iras pas en prison. D'ailleurs, il paraît qu'il n'y a plus de place. Ton affaire, le juge n'en fera pas un drame. Il est habitué à pire. »

Etc.

Je rapporte des propos que m'ont tenus des inculpés sur les conditions de leur passage aux aveux, mais il est certain que rien ne prouve la réalité de ces artifices.

L'erreur judiciaire emprunte parfois la voie royale lorsque la personne renouvelle ses aveux devant le juge d'instruction. Celui-ci est alors à peu près certain de donner une conclusion malheureuse à son affaire, qui en toute hypothèse sera plaidée devant le tribunal correctionnel ou devant la cour d'assises. Et les magistrats ne sont pas loin de considérer que les aveux passés devant les policiers ou les gendarmes, renouvelés devant le magistrat-instructeur, valent alors paroles d'Evangile.

Une objection s'impose alors, et d'importance : un individu ne peut pas inventer ses déclarations devant les policiers ou les gendarmes, et les répéter pratiquement mot pour mot devant le juge d'instruction s'il est totalement étranger aux faits qu'on lui reproche.

La pratique, hélas, prouve que la question ne se pose pas en termes aussi simples.

Commençons par les aveux passés devant les policiers ou les gendarmes. Quand ceux-ci sont venus à bout des « réticences » de l'intéressé à « soulager sa conscience » (quelquefois, les gendarmes, par mesure de prudence, concluent leur procès-verbal en faisant dire au garçon : « Je reconnais que je n'ai subi aucun mauvais traitement de votre part, et que je me suis exprimé librement pour soulager ma conscience » !), ils passent à la phase du jeu des questions-réponses, questions qui ne sont pas notées sur le procès-verbal, et qui aboutiront à une ou deux pages de déclarations en forme de confession.

Le dialogue qui suit est imaginaire, mais cerne sans doute d'assez près certaines réalités : « Tu étais bien avec X et Y pour commettre ce cambriolage ?

— Oui. »

Le policier, ou le gendarme, tapera : « X, Y et moi avons pris la décision de commettre un cambriolage ensemble. »

« Qui en a eu l'idée ?

— Je ne sais pas.

— Y dit que c'est X, parce qu'il avait travaillé dans l'entreprise.

— Si vous voulez. »

Sur le procès-verbal : « X nous a alors suggéré de commettre ce casse, décidé parce que nous avions besoin d'argent, chez Y, parce qu'il y avait travaillé pendant quelques mois, avant d'être mis à la porte pour des raisons qu'il nous a cachées. Je pense qu'il avait peut-être déjà commis un acte malhonnête. En tout cas, je le répète, il ne nous a jamais rien dit. »

« Qui est entré le premier dans les locaux, après avoir cassé les carreaux ? Y dit que c'est toi.

— Vous n'avez qu'à marquer que c'est moi. »

Sur le procès-verbal : « Pour pénétrer à l'intérieur des locaux, après que X nous eut montré le chemin pour ne pas risquer d'être vus, j'ai cassé le carreau avec une pierre, parce que c'est moi qui le premier en ai repéré une sur le sol. La nuit était noire, et il n'y avait aucun éclairage. »

Et ainsi de suite.

Et il y aura parfois une dernière réflexion d'un enquêteur, hors procès-verbal : « Eh bien ! dis donc, tu n'appartiens pas à la catégorie des bavards, toi... Il faut vraiment te tirer les vers du nez !

— Je ne peux pas vous dire ce que je ne sais pas.

— Bien sûr, bien sûr. En tout cas, mon gaillard, te voilà ficelé et habillé pour l'hiver, je te le garantis ! »

Soyons clairs : les policiers et les gendarmes n'agissent pas de la sorte pour le plaisir de nuire au garçon assis devant eux, mais simplement parce qu'ils sont convaincus de sa participation au cambriolage. Aucune mauvaise foi de leur part.

Quelques dizaines de minutes plus tard, le garçon est présenté au juge d'instruction.

Deux cas de figure peuvent se présenter : soit le magistrat a le temps — ou l'envie — de procéder à un interrogatoire sur le fond de celui qu'il vient d'inculper, soit il souhaite reporter l'épreuve des questions-réponses à une date ultérieure.

Dans cette dernière hypothèse, après s'être enquis de quelques précisions auprès de l'inculpé, le juge dictera à son greffier : « Je prends acte de l'inculpation que vous me notifiez. Je reconnais les faits qui me sont reprochés. Je confirme mes déclarations faites à la police. Je m'expliquerai en détail ultérieurement. » Par cette simple confirmation, le garçon est « ficelé ». Il a répondu aux questions du juge, d'après ses souvenirs de ce qui s'était dit au commissariat ou à la brigade. Et quand le magistrat lui remet un exemplaire de l'ordonnance de mise en détention, il ne comprend pas toujours ce que cela signifie. Comme il n'a pas davantage compris ce débat avec le substitut, suivi de la demande du juge pour savoir s'il avait des observations à présenter. Tout est flou dans son esprit. Tout va très vite...

□

Le second cas de figure se présente sous des traits abominables. Le Code de procédure pénale, prévoit, avec une formidable hypocrisie que ce premier interrogatoire doit porter — ainsi qu'il a déjà été dit — sur la vérification de l'identité, et la notification de l'inculpation. Et le juge doit, en théorie, avertir l'inculpé de sa liberté de ne s'expliquer qu'ultérieurement, en présence de son avocat. Néanmoins, si l'inculpé « désire » renoncer à cette assistance, le magistrat est prêt à recueillir sur-le-champ ses déclarations. Pour des raisons de pure opportunité, voire pour des motifs d'une bonne politique de répression — le garçon en prison risquant de subir l'influence de codétenus qui lui conseilleront de nier les faits —, le juge peut parfois passer sous silence l'existence de ce droit, soit affirmer que cela ne servira qu'à retarder l'interrogatoire de deux ou trois semaines, voire un mois, en raison de son emploi du temps chargé.

Et surtout, le magistrat est censé ne poser aucune question, l'interrogatoire prenant la forme d'une « confession » que le juge écouterait avec un air de dévotion, les mains croisées, les yeux au ciel... Ni les magistrats du Siège qui jugeront l'affaire, ni les avocats ne sont dupes, mais ces apparences « bien léchées » emporteront la conviction du tribunal, et aucun avocat n'osera remettre en cause la valeur de cette réitération d'aveux devant le juge d'instruction.

Et là réside précisément l'horreur du système. Parce que, en réalité, il est évident que le juge « aide » l'inculpé à se souvenir, à préciser des détails qu'involontairement il avait omis : le juge veut les entendre de sa bouche, pour avoir le droit de les mentionner sur le procès-verbal.

Le magistrat ne reprend pas le procès-verbal des policiers ou des gendarmes point par point, mais avant de faire entrer celui qu'il va inculper dans son cabinet, il s'en est imprégné, il voit comment les événements se sont passés, et à son tour, il a besoin de construire un procès-verbal « structuré ».

Il nous faut, à ce stade, quitter la théorie, pour démontrer que ces propos ne sont peut-être pas de pures spéculations.

Pour ma part, j'ai connu une affaire — je me situe avant le 16 octobre 1984 — que j'ai peut-être aidé, dans les conditions que j'ai évoquées, à transformer en erreur judiciaire. Le terme « peut-être » suffit à en dévoiler la gravité. Le doute doit profiter... un principe que les professionnels du monde judiciaire ne citent jamais sans l'accompagner d'un sourire entendu.

Et je n'étais pas le seul à douter. Nous le verrons : la cour d'assises rendra un verdict « bâtard » : coupable, le garçon méritait une peine bien supérieure à celle prononcée ; innocent, l'acquittement allait de soi.

Le 28 mai 1981, une dame de quatre-vingt-quatre ans était découverte à son domicile, dans son lit, par un ami qui avait coutume de lui rendre visite pour l'aider dans ses petits travaux ménagers. Il était alors dix heures quarante-cinq. Elle habitait une maison très modeste, à l'écart du village, serrée contre la forêt. L'homme remarquait d'abord le désordre dans la cuisine, avant de se rendre dans la chambre où il voyait la vieille dame allongée sur son lit, recouverte par un drap et un couvre-lit. L'oreiller était taché de sang. Une couverture avait été tendue devant la fenêtre, dont un carreau était cassé. Mme G. portait ses vêtements de la journée.

Le médecin relèvera les blessures suivantes : un gros hématome sur la joue gauche, deux autres sous l'œil gauche, et à la commissure des lèvres. Deux traces de coups seront décelées sur le côté pariéto-occipital gauche du crâne. Des traces de strangulation bleuissaient le cou. Transportée à l'hôpital, elle y mourra le 19 juin.

A son ami, elle murmurait : « Il était un. »

Son agresseur avait fouillé toutes les pièces, avant de fracturer une cassette, et de s'emparer d'économies d'environ quatre mille francs, ainsi que d'un porte-monnaie (détail à retenir). Une empreinte était relevée sur le couvercle métallique d'une boîte ouverte par le ou les agresseurs. Après exploitation, il s'avérait qu'elle provenait d'un gant de caoutchouc. Une lampe de poche rouge était découverte près de la maison.

Les premières auditions menées par les gendarmes permettaient de se lancer sur une piste, de retrouver un véhicule, et surtout des vêtements tachés de sang dans le coffre. Bien entendu, ils entendaient le propriétaire de l'automobile et des habits, en l'invitant à donner des explications sérieuses. Réponse : il avait taché sa chemise en tuant et en découpant un lapin. Sa femme confirmait un alibi des plus simples : il se trouvait à la maison le soir du crime. Il regardait la télévision. Il se souvenait du titre du film, mais ne gardait qu'un souvenir très vague de l'histoire. Souvenir qui aurait pu ressembler à un résumé dans un magazine sur les programmes TV...

Les gendarmes n'insistaient pas, se réservant de « reprendre » éventuellement ce « client » plus tard. Mais en courant le risque de voir disparaître certains indices... Il convient de préciser qu'ils avaient procédé au domicile de cet individu à une perquisition qui s'était révélée négative.

Grâce à d'autres « sources de renseignements », ils apprenaient que des personnes de type gitan avaient fait du porte à porte dans le village le jour des faits. Mais la « rumeur publique » faisait par ailleurs état de la disparition « inexpliquée » d'un garçon de dix-neuf ans, Michel M., déjà connu des services de gendarmerie de la brigade pour un « vol de lait ».

Ils procédaient alors à la visite des commerçants et des débits de boissons de la région. Et le 31 mai, Michel M. était formellement reconnu sur photo par une serveuse d'une boîte de nuit, très précisément la maîtresse du gérant. Dans la nuit du 27 au 28 mai, vers minuit, Michel s'était présenté à la boîte, accompagné d'un garçon plus âgé que lui. Elle gardait un souvenir très précis de Michel, car le règlement prévoit que l'entrée donne droit à une boisson gratuite non alcoolisée. Or Michel avait refusé de verser la somme de dix francs correspondant au supplément exigé pour deux whiskies-cocas, alors que par la suite, il payait au fur et à mesure la demi-douzaine de whiskies consommés par lui et son camarade, soit une somme totale de trois cent soixante francs, avec des billets de cent francs. Elle précisait qu'il était vêtu d'un blouson pure peau couleur marron glacé et d'un pantalon en toile « jean ».

Chacun des détails mentionnés est à enregistrer dans un coin de la mémoire, car le spectre de l'erreur judiciaire reposera en grande partie sur eux.

J'étais alors désigné pour instruire une information contre X pour « vol avec violences » et, le 2 juin, je délivrai une commission rogatoire à la brigade des recherches d'Epinal.

Deux autres personnes — un « homme des bois » et un familier de la victime — étaient mises hors de cause après vérification de leur emploi du temps.

L'audition de Michel s'imposait. Son père s'engageait à tenir les enquêteurs informés dès qu'il aurait des nouvelles de son fils, qui avait quitté le domicile parental le 10 mai 1981 (le père disait qu'il avait une bonne raison d'être formel sur la date !).

Par ailleurs, la personnalité de Michel ne cessait d'intriguer. De l'avis général, sans être l'idiot du village, il passait pour légèrement demeuré, avec des comportements bizarres. C'était un spécialiste du chapardage de bouteilles de lait au petit matin devant l'épicerie, au grand dam de ses parents, de braves gens estimés de tous, Michel était revenu depuis peu de temps au domicile parental, après avoir passé toute son enfance et son adolescence dans différents foyers, sur les conseils de son instituteur du cours élémentaire première année. Il avait constaté un important retard scolaire, dont il avait fait part au médecin scolaire. Mais Michel était également un spécialiste des fugues : il quittait le domicile pour vivre seul dans la forêt, se nourrissant des produits de ses larcins.

Le 13 juin, le père se présentait à la brigade des recherches pour remettre à l'adjudant commandant cette unité deux cartes postales que Michel avait envoyées à ses parents de la Côte d'Azur. Il les informait de son intention de remonter dans les Vosges assister au mariage de son frère. Une des cartes était affranchie avec un timbre à un franc, catégorie retirée de la vente le 21 juin 1980. Mais l'enquête démontrera qu'il était encore possible d'en trouver dans certains débits de tabac.

La malheureuse vieille dame décédait à l'hôpital le 19 juin, et par un réquisitoire supplétif, le procureur de la République transformait la qualification initiale de « vol avec violences » en « vol avec violences ayant entraîné une incapacité de travail temporaire supérieure à huit jours ». Cette incongruité, qui rappelle Courteline, et que nous avions vainement cherché à contourner, résultait d'un vide du Code pénal dans le cas où la victime d'un vol avec violences décède quelques jours plus tard de ses blessures.

Le 13 juillet, le père de Michel téléphonait à l'adjudant pour lui dire qu'il venait de recevoir une lettre de Michel lui annonçant son arrivée dans les Vosges le samedi 17 juillet, dans la matinée, en gare d'A...

Dès six heures du matin, les gendarmes se mettaient en embuscade. Mais Michel, de son compartiment, remarquait un geste du contrôleur signalant sa présence aux gendarmes, et il réussissait à prendre la fuite !

Plus tard, quand je l'interrogerai sur les raisons de sa « dérobade » aux autorités militaires, il me dira : « Quand je vois un képi, je change de trottoir. » L'enquête de personnalité démontrera qu'effectivement, depuis son enfance, il ne portait guère la maréchaussée dans son estime.

Michel était interpellé dans la même journée, à seize heures, alors qu'il se rendait tout bonnement à la cérémonie religieuse du mariage de son frère ! Curieuse inconscience chez un criminel... Il était placé en garde à vue le samedi soir à partir de vingt-trois heures trente — mais des questions avaient dû lui être posées depuis seize heures —, et ce n'est que le dimanche soir, à partir de vingt-trois heures trente — très curieusement à partir du moment précis où l'on devait solliciter une prolongation de la garde à vue de ma part, qui risquait de ne pas être accordée si aucun élément nouveau et intéressant n'apparaissait — que Michel « passait aux aveux ». Ceux-ci étaient consignés sur procès-verbal à partir du lundi une heure trente de la nuit. La deuxième sans sommeil...

Quelques précisions « hors dossier » me seront apportées par la suite.

Les aveux auraient été recueillis par l'adjudant qui s'était enfermé dans le bureau en tête à tête avec Michel. L'adjudant, à qui j'exprimerai quelques mois plus tard mes doutes sur la sincérité des aveux, me dira : « Pas de problème, monsieur le juge, c'est lui le coupable. Il était coriace, il ne voulait rien nous dire. Mais je l'ai eu à la psychologie. »

Il y avait là de quoi faire sourire tous ceux qui connaissaient ce sous-officier. Il passait pour la brebis galeuse de la compagnie, et sa paresse était légendaire, autant que sa sottise. Ses supérieurs poussaient le vice jusqu'à lui refuser cette promotion qui aurait permis de s'en débarrasser, en l'envoyant sévir sous d'autres cieux. Ce n'est que le 1er janvier 1985 qu'il bénéficiera de cet avancement. Quelques semaines plus tôt, il avait eu le temps de donner deux nouvelles mesures de ses dimensions intellectuelles.

La première, en racontant à des journalistes — alors que les gendarmes étaient encore saisis dans « l'Affaire » — que des écoutes téléphoniques avaient permis de surprendre une conversation entre l'homme placé en garde à vue le jour de la Toussaint, Bernard, et sa jeune belle-sœur Muriel, pour demander à celle-ci de déclarer aux gendarmes que le 16 octobre 1984, elle avait passé la fin de journée avec lui.

Le démenti que je serai obligé d'apporter ne l'empêchera pas de récidiver quelques jours plus tard, en racontant cette fois à un journaliste assurant la chronique judiciaire dans l'un des deux journaux du département, qu'il arrivait d'Allemagne avec les résultats d'une expertise d'une enveloppe accablante pour celui que j'avais inculpé d'assassinat le 3 novembre. En réalité, les résultats de cette expertise étaient totalement négatifs !

On est saisi de frissons rétrospectifs en repensant aux paroles de ce cher homme : « Je l'ai eu à la psychologie ! »

Un gendarme, bien après la conclusion de l'affaire devant la cour d'assises, me fera part de ses soupçons, n'excluant pas l'hypothèse que l'adjudant, après s'être enfermé seul avec Michel, ait tapé ce qu'il voulait, au vu des quelques mots bredouillés par Michel, en « adaptant » questions et réponses.

Car, dans ses aveux, Michel donnait des détails qui cadraient parfaitement avec les éléments de l'enquête.

C'est ainsi que l'avant-veille de l'agression, il se serait rendu dans un hypermarché pour acheter une paire de gants en caoutchouc.

Dans la boîte de nuit, après l'agression, il aurait consommé trois ou quatre *jus de fruit.* Or l'adjudant savait déjà, après l'audition des proches de Michel pour cerner sa personnalité, que celui-ci ne buvait jamais d'alcool ; aucun doute n'était permis sur ce point. Ses déclarations devenaient donc en contradiction flagrante avec celles de la serveuse, certaine que les deux clients du 27 mai au soir avaient consommé du whisky, soit pur, soit mélangé à du coca-cola.

Michel m'était présenté le lundi matin 20 juillet, à dix heures. Il n'avait pas de chance.

A l'instar de la majorité de mes collègues, je ne fixais jamais d'audition ou d'interrogatoire le lundi matin, sinon parfois pour des broutilles, car ce jour-là, à l'issue du week-end au cours duquel les gardes à vue ont été prolongées au maximum par le substitut de permanence, il y a très souvent des présentations. Michel M. aurait été présenté le lundi après-midi, à quatorze heures, je me serais peut-être limité à son inculpation, à une confirmation en une phrase ou deux de ses aveux passés devant les gendarmes. Je l'aurais enfin placé sous mandat de dépôt. L'ensemble du « cérémonial » n'aurait pas trop empiété sur l'interrogatoire ou l'audition prévus à quatorze heures trente.

Mais en ce lundi matin, j'avais le temps de l'interroger sur le fond, d'autant qu'il était le seul à être présenté ce jour-là, et ainsi de transformer en « béton » des déclarations de culpabilité qui restaient encore bien fragiles.

J'avais tout de même averti Michel de son droit de s'expliquer immédiatement, ou ultérieurement en présence d'un avocat. Et avec cet air moitié bougon, moitié désabusé que je lui connaîtrai souvent par la suite, il m'avait répondu : « Un avocat, pour quoi faire ? Je sais ce que j'ai à dire. »

Je commis ce lundi 20 juillet une seconde erreur : j'entendis Michel en présence de deux gendarmes qui avaient participé à l'enquête.

J'ouvre une parenthèse : un juge d'instruction est libre d'entendre des inculpés en présence des gardiens de la paix ou des gendarmes l'ayant escorté de la prison à son cabinet, ou de demander aux forces de l'ordre d'attendre dans le couloir. A mon arrivée à Epinal, j'avais adopté la pratique locale, qui était d'entendre les gens en présence des gardiens de l'ordre, moins pour des raisons de sécurité que pour marquer toute absence de défiance à leur égard.

Ce lundi matin 20 juillet 1981, les gendarmes interviendront à plusieurs reprises — avec mon accord — pour pousser Michel à apporter des précisions, un peu comme des parents qui aident leur enfant dans une récitation en soufflant le mot qui relancera l'ânonnement...

« Michel, dis à M. le juge comment... »

C'est dans ces conditions que Michel me précisait qu'en achetant la paire de gants au supermarché, il n'avait pas encore l'intention d'agresser la vieille dame. Il l'avait achetée, comme cela, sans raison particulière. Après l'agression, dans la maison, il cherchait uniquement des espèces, « ne voyant pas, affirmait-il, ce que j'aurais pu faire d'objets précieux ».

A l'issue de son interrogatoire, il me déclarait que pour l'instant, il ne voyait plus rien à me dire, qu'il était fatigué, qu'il avait besoin de se reposer, et qu'il verrait plus tard.

Je sentis qu'il y avait anguille sous roche. L'intuition était bonne : deux jours plus tard, il m'écrivait pour m'annoncer qu'en réalité il était innocent.

Cette rétractation intervenait à quelques jours de mon départ en vacances, mais je pus procéder à un nouvel interrogatoire le 28 juillet.

Il me rapporta les faits suivants...

Le 12 mai, il était descendu sur la Côte d'Azur, en faisant du stop. Un chauffeur routier l'avait emmené jusqu'à Lyon. Mais il ne pouvait donner une description précise du véhicule ou du chauffeur.

Le 10 juillet, il avait dérobé une somme de trois mille deutsche Marks sur le siège avant d'une Mercedes, dans un terrain de camping de Saint-Tropez. Je prenais contact le soir même avec le parquet de Draguignan, puis avec la gendarmerie — célèbre ! — de Saint-Tropez. Mon correspondant me répondit qu'en l'absence de précision sur le nom des victimes, ou sur la date exacte des faits, il leur était impossible de vérifier la matérialité du délit.

Mais par ailleurs, Michel me donnait une description très précise des lieux où il aurait vécu à Marseille. Après retour d'une commission rogatoire, j'apprenais que ces endroits existaient bien, et que Michel avait su noter quelques détails pittoresques, qui incitaient à penser qu'il y avait séjourné.

Le 21 août, le directeur du Centre d'orientation et d'action éducative — établissement qui avait eu Michel comme pensionnaire — se présentait à mon collègue pour lui remettre une sacoche qu'il venait de trouver dans un marécage attenant à une cabane de pêcheur, à la suite des indications que lui avait données Michel. Il avait perdu cette sacoche dans sa fuite du samedi matin 18 juillet devant les gendarmes. Elle contenait six billets de cinq cents francs, neuf billets de cent francs, et deux porte-monnaie.

L'espoir de « coincer » Michel, et de trouver enfin une preuve matérielle de sa culpabilité, revenait, avec ces découvertes d'argent et surtout des porte-monnaie ! Encore qu'une objection s'imposât : il était tout de même curieux de voir le criminel indiquer à un fonctionnaire dépendant du ministère de la Justice l'endroit où l'on retrouverait les preuves de sa culpabilité !

Las ! Mes espoirs, que je sentais partagés, durèrent le temps de rapides vérifications, qui m'apprirent que le premier porte-monnaie appartenait à la mère de Michel, et que le second était un cadeau de ses parents. Aucun des deux n'avait donc été la propriété de la victime, et emporté par l'odieux agresseur de cette personne âgée.

Quant à l'argent, Michel me disait qu'il avait changé les

deutsche Marks en francs dans une banque sur le port de Saint-Tropez. Je ne me souviens plus de la réponse apportée à cette nouvelle vérification, mais elle ne constituait pas un nouvel élément à charge.

Le 19 septembre, j'organisai une confrontation avec la serveuse de la boîte de nuit. Elle m'apprit qu'elle était « très physionomiste », et qu'elle restait évidemment sur ses positions. Michel, de son côté, confirmait qu'il ne portait jamais de « jean », parce que « cela fait sale ». Détail dont la vérité était confirmée par plusieurs personnes l'ayant très souvent côtoyé.

Le 13 octobre, l'adjudant me donnait sa version des conditions dans lesquelles s'était déroulée sa garde à vue. Aucun détail portant sur les lieux ou les conditions de l'agression n'avait été révélé à Michel. Alors que Michel m'avait dit — car enfin, j'étais très curieux des circonstances de cette garde à vue : « Ils m'ont montré des photos, et moi quand on me montre des photos, je suis capable d'imaginer un scénario. » L'adjudant me précisait que Michel lui avait parlé d'un cube de bois trouvé dans la réserve située derrière la maison, dont il s'était servi pour frapper sa victime. Or, l'adjudant m'avait dit que ses hommes et lui n'avaient pas remarqué l'existence de cette réserve, collée contre la maison.

En « sens inverse », son père me déclarait le 23 décembre 1981 que Michel était d'un tempérament fugueur. Lors d'une de ces fugues, en pleine nuit, il avait parcouru à pied plus de trente kilomètres. Il était formel : son fils avait bien quitté la maison le 10 mai 1981 (date mémorable !), mais fait curieux : personne ne l'avait revu depuis, alors qu'auparavant, s'il vivait dans des cabanes de pêcheurs situées le long de la Moselle, il venait se ravitailler en nourriture chez les commerçants de la localité, ou chez ses parents.

Après les aveux et le témoignage de la serveuse de la boîte de nuit, aucune charge supplémentaire ne viendra étoffer un dossier à mon goût bien fragile. Les éléments « à décharge » me semblaient plus nombreux.

Avec son avocat de l'époque — il en changera trois fois, et le dernier ne sera choisi qu'un mois avant les Assises —, je provoquerai des appels pour que la chambre d'accusation ait à statuer sur la gravité des charges.

C'est un procédé parfois employé par un juge d'instruction, avec la complicité de l'avocat, quand il veut faire le point sur une affaire, et se rendre compte s'il ne s'est pas fourvoyé sur des chemins de traverse : l'avocat présente une demande de mise en liberté, le juge la refuse, l'avocat fait appel, la chambre d'accusation doit alors examiner le dossier.

Mais il faut manier ce jeu avec beaucoup de précautions : la chambre d'accusation manifeste une nette propension à confirmer les décisions du juge d'instruction, pour ne pas entraver sa liberté dans ses actes d'information. Retour à la solitude de l'envoyeur...

J'avais même songé à libérer Michel « sur le papier » en demandant au procureur de faire appel de mon ordonnance. En effet, jusqu'au 31 décembre 1984, dans l'hypothèse d'un appel par le Parquet de cette décision de libération, l'inculpé restait en détention jusqu'à l'arrêt de la chambre d'accusation.

Le procureur de la République m'avait dissuadé d'agir ainsi : dans l'hypothèse où Michel serait renvoyé devant les Assises, son avocat ne manquerait pas de ressortir et de brandir devant les jurés mon ordonnance de mise en liberté, et de démontrer ainsi l'existence de doutes puissants sur sa culpabilité. Preuve du poids considérable des décisions du magistrat-instructeur : « Si le juge dit que, c'est que... »

De mauvais esprits prétendent que la chambre d'accusation, dans sa composition de l'époque — et en 1984, les trois magistrats auront changé de fonctions —, montraient une fâcheuse tendance à confirmer toutes les décisions du juge d'instruction, en reprenant dans leur arrêt les motivations de l'ordonnance du juge. En revanche, cela relève de la plus vile calomnie que d'affirmer que ces « hauts magistrats » ouvraient à peine le dossier.

Un fait est certain : Michel ne pourra guère éprouver de surprise en lisant les différents arrêts qui confirmeront mes ordonnances...

Michel comparaîtra devant les Assises en mars 1983.

Le procureur de la République requerra une peine de quinze années de réclusion criminelle. Son avocat plaidera l'acquittement, avec beaucoup de talent, mais sans être en mesure d'exploiter toutes les failles du dossier. La cour d'assises condamnera Michel à huit ans de réclusion. Le crime était abominable, et méritait au moins douze ans. Les jurés et les trois magistrats professionnels avaient préféré « couper la poire en deux ». Ils pouvaient rentrer chez eux la conscience tranquille : ils n'avaient pas à se poser la question de savoir s'ils avaient frappé avec sévérité un innocent ou, dans le cas inverse d'un acquittement, s'ils n'avaient pas remis un peu trop vite dans le circuit social un dangereux individu. Alors qu'une condamnation à « seulement » huit années de réclusion criminelle ne soulève pas tous ces problèmes de morale personnelle...

Depuis le procès, je m'interroge toujours. Et je pense très souvent à cette curieuse affaire... Mais j'ai tort, je le confesse, et j'ai honte de mes doutes. Puisque le peuple français a jugé...

On l'aura compris : la question de l'erreur judiciaire est complexe.

Pour des raions où le droit n'a souvent pas grand-chose à voir, et qui peuvent s'énoncer en un principe très simple : « Les gens chargés de rendre la Justice sont des hommes qui travaillent sur de la pâte humaine, avec de la pâte humaine. »

Un individu fragilisé peut avouer n'importe quoi, des témoins peuvent se tromper, des experts peuvent se fourvoyer sur des terrains instables.

Est-ce à dire qu'il faut relaxer ou acquitter dès qu'un prévenu ou un accusé n'avoue pas à la barre : « Oui, c'est moi. Les policiers ou les gendarmes ont été très corrects... Ils m'ont offert un gros cigare et un verre de bon vin rouge pour accompagner la côte de bœuf. »

Certes pas. La Justice doit passer par là, manier le Glaive et user de la Balance, dès que ses serviteurs estiment que sont réunis les éléments constitutifs d'un délit et l'intention coupable. Quant à la cour d'assises, ceux qui la composent se prononcent « en leur âme et conscience ».

A travers ces notions fluctuantes — s'appuyant sur des fondements mouvants — on comprendra que l'erreur judiciaire a encore de beaux jours devant elle.

Nul ne connaît le nombre exact de ces erreurs. Pour cause. Tous ceux qui se prétendent innocents ne pratiquent pas l'automutilation pour attirer l'attention sur leur cas, et tous les coupables n'acceptent pas la décision de justice avec résignation.

Seul Dieu sait...

10

Le pouvoir judiciaire, troisième pouvoir ? Voire...

LE 16 octobre 1984, à 22 heures 37, une dépêche de l'Agence France Presse tombait sur les téléscripteurs :

« Divers Meurtre — Le corps ligoté d'un enfant de 4 ans repêché dans la Vologne (Vosges) — Epinal 16 oct (200 mots).

Un enfant de 4 ans, dont les pieds et les mains étaient ligotés, a été retrouvé dans la Vologne, non loin de Docelles (Vosges) mardi vers 21 heures 30, sur l'indication d'un coup de téléphone anonyme, apprend-on auprès de la gendarmerie de Bruyères.

Une autopsie a été ordonnée et une enquête est en cours sous la responsabilité d'un juge d'instruction.

Au vu des premiers éléments de l'enquête, les gendarmes n'excluaient pas, mardi soir, l'hypothèse d'une vengeance familiale.

Le corps du petit Grégory [...], qui avait disparu vers 17 heures 30, a été repêché par les pompiers au terme de recherches engagées après qu'un oncle de l'enfant demeurant à Haumont, eut alerté les gendarmes : il avait reçu, en début de soirée, un coup de téléphone d'un correspondant anonyme lui annonçant : " Ça y est, on a l'enfant, on le fiche dans la Vologne. "

Le numéro de ses parents figurant sur la liste rouge (numéros réservés), les ravisseurs de l'enfant ont contacté son oncle.

Grégory avait disparu vers 17 heures 30 alors qu'il jouait devant la maison de ses parents, une famille d'ouvriers, à Lépanges-sur-Vologne, après que sa mère l'eut ramené de l'école.

ED/dw.

TH. GENERAL FRANCE.

FIN DU DOCUMENT. »

Le correspondant en Lorraine de l'AFP, auteur de cette dépêche, ignorait qu'il inaugurait la chronique d'un des crimes les plus célèbres de ce dernier quart de siècle, un crime dont les répercussions dépasseraient les frontières de l'hexagone dès le 17 octobre 1984. Un psychologue de l'île de la Réunion rencontrera un confrère d'Afrique du Sud qui lui demandera son opinion sur « l'Affaire ». Un journaliste me dira que l'annonce de l'assassinat de Bernard L., le 29 mars 1985, avait fait la une du quotidien libanais *L'Orient-le Jour.* Un jeune qui avait fait son service militaire au 4e RIMA, stationné à Libreville... et que j'inculperai pour vol, me racontera en octobre 1986 que les Gabonais se jetaient sur tous les hebdomadaires à scandales arrivant de France qui relataient les dernières péripéties de « l'Affaire ». Un article de trois pages, abondamment illustré, du très populaire *People's Magazine* tentera en octobre 1985 d'établir, à l'intention de ses lecteurs américains, une synthèse de ce mystérieux drame « of the France profonde ».

Mais cette extraordinaire aventure médiatique ira bien au-delà du simple traitement abusif et scandaleux d'un fait divers hors du commun. Si l'assassinat d'un enfant est malheureusement un acte criminel fréquent, la froide préméditation de ce geste abominable, la revendication cruellement cynique, par lettre et par un coup de téléphone sitôt l'assassinat accompli, tous ces éléments font que le « corbeau » a sa place dans la famille des assassins les plus célèbres de notre histoire.

Le 16 octobre 1984, le « corbeau » ignorait qu'il allait faire vaciller sur son piédestal la statue de Thémis, porter un coup sévère à un prestige déjà bien entamé par l'exploitation de quelques autres faits divers, dans les années précédant son acte, et qui avaient déjà jeté un éclairage cruel sur les limites et les faiblesses de la Justice.

L'image est hardie, mais non dénuée de vérité : semblable à ces dictatures militaires solidement implantées, ou à ces envahisseurs dotés des armements les plus sophistiqués réduits à battre en retraite devant des hordes de gueux et de miséreux montant au combat avec des armes d'un autre temps, la Justice avait essuyé, en subissant des pertes, les assauts d'une « meute » de journalistes, pour la plupart ignorants des rouages de l'institution judiciaire. Je l'avais souvent constaté : ceux qui avaient le titre de « grands reporters » s'éloignaient parfois de « l'Affaire » — quand il y avait quelques journées d'accalmie — pour aller « couvrir » une catastrophe naturelle en Colombie en novembre 1985, les attentats terroristes à Paris, ou les derniers rebondissements dans l'enlèvement des otages français à Beyrouth. Sous leur plume, ou dans leur bouche, seront commises nombre d'erreurs d'interprétation sur le plan judiciaire, parfois grossières et proches de contre-vérités. Mais ces « bavures » dans le traitement de l'information étaient compréhensibles et souvent tolérables de la part de gens à qui leur rédaction ne laisse pas le temps d'approfondir un sujet. A chaque fois que « l'Affaire » amorcera un nouveau virage important, avec leur candeur de gens peu versés dans les arcanes juridiques, ces reporters sauront mettre le doigt sur les failles dans le fonctionnement de la Justice.

Une avalanche de mots, de photos, d'images — avec souvent des relents d'argent peu ragoûtants — avait suffi à faire trembler l'institution. Aucune grande plume — et peut-être pour cause... — n'avait eu à imiter Emile Zola et son célèbre « J'accuse » pour démonter les rouages de la fragile mécanique. Mais Marguerite Duras clôturait son article dans *Libération* en juillet 1985 par la formule « sublime, forcément sublime » qui allait devenir le « must » des expressions branchées.

En fait, ce n'étaient pas simplement quelques hommes, qu'ils fussent magistrats, gendarmes, policiers, experts qui étaient jetés en pâture à des lecteurs ou auditeurs et téléspectateurs avides. Chaque citoyen savait désormais — ou devinait — que la Justice repose sur des experts qui parfois se contredisent, quand on ne les accuse pas de sombrer dans des querelles de chapelles, sur des témoins qui se trompent, des gendarmes qui s'égarent, des policiers qui s'acharnent, des magistrats qui se fourvoient.

Les plus jeunes de ces magistrats étaient passés par l'Ecole nationale de la magistrature, ceux de la hiérarchie devaient à la seule finesse de leur esprit de raisonnement et à leur science juridique le port de leur belle robe rouge, parfois constellée de décorations. Les experts, tous inscrits sur la liste nationale, établie et révisée chaque année par la Cour de cassation, étaient censés occuper le dessus du panier dans chacune de leur spécialité. Un officier de gendarmerie avait frotté ses culottes sur les bancs de la prestigieuse école militaire de Saint-Cyr, un autre avait gagné ses galons à la sueur du burnous. Les policiers étaient déjà rompus aux techniques d'enquêtes les plus difficiles.

Les limites de la Justice se trouvaient ainsi clairement définies, et ce qui se passait d'habitude dans l'ombre, entre les murs feutrés d'un cabinet ou d'une salle d'audience, sans plus de regards indiscrets que ceux — à l'extrême rigueur — des représentants de la presse locale, éclatait désormais au grand jour, au vu et au su de citoyens qui n'étaient pas spécialement attirés par le « sang à la une ».

Quant au secret de l'instruction, il ne pourra qu'amener des sourires amusés sur les lèvres des gens de robe, des gendarmes et des policiers auxquels on reprochera de l'avoir violé...

Un observateur au regard acéré, doué de talents de visionnaire, présent dans la vallée de la Vologne à partir du 17 octobre 1984, aurait pu prédire que « l'Affaire » — pour peu qu'elle durât plus de quelques semaines — entraînerait de tels bouleversements dans les rapports entre la Justice et les médias, qu'après, rien ne serait jamais plus comme avant. Un avocat, acteur dans « l'Affaire », se livrera devant moi dans le courant du second trimestre 1986 au même constat.

Nous le savons : les multiples rebondissements au stade de l'information allaient, pour la période me concernant, s'étaler sur près de vingt-trois mois.

Deux époques sont très nettement marquées dans les rapports Justice-médias, comme deux actes d'une tragédie dans laquelle l'auteur aurait introduit de brefs instants de comédie, avec un très court entracte correspondant aux congés aoûtiens.

Du 17 octobre 1984 au 16 juillet 1985, les citoyens lecteurs de journaux, ou à l'écoute de leur station de radio habituelle, ou téléspectateurs des actualités de treize ou de vingt heures, n'allaient rien ignorer du plus infime détail de « l'Affaire », depuis le texte du dernier message écrit du « corbeau » jusqu'à la vilaine manie du juge de se ronger les ongles. Ils allaient être témoins de la folie des uns et des autres, plonger dans un univers diabolique à chaque révélation sur les agissements du « corbeau », assister à une tragédie abominable, avec des intermèdes de fantaisie. Et les gens allaient recevoir toutes ces informations du seul fait que les journalistes avaient occupé le terrain, ne s'étaient jamais satisfaits des informations que leur donnaient tel ou tel enquêteur ou personnalité du monde judiciaire.

Dès le 17 octobre 1984, les grands reporters et autres « faits diversiers » allaient concurrencer la gendarmerie, puis la police, dans « la recherche de la vérité », sans omettre d'assortir les fruits de leurs investigations d'un commentaire cruel sur le fonctionnement de l'institution judiciaire.

Entre la date de l'ouverture de l'information contre X du chef d'assassinat et le 5 novembre 1984, j'avais réussi à me rendre à trois ou quatre reprises dans cette désormais célèbre vallée de la Vologne. A chacune de ces visites, j'avais été témoin d'étranges spectacles plus comiques que tragiques. C'était le démarrage en trombe — dans le plus pur style d'un départ des 24 heures du Mans — de la « meute » derrière une modeste Renault 4L des gendarmes, quittant la brigade. Il y avait eu telle ou telle manœuvre de diversion utilisée par les gendarmes pour tromper la vigilance des journalistes, et les emmener loin de l'endroit où un événement se déroulait.

Mais on ne bernait pas longtemps les gens de presse : aucun ne manquait à l'appel, chaque soir à dix-sept heures, devant la gendarmerie de Bruyères — qui désormais devançait la brigade de Saint-Tropez dans la cote de célébrité — pour prendre connaissance des communiqués par les officiers de gendarmerie ou par le procureur de la République. J'avais assisté — de l'autre côté de la porte en verre opaque — à la lecture d'un des communiqués du procureur de la République, sur le perron du bâtiment militaire : elle avait duré deux ou trois minutes. Les réponses au feu roulant des questions qui suivront s'étaleront sur près de trois quarts d'heure...

Les journalistes ne perdaient rien du ballet — normal dans toute enquête criminelle — de l'arrivée à la gendarmerie de « témoins numéros un », suivie quelque temps plus tard de leur remise en liberté, après vérification de leur emploi du temps. Au fil des heures, pour peu que le séjour du « suspect » se prolongeât au-delà de quelques minutes, la température montait, les dépêches partaient tous azimuts pour tomber sur les téléscripteurs, et alimenter des articles copieux, truffés de guillemets pour reproduire les propos des enquêteurs affirmant que, cette fois-ci, le dénouement était proche. Mais deux ou trois heures plus tard, le découragement se lisait sur les visages : l'enquête repartait de zéro. « L'Affaire » s'étoffait avec ses continuels chauds et froids, elle prenait ses véritables dimensions. Et nous n'en étions qu'aux premiers jours des investigations.

Mais dans la journée, les journalistes ne battaient pas la semelle devant la gendarmerie, ou n'attendaient pas l'heure du communiqué au café du coin. Ils prenaient les gendarmes « en filature », voyaient où ils s'arrêtaient pour entrer dans une maison, et après leur départ frappaient à leur tour à la porte pour s'enquérir auprès des occupants des questions posées par les militaires. Et chacun y allait ensuite de ses petites déductions, de ses hypothèses étayées par les témoignages recueillis.

Pendant ces trois premières semaines, les représentants des médias allaient permettre à chaque citoyen de ce pays — qui avait appris à se passionner pour ce fait divers d'essence diabolique — de jouer les voyeurs, en assistant à l'enterrement du petit Grégory, aux interviews des protagonistes de « l'Affaire » : parents de l'innocente petite victime, membres de la famille côté paternel, voisins, etc. Et entre la Toussaint et le 5 novembre, il y aura l'interview accordée par un homme soupçonné, placé en garde à vue le mercredi 31 octobre, et relâché le lendemain à quatorze heures. Un public désormais attentif avait pu assister à la réaction du père de la petite victime à l'interpellation de son cousin.

Pendant cette période, les médias ne s'intéresseront guère à moi, et je vivrai ces moments de démence en qualité de spectateur. Avec une réserve, ou un signe prémonitoire : le mardi soir 30 octobre, à dix-neuf heures quarante-cinq, quatre jeunes journalistes sonneront à la porte de mon immeuble pour me donner le résultat de leurs propres investigations.

Comment avaient-ils su où j'habitais ? Mystère. Après le 5 novembre 1984 (jour de l'inculpation de Bernard L.), certains me téléphoneront à mon domicile, aux heures des repas, voire tard dans la soirée. Même question : comment avaient-ils obtenu mon numéro de téléphone, inscrit sur la liste rouge ?

Mais à partir du lundi 5 novembre 1984, de simple figurant — avec mon nom inscrit en petits caractères au bas de l'affiche — je passais au rang de rôle de premier plan, avec mon nom inscrit au-dessus du titre de la tragédie. Mais les « vedettes » sont étroitement surveillées, et gare au moindre faux pas...

Les deux inculpations que je serai amené à notifier à quelques mois d'intervalle se feront sous l'œil indiscret des appareils photos et des caméras, voire des micros : une journaliste d'une chaîne nationale de télévision avait tendu le sien à Bernard L. quand celui-ci était sorti de mon cabinet entre deux gendarmes le 5 novembre, à seize heures : « Alors, qu'est-ce que vous avez dit au juge ? — Je suis innocent, je suis innocent ! » avait-il eu le temps de crier, avant d'être « emporté » par les gendarmes.

Une quarantaine de journalistes se pressaient dans le couloir étroit, au premier étage du palais de justice, et chacun voulait la meilleure place pour ne pas manquer la sortie de l'inculpé de mon cabinet. Deux gendarmes en faction devant ma porte avaient du mal à contenir la « meute », entraînée dans un climat de foire d'empoigne.

Le 5 juillet 1985, les mêmes seront là — mystérieusement avertis de la nouvelle inculpation décidée par moi — pour « mitrailler » et filmer la frêle silhouette vêtue de noir, qui pénétrera dans le Palais à quinze heures quarante-cinq, par la porte donnant accès à la salle des avocats.

Jusqu'au vendredi 27 juillet 1985, tous les personnages principaux de « l'Affaire » — qu'ils appartiennent à l'institution judiciaire, ou qu'un serviteur de celle-ci les ait frappés de l'un des deux sceaux : « témoin » ou « inculpé » — seront attirés dans l'œil du cyclone médiatique.

Mais il convient de préciser, dans un souci d'objectivité, qu'on ne les y avait pas forcément poussés. Ils avaient souvent été victimes de cette fantastique fascination qu'exerce « le Quatrième pouvoir ». Personne n'y avait échappé.

N'évoquons que pour mémoire les communiqués des gendarmes et du procureur de la République dans les premiers jours de l'enquête.

Les parents de l'innocente petite victime s'exposeront aux plus vives critiques en acceptant de poser pour un grand hebdomadaire dans des situations portant atteinte à la dignité de parents frappés par le pire des malheurs. Ils ouvriront leur porte à tous les journalistes. Ceux-ci défileront dans le petit appartement où le couple s'était réfugié après la mise en vente de la maison du drame jusqu'au 29 mars 1985. Des relations « amicales » finiront par s'instaurer avec certains, dont les critiques acerbes contre l'institution judiciaire, en la personne du juge d'instruction, ne tomberont pas dans l'oreille d'un sourd.

Les déchirements d'une famille, très unie jusqu'à la tragédie du 16 octobre 1984, seront portés à la connaissance des citoyens vivant à l'autre bout de l'hexagone, et qui donnaient à ces derniers le sentiment que les Vosgiens vivaient sur une autre planète.

Tous les acteurs — de premier plan ou simples figurants — ne résistaient pas à l'appel des gens de presse travaillant pour des organes prestigieux, et qui savaient séduire, et balayer les éventuelles réticences.

J'aurai garde de mentionner les prises de position successives des nombreux avocats de « l'un ou l'autre bord » sous peine de gonfler ce chapitre dans des proportions anormales. Disons simplement qu'ils contribueront à jeter de l'huile sur le feu, en donnant un coup de chaleur de temps en temps.

Au fil des mois, les déclarations des uns et des autres, les supputations quant à la culpabilité d'untel ou de unetelle, la recherche de la personnalité du « corbeau », alimenteront les chroniques sans jamais provoquer la moindre lassitude dans le public.

Et de mon côté, je serais malvenu de jouer les moralistes, de me poser en redresseur de torts, de donneur de leçons. Parce que, comme les autres, j'étais « tombé dans le panneau ».

Les 5 et 7 novembre 1984, j'avais accepté de m'exprimer devant une forêt de micros et quelques caméras. La première fois, j'avais su faire preuve de pondération et de réserve, mais la seconde, j'avais été à deux doigts d'oublier ces obligations liées à ma fonction, emporté à mon tour par ce climat de passion. Réaction qui ne correspondait pourtant pas à mon tempérament.

Le 6 novembre 1984, je dînais en compagnie d'une quinzaine de journalistes. Ce dîner devait se dérouler à quatre ou cinq, avec des gens avec qui j'avais vaguement sympathisé, après avoir parlé de la pluie et du beau temps (je rappelle que dans les premiers jours de l'enquête, les journalistes ne s'intéressaient guère à moi). Le journaliste du *Figaro,* à mon arrivée au restaurant, m'avait dit :

« Je serais vous, je partirais. Vous avez été piégé. » Je n'avais pas su écouter son conseil...

Le samedi matin 13 juillet 1985, sous prétexte d'apporter quelques éléments biographiques pour un portrait en quelques lignes destiné à un grand hebdomadaire féminin, j'avais fourni la matière à un spectaculaire article sur deux pages et six colonnes, qui fera tant jaser et se gausser, même dans les « couloirs du Palais » (« Maintenant, il ne lui reste plus qu'à poser nu dans *Lui* »).

Au mois d'avril 1986, alors que j'étais censé livrer quelques réflexions pour un nouveau portrait destiné aux lecteurs du *Figaro,* j'avais accordé une véritable interview au journaliste de ce grand quotidien.

Quand on me reprochait ces différentes interventions, je répondais avec sincérité : « J'ai été piégé. » Mais l'étais-je vraiment ? Suivant la formule consacrée : « J'étais assez grand pour savoir ce que je faisais. » Avec cette naïveté des gens qui ignorent les impératifs des milieux de la presse, j'avais succombé aux chants des sirènes. Coupable, je l'étais, mais avec des circonstances atténuantes.

J'étais régulièrement harcelé à mon domicile par des journalistes qui m'appelaient au téléphone, de préférence après dîner, voire un dimanche soir, sans se préoccuper de savoir si j'étais seul ou non.

En février ou début mars 1985, l'un d'eux m'avait appelé aux environs de treize heures. Comme je lui demandais de me « f... la paix » chez moi à cette heure-là, en ajoutant que s'il voulait me parler, il pouvait toujours essayer de me joindre au palais de justice, il m'avait répondu qu'il n'avait pas le numéro du tribunal !

Le 29 mars 1985, à cinq heures du matin, j'avais été littéralement « mitraillé au flash » par deux photographes surgis de derrière un pilier dans le hall de la gare d'Epinal, alors que je m'apprêtais à composter mon billet, sac au dos, prêt à partir le surlendemain pour une randonnée dans le Hoggar. La photo sera publiée dans *Paris-Match* dans la première semaine d'avril, quelques jours après l'assassinat de Bernard L.

A la fin du mois de juin 1985, quelques reporters photographes « planquaient » dans leur véhicule au bas de mon domicile, une nouvelle inculpation dans le cadre de « l'Affaire » étant sujette aux plus vives supputations depuis quelques jours...

Mais le pire moment de ce harcèlement avait été vécu le vendredi 27 juillet au soir. Les journalistes avaient appris que je partais en vacances le lendemain. Et ils espéraient rééditer « l'exploit » de la photo du 29 mars devant l'appareil de compostage. Ils ignoraient — par quel miracle ! — que je devais en fait « tailler la route » en direction du midi de la France avec une amie. Celle-ci était arrivée à mon domicile aux environs de vingt et une heures. Quelque trois quarts d'heure plus tard, nous montions en voiture pour nous rendre à une pizzeria située à la périphérie de la ville. A peine avions-nous démarré que trois véhicules stationnés sur la place nous « emboîtaient le pas » ! Quand nous sortîmes du restaurant, vers minuit, plus aucune voiture n'était visible à l'horizon. Avec une nouvelle fois beaucoup de candeur, j'imaginais que nos « poursuivants » étaient partis sagement se coucher. Mais dès le premier virage je vis trois séries de phares s'allumer, et les trois automobiles démarrer derrière nous.

Dans le centre ville, alors qu'un feu tricolore était à « l'orange bien mûr », je conseillai à mon amie de passer. Et en me retournant, je vis nos trois pisteurs faire fi des feux qui avaient viré au rouge. En passant devant le commissariat, j'eus soudain l'idée d'expliquer la situation aux gardiens de la paix de permanence pour la nuit. L'un d'eux s'installa à l'arrière de notre véhicule. Nous retournâmes à mon appartement, je pris mon sac à dos et mes bagages, et je montai à côté de la conductrice amie. Un seul journaliste nous suivait encore. Il était stationné sur la petite place, d'où l'on voyait tout ce qui se passait chez moi. Arrivé à sa hauteur, le policier descendit pour contrôler ses papiers sous un prétexte quelconque (gageons qu'il avait omis d'attacher sa ceinture de sécurité !), et nous démarrâmes en trombe, en direction de l'appartement de la charmante jeune femme, à quelques kilomètres d'Epinal.

Une excellente chute pour le premier acte du drame qui mériterait un titre moins sévère que : « Les difficiles rapports Justice-médias. » Qui ressemblait à la première manche d'un combat, où l'une des deux parties avait l'avantage aux points. Et j'ai bien ma petite idée sur le vainqueur en puissance...

La « planète Gutenberg » et la galaxie McLuhan n'avaient

pas encore montré toute leur étendue, encore que... Certaines décisions de justice avaient en effet de quoi surprendre les observateurs avertis des réalités judiciaires. Mais j'oserai écrire que jusqu'à la date du 27 juillet 1985, l' « Affaire » restait au stade de l'anecdote, du fait divers extraordinaire, « sensationnel » exploité jusqu'à la dernière pépite, si un homme n'était pas mort, assassiné, entre autres causes, par cet aspect « anecdotique ».

Il serait plus juste d'affirmer que prise sous cet angle médiatique, « l'Affaire » manquait d'une dimension spirituelle et philosophique.

Cela n'allait pas tarder.

Au début du mois d'octobre 1985, *Paris-Match* publiait en couverture la photo de l'inculpée avec son nouveau-né dans les bras. Quelques jours plus tard, l'inculpée déjeunait avec un de ses avocats et deux journalistes avant de venir m'affronter. Et le lendemain, *Le Figaro* affichait en première page ces déclarations extraordinaires de l'inculpée : « Avec ce juge, il faut s'attendre à tout. » En page intérieure, au fil des colonnes, les notations sarcastiques sur mon compte s'accumulaient, mais on atteignait le paroxysme avec cette réflexion : « De toute façon, ce n'est pas mon type d'homme. Il est trop mou. » La semaine suivante, *Détective* relatait à son tour les propos de l'inculpée, et l'adjectif devenait alors : « mollasson ». Sûrement conforme à la réalité des paroles de l'inculpée.

Je ne pouvais alors m'empêcher de m'interroger : de quel droit cette personne — présumée innocente, nous sommes bien d'accord, mais tout de même inculpée — pouvait-elle se permettre de critiquer ainsi en termes vifs un membre de l'institution judiciaire, fût-il autant impliqué dans son dossier, sans être rappelée à l'ordre dans les jours qui suivaient ? N'entrait-il pas dans les pouvoirs d'un représentant du ministère public, défenseur des intérêts de la société, de convoquer l'inculpée, assistée de ses avocats, et de lui dire : « Ecoutez, maintenant ça suffit. N'oubliez pas que depuis votre mise en liberté, les circonstances vous imposent la plus extrême réserve. Alors, prenez garde de ne pas renouveler ce genre de déclarations imprudentes. »

Mais non ! Aucune réaction officielle ! La Justice, prise en son organe chargé d'exercer les poursuites, n'osait pas ou ne songeait même pas à lever le petit doigt !

Et mes réactions d'homme choqué par ces propos intempes tifs n'étaient pas dues à un excès de sensibilité. En d'autres termes, je n'en faisais pas une question de personne. Début janvier 1986, au cours d'une interview accordée à une agence de presse spécialisée dans les reportages sur les gens du monde du spectacle, l'inculpée critiquait allègrement sa belle-famille, partie prenante au dossier puisqu'elle s'était constituée partie civile dans le courant du mois de juillet 1985. Une ou deux semaines plus tard, elle ne celait rien de ses visites chez les experts chargés de procéder à des examens psychiatriques et médico-psychologiques. Le fil conducteur du récit était la torture morale subie par une malheureuse maman persécutée par un méchant juge d'instruction, contrainte de se déplacer à Paris et à Lyon pour y subir des tests plus ou moins idiots ou ridicules, infligés par une douzaine de médecins pas tous gentils.

Dans le courant du mois de février 1986, l'inculpée offrait aux lectures du même magazine des images de son bonheur en famille, entre sa maman et sa sœur, dans la maison de cette dernière. Très bien maquillée, évoluant dans un paysage de neige, elle évoquait l'artiste de cinéma assurant le « service après-vente » de son dernier film. En fait, la comparaison est inexacte. Sur une photo, on voyait l'inculpée penchée sur une feuille de papier, le stylo à la main. Elle mettait la dernière main à la pâte du récit de ses souvenirs d'un grand bonheur familial jusqu'à la date du 16 octobre 1984, et de la période affreuse qui avait suivi, notamment en raison de l'aveuglement de la Justice.

Avec cet ouvrage en voie d'achèvement, nous vivions une grande première : une personne inculpée « coupait l'herbe sous le pied » à l'institution judiciaire, en étalant sur la place publique ses moyens de défense. Mais il est certain que, juridiquement, rien n'interdisait de telles pratiques.

Je dois ouvrir une petite parenthèse au sujet de ce livre, paru au mois de mai 1986 sous le titre : *Laissez-moi vous dire.*

Le 30 mai 1986, le tribunal de grande instance de Paris rendra un jugement en référé faisant notamment défense à son éditeur de « procéder à la distribution et à la mise en vente publique, à compter du 30 mai de l'ouvrage en question ». En d'autres termes, le livre était interdit, et retiré de la vente.

Sur appel immédiat de l'inculpée — plus précisément : de

l'auteur de l'ouvrage en question — la 1re chambre de la cour d'appel de Paris rendait un arrêt infirmant le jugement, et disant — entre autres points du dispositif — n'y avoir lieu au retrait de vente du livre.

Des esprits au sens critique aiguisé, étrangers au monde judiciaire, me feront part de leur étonnement de constater qu'un jour, trois magistrats parisiens peuvent décider : « Ce livre doit être retiré du circuit commercial », avec toutes les conséquences financières que cela implique pour l'éditeur, et le lendemain, trois autres magistrats déclarer : « Nos trois collègues se sont trompés. Il faut autoriser la vente de l'ouvrage. » Et en raison de l'organisation de la hiérarchie judiciaire, seuls des magistrats de grande qualité, des « hauts magistrats » ont accès aux fonctions judiciaires dans la capitale. Pas les « petits juges »...

Mais pour en revenir aux déclarations et démonstrations de l'inculpée, je ne savais comment réagir à ces violations constamment renouvelées de cette obligation de réserve à laquelle elle était tenue.

J'avais pensé écrire au président de la chambre d'accusation. J'en avais parlé au magistrat concerné par le maintien de l'ordre public. Il m'avait répondu : « Attendez, réfléchissez. Il faut voir si l'obligation de réserve est réellement violée... »

Et quelques jours après cet entretien, au cours de mes congés d'hiver, dans une solitude bretonne propice à la méditation et à la réflexion nourries du recul des kilomètres et des événements, une vérité s'était imposée : l'inculpée avait acquis un statut privilégié, dont aucune autre personne de sa condition n'avait bénéficié avant elle, et ce pour une seule raison : depuis le mois de mars 1985, depuis qu'elle avait été projetée sous les feux de la rampe en raison de certains éléments du dossier, les médias avaient fondu sur elle : choyée, chouchoutée, protégée, ou à l'inverse traînée dans la boue, calomniée à l'extrême, de façon scandaleuse, honteuse ; tantôt pauvre victime innocente d'une horrible machination judiciaire sur fond de persécution, tantôt abominable assassin de son enfant, les deux versions se succédant parfois à une semaine d'intervalle dans le même magazine.

A partir de la fin février 1986, elle allait acquérir un statut et un comportement de véritable star médiatique et devenir l'otage de quelques organes de presse. Grâce à ce relais, elle pouvait se permettre de prendre le pays à témoin. Les temps avaient changé : on ne vivait plus Zola lançant à la une de *L'Aurore* son célèbre « J'accuse », mais une inculpée criant : « Je suis innocente », et s'efforçant de vaincre les réticences de certains à la croire en décochant des flèches sur tous ceux — fussent-ils magistrats, gendarmes ou policiers — qui risquaient de la gêner dans sa démonstration. La Justice, bonne fille, laissait faire, soucieuse de rester à l'écart de cette vaine agitation des médias.

Le « Quatrième pouvoir » s'était en fait substitué au pouvoir judiciaire, après l'avoir déboulonné de son piédestal. Et il s'emparait de ses prérogatives dans la recherche de la vérité.

Le Quatrième pouvoir, dont la fantastique évolution depuis quelques années, se traduit par l'apparition des nouveaux termes : « médias », « techniques de communication », etc., contraint tous deux qui veulent « faire passer un message » à se couler dans un moule aux impératifs et aux techniques spécifiques. Oui : ceux qui « ont quelque chose à dire » sont obligés de se plier aux dures lois du genre. A l'occasion de sa venue en France en octobre 1986, Jean-Paul II n'a-t-il pas été qualifié par certains commentateurs de « superstar » ? Et un prêtre ne faisait-il pas remarquer dans *L'Evénement du Jeudi :* « Jésus-Christ a dit de prêcher l'Evangile sous tous les toits. Aujourd'hui, quand je regarde les maisons, je vois des antennes sur tous les toits. » Tout juste si, à l'occasion de cette visite, on ne qualifiait pas le Souverain Pontife « d'animal médiatique », de « bête de scène ». Certains trouveront peut-être que je vais un peu loin dans la comparaison, mais à l'époque, on pouvait lire et entendre que Jean-Paul II, avec sa voix de baryton, ses mimiques expressives comme celles d'un comédien, son sens des formules, « passait remarquablement bien la rampe ».

Ce même Quatrième pouvoir qui depuis quelques années réduit les hommes politiques à semer leurs discours de ces fameuses « petites phrases » qui savent faire mouche dans l'esprit des journalistes, plutôt qu'à songer à présenter aux électeurs un programme solide, bien charpenté, avec des idées précises et qui tranchent par rapport à celles des adversaires. Qui obligent encore les politiciens à recourir aux services de « techniciens de la communication et de l'audiovisuel », dont les conseils s'avèrent précieux au moment de choisir la cravate qui passera le mieux à l'écran en fonction de l'éclairage des studios, ou à étudier au cours de « séminaires » très sérieux les gestes et les mimiques à utiliser et ceux à proscrire.

Le Quatrième pouvoir aide désormais à « faire » et à « défaire » les gens des pouvoirs exécutif et législatif. Il encourage, entre autres, un chanteur-comédien au talent immense à se prendre pour un « grand penseur », un homme qui pourrait ambitionner un destin national. Il réduit la planète à la surface d'un canton, et il voudrait transformer la mort du président du Mozambique dans un accident d'avion — trente-sept ou trente-huit victimes au total — en une catastrophe nationale, faute d'une actualité hexagonale abondante ce jour-là.

Le Quatrième pouvoir fait que la vie devient beaucoup plus rapide, et qu'au moment de glisser le second pied dans la tombe, on s'aperçoit que de flashes en scoops, de photos en images chocs, on n'a guère décollé du degré zéro de la culture.

Au sein même du « monde de la communication », et pour s'en tenir à notre seul pays, des bouleversements fantastiques vont transformer en quelques années les horizons et les ambitions du Quatrième pouvoir : multiplication des chaînes de télévision, privatisation de la première d'entre elles, accélération de la création de groupes « multimédias », etc.

En cette fin de siècle, nous vivons en pleine « médiamorphose », suivant l'expression de Mme Jacqueline Baudrier, membre de la Commission nationale de la communication et des libertés en octobre 1986.

Les médias ne constituent que le Quatrième pouvoir, derrière les pouvoirs exécutif, législatif, judiciaire. Certains s'interrogent pour savoir si, en réalité, il ne serait pas le premier, avec sa puissance qui réduit les hommes politiques à passer sous les fourches caudines des plumes des chroniqueurs, des micros et des caméras, sous peine de sombrer dans l'oubli ou de se résoudre à la défaite. Ce sujet dépasse notre compétence. En revanche, l'examen des rapports Justice-médias, ne laisse guère planer de doute sur l'identité du « Troisième pouvoir ».

□

Face à un « monde de la communication » en perpétuelle révolution et évolution, le pouvoir judiciaire apparaît extraordinairement figé.

Figé d'abord en raison de sa misère matérielle à laquelle il n'est pallié que par petites étapes si possible spectaculaires. Mais, alors que certaines administrations regorgent de véhicules de fonction, que leurs directeurs bénéficient de frais de représentation leur permettant de traiter dignement leurs visiteurs de marque, les magistrats doivent recourir à leur véhicule personnel, ou se faire transporter par les gendarmes ou les policiers, lorsque leurs charges les amènent à se déplacer. Les chefs des tribunaux doivent prendre sur leur cassette personnelle, s'ils désirent retenir à déjeuner telle personnalité ou telle notabilité.

Ces détails sont sordides — il en existe d'autres qui le sont bien davantage ! — et pourtant, ils ne font que refléter une triste réalité quotidienne.

La rédaction d'un épais volume serait d'ailleurs nécessaire pour répertorier tous les exemples de cette misère de nos tribunaux, certains dignes de Courteline.

Et surtout, le monde judiciaire est un milieu mystérieux, qui inspire la crainte, voire la peur. Deux exemples me paraissent à cet égard significatifs.

A l'occasion d'un dîner privé, j'avais rencontré un jeune médecin, expert près le tribunal, qui m'avait dit : « Quand je me rends au palais de justice pour déposer un rapport, la vue de toutes ces robes noires m'angoisse. Et pourtant, je suis un citoyen honnête, qui n'a rien à se reprocher. »

Quelques mois plus tard, un membre de ma famille m'avait raconté qu'une de ses amies, une jeune fille d'une vingtaine d'années, avait été victime d'un démarcheur à domicile. L'individu lui avait imposé l'achat d'une série enclyclopédique — de ce genre d'ouvrages que l'on n'ouvre jamais, mais qui garnissent avantageusement un rayon entier d'une bibliothèque —, pour la somme totale de cinq mille francs, qui correspondait à un mois de salaire, ou presque, de la malheureuse. Mais, fait plus grave, le triste sire avait falsifié la date du bon de commande, réduisant sa victime à une situation financière précaire, et l'exposant à de graves ennuis avec la Justice. Ma parente lui avait alors conseillé de porter l'affaire devant les tribunaux. « Oh non ! s'était écriée la jeune fille, qui n'était pourtant point sotte. J'ai bien trop peur des juges. Je suis allée une fois au tribunal. Ils ont tous des visages fermés, rébarbatifs. »

Daumier ressusciterait, il n'aurait pas besoin de retoucher un seul de ses dessins, tant la robe noire a su traverser les âges en conservant son caractère sinistre.

Quant aux mentalités... Il serait peut-être utile d'interroger sur ce point le « justiciable », ce personnage de la comédie judiciaire qui est au centre de tous les colloques entre gens de robe et autres congrès de tel ou tel syndicat de magistrats, qui donnent l'impression qu'il s'agit d'un animal choyé, protégé, et dans le pire des cas d'un malade qu'il faut soigner et non envoyer en prison, ou d'une victime de la société de consommation. Et pourtant, dans la réalité de chaque jour, les honnêtes citoyens qui franchissent les grilles d'entrée d'un palais de justice ne voient guère de personnes venir à leur avance, et fournir le renseignement cherché. Dans leur majorité, ceux qui sont du bon côté de la barrière gardent prudemment leurs distances.

Dans la meilleure des hypothèses, le monde judiciaire est entouré de mystère, un univers dont le fonctionnement reste très mal connu. Combien de citoyens de ce pays savent la distinction entre magistrats du Parquet et magistrats du Siège, entre tribunaux d'instance, tribunaux de grande instance et cours d'appel, entre cours d'appel et la Cour de cassation ? Dans les premiers jours de « l'Affaire », un grand reporter, envoyé par son rédacteur en chef pour « couvrir » ce qui se passait dans la vallée de la Vologne et à Epinal, avait demandé à un avocat si le juge d'instruction était un magistrat !

A l'occasion de cette même Affaire, nombre d'attaques dont je ferai l'objet porteront sur ma jeunesse. Ce détail est lourd de significations : pour de nombreux Français, les magistrats sont des gens qui en imposent par leur tête chenue, leur démarche lente et solennelle, leur port hiératique. Moi-même, jusqu'en 1972 — année où avait germé en moi l'idée d'appartenir un jour au corps judiciaire — j'avais en tête cette image de vieillards bardés de décorations, imposants dans leur robe rouge. J'imaginais en quelque sorte les tribunaux comme des « chambres de sages ». En réalité, les statistiques démontrent que plus de la moitié des magistrats sont âgés de moins de quarante ans.

Mais ces réactions « scandalisées » devant mon jeune âge traduisent une autre réalité : les citoyens ne connaissent pas « physiquement » leurs juges. Et ce pour une raison bien simple : les magistrats sont des gens invisibles. On ne les rencontre nulle part.

Qu'ils ne soient pas des piliers de boîtes de nuit, la chose se conçoit aisément. Qu'en plein mois de juillet, ils manifestent quelques réticences à s'asseoir à la terrasse d'un café situé à deux pas du palais de justice, pas du tout fréquenté par les « voyous », de peur d'être vus par des « justiciables », cela l'est moins...

A l'occasion de « l'Affaire », je découvrirai avec étonnement que le corps de la magistrature est traversé par des courants corporatistes, avec des réflexes correspondants. Une discussion avec une jeune collègue m'avait ouvert les yeux. J'avais appris par elle que les gens de sa promotion m'accusaient d'avoir « attrapé la grosse tête », à la suite des deux interviews déjà évoquées, et à la multitude de photos — parfois en couverture d'hebdomadaires — qui me représentaient. Certains allaient jusqu'à me soupçonner d'avoir été payé pour poser complaisamment devant les objectifs, voire pour m'être prêté deux fois au jeu des questions-réponses ! Ces réactions pour le moins incongrues démontrent une fantastique ignorance du monde de la presse.

Mais la critique allait encore plus loin : à cause de « l'Affaire », j'étais devenu — selon ma collègue, qui exprimait une opinion partagée par beaucoup — le représentant du corps des magistrats dans son ensemble, et, m'avait-elle affirmé, quand ses collègues ou elle-même lisaient des propos tenus dans ma bouche ou simplement attribués, ou qu'ils me voyaient en photo dans une position qui les amenait à cogiter sur ma complaisance à l'égard du photographe, ils avaient alors le sentiment d'être trahis : « Tu comprends, les gens se font une opinion de nous à travers l'image que tu donnes de la fonction. » Et quand elle avait ajouté : « En chacun de nous, il convient de faire une distinction entre l'être humain qui est libre de faire ce qu'il veut, et le magistrat qui est tenu à la réserve, et ne doit jamais oublier qu'il appartient à un corps social très particulier, qui ne doit pas se donner en spectacle sur la place publique », j'avais aussitôt compris que le corporatisme n'était pas mort — n'oublions pas qu'elle s'exprimait au nom de gens de sa promotion — et qu'il avait encore de beaux jours devant lui.

Si j'avais effectivement exagéré en livrant imprudemment des confidences sur ma vie privée pour un magazine féminin au mois de juillet 1985, des magistrats avaient exprimé avant moi leurs opinions de manière spectaculaire, à l'occasion d'une affaire judiciaire, ou n'avaient rien celé, sur un ton volontairement persifleur, des sentiments que leur inspirait telle réforme de la Loi pénale. D'autres s'engageaient dans des partis politiques aux deux extrêmes de l'échiquier, et tenaient à le faire savoir, sans jamais rien cacher de leurs fonctions. Jamais je ne m'étais senti atteint dans ma dignité de magistrat par cette expression parfois ridicule, souvent à l'opposé de mon tempérament ou de mes idées, de leurs prises de position publiques. N'appartenant à aucun syndicat, je ne me sentais pas concerné par les points de vue — parfois surprenants — adoptés par les instances dirigeantes de ces syndicats à propos de tel ou tel événement de la vie judiciaire. Certes, à l'instar de ma collègue, il y avait en moi l'homme et le magistrat. Mais le second se sentait aussi libre que le premier, et pas du tout tenu de rejoindre un troupeau de moutons bêlant comme un seul animal dès que les circonstances l'exigeaient. C'est peut-être cela également l'indépendance d'un magistrat. Et aussi sa solitude...

Je n'aurai garde d'omettre le seul épisode où la hiérarchie, en la personne de M. le premier président, exercera une intervention directe. Alors que pendant les vingt-trois mois qu'avait duré « l'Affaire », pour moi, je n'avais subi aucune pression, qu'aucun reproche ne m'avait été adressé suite à telle ou telle décision, le mercredi 16 avril 1986, le premier président m'avait adressé verbalement un « avertissement solennel » pour l'interview publiée quelques jours plus tôt dans *Le Figaro*. Je ne le cache pas : très grande fut mon amertume ce jour-là : personne — à ma connaissance — au sein de la hiérarchie n'avait compris ce que peut éprouver un être humain régulièrement pris à partie, voire attaqué, dans certains organes de presse, et qui ressent un jour le besoin de répondre. La blessure fut d'autant plus vive que, le même jour, le même grand quotidien publiait une nouvelle interview de l'inculpée, qui pouvait, elle, s'exprimer en toute liberté.

En résumé, on l'aura compris : le pouvoir judiciaire et le Quatrième pouvoir sont deux mondes qui ignorent les réalités complexes de l'autre. Leurs chemins parallèles ne se rejoindront jamais. Il n'y aurait pas lieu de s'en inquiéter outre mesure si l'avenir ne risquait pas de leur réserver des destins différents.

L'institution judiciaire souffrira peut-être de plus en plus d'un défaut qui l'atteint déjà : l'anachronisme. Il conviendrait de respecter le silence, la réserve dont elle s'entoure si elle ressemblait à un conseil de sages, chargé de veiller au respect de l'ordre public, en réprimant les coups de canif portés à cet ordre. Mais des informations filtrent, des « justiciables » laissent éclater leur colère, pour avoir été condamnés alors qu'ils s'étaient présentés devant les tribunaux convaincus de faire prévaloir leur bon droit. Et depuis quelque temps déjà, ces personnes mécontentes n'hésitent plus à le faire savoir à tout le monde, par médias interposés (le pléonasme !). Dans l'avenir, les révélations de ces bavures iront en nombre croissant. Et certains faits divers n'ont d'ailleurs pas attendu « l'Affaire » pour être jetés en pâture sur la place publique.

Mais l'institution judiciaire est condamnée à rester ce qu'elle est.

Face à l'augmentation de la délinquance, le même législateur essaie de trouver des sanctions adaptées, tels la confiscation des armes pour les délits de chasse, du véhicule pour certaines infractions au Code de la route, et enfin les fameux « travaux d'intérêt général » dont la peine prévoit le nombre d'heures à effectuer, pour pallier l'emprisonnement. Mais ces peines gardent une importance secondaire : la prison et l'amende restent la règle, et sont d'ailleurs les seules peines « comprises » par les délinquants. Alors que, par un étrange paradoxe, on prend aujourd'hui conscience que l'emprisonnement n'est peut-être pas la sanction la mieux adaptée. Et pourtant, les prisons n'ont jamais été aussi remplies. Nous allons de paradoxe en paradoxe. La Justice est débordée de tous les côtés.

Les gardes des Sceaux défilent place Vendôme. Aucun n'a obtenu cet accroissement considérable d'un budget qui permettrait alors de recruter de nombreux magistrats et greffiers ; d'acheter des machines à écrire modernes, de ne pas lésiner sur l'achat de rames de papier, de rénover des locaux qui parfois font honte, qui permettrait enfin de dépoussiérer l'institution, et surtout de juger beaucoup plus rapidement. Je ne fais que répéter ici un lieu commun, mais hélas, il reste d'actualité : que penser d'une Justice qui juge deux ans, voire trois ans après les faits ?

Et il est de l'essence même de la Justice de conserver une certaine solennité. La justice pénale réprime, punit, condamne. Elle doit savoir prendre sa « grosse voix », marquer un ascendant très net sur l'inculpé, le prévenu ou l'accusé. Aucune modification de caractère superficiel ne saurait intervenir : pas question de remplacer la robe noire par un élégant uniforme signé Dior ou Cardin, pas question de transformer les magistrats en psychothérapeutes : « Vous avez volé quatre véhicules en deux mois ? Cela doit traduire une carence affective, ou des difficultés relationnelles avec la structure familiale ou votre entourage socio-culturel ou professionnel. Essayez de transgresser les tabous ou les réticences pour nous raconter ce que vous ressentez... » Pas question enfin pour les magistrats de se transformer en « public-relations », prompts à vanter leurs fonctions dans la cité.

Et au niveau des textes répressifs, la Justice a bien du mal à s'adapter à l' « air du temps ». Celui-ci évolue très vite et la Justice s'essouffle en pure perte à le suivre. On ne saurait lui demander de s'aligner sur le dictionnaire, qui introduit chaque année dans ses pages des mots nouveaux, nés de la verve populaire. Le Code pénal ne saurait être refondu chaque année au 1er janvier. Mais même quand elle adapte ses réponses au génie malfaisant de certains individus, l'obligation pour la Justice d'employer des termes très précis et recouvrant des réalités parfois très différentes l'amène à user d'expressions frappées au coin discret de la désuétude.

Le seul espoir de gommer un peu des ans l'irréparable outrage, et d'empêcher un déphasage qui ira en s'accentuant avec le monde qui l'entoure, viendrait d'un doublement, voire d'un triplement des effectifs, des crédits affectés au matériel. Et pour quelques palais : les raser, ou les transformer en musées municipaux, pour construire des bâtiments qui permettraient enfin aux serviteurs de la Justice de travailler dans des conditions décentes.

Encore s'agit-il là d'adaptations sur la forme. Parce que, sur le fond, on demandera toujours aux juges d'instruction de placer sous mandat de dépôt, aux juges des tribunaux correctionnels de punir, aux juges civils de « divorcer », de fixer des montants de préjudices, etc. Les magistrats du Parquet continueront à exercer les poursuites, veillant en permanence sur les intérêts de la Société, notion fluctuante s'il en est.

Il n'y aurait pas lieu de s'inquiéter de ce voyage immobile — ou presque — à travers le temps du pouvoir judiciaire si, de son côté, la société conservait une certaine stabilité. Or, en cette fin de siècle, nous vivons des bouleversements qui vont jusqu'à modifier nos façons de penser. Notre civilisation occidentale avance vers elle ne sait trop quoi, mais elle y va à grands pas.

Et les médias plaquent leurs techniques sur ces mutations. Ils se passionnent pour tout ce qui vit, qui bouge. Les dépêches tombent à longueur de journée sur les téléscripteurs. Les correspondants envoient en direct les images d'un homme qui éternue à l'autre bout de la planète.

Le pouvoir judiciaire ne pouvait pas rester en dehors de leurs champs de vision, et de leur devoir d'assurer la sacro-sainte information. Mais nous risquons d'assister, dans les années à venir, à une évolution considérable du regard porté par les médias sur l'institution judiciaire. Le traitement du fait divers « sanglant » — cette forme la plus spectaculaire, et la partie émergée du travail des forces de l'ordre et des magistrats — risque de connaître de profondes modifications : la presse ne se limitera plus à la simple relation des événements jusque dans les détails les plus horribles, ou les plus sordides, en laissant de côté les personnalités des enquêteurs, des magistrats chargés du dossier, en faisant d'eux des silhouettes désincarnées. Nous allons assister à une personnalisation de plus en plus accentuée : les journalistes brosseront des portraits des policiers, des gendarmes, des enquêteurs, des magistrats, se plaisant à souligner leurs qualités et leurs défauts, après une rapide enquête dans leur entourage. Leur expérience professionnelle ne sera pas oubliée dans ces portraits.

« La faute à qui ? », ne manqueront pas de faire observer certains esprits critiques...

Mais ces observations relèvent de l'anecdote, au regard de cette chape de vigilance qui va s'abattre sur l'institution.

Je l'ai souligné au début de ce chapitre : les Français, grâce ou à cause de « l'Affaire » — et je serais tenté d'employer le premier terme —, savent que les enquêtes judiciaires sont effectuées par des gendarmes ou des policiers qui parfois se fourvoient sur des fausses pistes, des experts qui se trompent, des magistrats qui inculpent et placent en détention des gens innocents. La chose ne date pas d'hier, et les citoyens de ce pays savaient déjà que l'erreur judiciaire n'est pas une vue de l'esprit, que le crime impuni est une réalité constante à travers les âges.

Cette fois, avec « l'Affaire », ils ont pu juger sur pièces. Grâce à ce que l'on n'oserait appeler des violations du secret de l'instruction — tant cela constituerait un doux euphémisme —, ils ont eu sous les yeux toutes les données du problème, et jamais les personnages du monde judiciaire n'ont pris autant d'épaisseur que les acteurs de la tragédie de la Vologne. Et ces mêmes « spectateurs » ont pu — ô miracle — progresser quelque peu dans leurs connaissances juridiques, en découvrant les rôles respectifs du procureur de la République, du juge d'instruction, et de la chambre d'accusation, même si les mécanismes prévus par l'article 181 du Code de procédure pénale ont demandé un certain temps de réflexion avant d'être pleinement assimilés : « Si le juge d'instruction estime que les faits constituent une infraction qualifiée crime par la loi, il ordonne que le dossier de la procédure et un état des pièces servant à conviction soient transmis sans délai par le procureur de la République au procureur général près la cour d'appel, pour être procédé ainsi qu'il est dit au chapitre de la chambre d'accusation. » En d'autres termes, il n'appartient pas au juge d'instruction de renvoyer directement un inculpé devant la cour d'assises. C'est un acte trop grave pour ne pas être confié à trois « hauts magistrats » qui, en théorie jusqu'au 31 décembre 1987, auront seuls le pouvoir d'examiner s'il existe des charges suffisantes.

Et à l'avenir, les médias ne feront qu'aiguiser leur regard sur les événements et les décisions ayant pour cadre les cabinets de juge d'instruction, les lambris des tribunaux correctionnels ou des cours d'assises. Même un magistrat ne pourrait que se déclarer heureux de ce nouvel état de fait, si deux dangers n'étaient implicitement contenus dans cette idée de regard indiscret, et qu'il conviendra de contourner si la presse souhaite assurer un contrôle sérieux : il faudra que ces « observateurs » soient des juristes avertis, des spécialistes, des techniciens du droit, mais doués du sens de la vulgarisation, capables de mettre les arcanes de la procédure pénale à la portée de tous, et non des reporters revenant d'Argentine et s'apprêtant à boucler leur sac de voyage pour couvrir un tremblement de terre au Honduras. Avant d'écrire, ils devront d'autre part pousser très loin leurs investigations pour réunir le maximum d'informations sur le dossier, connaître toutes les données du problème. Le goût du sérieux devra remplacer les exigences d'un rédacteur en chef avide de sensationnel.

Autant dire que ces lendemains qui chantent sont encore éloignés.

Une mutation est en train de s'opérer dans les esprits. Elle reste encore limitée, mais il y a fort à parier que l'évolution poursuivra son petit bonhomme de chemin : n'importe quel détenu, voire inculpé laissé en liberté, peut désormais écrire à un journal pour clamer son innocence, ou dénoncer des faits que la Justice semble peu sourcilleuse ou empressée de poursuivre et réprimer. L' « expérience » est limitée pour l'instant — à ma connaissance — au journal *Libération.* C'est ainsi que dans le courant du premier semestre 1986, un inculpé placé sous mandat de dépôt par un collègue avait écrit à ce quotidien pour clamer son innocence. La lettre avait été publiée. Un second garçon, que j'avais connu comme « client », avait pris sa plus belle plume pour écrire à Serge July, et dénoncer le vol d'une somme de seize mille francs, sur un total de soixante mille francs, saisis par les policiers et placés sous scellés. Dans les deux cas, à la suite de ces « révélations », une certaine effervescence avait régné à l'étage du Parquet.

Demain, peut-être, d'autres organes de presse ouvriront leurs colonnes à ces innocents, ou pseudo-innocents. Il s'agira simplement pour eux de ne pas se tromper de journal ! Un maghrébin inculpé de meurtre sur la personne d'un CRS aura peu de chance de voir ses protestations d'innocence publiées dans un quotidien de droite...

Une autre évolution s'amorce, ayant son origine dans « l'Affaire » : la presse court de grands risques d'être utilisée par des avocats peu scrupuleux pour assurer le relais de la défense de leur client clamant son innocence depuis sa cellule. C'est ainsi que dans le courant du mois d'avril 1986, un quotidien régional avait publié un long article sur les protestations d'innocence d'un jeune Algérien inculpé de viol. Le journaliste me mettait directement en cause, laissant entendre que fixant toute mon attention sur

« l'Affaire », j'avais négligé cet autre dossier. En réalité, je ne m'étais occupé de cette procédure que pendant trois mois, procédant à trois interrogatoires et à une confrontation en septembre, octobre et début novembre 1984. Mon collègue, qui « héritera » de ce dossier délicat en janvier 1985, aura fort à faire pendant plus d'une année. Mais surtout, cet article, qui contenait de nombreux contresens ou inexactitudes, ne pouvait qu'avoir été inspiré que par une seule personne : l'avocat de ce garçon. Cette personne avait livré plusieurs éléments du dossier — soigneusement sélectionnés — à un jeune journaliste, qui de son côté n'avait pas eu le temps, la curiosité ou la possibilité, de vérifier l'exactitude de ces assertions. Et à quelques semaines des assises, l'avocat savait ce qu'il faisait... Il n'empêche qu'en septembre 1986, la cour d'assises condamnera son client à cinq ans de réclusion criminelle.

En laissant impunément une inculpée se moquer de l'institution judiciaire pendant plusieurs mois, en la laissant donner sa version des faits — qui venait, il est vrai, après celle donnée par d'autres — la Justice avait ouvert la porte à un changement de mentalité qui entraînera fatalement des abus.

Et il n'est pas nécessaire de se livrer à des projections dans un futur lointain pour deviner l'étendue de l'emprise des médias sur l'institution judiciaire : la presse régionale, ou départementale, exerce déjà, sans le savoir, cette mainmise. Un collègue, qui connaissait bien les fonctions du Parquet, m'avait dit un jour : « Ce sont les " pisse-copies " de la presse locale qui dictent la conduite du Parquet général. Si un juge d'instruction inculpe et place en détention, avec l'accord du Parquet, un ouvrier de dix-neuf ans auteur d'un vol de trois poules, et si l'information ne fait pas plus de deux lignes dans la rubrique judiciaire, sans que le chroniqueur marque un quelconque émoi, vous pouvez être certain qu'en haut lieu, on se moquera de l'extrême sévérité du juge d'instruction et du substitut de permanence. Mais qu'en page régionale, un titre frappe les esprits : " Un voleur de poules entame la grève de la faim pour crier son innocence ", alors là, vous pouvez être sûr qu'entre neuf heures et neuf heures trente, le procureur général, ou l'avocat général, vous téléphonera : " Dites donc, cher ami, qu'est-ce que cette histoire ? Vous pouvez me faire un rapport circonstancié pour demain matin, s'il vous plaît ? " »

Les trains qui n'arrivent pas à l'heure ne soulèvent l'émotion de ceux qui représentent les intérêts de la société que si la nouvelle est connue du grand public. Des magistrats sous influence...

Mais ces développements sur les rapports entre la Justice et les médias ne sont, dans leur ensemble, que de pures spéculations, et sembleront à certains de pures vues de l'esprit.

Malheureusement, il est très facile de justifier certaines craintes pour l'avenir, tout en cessant de tirer des plans sur la comète.

Une décision de justice a, en effet, sans la moindre ambiguïté, autorisé et consacré l'empiétement du Quatrième pouvoir sur le pouvoir judiciaire, et a inauguré une jurisprudence qui ne pourra qu'amener le législateur à refondre les textes. L'arrêt qui va être évoqué a été rendu au mépris des textes existants. Cette violation délibérée par de très « hauts magistrats » ne fait sans aucun doute qu'annoncer la réforme.

Le 11 juin 1986, la 1re chambre civile de la cour d'appel de Paris rendait un arrêt autorisant la publication de l'ouvrage de Mme Christine Villemin : *Laissez-moi vous dire*. Première nouveauté, et de taille : désormais, tout inculpé, et pas seulement des personnes condamnées écrivant un livre du fond de leur cellule, pourra noircir quelques centaines de feuillets, et en réserver quelques-uns à l'évocation de son affaire. Répétons-le : il n'y a pas violation du secret de l'instruction, puisque l'inculpé n'est pas tenu de respecter le secret, et pas davantage la partie civile.

Mais le fait essentiel est ailleurs. En annexe de son ouvrage, l'auteur avait publié l'arrêt de la chambre d'accusation de la cour d'appel de Nancy rendu le 14 décembre 1984. Et cette fois, c'est une cascade de textes qui étaient violés.

Par l'inculpée d'abord. En théorie, un inculpé ne peut obtenir aucune copie d'une pièce de procédure. Seul un accusé, c'est-à-dire une personne renvoyée devant une cour d'assises par une chambre d'accusation, peut aux termes de l'article 279 du Code de procédure pénale se faire délivrer, gratuitement, « copie des procès-verbaux constatant l'infraction, des déclarations écrites des témoins et des rapports d'expertise ».

L'article 280 ajoute : « L'accusé et la partie civile, ou leurs conseils, peuvent prendre ou faire prendre copie, à leurs frais, de toutes pièces de la procédure » : le fait que l'on mette sur le même plan l'accusé et la partie civile (et le 14 décembre 1984, l'inculpée était encore partie civile) montre bien que la délivrance aux intéressés ne peut intervenir qu'*après* l'arrêt de renvoi devant la cour d'assises par la chambre d'accusation.

Seuls les avocats disposent de ce droit. L'article 118 du Code de procédure pénale est formel dans son alinéa 4 : « Lorsque la procédure est mise à sa disposition [de l'avocat] dans les conditions prévues par le présent article, le conseil de l'inculpé ou de la partie civile peut se faire délivrer, à ses frais, copie de tout ou partie de la procédure, pour son usage exclusif et sans pouvoir en établir de reproduction. »

Dans « l'Affaire », les avocats de l'inculpée ont donc violé les dispositions de l'article 118. Tout comme ils ont violé l'article 11 du même Code de procédure pénale sur le secret de l'instruction. L'arrêt de la chambre d'accusation du 14 décembre 1984 appartenait à une procédure criminelle censée être secrète.

L'éditeur — et c'est ce qui nous intéresse dans ce chapitre sur les rapports entre la justice et les médias — a de son côté délibérément violé la loi sur la presse du 29 juillet 1881. Je dois d'abord apporter une précision : cette loi s'applique à la presse et à l'édition, puisque son article 1er dispose : « L'imprimerie et la librairie sont libres. »

Mais l'article 38 de cette loi pose une limite : « Il est interdit de publier des actes d'accusation et tous autres actes de procédure criminelle ou correctionnelle avant qu'ils aient été lus en audience publique, et ce, sous peine d'une amende de 180 à 8 000 F. »

Or un arrêt d'une chambre d'accusation est rendu en « chambre du conseil », autrement dit : n'est pas porté à la connaissance du public. L'éditeur a donc commis le délit prévu par l'article 38 de la loi du 29 juillet 1881.

Des esprits férus de procédure répondront que l'arrêt du 11 juin 1986 de la cour d'appel de Paris est une décision rendue par une chambre civile, donc par définition indépendante de la législation pénale. Mais il appartenait au procureur général près cette même cour d'appel d'entamer des poursuites contre l'éditeur s'il avait estimé opportun ou justifié de le faire.

A l'avenir, tout éditeur ou tout journal pourra donc publier des copies de procès-verbal ou de tous actes de procédure tirés d'un dossier criminel ou correctionnel, sans que l'on puisse engager des poursuites à son encontre, car il pourra dans ce cas invoquer la jurisprudence inaugurée le 11 juin 1986.

Il est vrai qu'un arrêt rendu par cette même cour d'appel de Paris le 22 juin 1953 interdisait la publication d'une photographie représentant le corps de la victime d'un meurtre, car elle constituait le délit prévu à l'alinéa 3 de l'article 38. Dès le premier jour de « l'Affaire », la loi et le pouvoir judiciaire allaient être bafoués. Celui-ci a donc commencé à céder du terrain, de manière très officielle, devant le Quatrième pouvoir. Et il sera très difficile d'inverser le mouvement.

En jetant un enfant de quatre ans et demi dans une rivière des Vosges, un jour ensoleillé d'octobre 1984, l'auteur de ce monstrueux assassinat ne se doutait pas qu'il allait modifier le cours de l'histoire d'une institution.

11

La signature de l'Homme

« Six mois de suspension du permis de conduire, mille cinq cents francs d'amende pour le délit de conduite en état d'ivresse, et huit cents francs d'amende pour la contravention connexe de manque de prudence et défaut de maîtrise. Affaire suivante ! »

Au rythme d'une matinée, un mardi sur deux jusqu'en 1984, puis un sur quatre jusqu'au mardi 25 novembre 1986, j'avais présidé une audience du tribunal correctionnel « à juge unique ». Pour accélérer le cours de la Justice, une réforme déjà ancienne — loi du 29 décembre 1972 — avait prévu de confier à un seul magistrat le soin de punir les auteurs d'homicides involontaires commis au volant, défauts de permis de conduire, défauts d'assurance, conduites en état d'ivresse ou malgré suspension du permis, non-mutations de cartes grises, délits en matière de coordination des transports, et les contraventions connexes relevées par les gendarmes ou les policiers : pneus lisses, défaut de maîtrise du véhicule, etc. D'autres délits gravissimes étaient laissés à l'appréciation d'un seul magistrat : émission de chèques sans provision, émission malgré interdiction bancaire.

Le principe de confier ce genre d'affaires à un seul magistrat n'était pas mauvais. Cela évitait d'encombrer des audiences correctionnelles collégiales déjà fort chargées en affaires à juger, dans la journée, d'une pile de dossiers dont l'importance par rapport aux autres procédures restait moindre. Quand on ne sombrait pas dans le ridicule, lorsque trois magistrats devaient juger un jeune majeur qui avait parcouru cent mètres sur route pour se rendre avec sa moto au terrain de moto-cross, sans être titulaire du permis moto.

Une nouvelle réforme du 31 décembre 1985, applicable depuis le 1er octobre 1986, était encore allée plus loin, en transformant certains de ces délits — défaut de permis de conduire, défaut d'assurance — en contraventions. Le problème est que ces affaires seront jugées par le juge d'instance par le biais « d'ordonnances pénales », dont la philosophie est d'appliquer un tarif. Lequel tarif ne saurait tenir compte des circonstances particulières, du fait que l'auteur d'un défaut d'assurance soit par exemple un malheureux chômeur en fin de droits, avec une épouse qui ne travaille pas et trois enfants à charge. Et il ne s'agit pas d'un cas de figure issu d'une imagination fertile.

Mon collègue à l'instruction, et parfois les juges d'instance acceptant de nous remplacer quand nous étions tous les deux indisponibles, devions juger soixante ou quatre-vingts dossiers dans la matinée ! Quatre-vingts dossiers ! Autant dire que nous n'avions pas le temps de nous pencher sur les états d'âme des prévenus ! Nous vérifiions l'identité de l'homme ou de la femme présent à la barre, nous lui rappelions brièvement les faits motivant sa présence devant le tribunal, nous lui demandions quelques explications — mais pas question pour lui de « raconter sa vie » — et après une réflexion de quelques secondes, la sanction tombait. « Dossier suivant ! » enchaînions-nous aussitôt à l'adresse de l'huissier audiencier. Et, en fin de matinée, nous jugions les affaires dans lesquelles les gens n'avaient pu se déplacer, ou n'avaient pas estimé utile de venir. Le rythme s'accélérait encore. Notre travail revenait alors à appliquer un tarif, ou peu s'en faut.

Le bât commençait alors à blesser. Car ce tarif avait pour principale caractéristique de varier d'un magistrat à l'autre. Et pas sur une somme de deux cents ou trois cents francs en plus ou en moins. Non : au sein du même tribunal, les amendes variaient pendant un temps du simple au quadruple ! Un collègue avait prononcé des amendes de cinq mille francs là où le second juge d'instruction ou moi aurions condamné à mille deux cents ou mille cinq cents francs d'amende au maximum.

Un prévenu était convoqué à telle audience. Il était jugé par un magistrat réputé peu répressif. Il était convoqué la semaine suivante : il avait affaire à un juge « féroce ».

Même pour ces « petites affaires », la « signature de l'homme » reste constamment présente derrière la décision du magistrat.

Et il ne saurait en être autrement. Pour ne citer qu'un exemple, celui de la conduite sans permis de conduire, du temps où cette infraction constituait encore un délit, son auteur était punissable d'un emprisonnement de dix jours à trois mois, et d'une amende de cinq cents à huit mille francs, ou de l'une de ces deux peines seulement, en vertu de l'article L12 du Code de la route, intégré en appendice au Code pénal. Un magistrat avait donc toute latitude pour prononcer la sanction qu'il estimait adaptée à la gravité de la faute commise.

J'ai volontairement commencé par le « bas de l'échelle » pour démontrer qu'en fait il n'existe pas de « petites affaires » pour les honnêtes gens, les « bons pères de famille », et que s'entendre condamner à cinq mille francs d'amende pour conduite en état d'ivresse, parce que l'on a repris le volant pour rentrer chez soi après un petit vin d'honneur pour les quarante ans d'une secrétaire, cela doit passablement choquer et laisser un étrange goût... d'amertume dans la bouche. D'autant plus si l'on s'était renseigné sur la jurisprudence du tribunal, et que l'on s'attendait à trois mois de retrait du permis et mille francs d'amende.

C'est aussi par ce moyen détourné que des citoyens perdent confiance en la Justice de leur pays.

Des milliers de « petites injustices » sont ainsi commises chaque année sous les lambris ou dans le décor sobre des salles d'audiences. Mais il existe une autre catégorie de ces mêmes « petites injustices », alors que les faits ne sont pas contestés. Et pourtant les circonstances démontrent que nous ne sommes pas très éloignés de l'erreur judiciaire. Je garde deux exemples de ce type d'affaires dans un coin de ma mémoire.

Un brave homme avait été poursuivi pour défaut d'assurance. La motivation de sa « citation à comparaître devant le tribunal correctionnel » ? Il avait laissé sa vieille voiture, dont il ne se servait plus depuis longtemps, quasiment réduite à l'état d'épave, sur un parking de la localité, à côté de l'église. Cela faisait plus d'un an que le véhicule était exposé aux foudres de la maréchaussée ! Quelle mouche avait un jour piqué les gendarmes ? Et pourquoi avaient-ils établi une procédure, au lieu de lui déplacer son engin, ou de le conduire à la casse, ce qu'il avait d'ailleurs fait après qu'un procès-verbal d'infraction fut dressé dans les formes prévues par la loi ? J'avais condamné le brave homme — qui jouissait d'excellents renseignements — à une amende d'un montant très modeste. Mais quand même : avoir à débourser six cents ou huit cents francs, quand on n'a pas le sentiment d'être un délinquant, cela ne doit guère aider à garder une bonne image de la Justice.

Une autre « petite injustice » relevait de la mésaventure courtelinesque. Un homme était poursuivi pour « conduite sous l'empire d'un état alcoolique », suivant la formule légale. Le jour des faits, il avait heurté un véhicule en stationnement. Les gendarmes avaient dressé un procès-verbal *uniquement* pour cette contravention. Comme cet honnête citoyen, favorablement « connu » des gendarmes, avait oublié les papiers du véhicule, il avait été invité à passer à la brigade quelques heures plus tard, dans l'après-midi, muni des documents. Rentré chez lui, parce qu'il était d'un tempérament faible et émotif, il avait bu quelques verres de vin. Il se rendait ensuite comme convenu à la brigade. Et alors qu'il venait de s'asseoir dans le bureau du maréchal des logis-chef, un homme habillé en civil — qui s'avérera être le capitaine, de repos ce jour-là, mais qui avait une signature à donner — lui demandait de « souffler dans le ballon ». Résultat positif, prise de sang : « Monsieur le juge, au moment de l'accident, je vous donne ma parole que je n'avais pas bu. La preuve, c'est que les gendarmes m'ont laissé partir. J'avoue que chez moi, j'ai bu un petit coup. C'était la première fois que j'avais un accident, ça m'a remué, et j'ai eu peur pour l'assurance. Et puis, je ne devrais peut-être pas vous le dire, mais un gendarme que je connais un peu m'a confié que le capitaine était un peu spécial, que ses collègues et lui ne savaient jamais comment il fallait le prendre. »

J'avais réduit à trois mois la suspension du permis de conduire de sept mois prononcée par la commission de retrait de la Préfecture. Cela permettait à ce brave homme de récupérer son permis le jour même.

A l'autre extrémité dans l'échelle des sanctions infligées pour punir les exactions les plus graves, il y a les peines de réclusion criminelle prononcées par les cours d'assises.

Cette fois, la « signature de l'homme » est officiellement reconnue, puisque, à côté de trois magistrats « professionnels » — dont au moins un (le président) est un membre de la cour d'appel —, siègent neuf jurés tirés au sort, et qui ne sont plus des notabilités locales comme jadis, mais des citoyens ordinaires, des hommes de la rue. La seule exigence à leur égard est qu'ils doivent être des gens au-dessus de tout soupçon : aucune condamnation ne doit figurer à leur casier judiciaire. Pour le reste, peu importe leur quotient intellectuel. Et il s'agit là d'un fait très grave. Certes, il n'est pas question d'affirmer que seuls des polytechniciens ou des énarques devraient être autorisés à siéger à côté de trois magistrats. Les jurés, même s'ils sont d'un niveau intellectuel modeste, s'efforcent d'exercer la lourde mission qui leur est confiée, en leur âme et conscience. Ils s'acquittent de leur devoir avec un sens aigu de leurs responsabilités. Le problème vient parfois de leurs difficultés à appréhender certaines données, juridiques et complexes, d'un dossier, et dans ce cas...

Et certains jurés ne parviennent pas toujours à réagir autrement qu'en fonction de leur propre sensibilité, à faire abstraction de leurs idées préconçues sur la personnalité d'un assassin ou d'un « braqueur ». Les magistrats, rompus aux affaires les plus abominables, savent écarter la passion dans la motivation de leurs décisions. Les représentants du peuple, pas toujours. Ce qui est normal.

Mais on comprend alors que l'arbitraire soit roi. Tous les professionnels du monde judiciaire l'affirment : la cour d'assises est une loterie.

J'avais siégé en qualité d'assesseur à une session d'une dizaine de jours de la cour d'assises de la Meurthe-et-Moselle, à Nancy, au mois d'octobre 1981. J'ouvre une très brève parenthèse, en forme d'anecdote : je réussirai à cette occasion à me faire voler mon portefeuille, rangé à l'intérieur de ma veste, que j'avais déposée sur le dos d'un fauteuil dans la bibliothèque de la cour d'appel, un endroit auquel le public n'a pas accès !

Chaque jour, le président de la cour d'assises tirait de la petite boîte le nom du même juré, inscrit sur un bout de papier plié en quatre !

Le fait est exceptionnel. Mais il n'aurait présenté aucun caractère choquant, si ce juré n'avait été d'une rare et profonde sottise. Ses réflexions dans la salle des délibérés défrisaient les magistrats et les autres jurés : « Moi, ma femme m'aurait trompé, j'en aurais fait autant », ou : « Moi aussi, j'ai un fusil chargé en permanence, caché derrière une armoire dans ma chambre. J'entendrais du bruit la nuit, si personne ne répondait aux sommations, je tirerais sans hésiter dans la direction suspecte. Tant pis pour le bonhomme ! » Le quatrième jour, le président avait pris à part l'avocat général, représentant le ministère public, avant que nous n'entrions dans la salle : « Si M. X est encore tiré au sort, je vous serais obligé de le récuser. C'est une vraie calamité. J'ai rarement rencontré quelqu'un d'aussi sot. » Et quelques minutes plus tard, et une nouvelle fois, le président sortait de la boîte le papier avec le nom de cet individu. « Récusé ! » avait dit l'avocat général avec la promptitude d'une parole-réflexe. L'intéressé n'avait pas eu le temps de comprendre ce qui lui arrivait.

Mais il serait malhonnête de rejeter sur la seule personnalité des jurés la responsabilité de l'arbitraire le plus absolu des verdicts des cours d'assises. Le président, et parfois ses assesseurs, jouent un rôle non négligeable, dans le secret de la salle des délibérés.

D'abord, par la méthode utilisée par le président pour fixer le montant de la peine à infliger : suivant qu'il prendra comme « point de départ » la peine requise par le ministère public, pour descendre d'une année à chaque tour de table pour les avis des deux assesseurs et des neuf jurés, sondage suivi d'un vote à bulletin secret, jusqu'à l'obtention des majorités exigées par les textes (huit voix au moins pour « toute décision défavorable à l'accusé, y compris celle qui refuse les circonstances atténuantes » : article 359 du Code de procédure pénale, majorité absolue pour le quantum de la peine). Ou suivant qu'il baissera d'office la barre après discussion et accord général sur l'existence de circonstances atténuantes (cette méthode représente un gain de temps appréciable en fin de session, quand la fatigue commence à peser très lourd sur les magistrats). Ou suivant enfin que le président partira de la peine maximum prévue par le Code pénal, en fonction de la méthode utilisée, la décision finale risque de varier dans des proportions importantes.

Entendons-nous bien : elle ne variera pas de vingt ans de

réclusion criminelle à la peine de deux ans d'emprisonnement avec sursis. Mais la différence peut représenter deux ou trois ans de privation de liberté. Durée qui ne nous paraît pas négligeable dans la vie d'un être humain...

Prenons un exemple concret : un assassin — dont la culpabilité n'est pas contestée — encourt la réclusion criminelle à perpétuité. L'avocat général a requis une peine de seize années. Si le président de la cour, lors des délibérés, fait procéder à des votes en commençant par la peine maximum encourue, il y a de fortes chances pour qu'un consensus se crée autour de cette peine de seize années. Si le président fait d'abord porter le débat sur l'existence de circonstances atténuantes, et que celles-ci soient admises, il pourra conclure en disant : « Nous pouvons commencer par voter sur une peine de quatorze ans de réclusion. Nous sommes tous d'accord : seize ans, c'est trop ? » Et une majorité pourra se dégager sur la peine de douze ans de réclusion. Si, enfin, le président décide : « L'accusé encourt la réclusion criminelle à perpétuité, l'avocat général, en demandant seize ans, a tenu compte de l'existence des circonstances atténuantes », la peine ne descendra peut-être pas en dessous de ces seize années de réclusion criminelle.

Voilà dans quelles circonstances on joue avec quatre années de la vie d'un homme...

Mais il est aisé de répondre que cet individu n'a pas hésité, lui, à priver de cette même vie un ou plusieurs êtres humains. La critique fait mouche. Il convient simplement de ne pas être dupe de la réponse de la société.

La personnalité du président pourra exercer une influence directe sur la sanction qui sera infligée en fonction de ses traits de caractère dominants :

Madré : « Si je puis me permettre de donner mon sentiment sur cette affaire, avec ma bien modeste expérience, je pense que... Mais chacun est libre d'avoir une opinion différente. »

Bon enfant : « Elle n'est pas simple, l'affaire que nous avons à juger aujourd'hui. Les temps ont changé, la violence se banalise, on ne peut plus réprimer comme il y a cent ans, les murs de nos prisons éclateraient. Il faut savoir s'adapter. Qu'en pensez-vous, madame ? »

Répressif : « Si nous ne réagissons pas avec fermeté, notre civilisation court à la catastrophe et à l'anarchie. »

Compréhensif : « C'est vraiment un pauvre garçon qui depuis son enfance n'a guère eu de chance dans la vie. Il est difficile de dire comment nous aurions réagi si nous avions grandi dans un tel climat, sur fond d'une misère atroce. »

Pressé d'en finir : « Le dossier paraît compliqué. En réalité, il est simple. Si nous ne voulons pas sortir de cette pièce à minuit, il convient de ne pas l'embrouiller à plaisir. Si vous me le permettez, je vais vous dire comment je sens les choses. Ensuite, chacun dira s'il est d'accord ou pas avec mon analyse. »

Etc.

L'humour du jour du président de la cour d'assises peut également influencer le verdict, en dépit des constants et méritoires efforts de vigilance de l'intéressé. Mais l'homme apparaît toujours sous le magistrat. Le président sera de mauvaise humeur — si l'accusé nie l'évidence, ou tient des propos outrageants, ou virulents, la sanction s'en ressentira — s'il préside la session depuis déjà huit jours. Une fatigue contre laquelle il ne pourra pas lutter s'emparera de lui, ses facultés d'esprit critique seront émoussées, et il risquera de glisser sur la pente de la facilité en emboîtant le pas aux réquisitions du ministère public, pour dire aux jurés dans la salle des délibérés : « C'est un triste individu. Nous n'avons pas de cadeau à lui faire. Après tout, il n'en a fait aucun à sa malheureuse victime. » A l'inverse, le président sera très heureux, et enclin à « dédramatiser les événements » si sa fille vient de réussir le concours d'entrée à l'Ecole nationale de la magistrature, ou de lui donner un superbe petit-fils.

Un dernier point : la personnalité des assesseurs peut également influer sur la durée de la peine prononcée.

Pendant cette session d'octobre 1981 de la cour d'assises à Nancy, le second assesseur était un juge d'application des peines. Quelqu'un de très bien placé pour expliquer aux jurés, au cours des délibérés, que nos prisons ou maisons centrales ne sont pas des hôtels trois étoiles, que vingt années de réclusion criminelle ne signifient pas une libération au bout de six ou sept ans, contrairement à une légende qui a la vie dure. Sa présence permettait aux jurés d'inscrire un nombre sur leur bout de papier en étant pleinement conscients de leurs responsabilités, et d'éviter des réflexions du genre de celle que j'avais entendue quand j'étais encore auditeur de justice, au cours du premier délibéré d'assises auquel j'avais assisté en qualité de spectateur muet. Alors que les jurés discutaient pour savoir s'ils allaient infliger onze ou dix ans de réclusion à l'accusé, l'un d'eux avait suggéré : « Oh ! il n'y a qu'à lui mettre onze ans. De toute façon, il n'en fera que sept ! » Malheureusement, tous les accusés n'ont pas la chance de compter un juge d'application des peines au nombre des douze personnes qui vont décider de sa liberté.

Présente lors des audiences correctionnelles à juge unique, et lors des sessions de cours d'assises, la « signature de l'homme » ne pouvait être absente des tribunaux correctionnels dans leur formation collégiale. En arrivant à Epinal, j'avais été frappé par le fait que les sanctions qui étaient prononcées dans la salle du rez-de-chaussée du Palais étaient nettement plus sévères que celles qui frappaient les prévenus ou les inculpés à Angers. Sous le ciel angevin, les peines avaient tout de la leçon de morale, parfois explicitement tenue par le président de « la correctionnelle ». « Ce n'est vraiment pas beau ce que vous avez fait là, nous voulons bien nous montrer indulgents pour cette fois, mais gare à vous si vous recommencez ! Trois mois d'emprisonnement avec sursis. »

Chacun des deux magistrats qui se relayaient à Epinal pour assurer la présidence du tribunal correctionnel savait écouter les avis des deux assesseurs, et s'inclinait sans maugréer si, après discussion, ils étaient mis en minorité par leurs deux collègues, que ce fût au stade de la décision de culpabilité ou à celui de la fixation de la peine. On raconte qu'il n'en est pas toujours ainsi, et que certains présidents réduisent les assesseurs à un rôle de potiche : « Moi, je dis que... Cela mérite x mois de prison. Nous sommes bien d'accord ? Parfait ! »

Mais, Dieu merci, les présidents « de correctionnelle » ne sont plus comme ces deux collègues, aujourd'hui à la retraite ou hélas décédés, sur le compte desquels on rapporte de savoureuses anecdotes, du moins suivant le goût des consommateurs. Les prévenus ne devaient pas avoir envie de partager la même envie de rire.

Un président de correctionnelle, d'origine paysanne, ne tolérait aucune atteinte à la propriété foncière. D'autre part, comme le premier BOF venu, il manifestait une phobie à l'égard des gens d'origine maghrébine. Et c'est ainsi qu'un jour, sous sa présidence, un Marocain avait été condamné à deux ans d'emprisonnement *ferme* pour le vol d'un mouton. Il avait su imposer sa décision à ses assesseurs, qui tremblaient devant la personnalité de ce très curieux magistrat.

Le second président était du genre « bon père de famille », pas spécialement répressif, mais ses assesseurs avaient remarqué qu'il s'énervait parfois à l'égard de certains voleurs de voitures, et que les sanctions étaient alors plus sévères. Après une rapide enquête et une étude statistique, ils avaient déterminé que ceux qui s'attiraient la vindicte du magistrat avaient jeté leur dévolu, dans leur entreprise malhonnête, sur une marque et un modèle d'automobile correspondant à ceux de la voiture du président !

Mais répétons-le : ce genre d'exemple est rare, et ceux qui l'illustrent appartiennent à une espèce en voie de disparition. D'une part, les présidents des tribunaux correctionnels sont des gens honnêtes et scrupuleux, conscients de leurs responsabilités. D'autre part, le recrutement actuel assure une sélection qui élimine ce type de personnages « folkloriques ».

□

Face à une justice normalement conçue dans une optique répressive, avec toutes les modulations qu'il convient d'apporter à ce qualificatif, et en ne se plaçant que dans la seule vision pénale, l'avocat est le médiateur, l' « intercesseur », le combattant, le résistant, le mercenaire aussi, et souvent l'homme fondamentalement et viscéralement épris de liberté, qui vient dire à une personne, accablée, prise dans les rouages de la machine judiciaire, dont le fonctionnement lui échappe totalement : « Ne vous inquiétez pas. Je suis avec vous. Attention : cela ne signifie pas que je sois dupe de ce que vous voudrez bien me raconter. Mais je saurai traduire votre pensée, vos arguments, et les transformer en moyens de défense que je ferai valoir devant les magistrats, pour démontrer votre innocence si vous me dites que vous êtes innocent, pour mettre en valeur les circonstances atténuantes, si vous reconnaissez votre culpabilité. En toute hypothèse, vous devez me faire confiance. »

L'avocat a alors un rôle fantastique à jouer. Il doit établir le diagnostic d'un dossier, en trouver les failles, et il en existe toujours, tant au niveau de la culpabilité, si celle-ci est contestée, que dans la recherche des circonstances atténuantes qui existent toujours : en plus de six années de fonctions, je n'ai *jamais* rencontré un inculpé pour lequel je n'éprouvais que dégoût et mépris, que je regardais comme un être malfaisant et négatif, profondément abject. En tout homme, existe une parcelle d'humanité, ce petit coin de l'âme qui sauve tout. Quitte à se tourner vers les experts psychiatres, parfois vainement, pour trouver ce qui relie cet individu, parfois ravalé au rang d'animal, au reste des hommes.

J'ouvre une brève parenthèse : c'est pour cette seule raison que je suis devenu — et sans réserve — hostile à la peine de mort, alors qu'avant mon entrée en fonctions, j'étais plutôt favorable au châtiment suprême. Et je doute qu'il existe beaucoup de magistrats-instructeurs qui soient partisans de l'élimination définitive : quand on a passé des heures en face du « pire des assassins » — fût-il antipathique au possible —, la pensée de le voir se faire couper en deux à cinq heures du matin doit donner envie de vomir.

Et quand on est hostile à la peine de mort, il n'y a pas d'aménagement possible : « Moi, je suis contre la peine de mort, sauf dans le cas d'assassinats d'enfants ou de personnes âgées. »

En revanche, il n'y a rien de choquant dans la phrase : « Moi, on me tuerait mon gosse, l'assassin ne ferait pas de vieux os. » Mais la Justice doit se vêtir de sérénité, savoir se tenir à l'écart des réactions passionnées.

J'avoue qu'il doit être extrêmement difficile de dépassionner les débats, à l'occasion du jugement de terroristes qui ont tué des dizaines de personnes au cours d'un attentat. Seule la volonté absolue de ne pas prêter son aide à un nouvel assassinat — légal cette fois — peut garder intacte la conviction de l'hostilité au châtiment suprême.

Pour revenir au rôle qui peut être fantastique, de l'avocat, quand le diagnostic est établi, le défenseur doit se donner à fond pour faire « passer le message », savoir se faire entendre. Il est à la fois médecin et pharmacien : il doit détecter la maladie, prescrire les remèdes, vendre les médicaments. Ses responsabilités sont parfois écrasantes.

Il ne faut pas se leurrer : c'est un tableau idyllique de l'avocat que je viens de dresser, dont la réalité est souvent très éloignée. Avec des raisons qui ne manquent pas.

La première, et la plus horrible, est que parfois l'avocat n'a pas la vocation, le feu sacré. J'ai connu ainsi une charmante demoiselle sur les bancs de la faculté de droit, qui n'était pas un puits de science juridique, et dont le caractère évaporé amusait ses camarades. Mais son papa était un ténor du Barreau local. A l'époque, le « certificat d'aptitude à la profession d'avocat » constituait une simple formalité pour les enfants nés dans le sérail. Et notre gente demoiselle avait très facilement obtenu son CAPA. Je souhaite, pour les justiciables de la place, qu'elle ait changé de nature. Ce n'est pas impossible : l'existence se charge parfois d'asséner le sens des responsabilités.

La seconde raison est que la vie moderne impose des conditions de travail épouvantables : en province, les avocats doivent se partager entre les tribunaux distants de quelques dizaines de kilomètres, quelquefois pour deux audiences dans le même après-midi. Ils doivent rendre visite à leurs clients embastillés, recevoir leurs autres clients, lire les dossiers, préparer les plaidoiries. Il est évident qu'ils ne peuvent pas tout assumer avec le sérieux que chaque dossier exigerait. Certains se trouvent ainsi vite expédiés. Répétons-le : le justiciable n'est qu'un être humain, seul, désarmé, un homme à la mer qui aperçoit une bouée de sauvetage.

Combien de fois assisterai-je avec un regard amusé, nuancé d'un voile de tristesse, au spectacle des avocats préparant rapidement leur plaidoirie en feuilletant le dossier, à l'occasion des audiences à juge unique que je présidais. Trois mots sur une feuille de papier, trois minutes de plaidoirie, et le tour était joué. Un avocat m'avait fait la confidence : ce sont les affaires de divorce et les dossiers correctionnels qui « rapportent le plus d'argent ». Une vieille dame qui s'était constituée partie civile dans une affaire qui ne m'a laissé aucun souvenir, à part celui-ci, et qui avait accepté d'être entendue hors la présence de son avocat, m'avait dit : « Vous, au moins, vous nous écoutez. Vous n'êtes pas comme notre avocat. On a l'impression qu'on l'ennuie. »

Lors d'un interrogatoire d'un inculpé, je verrai son avocat somnoler pendant que je posais les questions. Un de mes collègues s'était trouvé dans une situation analogue. Il avait alors baissé la voix pour chuchoter à l'inculpé : « Parlons moins fort, nous pourrions réveiller votre avocat. »

Puisque nous sommes sur le terrain des anecdotes, j'aurai garde d'en omettre une dernière. Après que j'eus entendu son client, un jeune maghrébin inculpé de vols, son avocat m'avait demandé : « Monsieur le juge, est-ce que vous envisagez de libérer M. X ? Il habite chez ses parents, et il s'engage à trouver du travail très rapidement.

— Certainement pas, maître. Il a déjà été condamné, et les faits ont troublé l'ordre public. »

Quelques minutes plus tard, alors que nous n'étions plus que tous les deux dans le cabinet, l'avocat me disait : « Vous avez eu raison de refuser de le libérer. Ces gens-là, il faudrait les entasser sur un bateau, direction leur pays d'origine ! »

On ne le répétera jamais assez : l'institution judiciaire, cette machine imposante et mystérieuse, effraye les braves gens. Auteurs d'un délit « par accident », ou innocentes victimes, il n'existe pas pour eux de « petites affaires ». L'avocat est le premier à devoir s'en souvenir.

Certains reprochent parfois aux avocats — et il ne faut pas s'étonner si les critiques émanent souvent des magistrats — de chercher à se faire un nom en province, de s'introduire dans toutes les associations, de fréquenter les manifestations publiques, d'être partout où il faut être vu, bref de faire tout et n'importe quoi pour se créer une clientèle. Mon Dieu, pourquoi pas... Cependant un danger les guette, surtout dans les villes de petite ou moyenne importance : en dépit d'une relative paupérisation de la profession, les avocats restent des notables. Et ils risquent de se couper des « petites gens ». Mais les jeunes loups du Barreau — pour ce que j'en ai vu — savent rester vigilants. Si des liens de sympathie peuvent se créer entre un avocat et un magistrat — quel que soit leur âge —, il convient de se méfier de certaines relations trop étroites : les facultés critiques s'en trouvent émoussées, et la connivence remplace le combat que l'avocat ne doit jamais craindre d'entamer en haussant la voix ou en refusant de jouer le jeu, sans naturellement jamais se départir de cette « courtoisie » qui sied aux messieurs et dames de bonne compagnie, et que les gens de robe affectent dans leur vie sociale. Quand la liberté d'un individu est en cause, l'honneur de celui qui a endossé... la plus belle des robes est lui-même en jeu.

La réussite professionnelle et sociale d'un avocat n'empêche pas cette méfiance instinctive, cette vigilance constante à l'égard de la machine judiciaire. Les vieux bâtonniers peuvent se rassurer : j'ai rencontré cette race de jeunes avocats prêts à assurer la relève.

Malheureusement, il existera toujours des dossiers « traités par-dessus la jambe », ou dans lesquels le problème juridique reste inconnu. Les vices de forme qui entachent pratiquement toutes les procédures criminelles et de très nombreuses procédures correctionnelles ne tombent sous les yeux que des très rares avocats férus de procédure. Eux seuls savent soulever la nullité de telle ou telle pièce. Il arrive même que de « hauts magistrats » n'aient pas vu ces causes de nullité avant l'arrivée du défenseur.

La « signature de l'homme » n'épargne décidément personne parmi les gens de robe...

Elle reste toujours présente derrière les décisions de ce rouage essentiel et incontournable dans le fonctionnement de la machine judiciaire : le Parquet.

□

De façon extrêmement succincte, on peut résumer son rôle de la manière suivante.

Le procureur de la République et ses substituts reçoivent chaque jour les procédures dressées par les policiers ou les gendarmes dès lors qu'elles sont susceptibles de constituer une infraction prévue par le Code pénal. Ils reçoivent aussi les missives expédiées par des particuliers pour déposer plainte contre personne dénommée ou pas, en dénonçant des faits précis. Il appartient alors aux magistrats du Parquet de décider de la suite à donner à ces différents documents. Une petite remarque s'impose : chaque matin, la pile de courrier que la secrétaire dépose sur le bureau est haute de quelques dizaines de centimètres, et le magistrat doit traiter ce courrier, « l'évacuer » le plus rapidement possible, le cadre de la matinée étant l'idéal, car d'autres tâches l'attendent, et le lendemain matin, une nouvelle pile, tout aussi élevée, l'attendra. Le « parquetier » doit acquérir un réflexe de rapidité, qui entraîne de temps à autre des erreurs d'orientation

Le substitut a — en simplifiant quelque peu — le choix entre trois solutions : le classement sans suite, le renvoi devant le tribunal correctionnel par le biais de la citation directe, ou enfin l'ouverture d'une information.

La première solution est adoptée quand visiblement une lettre de dénonciation émane d'une personne dont il est permis de douter de la santé mentale. On a eu l'occasion de vérifier, à la lecture de ce qui précède, que notre pays ne manque pas, hélas, d'hommes et de femmes frappés de la maladie de la persécution, ou atteintes de délire mystique, ou animées par la méchante intention de nuire à leur prochain... Le substitut doit savoir « renifler » ces diverses tares mentales dans les missives. Mais il peut se tromper. J'avais ainsi connu une affaire dans laquelle l' « erreur », commise à deux reprises, m'avait été révélée par un chemin détourné.

Un ancien harki âgé d'une cinquantaine d'années s'était présenté à la gendarmerie d'une charmante cité vosgienne, pour dénoncer le vol d'une somme de cinq mille francs à son préjudice. En recevant son relevé de compte, il s'était aperçu que cette somme lui avait été débitée, alors qu'il n'avait effectué aucune retrait. Les gendarmes avaient entendu les employés de la banque, et l'un d'eux était formel : M. X s'était présenté pour retirer la somme en espèces. Il avait rempli et signé le bordereau. Et les gendarmes n'avaient pas dû enquêter bien longtemps pour déterminer que M. X séjournait régulièrement à l'hôpital psychiatrique local, à la demande de son médecin traitant. Après avoir lu la procédure des gendarmes, le substitut avait pris la décision qui s'imposait : classement sans suite.

Quelques semaines plus tard, nouvelle plainte de l'ancien harki, pour des motifs strictement identiques : en recevant son relevé de compte, il découvrait un nouveau retrait de cinq mille francs. Il se rendait une nouvelle fois à la gendarmerie, et affirmait sa certitude de ne pas avoir retiré cette somme. Nouvelle audition des employés de la banque. Le même guichetier était formel : M. X avait retiré cinq mille francs, après avoir rempli et signé le bordereau. Nouveau classement sans suite.

Les mois avaient passé. Et puis un jour, à l'occasion d'une

inspection de routine de la direction régionale dans la petite agence du groupe bancaire, les contrôleurs avaient découvert un « trou » de quatre mille francs dans la caisse. Un employé suspecté avait bafouillé de vagues explications peu convaincantes, avant d'avouer être l'auteur de l' « indélicatesse ». Mais la double affaire et les plaintes de l'ancien harki était revenues à la mémoire de ceux qui l'interrogeaient et, sans davantage de réticences, le jeune employé avait reconnu les faits : il avait rempli lui-même les bordereaux de retrait en espèces, et avait imité la signature du client. Il avait observé qu'elle était très facile à reproduire. A la stupéfaction des enquêteurs, l'employé avait spontanément avoué le détournement, par le même procédé, d'une somme de huit mille francs. Le malheureux harki, vaincu par l'inertie des gendarmes et des magistrats, avait renoncé à déposer plainte une troisième fois !

Mais pour un cas découvert dans des circonstances fortuites, combien de faits délictuels sont ainsi classés sans suite, dans les archives...

Les gens du Parquet peuvent renvoyer l'individu directement devant le tribunal correctionnel quand ils estiment que les faits sont simples, et que la procédure est « carrée », ou que le placement sous mandat de dépôt ne s'impose pas. C'est la procédure de la « citation directe ».

Une première orientation, et le plus souvent irréversible, est ainsi donnée à la procédure. Or si le vol de trois boîtes de petits pois dans un hypermarché ne soulève guère de difficultés quant à la qualification pénale, certains dossiers d'escroquerie, d'abus de confiance, peuvent renfermer de délicats problèmes de procédure ou s'avérer beaucoup plus complexes qu'on ne le pensait lors d'une première lecture. Ces procédures peuvent cacher un « véritable pot aux roses » que seule l'ouverture d'une information et une enquête confiée à la section financière du SRPJ auraient permis de découvrir.

A plusieurs reprises, j'entendrai le président du tribunal correctionnel se plaindre du caractère complexe de ces « citations directes » nécessitant en fait une véritable instruction à l'audience. Et se pose en permanence le problème de la détention : en citant directement un délinquant devant le tribunal correctionnel, le « parquetier » marque ainsi clairement son intention de ne pas requérir le placement sous mandat de dépôt. C'est presque une pure vue de l'esprit — avec toutefois de rares exceptions — de voir le tribunal correctionnel condamner un prévenu à une peine d'emprisonnement ferme, avec mandat de dépôt à l'audience, si le Parquet n'a pas requis cette sanction.

Le procureur de la République et ses substituts doivent donner une première qualification aux faits, que les juges du Siège ne sont pas obligés de suivre. Ils peuvent en effet « requalifier ». Mais dans certaines affaires, la qualification s'avère difficile et peut orienter le dossier dans des directions opposées.

Prenons l'exemple d'une bagarre à la sortie d'un bal. Un garçon reçoit un coup de poing au visage, tombe, se cogne la tête contre la bordure du trottoir, et meurt. Le procureur de la République peut qualifier les faits en homicide involontaire (article 319 du Code pénal), ou en « coups et blessures volontaires ayant entraîné la mort sans intention de la donner » (article 311 du Code pénal). La difficulté vient du fait que la première qualification entraînera le renvoi devant le tribunal correctionnel, alors que la seconde renverra le bagarreur impulsif devant les Assises ! Or il est certain que toutes les bagarres connaissant une issue tragique ne méritent pas que leur auteur soit renvoyé sur le « banc d'infamie ». Généralement, l'ouverture d'une information résoudra le cruel dilemme.

Cette même ouverture d'information par les gens du Parquet peut être décidée soit en raison de la complexité des faits, ou de la disparition de leur auteur, ou parce que celui-ci reste à identifier, ou enfin pour obtenir le placement en détention. Dans cette dernière hypothèse, le biais de la « comparution immédiate » — connue en son temps du grand public sous l'appellation de « flagrant délit » — éviterait la saisine du juge d'instruction. Mais dans les petits tribunaux, la difficulté de réunir trois magistrats du Siège le samedi après-midi ou le dimanche justifie cette ouverture d'une information. Le juge d'instruction de permanence peut ne regarder que succinctement le dossier, en se limitant à lire le procès-verbal de synthèse établi par les policiers ou les gendarmes. Il remplit l'ordonnance de mise en détention et signe le mandat de dépôt après avoir inculpé l'individu, puis regagne ses pénates. Avec une discrète satisfaction : celle de s'être « assuré un numéro à bon compte » : pour les statistiques de fin d'année, présenter des chiffres impressionnants de dossiers réglés ne peut qu'impressionner favorablement les autorités hiérarchiques.

Mais pour en terminer avec les magistrats du Parquet, parfois un « courant de société » ou « l'air du temps » inspire la politique de répression ; la chape de la désuétude s'abat alors sur certains textes, jusqu'à ce que le législateur décide enfin de s'adapter à l'opinion dominante.

Ainsi le 10 juillet 1975, alors que le spectre du SIDA ne bridait pas encore une « libération des mœurs » effrénée, aucun procureur ou substitut n'aurait osé engager des poursuites contre une épouse infidèle sur la base des articles 336 : « L'adultère de la femme ne pourra être dénoncé que par le mari, cette faculté même cessera s'il est dans le cas prévu par l'article 339 », et 337 : « La femme convaincue d'adultère subira la peine de l'emprisonnement pendant trois mois au moins et deux ans au plus. » « Le mari restera le maître d'arrêter l'effet de la condamnation en consentant à reprendre sa femme » — 338 — ou 339 : « Le mari qui aura entretenu une concubine dans la maison conjugale, et qui aura été convaincu sur la plainte de la femme, sera puni d'une amende de 360 à 7 200 F. »

Ce n'est que le 11 juillet 1975 que la loi n° 75-617 abrogeait ces textes d'un autre âge.

Pour d'autres délits, les poursuites s'exercent « à la petite semaine » : dans les grandes villes, les substituts croulent sous des kilos de chèques sans provision ou pire dans la gravité du délit : sous les chèques volés et falsifiés. On affirme qu'il leur arrive de « taper » au hasard...

Comment ne pas conclure sur le personnage du juge d'instruction, celui qui, plus que tout autre magistrat, est, dans sa solitude, tributaire de ses réflexes et de son comportement d'homme...

Je ne reviendrai pas sur ce chapitre de la solitude, mais il me plairait de souligner comment le sort d'un être humain vêtu de la qualité d'inculpé peut dépendre du caractère de « son juge ».

Il y a d'abord l'hypothèse classique du juge d'instruction farouche partisan du mandat de dépôt, pour qui la Justice doit s'exercer dans une optique résolument axée sur la répression. Ce magistrat rejettera de façon systématique les demandes de mise en liberté qui lui seront présentées par l'inculpé ou par son avocat. Et s'il sait motiver ses ordonnances — il lui suffit souvent d'écrire que « des investigations sont en cours » —, ses décisions seront confirmées par la chambre d'accusation. Moins par un réflexe de solidarité que par souci de laisser le magistrat-instructeur libre de mener à bien son dossier. Car si fragiles que soient les charges pesant sur l'inculpé, il y a toujours — qu'on le veuille ou non — l'espoir de découvrir la preuve irréfutable de sa culpabilité.

A l'inverse, si le juge d'instruction estime que les éléments qui existaient au départ de l'affaire contre un inculpé se sont évaporés — après constat de l'absence de conformité des témoignages avec la réalité, ou relevé des contradictions entre les expertises, ou parce que l'inculpé donne un alibi qui paraît sérieux —, si, en résumé, le magistrat n'est plus convaincu de l'existence « d'indices graves et concordants de culpabilité », plutôt que de s'acharner vainement sur l'inculpé, il songera à le remettre en liberté.

Et contrairement à ce que l'on pourrait penser, cette décision est très lourde et difficile à prendre. Nullement pour de stupides raisons d'orgueil personnel — cette mise en liberté revenant à admettre que l'on s'est trompé — mais parce que la suite des événements peut compromettre gravement la situation de l'inculpé.

Nous l'avons vu : toute demande de mise en liberté est soumise à l'avis du Parquet, par le biais des réquisitions. Le magistrat-instructeur, fermement résolu à remettre en liberté, doit alors se transformer en avocat pour plaider la cause du détenu devant le procureur de la République ou l'un de ses substituts.

Si le « parquetier » est convaincu par les arguments du juge, pas de problème.

Ou le même « parquetier » estime que le juge se trompe, mais l'assure qu'il ne fera pas appel si le juge persiste dans sa décision. Cela se produit quand le dossier n'est pas d'une importance de premier ordre, qu'il existe effectivement des gages sérieux de réinsertion ou de retour à une existence normale.

Enfin, le « parquetier » refuse de cautionner la mise en liberté, et affirme au juge d'instruction qu'il interjettera appel de l'ordonnance si le juge ne se plie pas aux exigences du ministère public.

Nous avons examiné ce point et ses incidences sur les

responsabilités d'un juge d'instruction : depuis le 1er janvier 1985, l'ordonnance de mise en liberté signée par le juge est immédiatement exécutoire (en d'autres termes : le détenu franchit les grilles de la maison d'arrêt le jour même), nonobstant l'appel du Parquet.

La liberté d'un homme peut ainsi dépendre du caractère d'un juge d'instruction, suivant qu'il sera enclin ou non à « obéir » aux volontés du Parquet, ou qu'il se sentira suffisamment armé ou non pour être confirmé par la chambre d'accusation.

Et dans des situations extrêmes, ce n'est pas la seule liberté qui est en jeu, mais parfois l'existence entière d'un être humain.

Au mois de mai 1985, j'avais ainsi remis en liberté, contre l'avis du Parquet, un garçon de vingt-trois ans qui avait falsifié et signé des chèques provenant d'un chéquier volé, qui lui avait été remis par un camarade qui affirmait l'avoir trouvé sur un trottoir (j'aurai ainsi plusieurs occasions de noter que certains personnes « ont le chic » pour « trouver » des carnets de chèques...). Un des chèques avait été falsifié pour l'achat d'une moto, rien de moins !

Je connaissais ce jeune homme depuis sa dix-septième année. Le Parquet, lassé de ses infractions permanentes au Code de la route et de ses conduites de moto sans permis et sans assurance, m'avait ouvert une information pour aider ce garçon à « se mettre un peu de raison dans la cervelle » par le biais d'un séjour derrière les barreaux.

Résultat : ses compagnons de cellule lui avaient enseigné l'art du vol simple ou avec effraction !

Le bilan ressemblait à un énorme gâchis, l'intelligence de ce garçon étant très au-dessus de la moyenne : à vingt-trois ans, il totalisait vingt-trois condamnations, dont dix-sept pour défauts d'assurance ! Dans la dernière affaire qui l'avait amené devant moi, son père — un commerçant aisé — acceptait de se porter caution pour l'indemnisation des victimes, et s'engageait à mettre un de ses véhicules entre les mains de son fils, qui pourrait ainsi assouvir sa passion de la route en gagnant sa vie. De son côté, le garçon m'avait assuré qu'il avait enfin compris, et que la mort de sa maman quelques mois plus tard l'avait fortement ébranlé. Il nourrissait enfin quelques projets sérieux avec une charmante jeune fille...

Je pensais qu'on pouvait lui faire confiance. Le Parquet

n'était pas de cet avis. Appel de ma décision. Infirmation de la décision par la chambre d'accusation. Retour à la maison d'arrêt après une interpellation dans des conditions rocambolesques et tragi-comiques (« J'aurais été Mesrine, ça n'aurait pas été pire ! »).

En privilégiant la probable réinsertion, je m'étais trompé, et j'avais causé beaucoup de mal à un malheureux garçon qui ne comprenait plus rien, ballotté entre des décisions de justice contradictoires.

Et il m'est pénible de constater que faute de savoir pratiquer — avec une extrême prudence — la politique de « la main tendue », la société sécrète elle-même ses grands délinquants. Parce que l'intelligence mise au service du mal...

Mais — réflexion peut-être cruelle — en dépit des conséquences abominables, je n'avais pas à rougir de mon travail dans cette affaire : j'avais pris mes responsabilités.

En revanche, quand, à plusieurs reprises, j'avais signé des mandats de dépôt des samedis à dix-huit heures, des dimanches matin à onze heures, ou d'autres dimanches en fin de journée, après avoir lu le seul tableau de synthèse des infractions commises par l'individu présenté, en reportant « d'office » l'interrogatoire sur le fond, en suivant aveuglément les réquisitions de détention du Parquet, l'homme n'avait-il pas écrasé le magistrat ?

□

Il me revient régulièrement un souvenir...

En 1974, alors que j'étais encore étudiant en droit, mais déjà auditeur de justice stagiaire — avec engagement tacite de me présenter au concours d'entrée à l'Ecole nationale de la magistrature —, j'avais fêté l'anniversaire d'un copain dans la maison de ses parents. Nous étions une joyeuse équipe, et personne n'aurait pu préciser le nombre de bouchons qui avaient sauté ce soir-là. Et c'est passablement ivre que, dans la nuit, j'avais reconduit au volant de ma 2CV trois camarades à leur domicile. Je m'étais amusé à emprunter le couloir gauche d'une grande avenue, j'avais grillé un feu rouge, coupé par la gauche un rond-point. Si une patrouille de policiers était passée par là, je n'aurais jamais pu devenir magistrat !

Cette scène m'a aidé à toujours conserver une extrême humilité dans l'exercice de mes fonctions.

Elle a marqué le point de départ de deux convictions, nourries de l'expérience et de l'observation.

La première m'incite à croire, en regardant autour de moi, que je ne saurais être taxé de « brebis galeuse » de la magistrature.

La seconde est une nouvelle vérification du fait que dans l'existence, tout n'est que hasard et chance.

Et que tous les hommes sont égaux devant « Dieu sait qui ».

Mais je ne pensais pas à tout cela le 17 octobre 1984, en effectuant ma rituelle marche du matin, de huit heures quarante-cinq à neuf heures, pour me rendre au Palais par le chemin des écoliers.

La veille, un mardi, j'avais dû regarder après dîner le film programmé à la télévision sur « Antenne 2 » ou « FR3 ».

Le ciel était bleu ce 17 octobre 1984. Une belle journée s'annonçait.

TABLE

La composition de ce livre
a été effectuée par Bussière à Saint-Amand,
l'impression et le brochage ont été effectués
sur presse CAMERON
dans s ateliers de la S.E.P.C. à Saint-Amand-Montrond (Cher)
pour les Éditions Albin Michel

AM

Achevé d'imprimer en mars 1987
N° d'édition 9770. N° d'impression 459-277
Dépôt légal avril 1987

Imprimé en France